文春文庫

冬芽の人

大沢在昌

文藝春秋

冬芽の人

1

役員室に書類を届けた帰り、七階の廊下で牧《まき》しずりは営業二課長の中崎《なかざき》とすれちがった。

中崎は常務の佐伯《さえき》に呼びだされていたようだ。噂《うわさ》どおり佐伯が次々期の社長になれば、中崎は一気に昇進の階段を駆けあがるだろうといわれている。

しずりにとって、しかしそれはどうでもよいことだった。中崎はいい上司だ。細かいことにはこだわらず、全体として部下をひっぱっていく力がある。体育会系ではあるが、人の扱いに繊細さが欠けるような押しつけがましさもない。女子社員に人気があった。

「今日、でないのだって？」

目礼して通りすぎようとしたしずりに、中崎が声をかけた。今日もといわないのが、人気のある理由だろう。その日は、営業一課二課合同の忘年会が開かれる。しずりは入社して以来四年営業二課にいるが、一度も忘年会にでたことがなかった。

「はい、申しわけありません」

下を向いたまま、答えた。

「そうか」

中崎は息を吐《つ》き、顎《あご》をかいた。

「いつかでられるといいな。たまにはいっしょに騒ごう」

思わず中崎を見た。中崎の目に邪心はなかった。本心からそう思っているように感じる。

「不調法なもので」

いってから後悔した。それが理由での欠席などありえない。二課には十四名の人間がいるが、下戸は他にも何人かいる筈《はず》だ。しずりを嫌っている浅野《あさの》香《か》織《おり》も下戸だが、忘年会に限らず、飲み会を断わる姿を見たことはなかった。

しかし中崎はつっこまなかった。小さく頷《うなず》くと、言葉を探すようにしずりを見ていた。

そのまま立ち去らなかったのは、中崎に対するしずりの精一杯の譲歩だった。忘年会にでないのか。はい、不調法なもので。それでは失礼します、では、あまりに感じが悪い。

課内でしずりが浮いていることは誰もが知っている。それを無理に溶けこませようとしない中崎に、しずりは感謝していた。

「皆でわいわい、というのが苦手なのかな」

「はい」

中崎は顎を再びこすった。

「だったら、サシでいくか。今度」

しずりは驚いた。それが伝わったのか、中崎は早口になった。

「あなたはよくやってる。例のシンガポールの件でも、向こうのミスを最初に見つけたのはあなただろう。何ていうか、落ちついた仕事ぶりで、安心できる」

「いえ。まだまだ慣れません」

「一回、ちゃんと話をしたいな、と思ってるんだ」

「ありがとうございます。そんな風におっしゃっていただくだけで光栄です」

再び目を落とし、いった。

「おおげさなことをいわないで。チームなのだから。じゃ、年明けでもさ、声をかけるから。飯でも食いにいこう」

中崎はいってからほっとしたように息を吐いた。しずりは頷く他なかった。

本当は迷惑だった。一対一で食事などしたくない。自分のことをあれこれ詮索《せんさく》されるのは目に見えている。

中崎にとってはそれも仕事だろう。だがしずりは放っておいてほしい。協調性のない変わり者ととられているほうが楽なのだ。

中崎が歩き去った。

しずりは息を吐いた。怒りも悲しみもない、一本の線として生きよう。四年前にそう決めていた。一本の線がずっとつづき、やがて人生の終盤が訪れたとき、すべてをおだやかに思い返せる日がやってくる筈だ。

そのときまでは、モノトーンの日々でかまわない。

望まない贈りものを受けとり、しかもそれを返すことができない。理不尽で、消化のできない感情だけが残る。

2

前田《まえだ》の墓参りにくるたび、しずりはそんないらだたしさを覚える。

「前田家之《の》墓」は、文京区千駄木の浄源寺の墓所にある。墓には、前田とその両親が入っている。

前田の命日は、十一月二十二日。しずりは十二月の二十日前後に参ることにしていた。

墓石には、先月の命日に手向《たむ》けられたらしい花と新しい卒塔婆《そとば》が立っている。新たな花をさし、線香を点《とも》して手を合わせた。

十二月第三土曜日の夕暮れが迫っていた。せわしない羽ばたきとともにカラスの鳴き声が降ってくる。日が陰ると、冷気が足もとから這《は》いあがってきた。

大脳にうけた傷で前田が昏睡《こんすい》状態におちいったのは、六年前の九月だ。前田は四十一歳、しずりは三十歳だった。

それから二年間、前田は意識を回復することなく生きた。医師の話では、脳幹の機能は残っていて、自発呼吸もできる、したがって回復する可能性がゼロではない、ということだった。

しかし病院内で肺炎をおこし、死亡した。

前田が死亡したとき、しずりは警察を辞め、今の職場にいた。前田が短期間で意識を回復していれば、警察を辞めることはなかったろう。昏睡状態がつづけばつづくほど、回復の可能性は低くなる。一年を超えたとき、しずりは退職を決心した。

葬儀にはきてほしくない――前田の妻、えりがいっている、と人伝《ひとづ》てに聞いた。しずりは誤解をとく機会がとうとう与えられなかったことを実感した。

誤解とは、前田としずりの関係だった。ベテランの前田に刑事になって日の浅いしずりがペアリングされたのは、警視庁の人事としては、当然だった。

前田は刑事としても有能だったが、それ以上に野心家だった。交際範囲も広く、その中には女性との交友関係も含まれ、いずれは警察を辞め、事業を立ちあげると周囲に広言していた。

――このままいけば、日本の治安は悪くなる一方だ。俺はボディガードの会社をやろうと思ってる。要人警護って奴《やつ》だ。牧もそんときは入れてやる。女のボディガードは、男より需要があると思うんだ

張りこみ中の車中で、前田がいったのは、村内《むらうち》に襲われる二日前だった。

――せっかくですけど、わたしは今の職場でけっこうです

――つれないことをいうなよ。お前なら女子部門の責任者になれる。見てくれも悪くないし、腕だってそこそこたつだろう

前田は小さな目を大きくみひらいて、まじまじ、しずりを見つめたものだ。

——スタイルがいいからよ。向こうの映画みたいに、バシッとスーツ着て、サングラスかけたら、格好いいぜ。俺が金持だったら、お前みたいな女に一日中、ボディガードしてもらいたいね

しずりは首をふり、相手にしなかった。セクハラという言葉は、警察ではほとんど通用しない。もともとが、男の社会なのだ。

軍隊と同じだ。性別に関係なく同じ仕事を求められ、男女の差異を職場にもちこめば、それは即、セクシュアルハラスメントにつながる。

公《おおやけ》にはもちろん、あってはならないことだろう。警視庁には防止規程があり、セクシュアルハラスメント相談員の制度もある。しかし捜査の最前線で、女だというだけで周囲が言葉づかいや態度に配慮を加えるのを期待はできない。

だいたいが、女性警察官の数など、たかが知れている。二十五万五千人の全国警察官の中で、わずか一万四千人だ。警部以上の階級は百五十名足らずに過ぎない。

二十人にひとりしかいない女性警察官の配属はおのずと限られてくる。性犯罪や交通犯罪が中心で、強盗や殺人といった強行犯を対象にした捜査にたずさわることは、まずない。

しずりが一課に配属されたのは、特例といえた。

自分が優秀な刑事だったという自覚はない。ただ粘り強い、それだけはいえた。ひとつひとつの可能性を探り、それを自ら潰《つぶ》して歩く作業をつらいと思ったことはない。

花みたいなもんだ——誰かがいっているのを聞いた。男ばかりのムサい職場にも花を

一輪飾れば、なんとなく和むだろう。だからおねえちゃんをもってきたのさ。

そうかもしれない。別にそれはそれでかまわなかった。強盗や殺人などの被疑者とわたりあうのを恐しいと感じたことはなかった。

単独で対峙《たいじ》する機会などありえない。常にペアで捜査にあたるのが基本だし、被疑者逮捕やガサ入れのときは何人ものグループで乗りこむ。抵抗が予想される被疑者の場合は、しずりは後方で待機するよう命じられた。それも抗弾抗刃《こうじん》ベストを着用し、拳銃《けんじゅう》も装備した上で、だ。

しずりの拳銃射撃術は上級で、女性警察官としてはトップクラスだった。だがそれも修練の結果というよりは、たまたま才能があったというに過ぎず、オリンピック選手候補になりたいとも思わなかったし、そのための合宿参加も辞退した。どのみち、女子射撃部門は、同時期に女性自衛官に天才的な選手がいたので選ばれることはなかったろう。

そんな自分が一対一で強盗殺人犯と対決しなければならなくなったのは、なぜなのだろう、と思う。

偶然、としかいいようがない。前田とともに向かった訊《き》きこみ先でぶつかってしまったのだ。

前田には予感があったのかもしれない。なぜかといえば、その日に限って拳銃を着装していたのだ。

事件は、六年前の七月に練馬区内で起こっていた。奥平正《おくひらただし》という独り暮らしの老人が自宅で殺害され、屋内が荒されていた。所轄《しょかつ》の石神井《しゃくじい》署に強盗殺人事件の捜査本部がたち、しずりは前田らとともに配置された。

通常、捜査本部の設けられる重大事件捜査においては、警視庁本庁所属の刑事は、本部のおかれた所轄署の刑事とペアで捜査にあたる。だがしずりはまだ新人ということで、前田と本庁どうしのペアを組んだ。前田がそれを希望したのだ。

しずりが一課に移ってひと月足らずの時期だった。だが一課にあがる前、しずりは所轄署刑事課や本庁生活安全部での勤務経験があった。だから多少は〝お荷物〟になるかもしれないが、石神井署の刑事と組んでもさほど問題ではなかったと思う。

にもかかわらず、前田がしずりとのペアを希望したのには、明らかな理由があった。前田とは、生活安全部でも同僚だった。その頃から前田が自分に好意をもっていることに気づいていた。

食事に酒に、何度も誘われた。新米刑事だったしずりは、初めの頃は、先輩の知識を吸収しようと、積極的にそれにのった。

が、やがて前田が男女関係を自分に求めていると知り、困惑した。

前田は妻帯者だ。子供はいないようだが、相手が独身だろうが既婚であろうが、当時のしずりには恋愛をできるような精神的余裕はなかった。

刑事として早く一人前になりたい、頭にあったのは、それだけだ。

自分は利用したのかもしれない。あとになってそう思い返した。前田の好意に、自分に対する欲望に、のるふりをしながら捜査のイロハや勘どころを教わった。

前田は熱心に、それこそ手とり足とりでしずりに教えた。そしてことあるごとに、ホテルにいこうと誘った。

しずりは断わりつづけた。昏は、しかたなく許したが、そこから先の行為はがんとして拒んだ。

前田は失望はしたようだが、怒ることはなかった。

気長に口説くさ、お前がその気になるまで——苦笑していた。

やがて前田に転属の辞令が下った。発足したばかりの組織犯罪対策部への異動だ。しずりも所轄署に異動が命じられた。

二年後、再び同僚となったのが捜査一課だった。

足音に我にかえった。押し詰まった暮れのこの時期、夕刻の墓参者に会うことはかつてなかった。

ふりかえると、水桶《みずおけ》を手にした若者がすぐ背後にいて、息を呑《の》んだ。

「すいません」

若者が先に口を開いた。

「いえ」

しずりは首をふった。再び墓石と向かいあう。すぐ近くの別の墓に参りにきたのだと考えたからだ。

「あの」

若者がしずりの背中に呼びかけた。再びふりかえった。正面から見る若者の額に、きれいな形をしている、としずりは思った。整った富士額だ。軽くウェーブのかかった長髪をまん中から分けている。ダッフルコートにジーンズという姿は、学生に見えた。

「ありがとうございます」

礼の理由がわからなかった。無言で見かえすしずりに若者がいった。

「父、です」

しずりは首を傾《かし》げた。人ちがいだろう。いや、墓ちがいというべきか。

「前田光介《こうすけ》です。僕の父です」

「えっ」

思わず声がでた。まじまじと若者を見つめた。若者らしい、ぬくもりのある体臭を感じた。不快な匂《にお》いではなかった。

「ご存知ないかもしれません。僕の母は、二十代で父と離婚しました。今の奥さんは、次の、人です」

「知らなかった」

ようやく言葉がでた。

「あの、今の奥さんは、僕という子供がいるのをすごく気にしてたみたいで、父はあまり人に話せなかったらしいです」

「そう、なんですか」

若者はじっとしずりを見つめている。

「父の、同僚だった方ですか」

その視線のまっすぐさがつらい、と思ったとき、訊《たず》ねてきた。

「はい」

しずりは低い声で答えた。頭の中はまっ白だった。知りあったとき前田は三十八だった。一度も前田の口から、子供がいるという話を聞いたことはない。いや、今の結婚が再婚だ、というのも。

「もしかして、牧さん、ですか」

しずりはすっと息を吸いこんだ。不安と緊張が一気にこみあげた。

「はい」

責められるのだろうか。責められてもしかたがない。しずりは体がこわばるのを感じた。

だが不意に若者は頭を下げた。

「父が、お世話になりました」

「そんな……ちがう」

思わずしずりはいっていた。

「いつも病院にきて下さっていたとうかがっています。植物状態になってからも」

しずりは無言で首をふった。若者に何を、どういってよいのか、まるでわからない。

お父さまは、わたしをかばって亡《な》くなった、申しわけありません――そう口にすることが恐《こわ》かった。この若者はどこまで知っているのか。

「あ、お参りしなきゃ」

若者が思いだしたようにいって、微笑《ほほえ》んだ。しずりは道を譲った。若者は進みでて、水桶からくんだひしゃくの水を墓石にかけた。空になるまでかけ、かたわらに水桶をおくと、腰を折って、手を合わせた。

しずりももう一度、手を合わせた。

「仲本岬人《なかもとさきと》です」

直るといった。

「仲本さん」

「はい。母の姓です。岬人は、岬の人、と書きます。父がつけたそうです」

「牧しずりです」

仲本岬人は頷いた。

「牧さんのお名前は、母から聞きました。母は、父の同僚だった方から聞いたそうです。今の奥さんは、母や僕に会うのは嫌だったらしくて」

「何て、聞いたんですか」

しずりは訊ねていた。岬人は小さく首を傾げた。

「何て、とは？」

「わたしのことを、です」

「父が怪我《けが》をしたとき、いっしょにいた人だ、と」

「それだけですか」

思わずたたみかけていた。岬人はもう一度、首を傾げた。

「他に、何か、あるんですか」

しずりを見つめる。その目にしずりは急いでいった。

「あの、そうじゃなくて。わたしとお父さまの関係のことではなくて」

いってから後悔した。これではよけいに疑問をもたせるだけだ。岬人はやはり眉《まゆ》をひそめた。

「父と、何か」

「ちがう。ちがいます」

しずりは何度も首をふった。

「わたしとお父さまは別に、そういう関係ではありません。先輩と後輩。お父さまに仕事を教わっていました。わたしがいいたいのはそうではなくて――」

不意に何を、どう説明すればよいのかわからなくなった。岬人は無言で見つめている。その表情に怒りや不審はない。ただ不思議そうに見ているだけだ。

しずりは大きく息を吸い、訊ねた。

「少し、時間、ありますか。お話をしたいので」

3

寺から不忍《しのばず》通りに降りる坂の途中に、小さな喫茶店があった。テーブル席がふたつしかない。客はおらず、しずりは岬人と向かいあった。

「わたしは今、警察官ではありません」

まず、しずりはいった。岬人は無言で頷いた。口数の多い若者ではないようだ。その点では、父親似ではない。顔も、似ていると思えるのは、頬から顎にかけての輪郭くらいだ。小さくて細い目をしていた前田に比べ、岬人の目は切れ長で、どこか品のよさと冷たさが同居している。色白で、すっとした鼻筋も、父親とはちがう。

「お父さまが生きてらしたときに、辞めました。五年前です。今は、ＯＬをしています」

「そうなんですか。じゃ、あの、一年あとくらいに」

「ええ。一年は、勤めました。でもお父さまが意識を回復されないので、だんだん……」

言葉が途切れた。うつむいた。

「あのう」

岬人がいい、しずりは顔をあげた。

「何があったんですか。牧さんが僕に何を話したいのかがわからないんです」

しずりは何度も深呼吸した。警察を辞めたあとなった軽いパニック障害の発作が起こりそうだ。

「待って」

目を閉じた。頭を無にして、呼吸を落ちつける。ようやくふつうに息ができるようになると、心配そうな岬人の顔がのぞきこんでいた。

「大丈夫ですか。どこか具合が悪いとか」

「いいえ、大丈夫。ごめんなさい」

しずりはバッグを開けた。こういうときだけ手にする煙草《たばこ》をとりだした。警察を辞めてから身についた習慣だ。

「煙草、吸わせてもらっていいですか」

小さな丸テーブルの上には陶器の薄い灰皿がある。しずりは煙草に火をつけた。封を切ってから一ヵ月近くがたったセーラム・ライトから、メンソールの香りはほとんど消えていた。バッグに入れてはいるがお守りのようなもので、実際に吸うのは久しぶりだった。

岬人は無言で待っている。半ばほど吸った煙草を灰皿に押しつけ、しずりは口を開いた。

「お父さまとわたしは、強盗殺人事件の捜査にあたっていました。練馬の一軒家に住んでいたお年寄りが殺され、屋内が物色されていたんです。犯人を特定できる証拠品が少なく、捜査は難航していました」

捜査本部が設けられてから三週間が経過していた。犯行は流しのプロによるものという見かたが固まりつつあった。屋内の荒しかたや遺留品の少なさがそれを物語っていた。

被害者の奥平正の死因は刃物による刺傷で、凶器に台所にあった包丁が使われたことが判明していた。犯人は深夜奥平宅に忍びこむと、まず台所から包丁を奪い、寝室にいた被害者を襲ったのだ。侵入経路は台所勝手口からで、錠前はピッキングで破られている。

時間の経過に伴い、解決は難しいという空気が捜査員のあいだに漂いだした。訊きこみ対象者の記憶は薄れていく一方だし、プロの犯罪者なら、犯行現場周辺には当分近づかないことが予想されるからだ。

「あの日、出勤したわたしにお父さまはある男のところへ訊きこみにいく、といいました。以前いた部署で名前のでたことがあるプロの泥棒で、その男が怪しいというよりは、同じような仕事をしている人間の情報をとりにいきたいという口ぶりでした」

男の名前は村内康男《やすお》。窃盗《せっとう》による服役歴があり、生活保護で暮らしているという。年齢は五十一歳、住居は江戸川区のアパートだった。

練馬区から江戸川区まで、ほぼ東京を横断して二人は向かった。アパートは交通量の激しい環七通りに近い場所にある二階建てだった。

「村内康男は二階の端の部屋に住んでいました。わたしとお父さまはアパートの外階段を登って村内の部屋の前に立ちました」

思いだすと自然に呼吸が荒くなった。少しさがっているように前田はしずりに指示し、アパートの扉をノックした。

『村内さん、村内さーん』

誰だ、というくぐもった声がするのをしずりも聞いた。

『警察の者です。ちょっとおうかがいしたいことがあってきました。開けてもらえませんか』

錠を外す音がして、扉が開いた。頭頂部が禿《は》げた、目つきの鋭い男が姿を現わした。それが村内だった。村内はまず前田を見て、次にしずりを見た。ひどく険しい視線で、しずりは不安を感じた。警官を恐れているというよりは憎んでいるような目だったからだ。

『何だ』

にらみつけるような村内に前田はおだやかな口調で話しかけた。

『お忙しいところを申しわけない。実はある事件のことをちょっと調べていまして……』

話しかけながらも前田はアパートの三和土《たたき》に踏みこんだ。扉が半ば閉じ、前田の背が隠れた。話し声が低くなり、しずりの耳に届かなくなった。

しずりは扉に近づくべきかどうか迷った。前田はベテランの刑事らしく、下手《したて》にでて村内の協力をとりつけようとしている。そこへ女の自分がしゃしゃりでたら、村内の機嫌を損ねて、情報をとりそびれる危険があった。

しばらくは静観するしかない、そう決めたときだった。

不意に怒鳴り声があがった。

『手前《てめえ》！』

村内が叫んだのだ。はっとして近づこうとした扉が大きく開いた。三和土にいた前田をつきとばし、村内がとびだしてきた。そこに前田が追いすがった。

『村内！　抵抗するか！』

村内はいきなりしずりに襲いかかってきた。身がまえる余裕もなかった。しずりは悲鳴をあげ、アパートの廊下に押し倒された。わき腹を強く打ち、息が止まった。

しずりの上に村内が馬乗りになった。そこへ前田がとびかかった。上着のすそがめくれ、腰の拳銃ケースが見えた。

『よせ、村内！　離れろ』

二人はひとかたまりになって廊下を転がった。勢いでアパートの外階段を落ちた。

激しい音をたてて、上になり下になりながら前田と村内は階段を転がり落ちた。はねあがった村内の足がはいた靴下の底が破れていたのを、しずりは鮮明に覚えている。

『前田さん！』

身を起こしたしずりが階段に駆けよると、前田を下にして二人が地上に倒れていた。

『前田さん！』

しずりは階段を走り降りた。村内が身を起こした。前田がいやいやをするように首を動かした。

立ちあがった村内がふらつきながらも駆けだした。アパートの横に自転車置場があり、その一台にしがみつくと尻《しり》をのせた。

『待て！　待ちなさい』

しずりは横たわっている前田にようやくとりついた。前田の手が動いた。いけ、いけ、というように振られる。

『ほ、し』

と口が動いた。そして拳銃ケースを示した。

『もってけ……』

しずりは固まった。

『はや、く……。はやく……』

『救急車を呼びます！』

『馬鹿《ばか》っ』

前田が苦しげに叫んだ。そんなことより村内を追え、といっているのだった。

手が震えた。が、しずりは前田の腰のケースから拳銃を引き抜いた。しずりが支給されているオートマチックタイプよりも少し大きいリボルバーだった。が、扱ったことはある。

『追ええ』

前田がいった。その語尾が不意に途切れた。声を出すことで余力をすべて使いきってしまったかのように、体が痙攣《けいれん》した。

しずりは走りだした。手に重たい拳銃をもったまま、村内が自転車でいったあとを追った。

数十メートルも走ると、環七通りにぶつかった。左右を見た。村内が歩道にいた。やはり体のどこかを痛めたのだろう。大きく左右に揺れながら自転車をこいでいる。よたよたとして、スピードはでていない。

『待ちなさい！』

しずりは叫んであとを追った。村内がよろけ、足をつくのが見えた。右手の指を拳銃の握りに巻きつけ、銃口を下に向けたまま、しずりは走った。

体勢をたて直そうと、ハンドルをもちあげた村内がこちらをふりかえった。目がみひらかれた。しずりと手にした拳銃を見てとったのだ。

そして不意に自転車の向きをかえた。環七通りをつっきろうとした。

重々しいクラクションの音が響き渡った。急ブレーキにタイアがあげる悲鳴がつづき、ドスンという大きな衝撃が伝わり、自転車ごと村内の体が宙を舞った。

地面に落下したときも、大きな音がした。

次の瞬間、あたりが静まりかえった。すべての車が止まり、人も凍りついていた。

村内はひしゃげてぐにゃぐにゃになった自転車と一体になり、路上に横たわっていた。

大型トラックにはね飛ばされたのだ。

「村内をはねたのは、すぐ近くの一之江《いちのえ》のターミナルから浦安の鉄鋼倉庫に荷をとりに向かっていた大型トラックで、村内は全身打撲で即死でした。遺体から採取されたDNAと奥平宅で見つかった毛髪のDNAが一致し、事件は被疑者死亡で送検されて解決しました。お父さまは救急車で病院に運ばれ、頭をひどく打っていることがわかり……」

しずりは言葉を切った。ここからは説明する必要はない。

しずりが責任を問われることはなかった。村内が環七通りにとびだしたのは、逃亡をはかるためで、しずりに撃たれる危険を感じたからではなかった。しずりは止まれ、とはいったが、撃つとはいっていない。

一方で、前田と村内のあいだでどのようなやりとりがあって、ああいう結果になったのかは不明だった。

前田には、村内が犯人だという確証があったわけではない。もしあったなら、しずりひとりだけを連れて会いにいく筈はなく、軽率のそしりは免れない。

ならばなぜ、ほんのふた言み言の会話で、村内が犯人だと前田は見抜き、それに気づいた村内は逃亡しようとしたのか。

村内ほどのプロなら、たとえ「クサい」と刑事に疑われていると感じても、確証をつきつけられるまではシラをきるのが当然の反応なのだ。

事情聴取でも、前田が事前に村内に関する情報を何かもっていなかったのかと、しずりは何度も訊かれた。

しずりはわからない、としか答えようがなかった。生活安全部か組織犯罪対策部にいたときに村内の名を前田は知り、ただ訊きこみに向かったのだとしか考えていなかったからだ。

結局、前田はまぐれ当たりをしてしまったのだろう、という結論になった。捜査の現場ではたまにあることだ。

通常、まぐれ当たりをしても、刑事はその場で、「お前が犯人だろう」とはいわない。素知らぬ顔をしてその場はひきあげ、改めて被疑者を包囲する態勢をとる。

功を焦《あせ》ったのか、うっかりしたのか、前田は村内が〝本《ほん》ぼし〟であると気づいたのを勘づかせてしまい、抵抗にあったのだ。その責任を感じていたので、しずりをかばった。

ただ村内のアパートからは現金を除けば、奥平正から奪ったと思《おぼ》しい品は見つからなかった。ひとり暮らしで、近所づきあいもほとんどなかった奥平の家から、どんな品が奪われたのか、警察はつきとめていなかった。

「お父さまはわたしを助けようとして、村内にとびかかったのです。その結果、大怪我を負ってしまった。ぼんやりしていたわたしの責任です」

しずりは下を向いたままいった。本音は少しちがう。被疑者の家を訪ねるとわかっていれば、もう少し対応はちがった。少なくとも、いきなりつき倒されて馬乗りになられるような失態はおかさなかった。

しかし自分を救った前田がひと言も状況に関する説明をすることなく死亡した今、それ以外の言葉はすべていいわけにしかならない。

特に、前田の妻、えりに対してはそうだった。

前田の運ばれた病院で、しずりは初めてえりに会った。青ざめてはいたが気丈にふるまっていたえりが一瞬感情的になったのが、しずりと対面したときだった。

責任を感じているとうつむいたしずりに、

『あなたが牧さん。そう、主人が身がわりになった人ね』

といいはなったのだ。しずりの心は凍りついた。つづいた言葉は明らかに二人の関係を疑っていた。

『あなたのためなら、主人は命を投げだすのもいとわなかった』

それは、といい返しかけ、しずりは言葉を呑みこんだ。前田が自分に好意をもっていたのは、しずり自身も認めざるをえない事実で、課内でも多くの同僚が感じていたろう。一方で、しずりがその好意に応《こた》えなかったのを知るのは前田ひとりだ。

だがこの場面で、わたしとご主人とは男女の関係ではありませんでしたというのは、責任逃れにもならない。実際の関係がどうあれ、えりは夫がしずりに好意をもったことを許せず、それがこの事態につながったのだと考えている。

自分が誘惑をしたわけでもないし、本当はむしろ迷惑に感じることのほうが多かった、そういいたい気持をしずりは押し殺した。

前田の意識が回復しさえすれば、えりの〝誤解〟がとける、それを願う他ない。

「牧さんに責任があるとは思いません。たとえ父があなたをかばった結果、ああなったのだとしても、僕は男として警官として、それは当然の行為だと思います。父を誇りに思ってます」

岬人はいった。しずりは顔をあげた。わずかに岬人の頰が赤らんでいた。

「ありがとうございます」

「でも、牧さんはどうして警察を辞めたのです？　父だってそれを望まなかったと思うんですが」

しずりは息を吸いこんだ。自分と前田の関係を、警察の同僚たちまでもが疑っていたことは、この若者に話せなかった。

しずりに対する風あたりは決して強くはなかった。むしろ腫《は》れものにさわるようだったとすらいえる。

だがしずりをかばえばかばうほど、内部の空気は、前田のとった捜査に対して厳しいものになる。

本ぼしかもしれない人間への訊きこみに、なぜ新人の女性刑事ひとりしか連れずに向かったのか。

前田が拳銃を携行していたのが、かえってのちにその疑惑を強めた。事前に何らかの情報を得ていた前田が、彼女の前でいいところを見せようとしたのではないか。さらに憶測すれば、彼女に手柄をたてさせる目的があったのではないか。

男性社会である警察組織は、一方でひどく女々しい側面をもつ。無責任な噂話や出世する者への陰口、派閥争いに伴う足のひっぱりあい、外には決して開かれないし理解されにくい集団であるだけに、一度そうした揣摩《しま》憶測《おくそく》の対象となると、精神的苦痛はなみたいていではない。

「資格がない、と思ったんです」

だがそれを岬人に説明することはせず、しずりは答えた。

「この先、わたしには警察官をつづけていく資格がない。それはお父さまのこともそうでしたが、村内という被疑者を死なせてしまった責任も感じたんです」

「でも、事故だったのでしょう」

しずりは頷いた。

「村内をはねたトラックの運転手は君津《きみつ》という人でした。君津さんにとっては、災難でしかなかったでしょう。まさか目の前に自転車に乗った男がとびだしてくるとは思わなかったでしょうから」

おそらくは村内も、階段を落ちた衝撃でもうろうとしていたのだ。それが逃げたい一心で車道にとびだした。しずりに判断力があれば、防げた事態かもしれない。

「道路交通法では、たとえ自殺に等しいようなとびだしであっても、運転者は責任を問われます。プロのトラック運転手であった君津さんにとっては思いもかけない不幸だったと思います。それに対する責任も、わたしにはあります」

トラックを降りてきた君津は呆然《ぼうぜん》とした表情を浮かべていた。しずりとさほど年齢のかわらない、三十そこそこに見えた。首に巻いていたタオルを口に押しあて、村内のかたわらに膝《ひざ》をついて、

『なんで、なんでだよ』

とくり返した姿を覚えている。

「わたしの不注意で、何人もの人の人生をおかしくしてしまったんです。そんな人間に警察官の資格はありません」

岬人は言葉を失ったようにしずりを見つめている。

この言葉は真実だった。本当なら生きているのすら許されないのではないか。そう思いつめたことが何度もある。

しかし、自分とひきかえに命をさしだした前田という人間がいる以上、自殺する資格すら自分にはない。

あのとき村内に自分が殺されたほうがどれほど楽だったろう。数えきれないほどの眠れない夜の中で、部屋の闇《やみ》に目をこらし、しずりは思ったことだった。

望まない贈りもの、それは自分の命だ。そしてもう決して返すことができない。

4

「課内の有志でさ、ちっちゃい忘年会やるんだけどこない?」

声をかけてきたのは、バツイチ独身で営業二課の〝お局《つぼね》〟と呼ばれている藤原麻子《ふじわらあさこ》だった。

「牧さんも気兼ねなしでこられるメンバーだから」

小声でいいながら、藤原の目は浅野香織を見ている。営業最終日の今日、浅野香織は二人の同僚とともに、合コンにいくようだ。相手は大手商社の社員らしい。朝からはしゃいでいて、服装も襟ぐりの深いニットと腰の線がはっきりでるタイトスカートという組み合わせだ。

「ありがとうございます。でも――」

いいかけたしずりの腕に、藤原麻子は手をのせた。

「予定があるなら誘わない。でも何もないんだったらつきあおうよ。つまんなかったら先に帰っていいし。ね」

しかたなくしずりは頷《うなず》いた。

「そのかわり、カッコつけたようなレストランじゃないよ。下町の居酒屋。いい？」

「はい」

メンバーは藤原麻子の他に二人、どちらかといえば課内では地味な関口照美《せきぐちてるみ》と坂本朋代《さかもとともよ》だった。関口は二十二で若いのだが、浅野香織のような派手さは好まないようで、昼休みにはいつも本を読んでいる。坂本は化粧をほとんどしない三十代後半で、噂《うわさ》では韓流アイドルの追っかけにのめりこんでいて収入の大半を注ぎこんでいるという。

連れていかれたのは、近くの盛り場ではなく京成押上《おしあげ》線の立石《たていし》駅に近い居酒屋だった。ホルモンが名物だといい、もうもうとあがる煙がこもった広い店内には、男性客だけでなく家族連れも何組かつめかけている。

タオルを頭に巻いた店主らしき男が、開き戸をがたがたと開けた藤原に手をあげた。

「おう、アサコ。そこの席とっといてあっから」

「サンキュー、大将」

藤原は手をふった。

「いらっしゃい。こん中にコートとか入れな。匂いついちゃうから」

隅の席のテーブルに四人がつくと、割烹着《かっぽうぎ》をつけた中年の女がゴミ用の大きなビニール袋をもってきた。

「おばさん、ありがとう。リョーヘイ大きくなった？」

「毎日部活《ぶかつ》で遅いわよ。泥んこのユニホームを洗わされるこっちはたいへん」

「そっか。とりあえずホッピー四つと焼きとんの盛りあわせ」

ちゃうんですね」

「葛飾区《かつしか》っていうからすごく遠いところと思ってたんですけど、こんなに早くこられちゃうんですね」

珍しげにあたりを見回し、関口がいった。

「そうよ。あなたの家大森でしょ。ここから大森海岸なら品川で乗りかえて一本で帰れるわよ」

藤原が答えた。

「この店は?」

坂本が同じようにきょろきょろしながらいった。

「あたしの幼な馴染《なじ》みの兄さんがやってるの。本当は予約なんてできないんだけど、今日は特別に頼んだ。地元でも有名な、おいしくて安い店なんだ」

確かに店内に貼《は》られている短冊《たんざく》に書かれた品書きは、都心のサラリーマン向け居酒屋に比べて、かなり安い。ホルモン系の焼きとん以外にも、塩らっきょうとか小松菜おひたしといったさっぱりしたメニューもあるようだ。

家族連れは、小学生くらいの子供を連れ、皆夫婦でホッピーや生ビールを飲んでいる。母親は例外なく、年のわりに太っていて髪を金色に染めており、父親はスポーツウェアのようなラフな服装で、若い頃はマル走(暴走族)のメンバーだったような雰囲気だ。

不思議なものだ、としずりは思った。十代の頃は、ケンカやクスリ、暴走行為で手がつけられなかった少年少女が、こうして人の親になり、まがりなりにも家族団欒《だんらん》のときを過す同じ場に、自分がいる。本庁生活安全部でしずりは少年事件課に属していた。少年とはいえ、殺人や強盗、強姦《ごうかん》といった大人顔負けの凶悪犯罪を起こす者も少なかった。

その頃の目で見れば、母親たちの多くに補導歴があり、父親は今でも地元のマル走や暴力団とつながっているように見える。それでも居酒屋の空気に溶けこみ、笑い声を響かせている。

「ヤンママってやつ、典型的な」

しずりの視線の先に気づいたのか、藤原が小声でいった。

「多いよ、このへんは。みんな、高校をでたくらいで結婚して子供生むんだ。旦那《だんな》はたいてい地元の不良で、解体屋とか運転手の仕事してる」

「恐そうですね」

関口がいうと、藤原は首をふった。

「大丈夫よ。頭悪いから難しいこと考えないで生きてる連中ばっかり。そうね、あなたみたいに本ばかり読んでる子は変人扱いされるだろうけど」

「変人ですか」

関口は目を丸くした。

「そうよ。あたしはこの近くの金町《かなまち》ってところだけど、高校生の頃、本にはまって休みの日に家で本ばかり読んでたら、頭にムシが湧《わ》いたんじゃないかっていわれたもん。『あいつ本ばっか読んでる。おかしくなったんじゃない？』って」

いる。

ホッピーが届いた。関口は初めて飲むようだ。乾杯のあと、おそるおそる口をつけて
「えぇーっ」

「でもさ、思うんだよね。どっちが幸せかはわかんないなって。子供の頃悪いことといっぱいしてさ、で同じような悪ガキとくっついて子供ぽろぽろ生んでさ、ぎゃーすか夫婦喧嘩《げんか》したり、悪さする子供ひっぱたいて、あとはなーんにも難しいこと考えないで暮らしてく人生ってどうなんだろう。たとえば、うちの会社には、玉の輿《こし》にのりたい子がいっぱいいるわけじゃない。合コンとかして一流企業の旦那を見つけたいって思ってるような。勝ち負けじゃないけど、どっちなんだろう」

藤原がしみじみとした口調になった。坂本が苦笑する。

「そんな、結論、先にいわないで下さいよ。それに、今ここにいるうちらは、そのどっちでもないじゃないですか」

藤原と関口が笑い声をあげた。しずりも思わず笑った。

「あ、珍しい。牧さんが笑った」

関口が嬉《うれ》しそうにいった。藤原がいたずらっぽくいった。

「さっきさ、牧さんあの家族じっと見てたじゃない。何考えてんのかなって思っただけ」

しずりは微笑んだ。

「同じようなことを考えてました」

坂本が訊ねた。

「牧さんて、うちにくる前はどこか別の会社だったんですか」

「ええ」

その先を全員が待っているようだ。

「小さな会社でした。潰《つぶ》れちゃって」

しずりはいった。

「ま、みんな色々あるよ」

藤原がいうと、坂本がまぜかえした。

「また結論、先にいっちゃって」

どっと笑いがあがった。

居酒屋をでたあと、四人は藤原が知っているという金町のスナックに移動した。二十代から三十代の男ばかりの店員しかいない店で、深夜は地元のキャバクラ嬢や風俗嬢が遊びにくる、安いホストクラブのような店らしい。

藤原はその店の〝社長〟の先輩らしく、安く飲ませるという約束をとりつけていた。

カラオケがあり、関口がまず歌った。それほどうまくはなかったが、手拍子と歌い終えてからの拍手に、関口は頬を染めて喜んだ。

つづいて坂本が歌ったのは、ハングルが画面に映しだされる韓国のポップスだった。歌詞の意味はわからないが、歌唱力はなかなかのもので、立ちあがってフリつきで歌うという力の入りぶりに皆は圧倒された。

「すごーい。坂本さん、韓国語ペラペラなんですね」

「歌だけよ。あたしこのグループが大好きなの」

「いやあ、うちの店でこの歌うたったお客さん、初めてですよ」

ガリガリに痩《や》せた胸をはだけた二十代の従業員がいうと、坂本はまんざらでもないような笑みを見せた。

藤原が歌った。誰もが知る男性アイドルグループの歌で、合唱になった。相当歌いこんでいる。

「こちらのお客さんは?」

マイクを向けられたしずりは首をふった。

「駄目なんです、まったく」

「本当はすげえうまかったりして」

従業員がのぞきこむようにしずりの目を見た。一瞬、岬人を思いだした。安っぽいスーツを着て胸もとをはだけ、金のネックレスをこれみよがしに光らせて、先のとがった革靴をはくこの若者と岬人はどこも似ていない。

すべてがちがう。近いのは年齢くらいだろう。

だがそのとき、しずりは自分がまた岬人に会いたいと願っていることに気づいた。

なぜだ。母親ほど、とはいわないが、十五以上も年齢が離れている若者のことを、どうして自分は気にしているのだろう。

前田の息子だからなのか。

ちがう。岬人が前田の息子でなければ、もっと自分は屈託《くったく》なく彼に接することができた。

だが前田という人間の存在がなければ、自分と岬人のあいだには何の接点もない。

気づくと、周囲の人が皆、しずりを見ていた。

「大丈夫？」

従業員がなれなれしい口調で訊ねた。不意に黙りこんだしずりに、空気が固まってしまったようだ。

「ごめんなさい」

しずりは笑顔を作った。

「ちょっと酔っただけですから。それと藤原さんの歌があんまりうまかったんで」

「よくいうわよ。じゃまた歌っちゃうよ」

「お願いします！」

藤原に救われた。

四人は十時まで、そのスナックで飲んだ。

居酒屋もスナックも全員で割り勘だったが、驚くほど安かった。二軒で、ひとり頭五千円に達しない。

金町の駅から京成線に乗る坂本と関口と別れ、しずりはＪＲに乗りこんだ。藤原は、金町の実家に泊まるようだ。

しずりの住居は、ＪＲ田町駅に近いワンルームマンションだった。

ＯＬになって四年で、初めて同僚と飲みにでかけた。疲れはしたが、後悔はない。

電車の中でなにげなく携帯電話を見た。どきり、とした。

仲本岬人からの着信記録が表示されていた。

墓参りの帰りに入った喫茶店で、しずりは岬人と電話番号の交換をしていた。別れぎわ、岬人が訊ねたのだ。

田町駅でＪＲを降りたしずりは迷った。いったい何の用事だろう。まず思ったのは、岬人の母親のことだった。離婚したとはいえ、前田の息子を生んだ女性だ。前田の死の責任を、しずりに問おうとしているのではないか。

前田えりのように男女関係を疑って非難することはないかもしれないが、岬人に対する養育費などが、前田の受傷、さらには死亡で滞り、苦境に追いこまれた可能性はある。

気が重かった。それ以外の理由で岬人が自分に電話をかけてくるとは思えない。

電話番号の交換などしなければよかった。あの場の岬人はとても感じがよかった。だからつい、乞《こ》われて番号を教えてしまったのだ。だが、岬人には母親がいる。その母親までもが、岬人と同じような好意を自分にもつとはとうてい思えない。

携帯電話を手にしたまま、折り返す勇気もなく、しずりは歩いた。

田町駅をでて、細長い住宅街の路地に入る。住居のワンルームマンションまでは徒歩で十分ほどだ。

着信は午後十時八分で、ちょうど金町駅の雑踏の中にいた頃だ。留守番電話サービスを利用してはいない。

唇をかみ、ボタンを押し耳にあてた。部屋に逃げこむ前に、岬人の母親からの非難をうけておこうと決心した。歩きながら話し、屋外にいると相手に伝われば、そう長くならないかもしれない。詫《わ》びの言葉を口にしつづけ、通話が終わったら電源を切って部屋に逃げこもう。

これから年末年始の休みに入る。そのあいだずっと、電話の電源を切っておけばよい。休みのあいだは何の予定もなかった。実家の両親とは、たまに電話で話すだけだ。すぐ近所に兄夫婦がいるので、寂しいと感じることはないようだ。

二度の呼びだし音のあと、

「はい」

と岬人の声が応えた。背景は静かだった。やはり家にいるのか。家で母親と二人なのだろう。

「牧です。お電話をいただいたみたいで」

足を止め、いった。

「先日はどうもごちそうさまでした」

岬人はいった。コーヒー代をしずりが払ったことをいっているようだ。

「とんでもない」

「実は、ちょっとうかがいたいことがあってお電話したんです。ご迷惑だったでしょうか」

「いえ」

答えながら心が沈んでいく。

「何でしょうか」

「僕、今、チーター便の配送センターでバイトをやっているんです。そこで知りあったドライバーさんがいて、もしかするとその人が先日、お話をうかがった方じゃないかと思うんですが……」

「ドライバーさん？」

一瞬、言葉の意味がわからなかった。チーター便は宅配業者だ。

「君津さん、といいましたよね。その、犯人をはねてしまったトラックドライバーの方」

「ええ」

「君津、何という方でしょう」

思いだせない。

「今はちょっと……」

「そうですよね。こんな暮れの時期に申しわけありません」

「いいえ。あの、その方が？」

「牧さんは、君津さんの人生もおかしくしてしまったと後悔していらっしゃいました。でも、僕が知っている君津さんなら、今はとても明るい、というか、昔のことを気にしているようすはないので、牧さんにそれをいっておこうと思って……」

君津という姓はありふれているわけではないが、同姓の別人という可能性だってある。だが岬人が、しずりの後悔をそこまで気にかけてくれていたのは意外だった。

「そんな……。ありがとうございます」

「もちろん別人かもしれないので、ちがっていたらかえって申しわけないのですけれど。その人も長くドライバーをやってらっしゃる方みたいで。君津政一《せいいち》というんです。政治の政に一と書いて」

記憶の中でひっかかるものがあった。確か、村内をはねた君津の下の名も「〇一」といったような気がする。

「すいません、変な電話で」

沈黙しているしずりに、岬人は早口でいった。

「いえ、大丈夫です」

「牧さんには思いだしたくないこと、ですよね。本当、ごめんなさい。もう切ります。あのう、よいお年を」

「いいえ。よいお年を」

電話が切れ、しずりはほっと息を吐いた。よかった。非難の電話ではなかったのだ。安堵《あんど》すると同時に、怒りとも悲しみともつかない感情がこみあげてきた。いったいいつまで、自分はこうして罪悪感に怯《おび》えなければならないのか。

自分に罪は本当にあったのか。それすら、今となってははっきりわからない。助けられたのは事実だ。だがそのことでこんなにも非難に怯え、償いの言葉を口にしつづけなければならないとわかっていたら、いっそ助けられなくてよかった。殴られ、あるいは階段からつき落とされていたとしても、そのほうがよほどましだ。岬人に過去のできごとを話したのは軽率だった。卑怯《ひきよう》かもしれないが、自分が牧しずりではないと嘘《うそ》をついてでも、あの場を逃れるべきだったかもしれない。

前田に息子がいた、とわかった驚きで、しずりの心はその選択肢を失った。かかわらない、話さない、と決めた、しずりの生きかたに反する行動をとってしまった。

愚かだった。

自分を呪《のろ》いながら自宅に着いた。路地と路地のすきまにたった、まるで鉛筆のようなマンションのロビーをくぐる、オートロックはない。小さなエレベータで三階にあがった。部屋は各階にふたつずつしかない。隣室に住んでいるのは、髪を明るく染めた、おそらくはホステスか風俗嬢で、まだ二十《はたち》を越えたかどうかという年だろう。めったに顔を合わせることはなく、会っても互いにそっけない挨拶《あいさつ》をかわすだけだ。

エレベータを降り、部屋に入った。細長く狭い部屋は、玄関に立ったとたん中のすべてを見通せる。

三和土《たたき》をあがってすぐ小さなキッチン、その先左手にユニットバス、六畳ほどの部屋。シングルベッドと小さなコタツで床の大半は埋まっている。作りつけのクローゼットにおさまるくらいしか衣服はもっていない。

陽あたりの悪い部屋は、むしろ廊下より冷えているような気がした。

明りをつけ、ブーツを脱いで、まずはコタツに入った。煙草《たばこ》の箱をひきよせ、一本抜いて火をつける。今夜は、同僚たちの前で吸わなかった。

壁ぎわの小さなテレビ台にのった電話のランプが点滅していた。留守番電話に誰かがメッセージを残したのだ。それを再生するのに勇気がいった。一度気分が落ちこむと、すべてのできごとが悪い予兆に思えてくる。

煙草を吸い終え、再生ボタンを押した。

「──さん、あ、母さんだけど」

ピーという信号音の終わりを待たず話しだした母の声を聞き、わずかにほっとした。

「どうするんだい。貴志《たかし》たちは元日からくるといってるんだけど。あんたは帰ってくるの。連絡して」

母はしずりの携帯に電話をしてこない。携帯にかけてもめったにつながらないから、というのがその理由だ。実際、会社にいるときは直接、留守番電話サービスにつながるようにしている。夕方以降はこの部屋にいることが多いので、よほど緊急の用事でない限りは家の電話でこと足りる。

録音されたのは、午後八時十分だ。今の時間はおそらく寝ている。

しずりは大きく息を吐いた。シャワーを浴びるのも億劫《おっくう》だった。それでも下半身がわずかにあたたまるとコタツをでて、エアコンのスイッチを入れ、部屋着に着がえた。

これから一週間、何の予定もない。実家は福井だった。帰ろうと思えば、いつでも帰れる。だが帰る理由もない。

冷蔵庫に入っていた紅茶のペットボトルをだし、牛乳と合わせてミルクパンであたためた。それをカップに注ぎ、コタツに再びもぐりこんだ。

テレビを観《み》たいとも思わない。そらぞらしい笑い声や勇壮なコマーシャルソングなど絶対聞きたくなかった。

部屋の中は静かだ。この静けさが一番いい。

バッグから携帯電話をとりだし、電源を切った。ようやく外界との扉が閉ざされ、安全地帯に逃げこめたような安堵を感じた。

何も考えず、ミルクティをすすった。コタツの上にノートパソコンがある。ネットオークションでたまにバッグや靴を買う。どんなものでも新品を買えるほど余裕のないしずりには、ネットの中古品売買は役に立っている。

だが今はネットの世界に逃げこむほどの気力もなかった。久しぶりに多くの人と話をしたことで、精も根もつき果てたような気分だと思った。

いや、ちがう。本当は忘年会が理由などではない。自分は楽しんでいた。歌えといわれたときは閉口したが、それ以外のできごとはすべて予想以上に楽しかった。焼きとんもおいしかったし、藤原や関口のやりとりもおもしろかった。どちらかといえば地味で、課内での存在感を自分と同じように薄くしている彼女たちひとりひとりの個性を感じられ、あたり前のことだが、それぞれに軽い感動すら覚えた。

疲れたのは疲れた。だがこの重い気分は、決して彼女たちのせいではない。

岬人の言葉によって思いだした過去のせいなのだ。わかりきっている。

君津の下の名がどうであろうと、今はもうどうでもよいことだ。

5

暗闇の中で目を開いた。不意に目がさめ、眠れなくなった。同時に、ずっと頭の中をひとつの考えが占めている。

枕元《まくらもと》の目覚まし時計は午前三時過ぎを示していた。タイマーでエアコンを切ったので、部屋の温度が下がり、頬が冷たく感じるほどだ。

手探りでエアコンのリモコンを捜し、スイッチを入れた。ワンルームはあっという間にあたたまっていく。

このまま眠ってしまうならそれでいい。そうなることを心のどこかで望んでいる。

しかし眠れなかった。

部屋をあたためたのは何のためだ。ベッドを抜けでる勇気をもつためだ。ベッドを抜けでる目的はバスルームに立つことではない。

スタンドのスイッチに触れた。目を細めながらベッドから降りる。

クローゼットの扉には一歩で手が届いた。開き、しゃがみ、冷んやりとした少しカビくさい匂《にお》いをかぎながら奥におかれていた段ボール箱をひきよせた。アルバムや小さなトロフィ、捨てられなかった本に混じって、何冊かのメモ帳が入っている。

メモ帳を手にした瞬間、懐《なつか》しさと後悔がこみあげる。どれほどのメモを、この手帳にとったろう。メモは、刑事の仕事の大半を占めていたような気がする。人と会い、話を聞き、その内容だけでなく相手の印象もすべて気づいたことはメモするのが、しずりの習慣だった。

それが刑事なのだ。捜査に詰まったら、何度も自分のメモを読み返す。なにげなく書き留めた一行に、突破口となるキィワードが隠されているかもしれない。

前田にも、そう教えられた。

使ったメモ帳の数は厖大《ぼうだい》で、殴り書きで埋めつくされたものもあった。警察を辞めるとき大半は処分した。残してあるのは、ごくわずかだ。

めざすメモ帳を、しずりは最初から手にしていた。

奥平正強殺事件の捜査の際に使っていたものだ。終わり近くのページに、その名前を記した記憶もある。

「君津政一」

自分の字だった。殴り書きに近い。動揺しながらも、トラックを降りてきた君津からその名を聞きとってメモしたのだ。習性となっているからこそできた行為だった。

メモを閉じ、段ボール箱につっこんだ。もういい、確認しただけで充分だ。ただそれだけのことだ。同じ名前だ、確かに。だが何の意味もない。

段ボール箱をクローゼットの奥に戻し、扉を閉める。決してそれ以外の段ボール箱の中身に触れたいとは思わなかった。

ベッドに戻る気をなくした。

コタツに入って、うずくまった。

だから何だ。

そんな言葉が頭の中を回っている。

仲本岬人のバイト先で働くドライバーと村内康男をはねたトラック運転手の名が一致した。

単なる同姓同名かもしれない。

死亡事故を起こした以上、君津への処分は厳しかった筈《はず》だ。だが飲酒運転をしていたわけではないし、非の大半はいきなり道路にとびだした村内にある。

もちろんそうであっても、車対人の事故では、運転者の処分は避けられない。免許停止、おそらくは取消し。

プロの運転手にとって免許取消しは死活問題だ。職を奪われるに等しい。同時に、人を死に至らしめたという重い事実がのしかかる。

だからこそ、しずりは君津の人生に対する責任を感じているのだ。事故の精神的後遺症で二度とハンドルを握れなくなっていたら、職業だけでなく多くのものを、しずりは君津の人生から奪うきっかけを作ったことになる。

岬人の知る君津政一が、村内をはねた君津と同一人物であったなら。

わずかではあるが、しずりの罪悪感はやわらぐ。君津は再度トラック運転手の資格を得て、仕事にも生活にも困っていないと想像できるからだ。

それでよかったではないか。いや、むしろそうであったほうが、しずりにとっても幸運だ。

ない。

岬人のいった言葉。

――今はとても明るい、というか、昔のことを気にしているようすはない

尚《なお》さらよかった。過去をむし返されるのは、君津にとっても迷惑以外のなにものでも

ない。

仲本岬人だってそのことがわからないわけではないだろう。まさか、

「六年前、あなたがひき殺した人は、僕の父を植物状態にした犯人です」

という筈もない。岬人が軽々しくそんな言葉を口にするような人間でないことくらい

は、喫茶店で過した短い時間でも、しずりにはわかっている。

煙草に手をのばしかけ、今日はすでに一本吸っていると思いだした。

――昔のことを気にしているようすはない

それは口にだしていわないから、か。それとも事故を起こした事実を同僚などに語り、

自分は悪くなかった、そういっているからなのか。

語っていないのなら、ただ態度が明るいだけで気にしていないという理由にはならな

い。重い過去を周囲に知られていないからこそ、明るくふるまえるのかもしれない。

事故の事実を告げ、でも自分は悪くなかったのだ、と過去に押し潰されず、今を生き

語っていたら。

ているとしたら。

自分の何倍も立派だ。処分をうけ、それを乗り越えて以前と同じ仕事にいそしんでい

るのだから。

何もいう必要はないし、いう資格も、誰にもない。

気づくと再び煙草を手にし、火をつけていた。苦いニコチンの味が舌に広がる。まずい、なのになぜ自分は吸っているのだ。

岬人には、だが知る権利はある。

ふと気づいた。

君津に対し、過去をむしかえすような言葉を放つ権利は誰にもないかもしれない。しかし、君津が、父親を死に至らしめた犯人をはねた運転手と同姓同名であることを知る権利が、岬人にはある。

ふた口吸った煙草を消し、キッチンで口をゆすいだ。

明日、岬人に知らせよう。そこから先は岬人の問題だ。

午前八時に目が覚めた。買いおきの食パンと卵で朝食をすませ、インターネットをのぞいて時間を過した。

午前十時過ぎ、しずりは携帯電話を手にとり電源を入れた。

メールが入っていた。藤原麻子からだった。メールアドレスを昨夜教えたことを思いだした。

『おはよう。きのうはつきあってくれてThank you。二日酔いだー。頭痛い。あれからまた飲みにいっちまったんだよ。嫌じゃなかったら、また遊びにいこうね。じゃ、よいお年を』

『こちらこそありがとうございました。思ってた以上に楽しかったです。よいお年を』

返信をした。また誘って下さい、と打つ勇気はなかった。

岬人の番号にかけた。呼びだし音はなく、直接、留守番電話サービスにつながった。一度切り、留守番電話に吹きこんだほうが気楽だと思い、かけなおした。信号音のあとに吹きこんだ。

「牧です。あの、同じ名前の人でした。君津政一。同一人物かどうかはわかりません」

電話を切って、息を吐いた。これで終わりだ。あとは岬人の問題だ。君津政一の過去について、岬人が何を思い、行動しようと、自分にはかかわりがない。

だが携帯の電源を切ってしまうことにはためらいを感じた。一方的にメッセージを残し、岬人の返事を受けつけないというのは、礼儀に反しているような気がする。

かかってこなければいい。そう願った。今日一日、岬人から連絡がなければ、電源を切ってしまってかまわないだろう。

部屋の電話が鳴りだし、しずりはどきっとした。まるでメッセージを受けとってかけてきたようなタイミングだ。だが岬人である筈はなかった。固定電話の番号を岬人は知らない。

「はい」

「母さん。きのう吹きこんどいたのだけど、どうするの、あんた」

少し甲高い声が耳に流れこんだ。

「まだ決めてない」

「いいけど、そこにひとりでいるのも寂しくないかい」

「別に」

　母親のため息が聞こえた。

「ご飯とかだって、食べるところないだろう。お正月なんだし」

「そっちとはちがうよ。開いてる店いっぱいある。コンビニもやってるし」

「そんなんで、あんた体は大丈夫なの。病気とかにならないでよ」

「大丈夫。なんかあったら帰るよ」

「貴志も気にしてたよ。最近、しずりの顔を見てないって」

「よろしくいっといて」

　母はもう一度ため息をついた。

「春香《はるか》さんが気にしてるみたいなのよ。実家に帰ってもあんたがいないのは、避けられているのじゃないかって」

　春香は兄の嫁だ。よく喋《しゃべ》り、よく動く。小柄なせいもあって、まるでコマネズミのようだと思ったことがある。年は、しずりと同じだ。

「そんなことあるわけないじゃない。仕事が忙しいとかいっておいてよ」

「忙しいたって、だってもう刑事じゃないんだし――」

　いいかけ、母は口をつぐんだ。失敗したと思ったかもしれない。

「そうだけど、今の会社は海外との取引とかあるし。中国は旧正月のほうがメインの休みで、ふつうの年末年始は取引先の休みが少ないから」

「そうなのかい」

しずりが用意したいわけに母はのってきた。話題をかえるチャンスだと思ったようだ。

「そうだよ。だから元旦《がんたん》から会社にでる人もいる」

「ふうん。じゃあしようがないか」

「もしかしたら顔だすかもしれない」

「父さんも喜ぶから」

数年前に退職した父親は、中学の国語教師だった。

「わかった。電話するよ」

「そうして」

受話器をおろした。刑事だった頃、年末年始にとれる休みは少なかった。年末年始は、どんな人間も自宅なり実家にいる時間が増える。それは訊《き》きこみや身柄確保のチャンスでもある。

だがその頃のほうが、福井の実家に帰っていた。わずかなすきまを見つけ、帰った。

東京を離れることに意味があった。

東京にいる限り、警視庁警察官の身分から逃れられない。福井は管轄《かんかつ》がちがう。事件や事故に遭遇しても職業意識に縛られる必要はない。管轄を離れて初めて、オフタイムだと思えた。

もちろんすべての警官がそうなわけではない。制服警官でも通勤は私服だ。そして私服のときは、それがいつかなる場所であっても、オフデューティだと考え、事件事故にかかわらないようにする、という者もいた。

そういう警官が無能かといえば、決してそうではない。彼らはオンとオフを使い分けるからこそ、有能なのだと主張する。一年三百六十五日、二十四時間、警官の職務に忠実でありつづけることはできない。この世に警官はひとりではないし、犯罪者がヤマを踏むのも一度きりではないのだ。だからそのときは見逃しても、次に職務でつかまえればよい。

電車内で痴漢やスリを見ても、その場は知らん顔をする、という警官もいた。一番の理由は面倒だというものだ。現行犯逮捕はできるが、被疑者が否認すればやっかいだし、犯行を認めても、そのあとの作業が多い。さらに、本来そこを管轄とする警官に嫌味をいわれることすらある。

人の縄張りを荒すな。

一般人が痴漢やスリを逮捕したら、警官は決してそうはいわない。お手柄です、我々の仕事を助けて下さってありがとうございます、という。

だから馬鹿馬鹿《ばかばか》しい、勤務時間外は俺は警官じゃない、そう広言していた。

しずりはそういう考えかたができなかった。いついかなるときでも、事件の予兆、犯罪の発端と思えるものに敏感にならずにはいられなかった。

それで疲れた。

だが、疲れるから仕事なのだ、と思っていた。警官という職業が、実際になってみて、テレビや映画の世界とは大きく異なることはわかった。正義漢ばかりではないし、役所、役人根性としかいいようのないことなかれ主義が蔓延《まんえん》している部署もあった。セクハラ、パワハラも一般企業よりはるかに多い。上役の顔色をうかがい、胡麻《ごま》をする者はどこにいっても必ずいた。

であるとしても、しずりは可能な限り、警官でありつづける自分でいたかった。刑事は子供の頃からの憧《あこが》れの職業だったのだ。

今はそれが終わってしまった。刑事に対する憧れがまちがっていたわけではないし、警官という職業が嫌になったのでもない。終わってしまったとしかいいようがない。警官になり、刑事になり、そして終了した。心の中で卒業した、といってもよい。警次になりたい職業があったわけではないから、終了した時点で、しずりは宙ぶらりんだ。宙ぶらりんのままOLとなって四年が過ぎた。

このまま残りの一生を生きていくのだろう。そしていつか、何もかもがどうでもよくなるときがくる。

携帯が鳴った。岬人からだ。時計は正午をさしている。

やはりかかってきた。

「はい」

「仲本です。留守電聞きました。同じ名前だったんですね」

「そう、ですね」

岬人の声の向こうはにぎやかだ。

「バイト、大晦日《おおみそか》までなんで、今日もきてるんです。今は昼休みですけど」

確かに年末年始、宅配便は忙しい。

岬人の声が低くなった。

「ええと、君津さんの顔とかって覚えていますか」

「何となく、は。でも、御本人だとして、どうするのです」

「確かめたいことがあるんです」

「確かめたいこと？」

「それはここではちょっといえないんですけど、牧さん、相談にのってくれますか」

「相談」

しずりはおうむ返しにいった。嫌だ、かかわりたくない。その言葉が今にもこぼれそうだ。

「あのう、強引ですみません。僕、今日は早番なんで、三時にはあがれるんですが、四時くらいにどこかで会えませんか」

断われなかったのは、岬人の声に何か切迫した響きを感じたからだ。

「大丈夫です」

「配送センター、品川なんです。品川駅の駅ビルとかで」

「いきます」

「ありがとうございます。四時に、電話します！」

一方的に告げ、岬人は電話を切った。品川と田町はひと駅しか離れていない。

自分は何かまちがえている。そのあやまちを早く正さないと、もっと悪いことが起こる。そんな予感がする。

だがしずりにはわからない。何を、どうまちがえているのか。

岬人と会い、過去を思いだすことがあやまちなのか。考え、気がついた。

自分にとって過去なのは、自分がそうしたいからであって、岬人にとっては過去でも何でもなく、現在の問題なのだ。あやまちは、しずりと岬人の、この感じかたのちがいから始まっている。

6

岬人は鮮やかなオレンジのフリースを着ていた。駅ビルの雑踏の中でそれは目立っていた。互いに携帯電話を耳にあてながら歩みよった。フリースのせいだけでなく、しずりには岬人の姿が人波の中で際立《きわだ》って見えた。

ドーナッツとコーヒーを売り物にしているというカフェテリアに岬人が誘い、二人は並んでベンチに腰かけた。

「まず、これを見て下さい」

岬人が携帯電話を操作した。カメラ機能で撮った写真を液晶に映しだす。集会所か食堂のような風景だ。さらに電話を操作し、そこに写りこんだひとりの人物を拡大した。

しずりは岬人の電話を手にとった。身を寄せた岬人から、墓地で初めて会ったときかいだ若者の匂いが漂ってくる。少年でもない、大人の男の雄の匂いとも異なる、やわらかであたたかな匂いだ。

写真に目を落とした。タオルを首に巻き、わずかに額が後退した男の姿を見つめた。口もとが歪《ゆが》んでいるのは、笑いながら喋っているからだろうか。

「これが君津さんです」

しずりは電話を返し、岬人の目を見た。答を望む目が見返してくる。

「この人です」

岬人が深々と息を吸いこんだ。なぜかは知らないが一瞬困ったような表情になり、目がしずりを離れた。ガラス窓ごしに駅の構内をいきかう人波を眺めている。

「これ、近くの食堂なんですけど、撮った直後に、すごい権幕で威《おど》されました。『お前、今、俺の写真撮ったろう』って。とっさに、メニューを撮ったんですっていいわけしました。さもないと今にも殴られそうでした」

「メニュー」

そういえば君津の背景に、壁に貼《は》られた短冊《たんざく》が写っていた。

「ええ。『馬鹿野郎、メニューなんか撮る奴《やつ》がどこにいる』って。だから、僕、いつもお昼に何を食べるか迷っちゃうんで、前もってメニューを撮っといて決めておこうと思って、といいわけしました。『はあ、お前、おかしいんじゃねえのか』といわれましたけど、助かりました」

「写真を撮られるのを嫌がっていたってことですね」

「そうだと思います」

しずりはマグカップからカプチーノをすすった。

「君津さんは、ドライバーさんの中ではあんまりガラのいいほうじゃなくて、いつも大声で、ギャンブルや飲み屋の話をしています。競輪が好きみたいで」

「自分の話をよくするんですか」

「ときどき。まあ、仲のいい人とだけですけど。近くで食事をしてるときに聞こえてくるんです」

「六年前の事故のことも？」

岬人は首をふった。

「それを話しているのは聞いたことありません。けど——」

「けど？」

「気になる話をふたつ、聞いたことがあるんです。ひとつは、何年か前に、何百万か一気に稼いだことがあって、それを全部ギャンブルですっちゃったという話」

「稼いだ手段は？」

「わかりません。自慢話みたいで、よくしている話なんですが、五百万といったり一千万ていったり、そのときで金額がちがうんです。だから、周りでもあまり真にうけてない人が多くて」

「どちらにしても大金ですね」

「どうやって稼いだのかはいわないんです。訊かれても、『ちょっとな』と意味ありげにいうだけで。六年前の事故のときにお金をもらったのかな、とも思ったんですけど、被害者でもないのにそれはおかしいかな」

「あの事故に関していえば、お金はもらっていないと思います。村内康男に対しては保険金がでた筈ですが――」

その保険金を受けとったのは、村内の弟だった。唯一《ゆいいつ》の身寄りで、北海道に住んでいた。警察の連絡をうけ上京してきたとき、ひどく迷惑がっていた。縁を切りたいと考え、実際何年も音信不通だったようだ。だが保険金が支払われると聞いて、態度がかわった。故郷の墓に入れると、遺骨を大切そうに抱えて帰っていった。

「ですよね」

岬人はつぶやいた。

「もうひとつの話というのは？」

その話に関する結論を思いつかないまま、しずりは岬人に訊《たず》ねた。

「それは、ええと……。牧さんには笑われちゃうかもしれないんですが――」

岬人は口ごもりながら話し始めた。

乗っているトラックに不具合が生じ、修理待ちのために君津が明け番の運転手たちと暇潰《ひまつぶ》しに喋っている場にいきあわせたことがあった。ひとりの運転手が読みかけの実話雑誌の記事を話題にした。

それは、中国人の殺し屋、いわゆるヒットマンが、裏社会ではひとり百万円で殺人を請け負っている、というものだ。本当にそういう存在があるのかと議論になった。

嘘に決まっている、いや、いるんじゃないか、などといいあっていると、君津が口を開いたのだ。

『別によ、中国人なんか雇わなくたって、いくらでも人を殺せるじゃないか、合法的に』

皆が驚いたように君津を見た。それまでは聞き流していた岬人も思わずふりかえった。

『事故だよ、事故。狙《ねら》った野郎をひいちまえばいい。乗用車だったら簡単には死なないかもしれないけど、大型だったらいちころだぜ』

『だけどそんなうまくひけるかよ、第一、狙った奴が道路にふらふらでてくるとは限んないだろ』

そういった仲間に、君津は首をふった。

『そりゃさ、いきなりは無理だ。けど、そいつの生活パターンとかを調べりゃ、必ずひけるチャンスがあるだろう』

『そんな、お前、それを狙ってひいたら、事故じゃなくて殺人だってばれるだろう』

『だから乗用車は駄目なんだ。俺たちみたいなプロドライバーが転がす営業車なら、狙ったとは思われねえよ。もちろんそこを走ってる理由がなきゃ駄目だけどな。受けもち地区とちがったらヤバいぜ。たとえばの話、お前が池袋で事故ったら、なんでそんなとこにいたって話になるだろ。けど五反田でやったら、ああやっちまったなって話じゃねえか。ちがうか?』

『そりゃ、まあ、そうだけど……』

『事故の状況にもよるけどよ、酒とか入ってなきゃ、重過失だよ。ム所に入れって話にはなんない。免許はまたとりゃあいい。どうだ？』

　全員がぎょっとしたように黙りこんだ。

『で、いくらになるんだ』

　ようやくひとりが訊いた。

『そりゃあ、払ってくれる奴しだいさ。殺し屋だったら、警察は雇った奴を捜すけど、事故だったらどうしようもない。殺《や》った人間はわかってるが、事故なのだから文句をつけようがないものな。そっちのほうがよっぽど安全じゃねえか』

『そうか。じゃあチーター便は殺し屋集団だな。東京都内ならどこでもオッケーだぜ』

　まぜっかえす者がいて、爆笑になった。

「どう思います？」

　しずりは言葉がでなかった。もちろん事故の体験をもとにした君津の冗談だ、とも考えられる。しかし、実際に死亡事故をひき起こした人間が口にする冗談としては、あまりにきわどい。

「確かに、昔のことを気にしていたら、そんな冗談はいえませんね」

「ていうか、ありえない話だと思いませんか。死亡事故を起こしているのに、それを殺し屋の商売にできるだなんて」

「ええ」

「牧さんからこの前、事故を起こした運転手の名前が君津だって教えられたとき、あの君津さんのことをすぐ思いだしました。うちでは目立つドライバーですから。それまでは、ちょっとガラが悪くて、自分のことを大きく見せたがる人なんだくらいにしか思っていなかったんですけど……」

数年前に入った大金。事故に見せかけて殺人が起こせる。そのふたつの話題と同姓同名で、岬人が疑問をもつ理由は、しずりにも理解できた。

村内康男の死亡は、事故ではなく殺人だった。

「でも、それは、ありえない」

しずりは首をふった。岬人を見た。

「仲本さんは、六年前の事故が、事故ではなかった、といいたいのでしょうけれど、現場を見たわたしは、あれは事故だった、と思います」

岬人は無言だ。しずりは言葉を継いだ。頭を巡らせ、喋る。

「あのとき、君津さんの大型トラックは環状七号線を走行していましたが、その時間に村内が飛びだしてくるのは予測不能だった筈です。なぜならお父さまが自宅に現われたこと自体、村内にとっては予測できない事態だったからです。だからこそアパートをとびだし、お父さまに怪我《けが》をさせて逃亡した」

岬人は考えていた。

「もし前もって君津さんが、村内をはねるような契約をしていたらどうです？」

「でも時間までは予測できない」

岬人は瞬《まばた》きした。

「村内は自転車で動くことが多かったんですか？」

「たぶん。はねられたときに乗っていたのは、村内本人の自転車でした」

「だったら、父がその日アパートに現われなくても、同じ時間にそのあたりを走っていたかもしれません」

しずりは首をふった。

「その可能性はゼロではありませんけど、よほどタイミングが合わない限り、君津さんのトラックと村内の自転車が同時刻に同じ環七にいるのは困難です。しかも事故にするためには、村内が強引な横断をするなり、車道を走るなりしないと」

「自転車で車道を走る人は多いです。それもすごく通行量の多い幹線道路でも、走る人は平気で走っています。村内がいつもそうしていたら、狙ってひくことは可能じゃありませんか」

「だとしてもタイミングの問題があります。たとえば路肩にずっとトラックを止めていて、村内が現われるのを待つ、という方法なら可能でしょうけど、君津さんがそうしていなかったことは、捜査で明らかになっています」

岬人は目を大きくした。

「どうやって？」

「一之江のトラックターミナルをでた時刻と現場にさしかかるまでの走行時間です。不自然であれば、交通課の現場検証でひっかかっている筈ですから」

「そうか」

岬人は肩を落とした。

「村内が同時刻にあの場所で無理な横断を試みるというのがわかっていたのでない限り、トラックではねるのは不可能だと思います」

岬人は天井を見あげた。しばらくそうして無言でいた。

「仲本さんが疑いをもたれるのは、ある意味当然かもしれません。事故経験者としては、あまりに君津さんの言葉は無神経です。おっしゃるように、過去のことを苦に病んでいたら、そんな発言はありえない。だからといって、あれが事故ではなく殺人だったというのは考えられないと思います。もし殺人なら、そう仕向ける共犯者が必要で――」

いいかけ、しずりは不意に黙った。岬人が怪訝《けげん》そうに目を向けた。

「――その共犯者は、わたしということになります。わたしが村内を車道へ追いやった」

「そんな。ありえないでしょう」

しずりはうつむいた。

「ありえません」

低い声でいった。

「すみませんでした。牧さんにとって嫌な話ばかりして」

岬人が頭を下げた。

「そんな。あやまるようなことじゃありません」

「いえ。牧さんにはきっと父のことは、つらい思い出になってる筈なので」

しずりは息を吸いこんだ。

「思い出、じゃありません。今でもずっと、心の中に常にあります。申しわけなかったという気持と――」

岬人がしずりを見た。

「どうせなら、わたしがそうなればよかったという気持です」

しずりは低い声でいった。岬人の目が広がった。が、何もいわなかった。やがてつぶやいた。

「本当にすみません」

「あやまらないで」

煙草を吸いたかった。

「あやまらないで下さい。あやまるのはわたしのほうです。でも、もう、あやまるのに疲れた」

口もとに手をあてた。涙はでない。なのに目を開けているのがつらくなった。

岬人は何もいわなかった。

「ごめんなさい」

いって立ちあがろうとした。不意に腕をとらえられた。

「待って下さい」

しずりは驚いて止まった。岬人が強い視線を向けていた。

「僕は、牧さんはまったく悪くない、と思う。父があなたをかばって大怪我をしたのは、父がそうしたかったからで、牧さんにはまるで非のないことです。なのに牧さんが責任を感じるように周囲の人たちが仕向けたのなら、それはその人たちのほうがまちがっている」

「誰もわたしを責めてはいません。だからといって、責任を感じないというわけにはいかないんです。起きたことは起きたことで、その結果、前田さんは亡《な》くなったのですから」

「じゃあ、立場が逆だったら、牧さんは父を恨みますか」

「恨みはしません。でも、村内におさえこまれるような失態をおかしたと腹はたてたと思います」

そのことは何度も考えた。それこそ嫌になるくらい。そうであったほうがよほどいいと思った。

「不意打ちだったのでしょう」

「そうですけど、刑事にそんないいわけは許されない」

「本当に誰も責めなかったのですか」

「はい。むしろ腫《は》れものにさわるように扱われ、それが嫌でした。といって、ことあるごとに責められたら、きっと耐えられなかった」

「父は」

いって、岬人は言葉を途切らせた。

「よけいなことをしたのでしょうか」

ひどく悲しげな口調だった。しずりは首をふった。

「とんでもない。わたしを助けて下さったのは事実です。助けてもらえなかったら、わたしはきっと大怪我をするか、最悪死んでいたかもしれない。だからよけいなことなんて全然思っていません。ただ……」

「ただ？」

「ただ、とっさのことで、わたしには選ぶ余地はなかった。助けてと叫ぶ暇もなかった」

「でも立場が逆でも、同じことをしたのでは？」

「それは、もちろん。でも前田さんのようにとびかかったりはできなかった」

それも何度も考えたことだった。前田が拳銃《けんじゆう》をもっていたのに比べ、しずりは丸腰だった。特殊警棒すら携帯していなかった。

死にもの狂いになった村内に前田が襲われていたら。拳銃を奪われ、前田と自分の両方が命を落としていたかもしれない。奪われた拳銃が犯罪に使用されるのは、あらゆる警官にとって、最悪の悪夢だ。

「父はなぜ、村内が犯人だとわかったのでしょうか」

しずりは首をふった。

「わかりません。きっと話しているうちに刑事の勘が働いたのだと思います。村内も村内で、犯罪者の勘で、気づかれたことに気づいた」

「だったら何もかも突然だったということですね。牧さんには」

「そうです。いいわけになってしまいますが」

「いいわけなんかじゃありません。きっと父こそ責任を感じていたんです」

岬人のきっぱりとした口調に、しずりは思わず見返した。

「村内が突然逃げだすように仕向けたのは父です。部屋の外にいた牧さんは、何が何だかわからないまま、村内に押し倒されてしまった。原因を作った父は、仲間に怪我をさせてしまうと焦《あせ》ったのだと思います。それで思わずとびついた。それがあの結果を生んだ」

しずりは無言だった。

「だから原因を作った父に、責任がある」

「でも。だとしても――」

「お願いです。牧さんが責任を感じるのはやめて下さい。たぶん父もそんなことは望んでなかった」

それは、きっとそうだろう。もし何ごともなく村内を確保できていたら、しずりは前にも増して前田に求められる展開になったろうと思う。

前田に救われたという借りができてしまうのだから。

前田が望んだとすれば、そのことだ。

「牧さん」

しずりは岬人を見た。

「もしかして父は、牧さんのことを――」

岬人の言葉が止まった。目がガラス窓の向こうを見ている。

しずりは視線の先を見た。

君津がいた。こちらに向かって歩いてくる。まっすぐにカフェテリアに進んでくると、入口をくぐり、カウンターに立った。

「コーヒーのM、テイクアウト。あとブラウンドーナッツひとつ」

声が聞こえた。店員が復唱し、それに頷《うなず》く。

君津は革のジャンパーにコーデュロイのパンツをはいていた。手にした硬貨をカチカチとカウンターに当て、首を巡らした。

目が合った。

一瞬怪訝そうに岬人を見て、おやという表情になり、次にしずりに目を移した。じっと見つめる。どこで会ったのかを思いだそうとするように、眉根《まゆね》を寄せた。

ぱっと目が広がった。体の向きを出入口の方角にかえ、もう一度確かめるようにしずりを見た。

駆けだした。

「お客さま――」

カフェテリアの外にとびだした君津は両腕を前に突き出し、人波の中に走りこんだ。

目の前の人間を押しのけ、かき分けるように走っていく。

紙コップを手にした店員が呆然《ぼうぜん》と立っている。

「逃げた」

岬人がつぶやいた。しずりは何もいえなかった。驚きで言葉がでない。

だが考えてみれば会ったのは偶然でも何でもない。品川駅は、君津の職場のすぐ近くだ。駅にこうしていれば、通勤に品川駅を使っている君津と会うのは、ある意味必然だった。

むろん、君津にとってはちがう。岬人がしずりと知り合いだというのを知らなかったのだから、二人がこうしているところにきあわせたのは、まったくの偶然以外の何ものでもない、と思った筈だ。

「なんで逃げたんだろう」

岬人がいった。しずりをふりかえる。

「牧さんに気づいたから？」

しずりは静かに息を吸いこんだ。君津は、しずりを今も刑事だと思っている。そのしずりが岬人といるところを認め、逃げた。

「逃げる理由があったからです」

しずりはいった。

「逃げる理由？」

もう一度しずりのほうをふり返ったとき、君津の目にはまぎれもなく、恐怖が浮かんでいた。

君津を追いかけるのは不可能だった。歳末の夕方、品川駅は人で溢《あふ》れている。この人混みの中から見つけるにはそれこそ何百という人員が必要になる。

「あの人はわたしを恐《こわ》がっていた」

しずりはつぶやいた。

「なぜです」

岬人はしずりを見つめた。

「わからない。でも、あの人の目には恐れがありました」

人と対峙《たいじ》し、警官であると身分を明したときの目を、刑事は注視する。とまどいや驚きに問題はない。ごくふつうの反応だ。だが恐怖をそこに認めたとき、緊張する。警官を恐れる者には、必ず理由がある。

「君津さんは、牧さんのことがわかったのでしょうか」

カフェテリアの入口で起こった小さな騒ぎはすっかりおさまっていた。引きとり手のない紙コップとドーナッツの入った袋はカウンターからさげられ、店員は新来の客の対応に追われている。

「おそらく。わたしのことを今でも刑事だと思ったのかもしれない」

「だから逃げた？　逃げる理由というのは、じゃあ——」

岬人は目をみひらいた。しずりは急いでいった。

「わかりません。もちろん、そんなことは想像でしかない。たまたま別の理由でわたしに会いたくなかっただけかもしれない」

「別の理由？」

「君津さんが今現在、何か警察に知られては困る秘密をもっている。たとえば違法なものを所持しているとか、直近に違法行為を働いたとか」

「牧さんが刑事なので、まずいと思って逃げたということですか」

「ええ。必ずしも六年前のことが理由でわたしを恐れたとは限りません」

「そうか……」

しずりは岬人を見返した。

「仲本さんに迷惑がかかるかもしれない」

「僕に？　どうして？」

「君津さんは仲本さんを、職場の人間として知っている。その仲本さんが、君津さんが今も刑事だと思っているわたしとここにいた。警察に知られては困る君津さんの秘密が何であるにせよ、仲本さんがそれを通報したと考えるかもしれません」

「そんなこと！」

岬人は苦笑を浮かべた。

「ありえないじゃないですか。第一、僕は君津さんの秘密なんか何も知らない」

「写真を撮られたことは？」

岬人の笑みがこわばった。

「それに、殺し屋ができるという話をしたとき、その場に誰がいたのかを思いだすかもしれない」

「僕につなげる？」

しずりは頷いた。不安がこみあげた。君津は、岬人が〝密告《ちく》った〟と考え、恨みを抱くだろう。暴力沙汰《ざた》になるかもしれない。明日もまた、岬人と君津は会社で顔を合わせるのだ。

「待って。もし君津さんが、僕と牧さんのことを疑って僕に腹を立てるとすれば、それこそ、その事故が事故ではなかったという証明じゃないですか。僕と君津さんにはほとんど接点がないんです。もし何か、僕が君津さんの秘密を知っているとしたら、そのときの殺し屋の話くらいしかないのですから」

その通りだ。逃げた理由について異なる可能性をあげたものの、しずりにもわかっていた。

君津が逃げる理由はひとつしかない。事故が事故ではなかったという事実を知られては困る刑事と、その話を聞かせてしまった岬人がいっしょにいた。

それは君津にとってまるで〝面割り《めんわ》〟のように感じられたにちがいない。君津政一の顔を知る刑事が、通勤に使う駅の構内で待ちかまえていたのだから。

しずりと岬人にとっては偶然でも、君津にはそうは思えない。警察の手が回った、と瞬時に考えた。だから逃げたのだ。

心証としては、完全にクロだ。

刑事に戻って考えている自分にどきっとした。何をしているのだ。

だが今はそうすべきだとすぐに思い直した。

岬人を守らなければならない。

「君津さんは、あなたの電話番号とか住所を知っていますか」

「え?」

岬人はとまどった顔になり、考えこんだ。

「電話は、知らないと思います。住所も」

「調べる方法は?」

「会社の、バイトを統括する人事の人に訊けば、それはわかるでしょうけど。ただそっちの部門は、今は休みに入ってると思います」

それに簡単には教えない筈だ。人事部門の人間は、個人情報の保護に関し、敏感だ。たとえ君津が、岬人に金を貸しているなどという理由をつけたとしても、岬人本人に確認をとるまで教えないだろう。

しずりはわずかにほっとした。

「君津さんが僕に何かする、と思うんですか」

「何かするかどうかはわかりません。でも彼がわたしを思いだしたのはまちがいないでしょうから、なぜいっしょにいたのかを、仲本さんに訊こうとする」

「だったら明日、会社で、ですね」

「あるいはそのいき帰りか」

しずりがいうと、初めて不安そうな顔になった。

「君津さんは、たぶん仲本さんとわたしに待ち伏せをされたように感じているでしょう。

その仕返しに、あなたを待ち伏せするかもしれません」

岬人は視線をさまよわせた。が、不意にしずりに向けた。

「でもそれをしたら、認めるのと同じですよね。『なんでお前が刑事といたんだ』なんて詰めよってきたら、『刑事と会っちゃマズい理由があるんですか』って僕はいいますよ」

「それは駄目」

しずりは首をふった。

「なぜです」

「考えてみて下さい。もし君津さんが、あなたとわたしが疑っているような行為を実際に働いていたとすれば、その言葉を告げるのは、『お前が犯人だと知っている』というのと同じです。君津さんは逆上するか、逃亡を考えるか、その両方をするか」

「それこそ証拠になる」

「証拠にはなりません。逃げたというのは、何の証拠にもならない」

「僕につっかかってきたら？　その過程でボロをだすかもしれません」

しずりはもう一度首をふった。

「いい合っているとき、何を君津さんが口走ったとしても、それをあとで否認したらそれまでです。さらにあなた自身が怪我をさせられたらどうするんです」

「大丈夫ですよ」

「大丈夫じゃありません。君津さんは殺人犯かもしれない。この六年、それが発覚しないでいたのに、あなたがぶち壊したのだと思ったら、どんな危険な行為に及ぶか、わからないんですよ」

「僕のことを心配してくれるんですか」

「もちろんです」

岬人は不意に口をつぐみ、真剣な目になった。

「それは僕が、前田光介の息子だからですか」

「ちがう。あなたが誰であっても心配します」

「牧さんは刑事じゃない。なのに心配してくれるのですか」

「そういう問題じゃないでしょう。人と人とのことです」

声が大きくなった。しずりははっとした。手もとに目を落とし、ぬるくなったカプチーノを口に運ぶ。

「よかった」

岬人がいった。しずりは目をあげた。

「どういうこと?」

「僕が前田光介の息子だから心配してくれているのじゃなくて。牧さんが僕にまで罪の意識をもつのはおかしいから」

「そんな話を今しているわけじゃないわ」

「僕にとっては大事なんです」

「なぜ?」

「それは、僕がむしろ牧さんに申しわけない、と思ったからです」

しずりは岬人を見つめた。

「父の墓で見た牧さんは、本当につらそうでした。僕は、正直、父が亡くなったことについて、村内に対してすら憎しみとかあまり感じませんでした。それは、僕が父といっしょに住んでいなかったからかもしれませんが、その場の状況を、あとから聞いて、事故に近いと感じたからです。たとえば村内と父が殴り合ったり、村内が父をつき落とした、というのならちがったでしょうが、つかまえようとしていっしょに階段を転げ落ちた結果です。言葉は悪いけれど、弾みというか、打ちどころが悪かった、というのが事実だと思うんです。なのに牧さんは、ずっと責任を感じている。それはおかしいです。牧さんは責任を感じる必要なんかまるでないんだ。父に関しては、僕はそう思っています。あとは君津さんです。君津さんが村内をひくきっかけを作ったのは自分だ、君津さんの人生を狂わせてしまった、そう牧さんはいいましたよね。でもそれだって、ちがうかもしれない。もしそうなら、牧さんは、父にも君津さんにも、誰にも責任を感じる必要はないじゃないですか。僕はそれを証明したい」

しずりは自分の顔がこわばっていくのを感じていた。

かろうじていった。

「ちがう」

「何がちがうんです」

泣きそうだった。だがここで泣くくらい卑怯《ひきょう》なことはない。

「ちがう。わたしは、仲本さんにそんな風に思ってもらえるような人間じゃありません」

「どういう意味です？」

唇を強くかんだ。喉《のど》の奥がくくっと痙攣《けいれん》した。子供の頃、しゃくりあげて泣くのをけんめいにこらえようとしたときのようだ。

「わたしは、わたしは、ずっと、嫌だった」

言葉を押しだした。

「誰もわたしを責めなかった。責めてくれたら、よほど楽だった。なのに責められなかった。さっき、訊きましたよね。『よけいなことをしたのでしょうか』って。本当のことをいいます。わたしにとってはよけいなことだった。助けられたくせにこんなことをいうなんて、本当にひどいと思う。最低だと思う。でも、いいます。助けられなければよかったと、何百回、何千回も考えた。なんで助けたんだ、助けなければ前田さんは、あんな風にならずにすんだのに。わたしはもう、前田さんに、お礼をいうことも、お詫《わ》びをすることもできない。ましてや、助けないでくれということなんかできない。ただずっと、ただずっと、起きてしまったことに何ひとつできなくて、お返しもできなくて、じっとしているしかなくて。ずっと、ずっと……」

涙が溢れだした。岬人はただ目をみひらいている。

人さし指で乱暴に涙をぬぐった。

「ごめんなさい。最低の人間です。本当は、よけいなお世話だって思って、でもそれは絶対いえなくて。だから、ただ黙ってた。罪悪感を感じているふりをしていた」

岬人が首をふった。信じられないようにいった。

「ひどい」

「本当にひどい話です。わたしこそ死ぬべき人間だと――」

「ちがう！」

岬人が鋭い声をだした。

「僕がいっているのは、そんな思いをずっとしつづけてきた、牧さんの状態です。ひどすぎる、そんなつらい思い」

しずりは目をみひらいた。驚きに涙が止まった。

「牧さんが感じてるのは、当然の感情です。誰かが電車に飛びこんで自殺しようとした。それを助けようとした人がはねられて死んでしまったのなら、自殺志願の人は罪の意識を感じても当然だ。よけいなことをしてくれたと思うかもしれないけど、少なくともその人がそこで自殺しようとしなければ、死ぬ人もいないわけですから。でも牧さんの場合はちがうじゃないですか。たまたま、です。父と仕事でそこにいき、逃げようとした村内にとびかかられたのも、仕事です。悪いのは村内であって、牧さんには何の非もない。父が助けるためにとびついたのも、仕事であり、人間として当然の行為だ。その結果、たまたま、あんなことが起こった。どうして牧さんが申しわけないとか、自分のせいだなんて、思う必要があるんです」

「でもそうはいかないんです」

岬人はくやしげな表情を浮かべた。

「そうなんでしょう、きっと。だからこそ、ひどいと僕は思った。誰も悪くないのに、悪いと思っているふりを、ずっとしてこなければならなかった牧さんが、かわいそうだ」

「やめて」

しずりは激しく首をふった。

「そんなこといわないで。かわいそうなんていわないで。そんなこといわれたら――」

自分は崩れてしまう。耐えてきた、こらえてきた、課してきた、それがすべて壊れてしまう。

いく度も首をふるしずりは、岬人と無言で見合っていた。

やがて岬人は大きく息を吐いた。しずりから目を外し、窓の外に向けた。防寒着に身を包み、それぞれの目的地へと向かう人々を見ていた。

しずりも同じことをした。険しい表情で急ぐ人、楽しげによりそい、もつれあうように歩く人々、わき目もふらず、小走りで人混みを縫う人。

「僕にとって父は、遠くて近い人でした。母と別れたのは小さい頃ですから、そのときの記憶はほとんどありません。中学に入ってすぐの頃、突然、連絡があって、ときどき会うようになりました。はっきりとはいいませんでしたが、今の奥さんが僕に会うのを嫌がっていて、時間があいたのはそのせいみたいです。久しぶりに会うっていうより、初めて会う人みたいだった。御飯をいっしょに食べて、小遣いをくれました。初めてのときは母も知っていたけど、次からは携帯で連絡をとって会うようになりました。僕に会うとき、父は一所懸命ふつうの父親みたいにしようとしていました。何ていうか、いっしょに暮らしている父と子に見えるようにお芝居をしている、そんな感じでした。ところどころ嘘《うそ》っぽくて、それが嫌だと思ったこともあります」

しずりは無言だった。父と息子という関係は、自分の父と兄のそれしか知らない。前田と岬人の関係は、およそ異っていただろう。

「父があぁなったとき、正直あまりショックはなかった。病院にいって顔を見ても、寝ているみたいだなとしか思わなかった。それが亡くなったと教えられたときは、涙がでてきた。お葬式もいったんです。ふつうの人に混じってお焼香をしました。母はいきませんでしたが」

岬人は言葉を捜すように黙った。やがて口を開いた。

「亡くなって四年たちます。そのあいだに僕は大学に入ったり、いろんなことがありました。父の存在は僕の中で遠くなっていった。でも、墓参りだけはときどきいくことにしていました。今の奥さんに子供はいないし、墓参りにいくとしたら、その人と僕くらいしかいないから寂しいだろうと思ったんです。そうしたら牧さんがいた。この前話して、牧さんが今も父のことを考えて下さっているというのがわかり、嬉《うれ》しいのと申しわけないのが合わさった、不思議な気持になりました。でも今日、わかりました。僕にとっては父は過去の人だけど、牧さんにとってはそうじゃない」

「それは――」

逆だ、といおうとして、しずりは迷った。

自分には過去で、岬人には現在だ、と事件のことを思おうとしていた。だが本当にそうだったのだろうか。岬人のいうように、自分こそが、いつまでも事件にこだわっていたのかもしれない。

しかし、そこから逃れる術《すべ》があるとは、しずりには思えなかった。

「どうすればいいと思います？」

岬人が訊《たず》ね、しずりはとまどった。

「え？」

「君津さんのことです。このままほっておくべきか、それとも本当のところはどうだったのかを調べるべきか」

「そんな。わたしにそんなことを訊《き》かれても」

「じゃ、僕のしたいようにしていいですか」

岬人の目に力があった。

「何をするの？」

「君津さんに直接、訊ねます。あれが事故だったのかどうか。もしそのとき君津さんがどうするのか心配なら、牧さんもその場にいて下さい。今でも刑事だと思っている牧さんがいたら、君津さんも何もできないでしょう」

「そんな単純にはいかない、と思います」

「じゃあどうすればいいでしょうか。警察にいって話しますか」

　しずりは顔をそむけた。弱い、と思った。一課はおそらく動かない。再捜査のためには材料がもっと必要だ。たとえ当時の上司や同僚に連絡しても、同じ返事がかえってくる。

「無理だと思います。一度、事故で終了している事案をひっくりかえすには、もっと証拠がいる」

「僕が君津さんと二人きりで話しているところを録音したら？　牧さんがいっしょじゃ喋《しゃべ》らないかもしれないけど」

「わたしといっしょにいたことは何と説明するんです？」

「本当のことをいいます。君津さんがはねた男は、僕の父に大怪我を負わせた犯人だと」

　確かに妙な嘘をつくよりはいい、そう思いかけ、岬人の〝計画〟を検討している自分に驚いた。

「牧さんは父の同僚で、今も僕のことを気にかけてくれて、ときどき会っている、といえばいい」

「でもそうしたら、君津さんは自分の話がすぐ警察に伝わる、と思います」

「そうか……」

　岬人は失望した表情になった。

「駄目か」

「いずれにしても、明日、君津さんが仲本さんにどんな態度をとるか、です。もしあなたを待ち伏せて何かをしようとしたら、それは証拠になります」

しずりは決心した。岬人を守るには、言葉だけでは足りない。

「仲本さんは、明日何時に出勤ですか」

「明日は遅いシフトなんで、二時です」

「品川駅まではJRで？」

「はい。家が洗足《せんぞく》なので東急線で目黒にでて、そこから山手線です」

「駅から配送センターまでは？」

「歩きです。十分くらいかな」

「駅からそこまでいっしょにいきます。というより、少し離れてついていきます。もし途中で君津さんが待ち伏せていたらわかるように」

「牧さんが、ですか」

「会社であなたを問いつめたりするのは、たぶん難しいと思うんです。他の人の目がありますから。もし君津さんが何かをするなら、いき帰りです」

「そうかもしれないけれど、牧さんは平気なんですか」

「わたしはもう会社が休みです。携帯電話で連絡をとりあって、仲本さんを誰かが尾《つ》けたりしていないか、見ています。そういう仕事は、たぶん、まだできると思う。もし待ち伏せられていて、あなたに危険が及ぶようだったら、すぐに一一〇番します」

格闘してまで岬人を救えるとは思えない。そんな体力はないし、武器ももっていない。だが声をあげたり、通報するくらいのことはできる。

〝殺人〟を請け負ったかもしれないとはいえ、君津は素人《しろうと》だ。騒がれたり警官が駆けつければ、逃げるか観念するだろう。

「僕はどうすればいいですか」

「ふつうにして下さい。もし録音できるものをもっていたら、それをすぐ使えるようにしておくこと」

「ICレコーダーをもってます。学校で使う。それを胸のポケットに入れておきます」

しずりは頷いた。

「帰りは何時ですか」

「夜の十時です」

「そのときもわたしが近くから見張ります」

「いいんですか」

「一度家に戻って、またでてくるだけですから」

「予定とか。明日は十二月三十日ですよ」

しずりは首をふった。

「何も。何もありません。正月も家で過ごそうと思ってましたから」

「ひとり暮らしなんですか」

「ええ。すぐ近く。田町のマンション」

「迷惑じゃないですか」

「どうして?　わたしにとっても大きな問題です」

現在だと気づいたから向き合うのではない。岬人の身が心配だからそうするのだ。だがそれは口にしない。

岬人はじっとしずりを見つめ、やがて頷いた。

「牧さんのいう通りにします」

7

夜は友人と約束があるという岬人と別れ、しずりは田町に戻った。ひとりになったとたん、寂しさを感じた。ほっとしてもいい筈《はず》なのに、寂しいと思う自分を少しもて余し、田町駅周辺を歩いた。

スーパーで買い物をし、マンションに戻ったのは午後八時近くだった。

御飯を炊《た》き、買ってきた総菜で食事をした。

洗いものをすませ落ちつくと、煙草《たばこ》に火をつけた。ずっと心から閉めだしていた問題が頭をもたげてくるのを感じた。

クローゼットの段ボール箱からメモ帳をだした。

刑事の真似《まね》ごとをしてどうする。そう思いながら、使っていなかったページに、岬人から聞いた話と、君津のことを書いた。服装、風貌《ふうぼう》、そして逃げたときのようす。

はっとした。明日、岬人に、不用意に車道にでないよう、警告しなければいけない。君津が同じことをまたしないとは限らない。

今、連絡をしようか、と携帯に手をかけ、思いとどまった。友人とは誰なのか。もしかすると恋人かもしれない。楽しい時間を邪魔して、岬人の不興を買いたくなかった。

しずりは手もとを見つめた。わたしは何をしたいのだろう。

岬人の気持を、どうしてこんなに考えているのだ。岬人を守りたい思いは、彼が前田の子供であることとは別だ。

前田に対する本当の気持を口にしたのは初めてだった。親に対してすら、真実を話したことはなかった。

なのにそれを、会って二度目の、当の前田の子供に喋ってしまった。

なぜそんなことをしたのか。岬人の、自分への思いやりが苦しかったからだ。岬人の同情がやりきれなかった。自分には同情される資格などないことを、いわずにはいられなかった。

わかってほしかった。岬人に。いや、岬人だからこそ。

しずりは目をみひらいた。

罪の意識がそうさせた。その罪の意識とは、前田があなったことに対する罪の意識ではない。

自分には非がない、助けられたことこそ迷惑だ、そう感じている自分への罪の意識だ。命をかけて助けられておきながら、よけいなことをされたと思っている自分がいた。それを責めるもうひとりの自分。

初めてわかった。

この苦しみが、抜けでられないものであると。

どれほどときがたとうと、自らを責める気持に終わりはない。それは、前田にも村内にも関係がない。自分の感情を許せないと感じる自分は、決して消えることがない。

であるからこそ、岬人にだけは本当のことを知ってもらいたかった。

なのに岬人は、しずりを許した。許すどころか、より深く同情した。

そんなことがあるのだろうか。どうしてあんなに、優しくなれるのだ。優しいだけではない。しずりを思いやる強さすらある。

しずりは頬が熱くなるのを感じた。岬人を守りたいと思う気持は、そこから発している。

知られてはならない。それは、まちがい以外の何ものでもない感情だ。

岬人に惹《ひ》かれている。はっきりとわかった。

何という皮肉だろう。前田の好意をあれほど迷惑だと感じていた自分が、十五以上も年下の前田の息子に惹かれているなんて。

前田の死が、自分と岬人を出会わせた。前田への、決して口にできなかった感情が、岬人に対する自分の気持を気づかせた。

絶対に、何があろうと、岬人に知られてはならない。

人として、あってはならない気持を自分は抱いている。それは殺さなければならない。心の奥底に沈め、押し潰《つぶ》して粉々にし、あとかたも残さなくする。

しずりは深呼吸した。この気持を消すには、岬人との交渉を断つのが一番だ。が、今はできない。六年前の事故の真相を知るまで、岬人は君津にこだわりつづけるだろうし、その結果生じる危険を防ぐのは、しずりの務めだ。

たとえ岬人を好きでなくとも、自分にはそうしなければならない義務がある。まして、自分の気持に気づいた今、知らないふりも、かかわりを断つことも、決してできない。

前田のために、果たして自分を投げだせたかと訊かれたら、正直その自信はない。が、岬人のためなら、傷つくことを厭《いと》わない。

そう悟ったとき、しずりは胸の痛みを感じた。

六年前、しずりのために身を投げだした前田の気持が初めて、わかったからだ。あのとき、前田は、自分にこんな気持でいてくれたのだ。

それを迷惑としか思わなかった自分がいた。

静かに泣いた。

申しわけなかった。本当に申しわけなかった。

自分のためでなく、前田のために、涙は流れつづけた。

翌日、一時にはしずりは品川駅に着いていた。万一、待ち伏せする君津と鉢合わせしてもすぐにはそうと気づかれないよう、〝変装〟をした。髪を束ね、キャップを深くかぶり、花粉症対策で買った素通しの眼鏡をかけている。

ダウンジャケットのポケットには、何かの役に立つかもしれないと思って、呼び笛を入れていた。

呼び笛は、慣れていない者には強い音をだすのが難しい道具だ。クローゼットの段ボール箱の底にそれは入っていた。巡査を拝命してまだ間のない頃、所轄《しょかつ》署での制服勤務の際に身に着けていた品だった。

瞬時に鋭い音をだすにはコツがある。そのコツは、一度身につければ忘れることはない。

万一、君津が岬人に対し暴力的な行為に及ぼうとしたら、これを吹こう、と決めていた。

呼び笛は警告であり、周囲にさし迫った事態を知らせる効果もある。笛の音を聞いた君津は、しずりの他にも刑事がいると錯覚し、逃げだすだろう。

品川駅の構内を歩いた。岬人や君津が勤めるチーター便の品川配送センターは、港南口を一キロほど東にいったところにある。かつては食肉市場と倉庫くらいしかなかった一角だが、再開発が進み、巨大なビルやホテル、それを隔てる広い道路が走っている。わずかばかりの駅前の飲食店街を抜けると、生活感に乏しい無機質な街並みが広がっていた。

チーター便の配送センターの位置を、しずりはパソコンで調べてあった。駅からはほぼ一本道で、そのあたりには運送業者の同じような施設がいくつかかたまっている。車道も歩道も広いが、車の通行量に比べると歩行者の数はそれほどでもない。

待ち伏せるならこのあたりだ。歩道橋の階段の下など、ひきずりこむには格好の、人目につきにくい場所もある。

岬人の尾行が目的ではないので、しずりは反対側の歩道を歩こうと決めた。岬人との距離を詰めすぎると、君津があとを追ってきたとき、しずりに気づく可能性がある。歩道が広く、歩道橋があることも、しずりを安心させた。事故を装《よそお》って岬人をはねるのは難しい道路状況だ。

一時三十分に品川駅に戻った。改札口の方角に臨む、駅ビルのショップの前に立ち、岬人からの連絡を待った。

一時四十分、携帯が鳴った。

「はい」

「仲本です。今、改札をでました」

「そのまま階段の方へ、進んで下さい。わたしは近くにいますが、捜さないように」

「わかりました」

「それから、車道を渡ったり、ガードレールのない細い歩道を歩くときは注意して下さい。もし歩道橋を使って渡れるなら、必ず歩道橋を通って」

「それって……」

「いちおう、用心のためです」

わずかに息を呑《の》む気配があった。

「はい。そうします。歩くのはゆっくりですか、ふつうでいいですか」

「ふつうで。いつも通りに」

二分後、岬人の姿が見えた。きのうと同じオレンジのフリースにグリーンのカーゴパンツをはいている。

周囲に君津らしき人物の姿はない。二十メートルほど間隔をおいて、しずりは歩きだした。行先はわかっているので、人混みにまぎれても不安はない。また、人混みの中では、君津は岬人に近づかないだろう。

駅をでて、飲食店街の路地を進む岬人を、階段の上からしずりは見つめた。同じ方向に進む、十メートル以内の人間に、君津はいない。

階段を降り、進んだ。飲食店街を抜け、広い通りにでると、岬人とは反対側の歩道に移り、足を早めた。

斜め前方をいく、オレンジのうしろ姿から目を離さないようにする。

それが不意に立ち止まり、しずりは緊張した。前方からやってきた二人連れと向かいあっている。

が、すぐに三人は別れた。岬人はまっすぐ進み、二人連れは駅の方向に歩いていく。どうやら顔見知りと会っただけのようだ。

やがて、しずりが待ち伏せするのならこのあたりだと見当をつけた場所にさしかかった。

岬人の前方にしずりは目を走らせた。道端や建物の軒先に潜んでいるような人影がないか、注視した。

いなかった。岬人は何ごともなくそこを通過した。

歩きながら岬人が携帯電話をとりだした。配送センターまで十メートル足らずだ。

しずりの携帯電話がポケットで振動した。

「はい」

「もう着きます」

「どうやら何もなかったようですね。よかった。会社でも安心はしないで。トイレとか、ひとりになるときは気をつけて下さい」

「わかりました」

「十時少し前にはこのあたりにきてメールをします。わたしからメールがあるまでは、会社をでないで下さい」

「了解しました」

携帯電話をしまった岬人が配送センターの入口をくぐるのを、しずりは見守った。

何もなくてよかったという気持と、自分が大げさに過ぎたのではないかという不安の両方がこみあげた。

まだわからない。しずりは自分にいい聞かせた。

8

七時過ぎ、岬人からメールが届いた。

『君津さん、休んでるみたいです。配車管理でそんな話を聞きました。今朝はありがとうございました。もし何もなかったら、駅で遅い晩御飯、食べませんか。遅番だと、すごくお腹《なか》が空《す》くので』

休んでいるというのは、悪い兆候だ。何かをしかけるために休んだ可能性がある。万一のことを考え、こう返信した。

『今日はまっすぐ家に帰って下さい。家は洗足の駅から遠いのですか』

自転車か。歩いて見守るのは難しい。返信を考えていると、またメールが届いた。

『洗足の駅の近くにおいしいラーメン屋さんがあります。たぶんそこに寄ります』

しずりは口もとがゆるむのを感じた。食事をせず帰れというのは酷だった。食べ盛りの若者なのだ。

『どんなラーメン屋さん？』

『環七沿いで、いつも混んでいます。脂《あぶら》は多いけど、意外にさっぱりしているんです。麺《めん》は太いです』

『そこまでいきます。でもわたしを捜しては駄目です』

『了解です』

笑っている絵文字がついてきた。

九時に部屋をでた。さすがに十二月三十日ともなると、夜の山手線の乗客も少なくなっている。品川駅の構内も閑散としていた。

昼は大型車の走行が激しかった道も、ひどく静かだった。歩行者はほとんどおらず、場所柄か、空車タクシーもあまり通りかからない。

歩道をひとりで歩くしずり自身が不安を感じるほどだった。

配送センターの出入口が見える場所に着いたのは、九時四十分だった。人目につかないよう、閉まっている店舗の壁ぎわに立った。じっとしていると寒気が這《は》いあがってくる。海が近いせいもあるのだろう。配送センターの方角から強い風が吹きつけている。あたりに人影はまったくない。しずりはメールを打った。

『位置につきました』

返事はなかった。九時五十八分に携帯電話が振動した。

『今からでます。バイト仲間二人、いっしょです』

少しして、オレンジのフリース姿が三人組のまん中に現われた。三人は低い声でやりとりをかわしながら、早足で駅の方角に歩きだした。

それを見やり、しずりは道路の反対側を移動した。

三人の足どりは早い。寒さにどうしても急ぎ足になるのだろう。三人ともしずりより長身なせいで、しずりは小走りに近くなった。だがそのおかげで寒さはやわらいだ。

品川駅で三人は別れた。二人は京急線の乗り場に向かい、岬人はJR山手線だ。

岬人の後方を歩きながら、しずりは改札口を通過した。目黒駅で東急目黒線に乗りかえる。洗足駅まで、四駅だった。

ラーメン屋は混んでいた。環七通り沿いに立つ、横長の店舗で、白く曇ったガラス窓ごしに満員のカウンターが見える。ガードレールわきにおかれた丸椅子《いす》にすわって待つ客が三名いた。

駅から自転車を押していた岬人がしずりをふりかえった。

「もう、話していいですか」

微笑《ほほえ》んで訊ねた。しずりは微笑みを返した。

「ええ」

「初めて笑ったところを見た」

岬人が嬉しそうな表情を浮かべ、しずりは胸を衝《つ》かれた。さっき感じたのとはちがう、甘い痛みが走る。

「何ラーメンがお勧め？」

「僕はネギチャーシューです」

「じゃわたしもそれを食べる」

運よく二人分の席が同時に空き、並んですわった。

「きませんでしたね」

ラーメンができるのを待つあいだ、岬人はいった。

「会社を休んでると聞いたから、緊張したのだけど」

「逃げたのかな」

「かもしれない」

くやしげな表情になった。

「逃げたのなら、それまでか」

しずりは頷《うなず》いた。湯気をたてる丼《どんぶり》がカウンターごしに二人の前におかれた。

岬人は無言でラーメンに向かった。気持いいくらい勢いよく麺をすすりこむ。しずりはそれを見て、箸《はし》を手にした。

ラーメンはおいしかった。が、チャーシューの量が多すぎる。

「食べます？」

チャーシューをつまみあげ訊ねると、岬人はにこっと笑って頷いた。

「いただきます」

チャーシューを岬人の丼に入れてやった。

食べ終え、代金を払おうとすると、岬人が止めた。

「僕に払わせて下さい」

見やると、真剣な表情でいった。

「ボディガード料。交通費だって使わせているし」

しずりは頭を下げた。

「ご馳走《ちそう》になります」

二人が店をでると、外にはさっきより長い列ができていた。

「すごい人気なのね。本当においしかった」

ここで別れよう、そう決めていた。岬人はおそらく母親と住んでいる。そこまでいく勇気はない。

「あの、明日もボディガード、してもらえるんですか」

「ええ」

「明日は早番です。七時にいかなけりゃならないんですけれど」

「大丈夫です」

「でも逃げたのなら、もうこないかな」

「わかりません。バイトは明日まで？」

「はい」

「じゃ、明日一日だけ、つづけましょう」

しずりはいった。

「いいんですか」

頷き、しずりは促した。

「お母さま、待っていらっしゃるんでしょ」

「え？ 母は今、実家です。祖父が体を壊してて、その介護があるんで」

「じゃあお正月はそこにいかれるの」

「その予定です」

だったらより安心だ。君津が岬人の母親の実家までつきとめることはないだろう。実家がどこなのかは訊ねず、しずりは思った。

「それじゃあ」

しずりはいって、駅の方角をふりかえった。

「牧さん」

岬人が呼びかけた。ふりかえったしずりに、自転車のハンドルに手をかけた岬人が頭を下げた。

「ありがとうございました。明日もよろしくお願いします」

「こちらこそ。ご馳走さまでした」

岬人は自転車にまたがった。勢いよく走りだす。しずりが見送っていると、一度ふりかえった。

「危い」

その弾みに前からきた歩行者とぶつかりそうになった。よろけ、足をついて、あやまっている。

もう一度しずりをふりかえり、舌をだした。そして走り去った。

しずりは空を見た。大きく白い息を吐いた。切なさがこみあげていた。

あと一日。明日で終わりだ。何もなければ、もう二度と岬人と会うことはない。

朝の出勤時も何ごともなかった。一度田町に戻り、朝食を兼ねた昼食をとった。テレビをつけ、昼のニュースを見た。

体が凍りついた。

「今日、午前八時頃、埼玉県比企《ひき》郡嵐山《らんざん》町の県道に止まっている車の中で男の人が倒れているという通報があり、警察官が駆けつけたところ、死亡しているのが確認されました。亡《な》くなっていたのは、所持していた運転免許証などから君津政一さん四十歳とわかり、警察は、君津さんの自宅が埼玉ではなく東京都内であることから、何らかの事件に巻きこまれた疑いもあるとして、捜査をしています。現場は関越自動車道の嵐山パーキングエリアの近くで……」

携帯電話が鳴った。岬人からだった。

「牧さん！」

「今、わたしもニュースで見ました」

「午後、警察の人が会社にくるそうです。どうしよう」

しずりは深呼吸した。くるとすれば埼玉県警だ。警視庁の人間ではない。

「大丈夫。あなたは関係ないのだから。あなたに会いにくるわけではないでしょう」

「ちがいます。配車管理やドライバーさんの話を訊きにくるみたいです」

「だったら平気です」

「でも、話したほうがよくないですか」

「それは死因がわかってから。自殺なのか、事故なのか、それとも――」

言葉が途切れた。

「自殺だったら、僕たちのせいでしょうか」

自殺はありえない。即座に思った。人を殺して六年間平気で、それを冗談の種にしていたような男が自殺をする筈はない。

「とにかく落ちついて。できればなぜ死んだのかを、会社の人から聞いて下さい」

「はい」

「また連絡をして下さい」

「わかりました」

電話を切り、テレビに目を向けた。ニュースの内容はとうにかわっていた。

煙草に手をのばした。手が震えていた。

なぜ君津は死んだのだ。自殺の筈はない。いくら自分と岬人がいっしょにいたところを見たからといって、それで過去の犯罪がすべてばれたと考えるのは早すぎる。いや、たとえそうだとしても、自殺するような人間ではない。

そう思いたいだけではないのか。

ちがう。かりに自殺だとしても、今度こそ自分や岬人に責任はない。責任は、君津の過去の罪にある。

まずそれを岬人に説明しなければならない。岬人が自身を責めるようなことだけは避けなければ。二人には何の責任もない、とわからせなければ。

しずりは煙を深く吸いこんだ。コタツの上にあったメモ帳をひきよせる。

きのうのメモを見つめた。

驚きと恐怖、と書いてある。その下に逃走。

しずりに気づき恐怖を感じたのは、過去の犯罪がばれた、と思ったからだ。そこまではいい。

問題はそのあとの君津の行動だ。埼玉にいった理由は何だ。

メモ帳の古いページをめくった。君津と埼玉のあいだに何か関係があることを示唆《しさ》するような記述を捜した。

ない。

君津は、熊本県の出身で、十八歳のときに上京している。いくつかの仕事を経て、トラックドライバーになっているが、埼玉との関連をうかがわせるものは何もない。

ではなぜ埼玉にいたのか。逃亡だろうか。

気づいた。この時期、自動車で東京以外の土地に逃走するのは容易ではない。高速道路の下り線は、帰省する車で大渋滞をおこす。さらに、ホテルや旅館なども混雑する。闇雲《やみくも》に逃げだしたというのならともかく、そうでなかったら埼玉の嵐山町という場所に君津がいるには何らかの理由が必要だ。

理由。人と会う。

誰と？

君津の立場になって考えてみる。

六年前の犯罪が発覚した、と思った君津が最初に会う人間は誰だ。

相談をもちかけられる相手。

まず思い浮かぶのは弁護士だが、これは考えられない。わざわざ地方で接触する理由がない。

君津の犯罪を知る者に相談をもちかけた。それしかない。では、いったい誰が知っているのだろうか。

君津の犯罪とはすなわち、事故を装って村内康男を殺害したものだ。

殺し屋。メモ帳の文字に目が吸いよせられた。

君津はトラックドライバーが請け負い殺人をできる、といっていたのだ。

村内康男の殺害が請け負い殺人であることを、自分と岬人は疑っていた。それはつまり、依頼者がいたという可能性を示している。

村内をひき殺すように依頼した人間がいて、君津はその者に相談をしに埼玉にいったのではないだろうか。

その結果、死亡した。

口封じだ。依頼者は、六年前の事故が事故でなく殺人で、それが君津の口から伝わるのを恐れ、口を封じた。

背中が冷たくなった。自分と岬人の出現が口封じを実行させた。そう考えざるをえない。

ならば、その人物は、しずりと岬人が君津を疑っていたと考えている。いや、知っている。

岬人に危険が及ぶ可能性をまっ先に思った。

大丈夫だ。君津は、しずりを今でも刑事だと思っていた。その刑事といっしょにいた岬人に危害を加えれば、せっかく君津の口を封じた意味がなくなり、捜査がさらに拡大する結果を招く。

しずりはほっと息を吐いた。この依頼者が岬人や自分に矛先を向けることはない。岬人や自分が騒ぎさえしなければ。

依頼者は冷徹だが、自分の存在を隠すことに懸命だ。あえて事件を大きくしようとはしない筈だ。

ただ、ひとつだけ不安がある。岬人のことだ。しずりを刑事だと思ったのはいいとして、なぜ岬人が君津に関心をもったのかを、依頼者が探った場合のことだ。

村内康男逮捕に失敗して重傷を負った刑事の息子だとわかったら。

同時に、重大なことにしずりは気づいた。

依頼者が村内康男を殺害させた理由だ。

村内康男は、六年前の強殺事件の被疑者だった。練馬の奥平正を殺害し、金品を奪った犯人だ。DNA鑑定の結果、村内がほんぼしであることは確定している。

復讐《ふくしゅう》か。奥平正の近親者が復讐のために、君津を雇い、村内を殺させたのだろうか。

可能性は低い。奥平正に、身寄りはいなかった。それにどうして村内を犯人と知ったのか。

だとすれば。

もうひとつの請け負い殺人。

村内康男は、強盗に見せかけて奥平正を殺害し、その口を君津政一によって塞《ふさ》がれた。

六年前の捜査が見落としていたのだ。

9

警視庁刑事部捜査第一課には、十の班がある。当時、このうち殺人の捜査を直接担当していたのは、第二から第四までの強行犯捜査班で、その下には、警部から巡査までの八名で構成される係が三つずつ、計九つおかれていた。

しずりが配属されていたのは、第四強行犯捜査、通称〝四強《よんきょう》〟の第七係だった。年の明けた一月三日、当時、四強第七係長だった三石《みついし》と、しずりは会った。三石は六年の間に警視に昇進し、第四強行犯に属する三つの係、二十四名を指揮する管理官になっていた。

「申しわけありません。お休みのところを呼びだして」

田町駅前の喫茶店で三石と向かいあったしずりは頭を下げた。三石は長身で眼鏡をかけ、一見おだやかな風貌をしている。スーツに肩かけ鞄《かばん》をさげた姿は、捜一の警視には見えない。

「帳場（捜査本部）が三つもたってる。休んだのは元旦《がんたん》だけだ。気にすることはない。あんたのことはずっとひっかかっていた。どうしてるんだろう、と。本社関連のところに勤めたという話も聞かなかったし」

抑揚のない口調で三石はいった。三石が感情を露《あら》わにしたのを、しずりは見たことがなかった。受傷した前田が運ばれた救急病院に現われたときでさえ、動揺しているようすはまるでなかった。

といって、同僚や部下に冷ややかなわけではない。東京生まれの東京育ちで、都会っ子特有の、感情を他者に見せたがらない性格のようだ。

「虎《とら》ノ門《もん》にある、事務機器専門の小さな商社にいます。ふつうの事務職です」

停年前に警察官を辞めた人間は、退職理由がよほどの不祥事でない限り、警察ＯＢが経営に携わる企業に再就職する。

それは、警察の互助精神のあらわれであるとともに、退職警官が犯罪にかかわるのを予防するシステムでもある。経済的に追いつめられた元警官が知識や経験を手っとり早い金儲《かねもう》けにつなげるのを、警察は危惧《きぐ》する。ベテランになればなるほど、裏社会とのコネももっているからだ。

「そうか。それはよかった」

三石は頷き、しずりを見つめた。刑事の目だった。呼びだされた理由を探ろうとしている。

「大晦日《おおみそか》に埼玉であった件について、問い合わせはきていますか」

「埼玉？」

三石はしずりの言葉をくり返した。

「関越道近くの県道にあった車内で男の死体が見つかった事案です」

「いや。まだきていない。それが？」

「村内康男をはねたトラック運転手です」

三石は瞬《まばた》きをした。まったく表情はかわらない。忘れている筈はない。表情をかえないことで、さらに相手から情報をひきだす技術だ。

「君津政一、といいます。その前々日、二十九日に、わたしは君津と会いました。偶然なんですが、前田さんの息子さんが、君津と同じ会社でアルバイトをしていたんです

「――」

「待った。前田の息子、といったな。前田光介に息子がいたのか」

「前の奥さんとのあいだに作られたお子さんです。仲本岬人といいます。二十《はたち》です」

三石はほっと息を吐き、目を宙に向けた。

「知らなかった」

「暮れに、墓参りにいき、わたしも初めて会いました。向こうから声をかけてきて」

「あんたのことを知ってたのか」

「はい。もしかして、と訊《き》かれました」

三石はしずりの目を見つめた。

「とても好意的でした。責められてもしかたがないと思ったのですが」

三石は首をふった。

「あれはあんたには責任のないことだ」

「ありがとうございます」

「で、君津の話は、その息子さんからでたのか」

「はい」

しずりは、墓参りの帰りの喫茶店と電話で岬人と話した内容を告げた。

「六年前、村内をはねた運転手が、自分と同じ会社で働いている君津政一なら、あなたが責任を感じる必要はない、と」

三石は黙った。

「トラックドライバーは殺し屋ができる、という話、それに何年か前、大金を手にしたという自慢話がひっかかりました。といっても、もう退職しているのですから、調べようという気があったわけではありません。ところが、二人で仲本さんの勤め先に近いカフェテリアにいたときに、偶然君津政一が入ってきました。でも、わたしたちを見つけたとたん、逃げだしました。それが二十九日で、三十日、君津は会社を欠勤しました。そして三十一日に死体が見つかった」

「あんたたちを見つけて逃げだした、というのは？」

三石はわずかに興味を惹かれたようすで訊《たず》ねた。

「初めは、仲本さんに気づきました。当日、食堂にいる君津を、わたしに見せようと携帯で撮ったところ、すごい権幕でつめよってきたそうです。だから覚えていたのだと思います。次に隣にいるわたしを見た瞬間に、表情がかわりました。恐れている目でした。注文したコーヒーとドーナッツを受けとらず、店をとびだしていきました」

「恐れていた」

「はい。まだわたしを刑事だと考えていたのだと思います」

三石は深々と息を吸いこんだ。

「あんたを刑事だと思い、自分は殺し屋ができると聞かせた仲本さんが隣にいるのを見て、逃げだした、と。そして翌日欠勤し、死体で見つかった」

「そうです。埼玉が事件性ありと判断すれば、君津の前歴を調べ、江戸川区での事故につきあたります。当然、村内の件についても問い合わせがくると考えていました」

「まだ松の内だからな。くるとしたら、明日以降じゃないか。で、あんたの意見は？」

しずりは驚いた。

「わたしの意見ですか」

「あるから、私を呼びだしたのだろう」

三石は淡々といった。しずりは決心した。

「二件の請け負い殺人です」

「二件とは？」

「君津政一が村内康男をはねたのが請け負い殺人だったと仮定します。すると、それを依頼した人間の目的は何か。村内康男が殺害した奥平正には身寄りがいませんでした。したがって奥平の近親者による復讐とは考えにくい。すると――」

「奥平正を、村内康男を使って殺害させた人間がいる？」

「そうです」

「同じ人物が、君津を使って村内の口を封じた。その君津が刑事に調べられている、とわかったので、殺した、と。都合、三件の殺人ということか」

しずりは頷いた。三石の表情が初めて険しくなった。

「練馬の強殺も、江戸川の事故も、それぞれ処理がすんでいる事案だ。あんたの話は、両方をひっくりかえす」

「わかっています。しかし君津の死亡が殺人であるなら、その犯人が両方の事案に関係している可能性は高いと思います」

「君津政一に関する判断は、埼玉だ」

しずりはうつむいた。その通りだ。埼玉県警の所轄署が、事件性ありと判断しない限り、捜査はおこなわれない。そしておこなわれたとしても、埼玉県警がその任にあたる。

「今の段階で、君津に関し、こちらから情報を流すというのは、ないだろう。終わった事案だからな」

やはりそうかとしずりは思った。君津の死が二件の請け負い殺人に関係していると流すのは、警視庁が過去の捜査があやまっていたと認めるに等しい。

「お願いがあります。君津政一の死因について結果がわかったら、教えていただくわけにはいかないでしょうか」

「あんたにとっては、重要なことなのだな」

言外の意味がこもっていた。警視庁にとっては、重要ではない、という。

「はい。重要なことです」

「わかった。メールアドレスを教えてくれ」

三石はいった。

三石からの返事はその夜のうちに届いた。

『自殺と断定。車内に煉炭《れんたん》とウイスキーのポケット壜《びん》、睡眠導入剤のアルミシートあり。遺書はなし。埼玉は動かない』

たぶん三石は、自ら埼玉県警に問い合わせてくれたのだ。同時に、その作業には、これ以上警視庁をわずらわせるな、というメッセージもこめられている。

当然だ。辞めた人間が、過去の失敗をほじくりかえすくらい、現役にとって腹立たしい話はない。

これで終わりだ。警察にとっては。

短い礼のメッセージを打ち、しずりは携帯電話を閉じた。

奥平正強殺、村内康男事故死、君津政一自殺、三つの死の真相がつながっているとしても、警察が捜査に動くことはない。

捜査一課は、常に複数の重大事件を抱えている。決着のついた事案に関し、再捜査をおこなう余裕などない。それは、たとえしずりが現役の警察官であったとしても、かわらなかっただろう。

だが、三石に連絡をとったことをしずりは後悔していなかった。なぜなら、結果が見えていたとしても、何もしないでいるのが嫌だったからだ。

不思議だった。一本の線として、怒りも悲しみもなく、淡々と生きようと決めていた自分が、過去をふりかえり、向かいあおうとしている。

深い地の底に埋め、表面をならしていた。湿っぽかった土は乾き、そこに何かが埋まっているとはわからないくらい固まっている、そう信じていた。いや、信じようとしていた。

岬人の出現が、それをあっさりくつがえした。乾き固まった筈《はず》の土は、簡単に掘りかえすことができ、地の奥深く埋もれていた記憶は、まるで色あせずそこにあった。

目をそむけ逃げださないでいられる理由は、岬人だ。

警察にとって〝終わった〟ことであっても、自分には終わっていない。終わらせたくない。終われば、岬人との接点が失われる。

不純だ。力なく思った。自分は何と不純なことを考えているのだろうか。

岬人とのつながりを断ちたくないがために、〝捜査〟をつづける。

いや、ちがう。これは見過されてはならない犯罪だ。三つの死には、その存在がまだ知られていない黒幕がいる。

本当にそうなのか。不純な動機で、自分はそう思いこもうとしているだけではないか。

しずりは首をふった。絶対にちがう。

岬人はどう思うだろう。

〝自殺〟に納得するのか。しないのか。

納得するだろう。いや、しなかったとしても、岬人にはもう何もできない。二十歳の学生に、この先どんな〝捜査〟をすべきかがわかる筈がない。

そう考えると、心が萎《な》えた。

——そうですか、わかりました
沈んだ声が聞こえるようだ。そうして、岬人としずりとの接点は消える。若さのただ中にある岬人にとって、明日からの生活も刺激的で、君津政一のことなどやがて、さまざまな経験のかなたに押しやられてしまうにちがいない。しずりの存在とともに。

これから先、二人が交じわることはない。

息苦しいほどの切なさがわきあがった。

でもそれでいい。自分の不純な動機で岬人をふり回してはならない。そして元の日々に戻るのだ。

拳《こぶし》を握りしめていた。何と残酷なのだろう。せっかく忘れる決心をし、心を小さく押しこめ、何もない日々を過そうとしてきたのに。それができていたのに。

岬人と出会い、こっぱみじんになってしまった。過去を思いだし、硬く小さく固めていた心の内側から誰にも告げていなかった本当の気持をあふれさせ話してしまった。広がり、無防備になった心を、もう一度、あの小さな塊りに戻さなければならないのか。

その上、岬人への気持を消すという苦しみもある。

報われたいとは願っていない。それどころか、岬人に知ってもらいたいとすら思っていない。ただ岬人と同じ時間を過せさえすればいい。

いつか終わりがくる時間だとしても、彼の父のこと、事件のこと、しずりのこれまでのことを話せる場があと少し、あればいい。

整った富士額、色白で通った鼻すじ、かすかに赤らんだ頰、そして自分に向けるまっすぐな視線、それをあと少し、身近に感じていたい。

してはならないのか。まちがっているのだろうか。

深々と吐いた息が震えた。

携帯電話をとりあげた。埼玉県警が君津政一の死因に下した判断を、岬人に知らせるメールの文面を打った。

これでいい、これでいい、これでいい。

何度も自分にいい聞かせた。終わりでいいのだ。自分の苦しみは自分だけの苦しみであって、岬人を巻きこむ理由などない。

このメールを、岬人はいつ見るだろう。どこで見るだろう。誰といっしょにいるのだろう。

送信ボタンを押した。

電話を閉じた。

コタツの奥深く、体を押しこみ、煙草《たばこ》を手にとった。

そう、これでよかったのだ。自分の気持を岬人に知られる気づかいは、これでなくなる。

十五以上も年上の、地味で何のとりえもない女の気持など、気づきたくもないだろうし、気づいたところで薄気味悪いか、重いだけだ。

だからこれきりのほうが、自分自身も傷つかずにすむ。

火をつけ、煙を吐いた。安全な隠れ家だと信じてきた、この狭い部屋が、不意に何もない味けない空間に思えてくる。

携帯電話が音をたて、どきりとした。メールではない。液晶には、岬人の名が浮かんでいた。

「はい」

「自殺って、おかしくないですか」

いきなり岬人はいった。勢いこんだ口調だった。

「遺書はなかったんですよね。なのに、どうして自殺って決めたんですか」

「現場の状況だと思う。お酒があって、薬があったから」

「なぜ自殺するんです？　もし自殺だとしたら、もっと怪しいじゃないですか。警察はそれを調べないんですか」

「そこまでは、たぶん調べない。自殺かそうでないかが問題であって、動機は警察の関知することではないから」

「牧さんはどう思います？　あっ、忘れてた。明けましておめでとうございます」

しずりは思わず微笑んでいた。

「おめでとうございます」

「今年もよろしくお願いします」

胸に痛みが走った。

「こちらこそ。先日はごちそうさまでした」

「とんでもないです。あんなしつこいラーメン食べて、あとで具合悪くなりませんでしたか」

「大丈夫。おいしかった」

「よかった。俺みたいなガキがおいしいからって、牧さんがおいしいとは限んないなって、あとで心配だったんです」

「平気。少しもたれたけど」

「やっぱり⁈　ごめんなさい」

しずりは笑い声をたてた。嬉《うれ》しくて涙がにじんだ。

「本当に大丈夫」

「それで牧さんは、どう思います？」

何も、などとはいえなかった。

「おかしい」

「でしょう」

「でも警察が判断したことをくつがえすには、それなりの証拠が必要です」

少し迷い、告げた。

「実は今日の昼、昔の上司に会った。それで君津さんのことを話しました。さっきのメールの内容は、その上司が調べて教えてくれたものです」

「昔の上司って――」

「捜査一課の人です」

「その人はどう考えているんですか」

しずりは間をおいた。

「今は、どうしようもない、かな」

「今は？」

「君津政一の起こした事故は、すでに処理が終わっている」

「それだけですか」

「ええ」

「変ですよ」

しずりは黙った。

「考えたんです。君津さんは、事故じゃなくて、狙《ねら》って村内を殺した。とするとそれは、君津さんが村内を殺したかったのか、誰かに頼まれて殺したことになります。村内に恨みがあったとは思えないから、頼まれたと仮定します。自分で殺し屋ができるっていってたくらいですから。じゃあ誰が頼んだのか。村内は、強盗殺人の犯人だったんですよね」

「そう。奥平正という、練馬の、身寄りのないお年寄りの家に押し入った」

「復讐じゃない、と思うんです。だって村内が犯人だというのを、警察だってあとになって知ったくらいだから、奥平さんというその被害者の周りの人が、復讐に君津さんを雇えるわけがない」

その通りだ。岬人の頭の回転にしずりは感心した。復讐のために君津を雇ったのだとすれば、依頼者は、警察より早く犯人をつきとめていたことになる。

「そうね」

「だとすると、誰が何のために、村内を殺そうとしたのか。牧さん、練馬の、奥平さんというのはどんな人だったんですか」

「なぜ」

「君津さんが雇われて村内を殺したように、村内も雇われて、奥平さんを殺したのかもしれない、強盗に見せかけて」

　これは自分がいいだしたことではない。岬人がいいだしたことだ。

「実は、同じことをわたしも考えて、元上司に話しました」

「やっぱり元刑事だ。さすが」

「でも元上司の答は、さっきいった通り。練馬の事件も、すでに処理が終わっていることだ、と」

「認めたくないんだ。昔のミスを」

「ミスとまではいえない。なぜなら実際に強盗殺人をおかした犯人はつきとめているのだから」

「でも背後に別の犯人がいたことまではつきとめられなかった」

「それは、村内が死んでしまったから。もし村内が生きてつかまっていたら、取調べで自供したかもしれない」

「だから殺したわけでしょう。君津さんを使って」

「そうとも考えられる」

「でも警察は動かない」

「忙しいところだから。新しい仕事を増やしたくない」

　岬人の声が硬くなった。

「牧さんもですか」

「え？」

「牧さんも、昔のことをほじくりかえしたくないと思っているんですか」

「わたしは――」

言葉が途切れた。

「僕はこのままじゃおかしいと思う。父がああなった責任をうんぬんということとは別に、真実をつきとめるべきです」

「でも簡単じゃない。時間もたっているし」

「牧さんが手伝ってくれるならできる、と思います。迷惑ならいって下さい」

「迷惑じゃない。ぜんぜん」

いってしまった。しずりは目を閉じた。むしろ嬉しい、そういいたい。いえるわけはないけれど。

「本当に？」

「本当よ」

力をこめていった。わずかに鼻声になっていた。

「村内の起こした事件とそれにつづいて起こったお父さんのこと、君津さんの起こした交通事故は、わたしの人生をかえた。それからずっと、わたしはこの道しかない、と思って六年間、生きてきた。でも今もう一度、六年前に戻って、何があったかを確かめたいと思っています。こんな気持に自分がなるなんて夢にも考えたことがなかった」

「僕が、そうさせたの？」

「そう、だと思う」

わずかにためらいながら答えた。

「よかった」

「え？」

「よかった。そういったんです。牧さんは、父のことをずっと重荷に生きてきた。牧さん自身に責任のない父の怪我《けが》を、責任があると思わなければいけないと、自分に強いて生きてきた。そんなつらい人生を、もし見直せるなら、絶対に見直すべきです。そしてそのチャンスを、僕が作れたのなら、よかった」

それはなぜ、と問いたかった。あなたが前田光介の息子だから？　それとも別の理由で？

図々《ずうずう》しい。答は決まっている。前田光介の息子だからだ。

「ありがとう」

小さな声でしずりはいった。

「何をいってるんですか。そうと決まったら作戦会議しなきゃ」

明るい声で岬人はいった。これだ、この明るさ、このまっすぐさに、自分は惹《ひ》きつけられてしまったのだ。

「作戦会議」

「だって、じゃあ何をどうしたらいいのか、わからないのだもの」

「何なの」

しずりは笑い声をたてた。

「牧さんが頼りです。教えて下さい」

「わかりました」

答え、しずりは息を吸いこんだ。

「関係者の背後関係をあたる、それしかないと思います」

「君津さんですか」

「君津さんに関しては、亡くなった直後ということもあって調べるのは難しいと思います。むしろ今は、一連の事件の始まりになった、練馬の強盗殺人について調べなおすべきかもしれません。わたしが覚えていることもありますし」

「いつ会えます？」

「明日の午後なら。明日は仕事始めですけど、昼で終わりです」

「僕はそれで大丈夫です」

胸が弾んだ。

「わかりました。会社をでるときに連絡します」

つとめて声が上ずらないように答えた。切れた携帯電話を握りしめていた。

捜査なのだ。デートではない。浮わついた気持は許されない。

なのに不意に、小さな部屋を心地よく感じられる自分がいた。

10

「今日、どう?」

藤原麻子が声をかけてきた。例年、営業の仕事始めは、簡単に終わる。課長、係長クラスは挨拶《あいさつ》回りがあり、午後にはでかけなければならない。事務の人間にとっては、出社すれば仕事は終わりなのだ。

浅野香織は着飾っていた。確か一昨年は振袖《ふりそで》で出社していた。暮れの合コン相手と、今日はデートのようだ。

「関口さんと坂本さんも空いてるっていうんだけど」

「今日はごめんなさい。実家から母がきているので。また誘って下さい」

しずりは笑顔を作り、手を合わせた。

「お母さんが。珍しい、家族のこと、初めて聞いた」

「田舎の人間なんで、わたしがいないと何もできなくて」

「そうなんだ。だったらいいよ、いいよ。またね」

「また誘って下さい」

藤原は笑って頷《うなず》いた。だがその目からは、しずりの嘘《うそ》を信じているような好意は感じられなかった。

誘いを断わるのは、仲間ではないと判断されてもしかたがない行為なのだ。

自分がいない場で、三人がしずりを話題にするのはまちがいないだろう。なまじ昨年の暮れは〝仲間〟だっただけに、浅野香織などより厳しい言葉が交されるかもしれない。

帰り仕度をすませ、課内で最初に部屋をでた。

エレベータホールで中崎といっしょになった。着回しているスーツの中では、最も生地のいい紺のピンストライプを着けている。

しずりをふりかえった。

「早いな。どこへもでかけないのか」

「実家から母がでてきているものですから」

「そうか」

中崎は目をエレベータの扉に戻した。はるか上の階で止まったまま、降りてくる気配がない。

「これからお得意様回りですか」

「ああ。四つ、顔をださなけりゃならない。明日は、初二日酔だ」

「ご苦労さまです」

「飲めないのか。それとも飲もうと思えば、いけるクチなの？」

「少しだけ、です」

中崎は横顔を向けたまま、頷いた。

「酒は何がいい。ワイン、日本酒、焼酎《しょうちゅう》、ウイスキー」

「焼酎くらいです」

中崎がさりげなくあたりを見回した。

「いい焼酎バーがあるんだ。今月中、一度いかないか」

「ありがとうございます」

「オーケーという意味かい」

黙った。中崎は小さく笑った。

「まあいい。誘ったとき、考えて、答えてくれ」

「はい」

ようやくエレベータがきた。そのタイミングで、藤原と関口、坂本もいっしょになった。藤原が探るように、自分と中崎に視線を向けてくるのを、しずりは感じていた。

田町の駅で、岬人と待ちあわせた。昨夜少し迷い、しずりは岬人を自宅へ誘おうと決めていた。

人の死がからんだ会話や、捜査の内容に触れるやりとりを、喫茶店などでするわけにはいかない、と気づいたからだ。

「うちで話しましょう」

しずりが告げても、岬人はかまえたようすもなく頷いた。だが駅前のケーキショップの前で立ち止まった。

「お茶菓子買ってきていいですか」

「じゃあわたしが買います」

「駄目ですよ、僕がお客さんなのだから」

いって、チーズケーキとショートケーキを選んだ。

「甘いもの、好きなの」

確か前田はまるで食べなかった。

「そうなんです。父親にも、『お前、かわってるな』って、よくいわれました」

「お父さんは、まったく駄目だった」

「和菓子でも手をつけなかったですね。酒ばっかりで」

歩きながら岬人は答えた。襟に毛皮のついたボマージャケットを着ている。

「お母さまの実家にはいったの？」

「ええ。二日に戻りました。夜、友だちと会う約束があったんで」

「学校はいつから？」

「八日です」

「いいわね。休みが長くて」

「早いほうですよ、僕なんか。遅いのは十三日からってのもいます」

「何を勉強しているんですか」

「法学部です、って、弁護士になれるほどの頭はないですけど」

「駄目なの」

「今からじゃちょっと無理ですね。それに司法試験受かるまで、お袋にぶらさがるわけにもいかないし」

はっとしたようにしずりを見た。

「あの、変な意味じゃないです」

「大丈夫よ」

しずりは微笑《ほほえ》んだ。

「よかった。俺ときどき、考えもなしに口走ることがあるんで」

俺、という表現が新鮮だった。だが、友人たちといるときは、俺といっているのだろう。恋人といるなら、尚更《なおさら》だ。

マンションについた。部屋に入り、コートを脱ぐと、岬人がまぶしげにしずりを見た。ワンピースを着ていた。

視線に気づかないふりをして、暖房を入れ、湯をわかした。

昨夜部屋をかたづけた。

岬人はどこに身をおこうか迷ったようだ。腕を組み、立っていた。

「コタツに入って下さい。今、お茶をいれます」

「ありがとうございます。あのう」

紅茶をいれていると、岬人が口を開いた。

「お袋と親父《おやじ》のことを牧さんは知らなかったんですよね」

「ええ」

「じゃ、当然、離婚の原因も」

「知らない」

客用のティカップは二組だけだ。それに紅茶をいれ、コタツに運んだ。岬人は正座している。

「足を崩して」

「はい。女です」

しずりは岬人を見た。

「親父の女癖です」

「そう」

「結婚したときも、他につきあってた人がいたそうです。別れてくれって頼んだのだけど、結局別れてくれなかったって、お袋がいっていました」

「もしかして、前田さんとわたしもそういう関係だったかどうかを疑った？」

岬人は頷いた。

「考えました。親父が婦人警官をかばって怪我をしたって聞いたとき」

しずりは息を吸いこんだ。

「何もなかった。本当に。前田さんは、前いた部署でも先輩で、いろいろ教えてくれました。でもそれだけです」

「よかった」

岬人はほっとしたようにいった。

「牧さんに初めて会ったとき、最初、親父のガールフレンドだった人なのかなって思いました。でも若いからちがうって思い直して。そのとき、牧さんかもしれないって気づきました。今でもお墓参りにきてくれる女の人がいるとしたら」

いって岬人はケーキの箱を開けた。

「食べませんか」

「いただきます。どちらがいい？」

「牧さんが先に選んで下さい」

「じゃチーズケーキをいただきます」

しずりは皿とフォークをキッチンからとってきた。

「おいしい」

「あのケーキ屋さん、よく買うんですか」

しずりは首をふった。

「もしかして甘いもの嫌いとか」

岬人の表情が曇った。

「そんなことない。ただひとりだとケーキとか、買いづらくて。ひとつってなかなかいえないから」

「じゃあふたつ買えばいい」

「太っちゃう。ふたつも食べたら」

「そういえば牧さん、細いですものね。気をつけているんですか」

しずりはまた首をふった。本当のことをいえば余裕がない。買おうと思えば買えるが、少しでも貯《たくわ》えておきたい。

「何かの本で読んだのですけど、今の独身ＯＬは、食の中心がほとんど小麦粉と乳製品だって」

「小麦粉？　パンとか？」

「あとパスタ、ラーメン、うどんもそうだな。乳製品はチーズ、生クリーム、ヨーグルト」

「そうかもしれない。ご飯をたくより簡単だから」

「それ太りやすいらしいですよ。本当はもっとお米を食べたほうがいいって」

「気をつけなきゃ」

しずりは微笑んだ。

「親父は細い女の人が好みでした。タイプの女の人が近くにいると、ちらちら見るんですぐわかりました。お袋から聞いていた、女好きって本当なんだなって」

「お父さんのことを好きじゃなかったの？」

「別に嫌いじゃなかった。僕が女の子だったらちがう見かたをしたかもしれないけど」

「お父さんは男っぽい人だから、女の人に人気がありました。お洒落《しやれ》だったし」

「なんか、不思議な人でした」

「不思議？」

「相手が息子だから、自分の話をしづらかったのかもしれないけど、ちょっと秘密めいたところがあって。まあ、刑事という商売柄もあったのかもしれません」

「どんな風に秘密めいていた？」

「うまく説明できないな。僕が勝手に想像していただけかもしれないけど、この人いつか警察官を辞める気なのじゃないかなって。それで辞めたら、すぐ別の仕事を始められるよう、こっそり準備しているのじゃないか」

「要人警護の会社をやりたいって、よくいっていました。日本の治安はこれから悪くなる一方だからって」

「でもそれ、現役の警官がいっちゃまずくないかな」

「そういえばそうね」

しずりは岬人と顔を見合わせ、笑った。

「でも警官としてはすごく優秀な人で、努力家でもあった。わたしが偉そうにいえることではないけど」

笑いやむとしずりはいった。

「わかります。出世とかに興味はなかったと思うけど、与えられた仕事はきっちりやる人だったでしょう」

「ええ、それはもう。後輩の指導にも熱心だったし。わたしは刑事の仕事を、お父さんから教わったようなものです」

岬人は困ったような表情を浮かべた。

「牧さんは――、いや、やめとこう」

「何、何です？　訊《き》かれたら答えます」

「あの、親父のことをどう思っていました？」

「尊敬していました」

「それだけ？」

「男の人として意識したかということ？」

岬人は頷いた。

「それは、なかった。初めて会った頃、わたしは新米の刑事で、仕事を覚えるのに必死だったから。そんな余裕はなかった」

「親父はどうだったんだろう。牧さんみたいな人は、絶対好きだったと思うのだけど」

しずりは一瞬ためらった。

「たぶん、女として見てなかった。現場の同僚どうしだから」

「見られたかったですか」

「え？」

岬人は首をふった。

「ごめんなさい。失礼な質問でした」

「いいえ」

それ以上、しずりは答えなかった。ケーキを食べ終えると皿をかたづけ、新たに紅茶をいれた。

クローゼットの段ボール箱からメモ帳をだした。練馬の強殺事件関連は三冊あった。

「六年前の七月十一日、午前八時二十分、練馬区大泉の住宅から一一〇番通報がありました。通報者の名前は、高井梅子《たかいうめこ》。この住宅に通う家政婦で、出勤したところ、住人の奥平正が包丁で刺されて死んでいるのを発見したという内容でした」

石神井《しやくじい》警察署員と機動捜査隊が現場に急行し、殺人事件と断定し、初動捜査をおこなった。それが捜査一課にひきつがれたのは翌日だ。屋内の物色のもようから、強盗殺人の疑いが濃厚だったが一課は怨恨《えんこん》の線にも留意しつつ、捜査を展開した。

「被害者の奥平正は七十歳で、無職でした。大泉の自宅を購入したのは、殺される八年前です。以来ずっとひとり暮らしで、近隣の住人とのつきあいはほとんどありませんでした」

「それまでは何をしていたんです?」

「不明です」

「不明?」

岬人は目をみひらいた。

「古い職歴はわかっています。二十代の頃は川口市の鋳物《いもの》工場で働いていた。その後タクシー運転手を経て、四十代の一時期、新橋で小さな会社を経営していた。その会社は五十になる前に畳んでいて、その後の職歴がわかっていない。小口金融をやっていたという情報もあったけど、裏づけはとれなかった。経歴が不明であること、犯人の遺留品が少ないことが、捜査を難しくさせた」

「新橋で経営していた会社は、どんな仕事をしていたんです?」

「貿易関係ということでした。東ヨーロッパ、当時のチェコスロバキアから陶器を輸入して、家具店などに卸していたようです。共同経営者がいて、以前イタリアに駐在していた元商社マンだったのだけど、その人物がプラハ滞在中に急死して、会社がたちいかなくなり、畳んだらしい」

「不思議な経歴ですね。鋳物工場の工員からタクシー運転手という流れはまだわかるけど、そこから貿易会社の経営というのは」

しずりは頷いた。

「捜査本部でも、それは問題になった。被害者の隠れている経歴が殺害の動機になったのじゃないか、と」

メモ帳をめくった。

「共同経営者は前畑庸三《まえはたようぞう》。中堅商社の日報商事を退職して、奥平と新橋の会社を起こしている。社名は『五欧《ごおう》商事』。プラハのホテルで亡《な》くなったとき、四十七歳だった。死因は急性心不全」

「それって――」

「死亡時、奥平正は、東京の会社にいた。捜査本部は、事後処理にあたった日本大使館の当時の係官に会って状況を訊《たず》ねたけれど、事件性はなかったということでした」

岬人はしずりの顔を見つめている。いいたいことはわかった。

「前畑の死亡で奥平が得をしたかどうか、ということになると、わからない。ただ前畑は独身で、五欧商事は、前畑にかけていた生命保険金を受けとっている。その一方、前畑の死によって五欧商事は業務がたちいかなくなり、会社を清算した。当時の顧問税理士によれば、経営内容は決して悪くなかったらしい」

「奥平が前畑を殺させて保険金を受けとった可能性はゼロではない」

岬人は頷いた。

「それを知った前畑の関係者が奥平に復讐《ふくしゅう》したとは考えられませんか。村内を使って」

しずりの記憶がじょじょによみがえってきた。捜査本部内でそれを主張した者も何人かいた。が、一課の人間はほとんどが、流しの強盗殺人、と見ていた。

理由は、時間経過だ。かりに前畑を奥平が殺させていたとしても、それから二十年以上がたっている。復讐を企てるには、遅すぎる。

もちろん最近になって殺害を知り、復讐したという可能性も排除できない。そのため、怨恨説を支持する捜査員は、前畑の係累《けいるい》を、かつての勤め先である日報商事などにあたって捜していた。

それについてはどうなったのだろう。

メモ帳をめくったが、前畑庸三の係累に関する書きこみはなかった。おそらく見つかる前に、村内の事件が起こったのだ。結果、立ち消えになった。

「ありえるかもしれない」

しずりはつぶやいた。

「結局、親父の一件が全部を吹っとばしちゃったんですね」

訊きこみ先で偶然いきあたった被疑者が捜査員に受傷させ逃亡、そして事故死した。DNAによって、奥平正殺害犯と特定されるも、動機までは解明されなかった。居直り強盗という結論は、もともと一課内に流れていた空気が反映されたものだ。

前田も同じ意見だった。その前田がああなったことで、ちがう主張をしづらい流れをさらに作った。

「でも、親父はなんで村内のところにいったんでしょう」

そのことは何度も訊かれた。が、しずりに、事前の相談は何もなかった。

「ただ、つきあってくれといわれただけです。お父さんは、流しの強盗説をとっていて、それを裏づけるために、プロの窃盗《せっとう》犯をあたろうと考えていたようです。捜査三課にいたときに何人かプロの窃盗犯を逮捕したことがあって、その経験で村内を選んだのだと思います」

「村内をつかまえたことがあったのですか」

しずりは首をふった。

「いえ。直接、逮捕したわけではありませんでした。ですからたぶん、村内に関する情報は、別の人間から得たのだと思います。たとえば最近、羽振りが急によくなった者がいるという噂《うわさ》を聞いて目をつけたのかもしれない。あるいは、そういうことを村内に訊ねようとしていただけかもしれません」

「刑事どうしで前もって話しあわないのですか。こんな情報があるから、そいつのところに訊きこみにいってみる、とか」

「一課の場合は、意外に話しません」

しずりは答えた。

「一課に配属される刑事のほとんどは、いろいろな部署を経験したベテランです。ひとりひとりが、情報を集めるための独自のコネクションをもっています。暴力団関係に強かったり、窃盗犯や詐欺師《さぎし》に詳しかったり。ある種の職人気質のようなものがあって、簡単には、自分のネタ元を明しません。たとえばお父さんが村内に会って、本ぼしだと見当をつけてから、会議で初めて名前をあげるわけです」

「するとその暇もなく、村内は逃げだしたんだ」

しずりは頷いた。

岬人は息を吐いた。そして訊ねた。

「村内と殺された奥平正に、つながりはまったくなかったのですか」

「ありませんでした。住居も離れていますし、家政婦の高井梅子も、村内の顔に見覚えがない、と」

「強盗殺人というからには、何かを盗んだのですか」

「現金が数万円ていど奪われた、とわかっています。おそらく奥平宅に侵入して早い段階で気づかれ、騒がれるのを恐れて殺害し、たいして物色する時間をかけずに逃走したのだろうと結論づけられました」

「じゃあ村内の家から、盗んだものが見つかったということはなかったのですか」

「はい。奪った現金が多ければ、見つかったのでしょうけれど」

「変だな」

岬人はつぶやいた。

「絶対、変ですよ。だって村内はプロの泥棒でしょう。それが侵入してすぐに見つかって、その上人殺しまでするものかな」

確かにそういう意見はあった。プロの窃盗犯はプライドがある。人を傷つけてまで金品を奪う強盗は、素人《しろうと》の仕事だと蔑《さげす》む者もいるほどだ。

だが困窮した状況で盗みに入り、気づかれ騒がれれば、暴力を決してふるわないとは限らない。しかも村内は窃盗犯として一流とはいえず、十年前にも強盗傷害の前歴があった。侵入した家の老婆《ろうば》に騒がれ、逃走時につき倒して骨折を負わせたのだ。

「居直り強盗のほうが、通常の強盗より被害が大きくなることがあります。なぜなら、初めから強盗を企てる人間は、そのために刃物や銃などを用意し、なるべく被害者の抵抗にあわないよう計画します。もちろん最初から被害者を殺して金品を奪うつもりなら別ですが、そうでない限り、短時間で引きあげるためにも、被害者を一気に制圧したいと考えるからです。ところが、侵入盗のつもりで入った先で、いない筈《はず》の家人に騒がれたりすると、逆上し、思わぬ大怪我をさせがちなのです。静かにさせようと首を絞めたら死んでしまったとか、もっていたドライバーで刺したら急所だったとか、そういうケースがあります」

「村内が使ったのは、包丁、でしたよね」

「ええ。奥平宅にあったものです。初めから包丁をもっていったら、逮捕された場合罪が重くなる、と考えたのかもしれない。警官の職務質問も恐《こわ》いし。村内の侵入経路は、奥平宅の勝手口からで、入ってすぐ台所にあった包丁に目をつけたのでしょう」

「村内が実は犯人ではない、というのは考えられませんか」

しずりは首をふった。

「奥平宅に残っていた毛髪のＤＮＡも一致していますし、第一に犯人でなかったら自宅から逃走する理由がありません」

「そうか。そうだよな」

岬人は頬をふくらませた。

「とするとやっぱり、誰かが村内を使って奥平を強盗に見せかけて殺した、ということか」

「わたしもそう思います。だとすると、事件全体をまるでちがう目で見なくてはならない」

「ちがう目？」

面映《おもは》ゆかった。だが今はふたりきりだ。しずりは教師になったようだと思いながら喋《しやべ》った。

「殺害の動機は、強盗ではなかった。つまり奥平正に、殺害される理由があったことになります。怨《うら》みか、何らかの利益を得るためか」

「でも身寄りがいなかったのですよね」

しずりは頷いた。

「そう。奥平正の遺産は国庫に入りました。遺言書を奥平は残していませんでしたから」

「じゃあ恨みかな」

「いずれにしても、奥平正という被害者を調べなくてはならないと思います。強盗殺人という結論に流された結果、見落としたことがあるはずです」

「でもどうやって？」

「高井梅子に会ってみます」

「家政婦の？」

「ええ。婦警だったので、高井さんの事情聴取にわたしはたちあいました。わたしのことを覚えていて下さったら、話をしてもらえるかもしれません」

高井梅子の自宅電話番号はメモの中にあった。奥平宅に近いアパートに高井梅子は住んでいた。夫と二人暮らしで、当時六十八歳だったから、現在は七十四になる勘定だ。

メモ帳には、高井梅子に関する記述が並んでいる。中には事件とは直接関係のないことがらも多い。事情聴取にたちあい、女性どうしということで頻繁に会話をしたのが、メモの多い理由だ。

梅子は、奥平宅で働くようになって四年だった。きっかけは斡旋所《あっせんじょ》による紹介だが、梅子の前に三人の前任者がいる。つまり梅子は家政婦としては四代めだったのだ。

奥平が練馬に家を購入したのが事件の八年前だ。その頃から家政婦を雇ったのだとすれば、四年間で三人かわったことになる。

奥平はよほど梅子を気に入っていたのか、前の三人が信頼できなかったのか。

梅子の風貌（ふうぼう）をしずりは覚えている。小柄で眼鏡をかけ、喋るときは早口だった。

梅子は初め、ひどく動揺し、涙ぐんでいた。それを落ちつかせたのがしずりだ。

七十とはいえ、独身の男の世話をしていたのだから、男女関係を怪しんだ捜査員もいた。他の家政婦に比べて長つづきした理由もそこにあったのではないかというのだ。

だがしずりはその意見に否定的だった。理由はあった。梅子が夫のことを気にかける一方で、雇い主である奥平正に対してさほど好意を抱いているようには見えなかったことだ。

そうはいっても、奥平宅で働くのが嫌で嫌でたまらなかったというわけではない。必要以上に雇い主と親しくしなかったというだけだ。その点では、梅子にははっきりとした意志があるように感じられた。

しずりがそうした話をすると、岬人は少し考え、訊ねた。

「じゃあ、その梅子さんを、警察は初め、疑っていたのですか」

「状況的には、そう、疑われていたと思います。まず、死体を発見し、通報した。通報することで犯人が疑いをそらそうとするのは、よくあるケースです。さらに被害者の奥平正の生活に立場上詳しい。つまり、奥平が自宅のどこに金目のものをおいているか、知っていた可能性があるわけです。強盗の手引きをしておいて、発見者を装《よそお》ったのかもしれない」

「そうか。疑えばきりがないんですね」

岬人はつぶやいた。

「奥平正の個人情報があまりに少なかったこともあって、捜査本部は高井梅子についてくわしく調べました。ご主人は何をしているか。奥さんの手引きで旦那《だんな》が強盗に入ったのでは、と疑ったからです。あるいはお金に困っていなかったか。家政婦の立場を利用してこっそりお金をくすねたのをとがめられ、強盗に見せかけ殺した、という可能性も考えました」

「やっぱり疑うのが商売なんだ」

岬人は首をふった。

「ええ。一度は全部を疑って、ひとつずつ潰《つぶ》していく。それで何も見つからなかったら、もう一度潰しなおす作業をする。見落としがなかったか、班の中で担当をかえて」

「それでどうだったんです？」

「高井梅子の夫は入院中で、共犯は不可能でした。経済的には豊かではないものの、それほどひっ迫しているわけでないのも確かめられ、被疑者からは外される方向におかれていました。そうこうしているうちに、村内の事件が起きたんです」

「高井梅子が村内の手引きをしたとは考えられなかったんですか」

「もちろん、その疑いもありました。しかし、高井梅子と村内のあいだに接点は見つからなかった。二人の出身地はまるでちがいましたし、近くに住んだこともなかった。両方の自宅付近の訊きこみでも、相手を見たという証言はありませんでした」

「じゃあ、事件とは無関係だったんだ」

それには答えず、しずりはいった。

「電話をします。会って話をしてくれるかどうか、訊いてみます」

電話の子機に手をのばした。引っ越している可能性もあるが、おそらく前のままの練馬のアパートで暮らしているだろうという予感があった。家政婦の仕事をつづけているとしても、今日はまだ正月休みではないか。

二回の呼びだし音のあと、

「高井でございます」

という声が応《こた》えた。やはり移っていなかった。その早口を耳が覚えていた。

「突然お電話して申しわけありません。わたし、牧と申します。以前、警視庁にいて、奥平正さんの事件のとき、お世話になった者です」

「あ、女刑事さんでしょう」

朗らかな声で梅子はいった。

「覚えてるわよ。あたしのことをいっしょけんめい、かばってくれた人ね」

「その節はいろいろありがとうございました」

「こちらこそ。お元気？　まだ人殺し、追っかけてるの？」

話すうちに思いだした。梅子ははっきりした性格で、親しくなるにつれ、しずりに刑事なんか早く辞めて嫁にいけ、と説教した。女が、人殺しだの強盗だのを追っかけてどうする、というのだ。しずりは苦笑し、話をそらそうとしたが、出身はどこだ、恋人はいないのか、とあれこれ訊かれた。しまいには、訊くのはこちらの仕事です、といったほどだ。

「いえ。あの少し後、警察は辞めました」

「あらあ。じゃあ結婚なさったの？」

「いいえ。そちらはまだ」

「どうして。きれいなのに。選り好みしているんでしょう」

「そんなことは。あの、実は、ちょっとおうかがいしたいことがあって、今日、電話をさしあげたんですが」

「またあのことね。奥平さん？」

「ええ」

「あのあと、週刊誌の人とかもきたのよ。その記者さんにいわれてびっくりしたのだけれど、あたしかなり疑われていたんでしょう。それをあなたがかばったんだって、教えてくれた」

「週刊誌ですか？　新聞ではなくて？」

「週刊誌よ。でも結局その記事はでなかったわね。いつもいく喫茶店でとってるからずっと読んでいたけど」

週刊誌が取材に動いていたとは知らなかった。記者クラブを通す新聞やテレビ局とはちがい、週刊誌の記者は個別の取材活動をする。接触がなければ、自分が気づかなくても不思議はない。

それに前田の事件のほうが、より多くのマスコミの注目を集めた。

「もしお時間をいただけるなら、会ってお話をうかがいたいのですが」

「大丈夫よ。七日まで仕事はないし、主人が亡くなってからは自由の身だから」

「ご主人、亡くなられたのですか」

「そう。あの翌年。癌《がん》だったから、覚悟はしていたけど」

「それはお寂しいですね」

「子供がいないからね。まあ、でも猫のクロちゃんもいるし、動けるうちは、何のかのといってもいろいろ楽しみがあるから。で、いつがいいの？」

「明日の夕方はどうでしょう」

「いいわよ。何時頃？」

虎ノ門から地下鉄で練馬に移動するルートを考えた。地下鉄やＪＲの路線図はあらかた頭に入っている。刑事時代の経験の賜物《たまもの》だった。

「少し遅いのですが、六時半ではどうでしょうか」

「平気、平気。晩ご飯終わった頃でちょうどいい」

駅で待ち合わせることを決め、しずりは電話を切った。夕食のあと、と梅子がいったのは、しずりに気をつかわせないためかもしれない。

「僕は……いっちゃまずいですよね」

岬人がおずおずといった。本当はいっしょにいきたかった。が、見知らぬ若者に梅子が警戒することも考えられる。

「ええ。明日はとりあえず、わたしひとりでいきます。わかったことは全部話します」

岬人は頷いた。

「必ず教えて下さい」

　頷き返し、しずりは梅子の話について考えていた。

　しずりが梅子をかばったと週刊誌の記者から聞いた、といっていた。その記者は捜査本部の誰かから取材をしたのだ。そうでなければ、そんな事実を知りようがない。

　いったい誰が記者の取材をうけたのだろうか。だが、それは想像がつかない疑問だ。所轄《しょかつ》署、一課、あわせて数十人の捜査員が投入されていた。そのうちの誰に記者が接触していたかなど、今のしずりには知りようがない。

「どうしたんです？」

　岬人が訊ねた。しずりはかぶりをふった。

「何でもありません。とにかく高井梅子さんに会って、もう一度、奥平正についていろいろ思いだしてもらえたら……」

「もし奥平正が狙《ねら》って殺されたのだったら、何か恨みを買うようなことをしていたことになりますよね。少なくとも財産めあてではないわけだから」

　そうだろうか。強盗による被害はわずかな現金と捜査本部は判断した。だが実は、現金よりも貴重な何かを、村内は奥平から奪うために殺害したのではないのか。その何かは、前田としずりが村内を訪ねたときには、〝依頼者〟の手に渡り、村内の部屋には残されていなかった。

「お金ではない、何かがあったのかもしれない。村内はそれを盗むために雇われた」

　しずりはいった。

「宝石とか、ですか」

「宝石だったら、高井さんが何かしら知っていたと思うんです。現場検証に立ちあっていただいたときも、現金以外の貴重品を奥平正がもっていたという話はでなかった」

「だったら何を盗《と》ったんでしょう」

「個人にとってとても大切な品とか、です。他人にはどうでもいいようなものなのに、ある人間にとっては、どうしても欲しいと感じる何か。奥平がそれをもっているのを知っていた依頼者が、村内を使って盗ませたのかもしれない。奥平もその価値を知っていたら、当然、誰がそれを盗ませようとしたかわかってしまう。そこで村内は、奥平を殺した」

「つまり、実際の泥棒が誰であれ、盗ませた人間の正体を、奥平が警察に教えるのをやめさせたかったということですか」

岬人の言葉にしずりは頷《うなず》いた。

「そう」

「その何かは、村内の部屋にはなかった。つまり、親父や牧さんがいったときには、もう頼んだ人間に渡したあとだった」

「そうだと思います。もし、この考えが正しいのなら」

「いったい何だろう」

岬人は考えこんだ。

「他の人間には価値がないのに、その本人にとっては、命にかえても欲しいもの、なんですよね」

しずりは黙った。岬人がつぶやいた。

「でもやっぱりお金には関係あるものなのだろうな」

「どうして？」

「奥平正が、急にお金持になったことと関係があるのじゃないかなって」

確かに奥平の経歴には謎《なぞ》がある。工員からタクシーの運転手、その後突然貿易会社の経営という、まるで畑ちがいの仕事をしていた。そして共同経営者の死で保険金を受けとり、会社を畳む。それからの二十年はよくわかっていない。

「だって一軒家を買って住み、働かないで暮らせていたなんて、かなりお金持ですよ。家は大きかったんですか」

「そんな豪邸ではないけれど、三十坪くらいはあったかしら」

「殺される八年前、つまり十四年前でしょう。その頃、一軒家を買うとしたら、練馬でどのくらいだろう……」

しずりはメモを見た。不動産屋にあたっている。約七千万円とあった。奥平に家を売った地元の不動産屋に訊きこみをしていた。

「七千万円です」

「七千万。働いてなかったらローンもきかないわけだから、一括で買ったんでしょうね」

「おそらく」

「七千万の家をぽんと買って、そのあとも働かないで、しかも家政婦さんまで雇っていたなら、あと一億円かそこらはお金をもっていたのじゃないですか」

通帳はあった。定期預金やその他をあわせると、約九千万円。

「ええ。九千万円の貯金を奥平はもっていました」

「すごくないですか。家とあわせて一億六千万円の現金をいったいどこで稼いだんだろう」

確かに一介の勤め人が、一億六千万もの現金を残すことは考えられない。どこかの広い家と土地を売って処分し、練馬に移り住んだのではないか、あるいは犯罪に関係する仕事で儲《もう》けたのではないか。

捜査本部でもさまざまな臆測《おくそく》が流れた。

「奥平正に犯罪歴はありませんでした。逮捕、起訴されたことは一度もなく、本人の指紋もファイルにはなかった」

「つかまらなかったからといって、犯罪者じゃないとは限りませんよね」

しずりは頷いた。

「ええ。自分で手をよごさなくとも、間接的に犯罪で金を稼いでいる人間はいます。詐欺や闇《やみ》金融の元手を出資したり、違法な金融取引に加担したり、という手段で。ただ、本来そういう人間は、交友関係に暴力団関係者がいたり、高い飲食店に頻繁に出入りするなど、私生活が派手で目立つものです。奥平にそうした兆候はなかった」

「じゃあ、練馬に引っ越したときに、引退して悪い仲間と手を切ったんだ」

そのいいかたがおかしくて、しずりは笑った。

「え、何か変なこと、いいました？」

「悪い仲間と手を切って、というのが、まるで不良少年みたいだったから」

「そうか。暴走族みたいでしたね」

いって、岬人も笑い、黙った。

「どうしたの？」

「俺も少し、そういう時期があったんです。暴走族とかじゃないけど、中学二年から高校一年くらいまでは、荒れてました」

「そうなの？」

驚いてしずりはいった。

「はい。やっぱりお袋ひとりなんで、年頃になると、何ていうか、物足りないような、おもしろくない感じがあって。学校サボって盛り場いって、ケンカしたりしてました。補導もされました」

「そうだったんだ。じゃあそれがおさまったのは――」

「親父が死んだから、です。葬式にいって、警官として、親父が何というか、立派だったというのがわかって、真面目《まじめ》にやろう、と思った。生きていたときには、別に親父のことをそんなに尊敬していたわけじゃないのに。妙ですよね」

岬人は照れたように笑った。しずりは首をふった。

「そんなことありません。今のあなたを見たら、お父さんはきっとすごく誇りに思うと思います」

「そうかな……」

「わたしこそ、何やってるんだって怒られそう。警察辞めて、何してるんだって……」

「それはでも、牧さんの責任じゃない。僕は、牧さんこそ立派だと思います。あんなことになっても、いいわけしないでいたのだから。すればきっと、親父に傷がつくと思って、耐えていたのだから」

嬉《うれ》しかった。そこまで自分の気持を理解してくれた人間は、岬人が初めてだった。直属の上司だった三石すら、そんな風に自分を見てはくれなかった。

「嬉しいです、でも、もうやめましょう。そんな話をしていると、また、わたし泣いてしまうかもしれない」

しずりはいった。実際、鼻の奥が熱くなっている。

「泣いてもいいんですよ」

岬人がいった。しずりははっと息を呑《の》んだ。

「だって、今まで誰にもそんなこといえなかったんでしょう。だったら、僕にいって下さい。そして泣いて下さい」

「駄目、駄目、やめて！」

自分でも考えていなかったほど強い声がでた。岬人が目をみひらいた。

「そういうのは駄目。絶対に。じゃないと、わたしが壊れちゃう」

「壊れちゃう？」

「十五以上も年下のあなたに甘えるなんて、しちゃいけない。それも、前田さんの息子のあなたに」

　岬人の目に傷つけられたような色が浮かんだ。岬人は息を吐き、横を向いた。

「年下なのはしかたがないです。でも、親父《おやじ》のことと僕をいっしょにしないで下さい」

　怒りのこもった口調だった。

「仲本さん」

「僕は、僕です。牧さんに対して、甘えて欲しいと思ってるのは、僕が前田光介の息子であることとは、何の関係もありません。おかしいですか。僕が牧さんに優しくしたら。十五も下のガキにいわれたら、牧さんは腹が立つんですか」

「そうじゃない」

　しずりは首をふった。だがこれ以上はいえなかった。いえば、自分に課した禁を破ることになる。

「そうじゃないけれど、わたしには決めたことがあって、それを守りたいの」

　岬人は黙った。しずりも黙るしかなかった。

　やがて岬人はいった。

「わかりました。僕が生意気でした。牧さんに同情とかできるような立場じゃないのに。何も知らないのに偉そうなことをいって、すみませんでした」

　ちがう、といいたいのをこらえた。今は何もいってはいけない。

　深々と息を吸い、岬人は立ちあがった。

「とにかく、明日、高井さんと会って何かわかったら教えて下さい。僕は僕で、やれることがないか考えてみます」

「仲本さんが？」

岬人は頷いた。硬い表情になっていた。

「インターネットとか、国会図書館とかで、奥平正について検索してみます。万にひとつだけど、何かヒットするかもしれません。牧さんばかりに調べさせちゃ申しわけないですから」

「そんな。いいのに」

「いいえ」

強い調子で岬人は首をふった。

ぺこりと頭を下げ、玄関に向かった。しずりは無言でそれを見送った。

「じゃ、失礼します」

「お茶、ごちそうさまでした」

靴をはき、玄関の扉に手をかけて岬人はいった。そしてでていった。

扉が閉まり、しずりは部屋に残された。

何が岬人を怒らせてしまったのだろう。しずりは閉じた扉を見つめた。子供扱いするつもりなどなかったのに、岬人にそう感じさせる言葉を自分は口にしたのだろうか。

ちがう。決してそんなつもりはなかったし、そう受けとらせるようなこともいってはいない。

親父のことと僕をいっしょにしないで下さい、といった岬人の真意はどこにあるのか。岬人が自分に好意をもっている？

しずりは息を吐き、両手で顔をおおった。涙がでそうなほど嬉しい。しかし、同時にどうしていいかわからない。

岬人への気持は、片想《かたおも》いであるべきだ。岬人が自分に対して、自分が岬人に抱いているのと同じような気持をもつことなど、想像もしていなかった。

なぜなら、それは許されない関係だからだ。

自分と岬人が恋愛することなど、あってはならない。理由はいくつもある。まず、前田のことだ。岬人がいかに理解しようと、前田があなったのは、しずりを救うためだ。それに対して、まちがいなくしずりには責任がある。さらにその問題がなかったとしても、二人はあまりに不釣合なカップルだ。

たとえ一時的には関係がうまくいったとしても、必ず破局がくる。岬人には、そのあといくども恋愛するチャンスが訪れるだろうが、自分にはない。胸が破れるほどつらい思いをして、それが死ぬまで記憶に残るのは、自分だ。何を好んで、わざわざそんな傷をこの上負わなければならない。

愚かしい。あまりにも愚かしい。

相思相愛など、初めから望んでいなかった。片想いでよかった。

だが優しくされたかったのは事実だ。そのことで喜び、泣いたのは自分だ。それが岬人の気持をひきよせたのだとしたら、非は自分にある。

しずりは重い息を吐いた。予想だにしていなかった。

やるせない喜びが、自分への怒りとともにあった。

どれだけ嬉しくても、ここでとめなければならない。これ以上は、決して二人の仲を深めてはならない。

調査はやめるべきだ。そうしなければ、これからも岬人と会う機会は増え、若い岬人は気持を強めていくだろう。

会えなくなるのはつらいが、よりつらくならないためには、そうする他ない。

しずりは決心した。岬人が自分に好意を抱いてくれたという、甘い果実が実れば充分だ。この果実を味わおうとしてはならない。それは、瞬間どれほど甘く、心地よいものであろうと、遠くない未来、自分を地獄につきおとす。

高井梅子と会って聞いた話を岬人に告げたら、今後、調査はやめる。岬人と会わない。片想いのままだったら、どれほどよかったろう。

このまま会いつづけて、岬人の気持を拒否すればいい。そんな囁《ささや》きも聞こえる。無理だ。絶対に無理だ。自分には拒否できない。若い岬人が気持を具体化しようとしたとき、それを押しのける勇気はない。

これはやはり罰なのだ。前田の気持を利用し、ないがしろにした自分への罰が下った。運命は、しずりの前に岬人を現わし、想いを抱かせておきながら、最も残酷な方法でそれをあきらめろといっているのだ。

今ならまだ間に合う。

本当は、奥平正や村内康男、君津政一の死の真相など自分にはどうでもよかった。岬人といっしょにいられる時間を作る材料に過ぎなかった。

それを運命は見すかしていた。だったらこれでどうだ、といわんばかりに岬人の気持をしずりに傾けてきた。

喜んでそれを受けいれたら、あとはしずりが失う番だ。閉じた心、小さく固めた心、それを切り裂かれ、血まみれにされる。

しずりは歯をくいしばった。

こうして早く気づいたことこそ幸運だ。二人はいっしょにいてはならなかった。心を通わせてはいけなかった。

戻ろう。引き返そう。自分が大切なら、そうするしかない。

11

高井梅子は六年前とほとんどかわっていないように見えた。キルティングの長いコートを着て、小さな顔をくしゃくしゃにして笑った。少し興奮しているようだ。

「痩《や》せたねえ。ダイエットでもしてるの」

第一声がそれだった。

「顔色も悪い。駄目よ、無理なことしちゃ」

しずりは笑みを作った。

「大丈夫です。今日はすみません、突然に」

「いいのよ、どうせ暇なのだから」

駅前で待ち合わせた梅子が案内したのは、ビルの二階にある喫茶店だった。昔は町のどこにでもあったような、軽食とコーヒーをだす店だ。今はすっかり少なくなった。

「ここでね、いつもその週刊誌を読んでるのよ。毎週とってくれてるから、買わなくてもいいわけ。図々《ずうずう》しいでしょ」

梅子は笑みを見せた。

眼鏡がかわった。以前は銀縁だった。今はプラスチックの黄色いフレームだ。

言葉通り、店の隅におかれたマガジンラックに、何種類もの雑誌がさしこまれている。

男性向、女性向、五、六誌あるだろうか。

「どの週刊誌ですか」

会話の流れとして訊《き》かないわけにはいかなかった。

「えーと、文化だったかな。週刊文化」

男性向の週刊誌の中では、どぎついグラビアなどが載っていない。

「名刺も捜しといたの。この人」

巾着《きんちゃく》のような形をしたバッグを開き、とりだした。

「週刊文化　記者　西原栄一《にしはらえいいち》」

と記され、発行元である文化社の住所と電話番号が横にあった。

「この人が高井さんに取材をしたのですか」

「そう。どこであたしの電話番号調べたのって、最初はびっくりしちゃった。すごいわよね、ああいう記者って。警察と同じように調べるのだから」

「何を、高井さんに訊いたんです？」

「奥平さんのことよ、もちろん。誰かに恨まれてなかったか、とか、盗られたものに心当たりはありませんかって」

「それはいつ頃ですか」

「そんな、何月何日なんて覚えてないけど、犯人が事故で死んだでしょう、それよりは前だった」

「村内、ですか」

「そうそう。つかまえにいった刑事さんに大怪我《おおけが》負わせて。あのこともけっこう週刊誌にでたわよね。いっしょにいた女刑事って、名前は載らなかったけど、まさかあなたじゃないわよね」

しずりは黙った。眼鏡の奥の梅子の目がみひらかれた。

「あら、たいへん。そうだったの?! じゃあまさかそのことで刑事を？」

「それだけではありません。ちょっと体を壊したりして」

しずりは急いでいった。梅子が不意に腕をのばした。しずりの手にかけた。

「いろいろたいへんだったわね。苦労したのね」

「そんな。とんでもない」

「若いうちは苦労しろっていうけど、そんな苦労はいらないわよね。でも、よかったと思うわよ。女の子のあなたが、女の子って年じゃないかもしれないけど、ああいう仕事はよくないと思ったから」

「ご心配をおかけして」

「いいえ。そうそう、この記者さんね、その事故のあとも一回きたの」

「きたというのは、つまり会ったということですか」

「そうよ。犯人がつかまったっていうか、死んじゃったわけだけど、警察はその後何か訊きにきましたかって」

「きたんですか」

「いいえ。石神井署の刑事さんからは電話があって、これこれこうで亡《な》くなったけど、犯人はわかりましたって説明はあったわよ。でもそれだけ。あとは新聞や週刊誌で見た。結局、居直り強盗だったわけでしょう。恐いわよねえ」

「そのことですけど、奥平さんが盗まれたのは、現金だけだったのでしょうか」

梅子は瞬《まばた》きした。

「どういうこと？」

「高井さんに現場検証に立ちあっていただいて、何万円かの現金がなくなっていることは確認できました。でもそれ以外、つまり貴重品には見えないようなものでなくなっているものはなかったのでしょうか」

「さあ」

梅子は首を傾《かし》げた。

「あのときはあたしも動転していて正直、お金のことくらいしか頭に浮かばなかったのよ。何しろ、朝いつも通りうかがったら、旦那さんが血まみれで倒れてて、部屋の中がぐちゃぐちゃでしょ。裸足《はだし》でとびだしちゃったくらいだから」

奥平の死因は刺傷による失血死だった。実際、現場には大量の血痕《けっこん》があった。

「奥平さんが誰かの恨みを買っていて、それが理由で殺されたのじゃないかと考えた刑事もいたのですけど」

「そうね。ずいぶんそんなことも訊かれた。でも、あたしもよく旦那さんを知らなかったのよ。四年もうかがっていて知らないってのはおかしいんじゃないかっていわれたけど、挨拶《あいさつ》くらいでしか口をきかないのだから、知らないものは知らないわよね。失礼しちゃうと思ったわ」

「かわった方、だったようですね」

「まあ、そうかもしれないわね。ゴルフをやるでもなく、お酒を飲むでもなく、世間一般のお金持がやるようなことは何もしなかったみたいだし」

「ほとんど家にいらしたのですよね」

「そうね。図書館にはよくいって、本を借りていたみたいね。お金があるのだから買えばいいのに、と思ったけど、まあお金持ほど、あれだから」

あれというのは、ケチという意味のようだ。

「前にお訊きした質問と重なってしまうかもしれないのですが、どなたか訪ねてきたり、電話がかかってきたりした記憶はありませんか」

「そう、それね。あのときはまったく思いだせなかったのだけど、一度だけ電話をとりついだことがあるのをあれから思いだしたのよ。もう犯人が死んじゃったあとだったのだけど」

「いつ頃のことですか」

「旦那さんがあんなことになる半年くらい前かしら。あたしは週三回おうかがいすることになっていて、だいたい午前八時頃、お邪魔するの。鍵《かぎ》をお預かりしていたんで、『おはようございます』って声をかけながら入っていくのだけれど、そのときは旦那さんがトイレに入ってたのかな。電話が鳴って、『でてくれ』って、中からいわれたんでとったのよ。『奥平でございます』って応《こた》えたら、びっくりしたように向こうが黙っちゃったのよね。

そりゃそうよね。まさか女の声で返事があるとは思ってなかったのだろうから。『もしもし、奥平でございます』って、もう一回いったら、『ご主人はいますか』と男の人が訊いてきたの。『いらっしゃいます。失礼ですが、どちら様でしょうか』と、あたしがいったら、オク何とかっていったのよ。そのとき旦那さんがトイレをでてらして、そのまま電話を渡したのだけど」

「オク何とか」

「奥平ではないのよ。奥平なら同じだからわかるじゃない。奥村《おくむら》とか、奥原《おくはら》とか、何か名乗るのが嫌そうにごしょごしょって早口でいわれて、それで聞きとれなかった」

「オクがつくのはまちがいないのですね」

「ええ。オクは確か。あとがよくわからなかった。奥原、奥畑《おくはた》、奥村、かな。何かそんな感じ」

「四文字なのですね」

「四か五かな。奥田《おくだ》とかではなかった」

「奥平さんは確認しなかったのですか」

「しなかった。たぶん電話がかかってくるのがわかってたんだと思うわよ。誰なんだかあたしに訊かないで代わったから。そのあとどんな話をしたかはわからない。あたしはすぐお台所にいっちゃったので」

「電話をとりついだのは、その一度だけでしたか」

「ええ。郵便もほとんどきてなかった。つくづく世捨て人みたいな方だった」

「世間話をすることもなかったんですね」

「なかったわ。あたしがうかがって働いている間は、ずっと書斎にいらしたし……。そういえば、初めの頃かしら、『どこの出身ですか』って訊かれた。あたしは福島だから、福島ですって答えたら、『あ、そう』。それで終わりよ」

「訊いておいて、そっけないですね」

「そうでしょう。何だろう、と思ったわ、そのときは。でもね、あなた知ってるかどうか、斡旋所《あっせんじょ》からいくのはあたしが四人目だったのよ。それまでの三人はちょっと働いただけで、『替えてくれ』っていわれて。その三人、全部知ってる人なのだけど、悪い人たちじゃないのよ。よく働くし」

訊こうと思っていた質問だった。

「じゃあ、なぜ替えられたのでしょうか」

「たぶん、お喋《しゃべ》りね」

「お喋り？」

「あたしはあの頃、主人も入院してたし、いろいろで、あまり調子がよくなくて、男の人と話すのが億劫《おっくう》だったの。だけど前の三人は、皆明るい人でね。世話好きっていうか、うかがった先でいろいろ喋るわけよ。旦那さんはそれが気に入らなかったのじゃないかしら」

「つまり前の方たちは、奥平さんと話をしたがった、それが気に入らなかったということですか」

「わからないけどね。でも他に思い当たる理由がないの。こういう仕事していると、あるていどは先様の事情に詳しくなるじゃない。たとえば、『今日は図書館においでにならないのですか』とか、いいたくなるわけ。でもあたしは、こんな風だけど、うかがった先で無駄口を一切、きかないの。特にあの頃は、仕事を早く終わらせて、入院してる主人のところにいかなきゃって頭があったから」

「あれこれ詮索《せんさく》しないのがよかった、と」

「勝手な考えよ、あたしの。『ご出身はどちらですか』とすら訊かなかったもの」

「確か奥平さんの出身は――」

「それが福島なのだってね。刑事さんから教えられてびっくりしたのよ。同じ福島なのに、ひと言もいわないのだもの」

福島県南会津郡が本籍地だった。ただしそこに係累《けいるい》はいない。福島県警と福島県庁に問い合わせた結果、出身地の村は廃村となっていた。住民はいない。

「南会津郡ていうのは、新潟との県境で、本当に山の中なの。あたしは郡山《こおりやま》のほうだから、たぶん聞いてもわからなかったとは思うけれどね」

「親戚《しんせき》とかそういう話がでたこともなかったのですか」

「ないわよ。『おはようございます』『おはよう』、『お暇《いとま》します』『ああご苦労さん』、ふだんはそれだけ。口をきくのは」

「何か、怒ったりとか、感情的になった姿を見たことはありませんか」

「なかったわねえ」

「見た目はどんな方でした？　裕福そうに見えましたか」

「見えなかったと思うわ。格好もあまり気にかけなくて、一年中、長袖《ながそで》のスポーツシャツにズボンなの。うちのお父さんのほうがお洒落《しゃれ》だなって思ったもの。頭は薄くて、でかけるときは帽子をかぶってたわね。それも格好いいソフト帽とかじゃなくて、よれよれの帽子なの。それでときどきパチンコにはいってたわね」

「パチンコですか」

六年前の捜査のときには、その話はでなかった。

「そう。これも偶然なのだけど、駅前のパチンコ屋さんに入ってくのを見かけたことがあったの。あとになって思いだしたのよ」

「どのパチンコ屋ですか」

「今もあるわよ。一番大きな、さっき待ち合わせたところの向かいの店」

「わかりました」

「それくらいかしら」

「何でもかまいません。他に奥平さんのことで記憶に残っていることはありませんか」

「考えてみるわ」

答えたが、梅子はすぐに、

「そうだ。あたしよりさっきの記者さんのほうが詳しいかもしれない」

と眼鏡の奥で目を広げた。

「この名刺の方ですね。なぜそんなに事件のことを調べていたんでしょう」

「やっぱりアレじゃない。動機がわからないこと。独り暮らしのお金持なんてけっこういるじゃない。男の人よりむしろ女の人のほうが多いでしょう。なのにどうして旦那さんが狙われたのか、それを知りたかったのだと思うわよ」

「それについて、記者の人は何かわかったんでしょうか」

「さあ……。もしわかったのなら記事にしたのじゃないかしら。結局わからなかったからしなかったのだと思う」

しずりはテーブルにおかれたままの名刺を手にとった。

「いくつくらいの方です？」

「三十代半ばかな。スーツにネクタイで、いつもびしっとしていたわよ。わりと男前」

「この人ひとりですか。カメラマンとかは？」

梅子は首をふった。

「ひとりよ。二度ともここで会って話をした」

記者に会おうとは思わなかった。会えば逆になぜ今頃になって調べているのか、記事にしようとするかもしれない。それに、もう調査はやめると決めたのだ。

「その名刺、もっていって」

「え？」

「あたしは必要ないから」

「いや、それは申しわけありません」

「いいのよ。あなたにはやさしくしてもらったし。あの事件のときは、警察の人って皆恐《こわ》くてね。その中で、あなただけが親切にしてくれたでしょう。あとから疑われていたって聞いて、だからなのかと思ったわ」

「その話ですが、いつ聞いたんです？」

「二度目にここで記者さんと話したときよ。事故で死んだ人が犯人だって、ＤＮＡでわかったけど、それまではあたしのことを怪しんでいる刑事さんもいたって。実際、うちの近所に訊きこみにきたって話も聞いたし。冗談じゃない、と思ったわよ。あたしがその犯人を手引きしたのじゃないかって、疑っていたのでしょう」

「訊きこみは確認のためだと思います」

「疑われるほうは気分が悪いわ」

「申しわけありません」

しずりは頭を下げた。

「あなたがあやまらなくてもいいのよ。テレビドラマとはまるでちがうわよね。人が大勢でびっくりした」

「記者の人は、高井さんが疑われていたのを直接、捜査本部の人間から聞いたのでしょうか」

「そのへんははっきりいわなかったけど、取材中にわかったとか、そんなことといってたかしら。最初はその記者さんも、旦那《だんな》さんとあたしが何かあったのじゃないかって疑ってたみたいなの。でも話してるうちにそうじゃないって、わかったのね。女の一課の刑事さんが、あたしと旦那さんは何もない、と会議でいったらしいけど、その通りですねって」

「会議で、ですか」

「そう」

会議ではそんな発言はしていない。というか、そんな権限などない。梅子が奥平とは何もなかったと思う、と発言したのは、七係のメンバーだけでおこなったミーティングでだ。

三石以下八人しかいない。それも会議といえるなら会議だが、他の人間には、雑談の中でしかいっていない。

つまり、西原にしずりの話を告げたのは、七係の中の誰かなのだ。

「ちがうの」

「いえ、ちがうわけではないのですが、ずいぶん詳しい取材をしたのだなと思って」

「でしょう。その記者さんは、狙われてることを旦那さんが知ってたのじゃないかって訊くのよ」

「狙われていることを知ってた？」

「つまり誰かの恨みを買ってるとか、そういう話はなかったかっていうの。戸締まりにうるさかったり、びくびくしてなかったか」

しずりは梅子の顔を見つめた。

「そういうことはなかったと思うっていったの。でもねえ、考えてみるとあんな帽子かぶってでかけてたのは、変装のつもりだったのかもしれない」

「奥平さんに関しては、わからないことがけっこう多かったんです。経歴もはっきりしないし、家を買ったお金とかもどうやって手に入れたのか」

「それはそうよね。でもあたしだってそんなこと訊けないし。あんな田舎じゃ、親の身《しん》代《だい》があったってわけでもないだろうし」

「身寄りについての話はまったく？」

「まったくよ。皆んな亡くなったのかなって勝手に想像してたくらい。やっぱりあれかしら。何か悪いことして儲けたお金だったのかしら。でもそのへんは警察が調べたわよね」

「もちろんです」

殺人事件の大半は、加害者と被害者のあいだに密接な関係がある。逆にいえば、殺したいほどの恨みを何人もの人間にもたれるような者はそうはいない。金銭のもつれであれ、こじれた人間関係であれ、被害者を調べれば、たいてい被疑者を絞りこむことができる。

それだけに、無差別殺人やゆきずりの強盗殺人は、捜査が難しくなる。

「でもやっぱり、奥平さんは変な人だったわ。家政婦としていろんな家にいったけど、四年もおつとめして、あれほど先様のことを知らなかったなんて奥平さんくらいね」

「それは彼が知られたくないと思っていたからでしょうか。それとも性格ですか」

「両方だろうね。人嫌いは人嫌いだったようだし。見た目は、どこにでもいそうな、ふつうのおじさん、というか、おじいさんなのだけど」

しずりは頷いた。遺体の写真を除けば、奥平の写真は一枚も見ていない。家には、奥平の過去をうかがわせるような品は何もなかった。学校の卒業アルバムや住所録、記念品の類《たぐい》もなかった。まるでひとりで死んでいくのを予想し、あらかた処分をしていたかのように、あったのは日用品ばかりだった。

独居老人にはそういうタイプもいる、とある刑事から聞かされた。残す相手がいないのだから、個人的な品は年ごとに捨て、死んだあと、他人が自分の人生をのぞき見できないようにする、というのだ。

確かに親族がいなければ、遺品の整理は赤の他人にゆだねられる。写真や手紙の類も、すべて見られてしまう。それを嫌だと思う人間は多いだろう。

奥平正は、そういうひとりだったのかもしれない。しかも奥平の中に、過去に怯《おび》える理由があったのだとすればなおさらだ。

村内康男が〝雇われて〟奥平を殺したのなら、その過去が牙《きば》をむいた。

しかしそれを知る術《すべ》はない。奥平が個人的な品を処分して、人生の清算に向かっていたのなら、過去をうかがわせるものこそ、まっ先に消したろう。

たとえ岬人とのことがなかったとしても、調査はいきづまりだった。

「お時間をとらせてしまい、どうも申しわけありませんでした」

潮どきと思い、しずりは頭を下げた。

「いいえ。役に立てなくて。でもどうして今になって調べようなんて思ったの」

「最近になって、ふと気になりだして。辞めたときには、もういいかなと思っていたんですが。奥平さんてどんな人だったのだろうって」

「そうよね。警察は、犯人がわかればそれでいいのだものね」

しずりは頷《うなず》いた。

「仕事を離れると、逆に気になることもあるんです」

君津の話をここでするわけにはいかない。梅子を不安がらせたくなかった。

「本当、この年になっても、世の中のことなんてわからないことだらけよ。まあ、だからおもしろいのかもしれないけどね」

しずりは苦笑した。おもしろがれる余裕はない。これまでも、たぶん、これからも。

12

「結局、何もわからなかった、ということですか」

岬人の声には落胆はあるものの、しずりの部屋をでていったときの硬さはなかった。しずりはそれにわずかだが安堵《あんど》を感じた。

自分の思い過しだったのかもしれない。岬人が好意を抱いていると考えたのは、馬鹿《ばか》げた自惚《うぬぼ》れだったのではないか。

「携帯電話はもっていなかったんでしょうか」

「奥平が、ですか。もっていませんでした。交友関係が狭く、必要なかったのでしょう」

「そうか。僕なんかだと携帯がないなんて考えられないけどな」

「七十歳の老人ですから」

「でも、奥平さんのことで手がかりがないとなると、あとは君津さんについて調べるしかありませんよね」

「そのことですけど、まだ警察が調べているのに当たるのは、よくないと思うんです。変に疑いを招きかねませんし」

「そうなんですか。でも週刊誌だって、君津さんと村内のことがわかれば、調べそうな気がするんだけどな。だってやっぱり変でしょう」

しずりは小さく息を吐いた。調査をやめよう、というべきだ。その勇気を奮いおこそうとしていると、岬人がいった。

「その西原って人に会ってみます、僕」

「え？」

「その人はいろいろ調べていたわけでしょう。僕らの知っている情報とその人のもっている情報をつきあわせたら、何か新しいことがわかるかもしれません」

「でも相手はマスコミです」

「牧さんじゃなく、僕なら大丈夫です。牧さんのことを記者が知れば、あれこれ詮索するかもしれないけど、僕は学生だし。理由を訊かれたら、親父のことをいえばいいんです」

インターネットの検索では、奥平正は、強盗殺人の被害者としてしかヒットしなかったらしい。同姓同名の大学教授がいて、そちらの件数がはるかに多かった、と岬人はいった。

また、練馬の事件を記事にしていた週刊誌はなかった。

「その記者には、君津政一がわたしを見て逃げた話をするんですか」

「そうか、そのことがあったか。でもそれはようすを見て、話さないほうがいいと思ったら話しません。牧さんのことは、とりあえず秘密にしておきます」

そんなことが可能なのだろうか。記者の勘で、岬人以外にも調査に関係している人間がいる、と見抜かれるのではないか。それに週刊誌が動けば、三石たちに迷惑が及ぶ。

「週刊文化の編集部ですよね。西原、何というんですか」

「栄えるに一で、栄一です」

　メモをとっている気配があった。

　名刺にある文化社の住所と代表電話番号もしずりは岬人に教えた。

「文化社ってけっこう有名な出版社で、僕の周りでも入りたがってる奴《やつ》がいます」

「出版社に？」

「ええ。特に女子が多い。男女格差がないらしいんです。それに大手出版社は一般企業に比べて、給料がいいんです」

「そうなんですか」

　初めて知った。

　新聞記者には会うことがあった。前田の事件のあと、週刊誌も確かにしずりを取材しようとした。が、そのときは徹底して、警視庁が守ってくれた。しずりに対する個人的な取材は一切許可せず、広報課を通すことをあらゆる媒体に求めた。その結果、新聞は事実関係のみを書き、週刊誌は憶測記事を載せただけだ。

　警察という組織にはそういうところがある。中では足のひっぱり合いや、中傷合戦がおきるのに、外に対しては団結して内の話を洩《も》らさない。不祥事が起こっても、正式の処分が下るまで、決して当事者の氏名は明さない。

　守られている、という実感を、そのときのしずりはもった。だがそれはあくまで外に対してであって、内ではさまざまな噂《うわさ》を流された。

まずは前田と自分の関係だった。二人が男女の仲で、それゆえ前田は必死になってしずりを救おうとした、というのだ。

それに対し、しずりは何もできなかった。自分と前田には何の関係もなかった。だが、面と向かって訊《たず》ねる者がいない以上、否定することもできない。

「わたしと前田さんとは何でもありません」

と、訊かれてもいないのにいって回れば、かえって疑いをもたれるだけだ。

事故のあと、前田と自分の関係について、人事が調べている、という話を聞いた。監察が動くほどのことではないが、人事二課の人間が男女関係があったのかどうか調査したというのだ。

そこで裏付ける事実がでれば、人事はしずりに事情聴取をおこなったろう。しかし人事の事情聴取はおこなわれず、しずりは否定する機会を失った。

すべてあいまいなまま、時間だけが過ぎた。噂は根強く残った。

あの頃を思いだす。退職すれば噂を肯定したことになる。だからしずりはすぐには警察を辞めなかったのだ。それが一年間つづいた。

意地で過した一年だった。嫌がらせをうけたり、直接誹謗《ひぼう》されるようなできごとはなかった。なのに、いつも周囲の目を意識し、小さな囁きに耳をそばだてていたような気がする。

もういい、もう十分だ。一年後、そう思った。依願退職し、とりあえずアルバイトで一年を暮らした。実家に帰ろうかと迷った時期でもあった。

しかし何となくだが、それをしたくない気持があり、そうならばきちんと働かなければと考え、今の会社に入ったのだ。

あの頃でよかった、と思う。今だったら三十半ばを過ぎた自分を正社員で迎えてくれる会社などまずない。

三日が過ぎた。岬人からは連絡がなく、しずりはどこかほっとしながら、一本の線として生きる日々に戻った。寂しい気持はあったが、もしこのまま会う機会がなくなるなら、それでいい、とも思っていた。会って顔を見れば、自分は迷うだろう。二人のあいだに何もない今なら、時間が岬人の姿をぼやけさせてくれる。あのまっすぐな瞳《ひとみ》を、若者らしい体臭を、じょじょに薄れさせていく。

「今日、どうだ」

中崎が声をかけてきたのは、営業二課の部屋にしずりひとりがいた六時過ぎだった。発注者の計算ちがいがあったのに気づき、残って修正していたのだ。

「何か予定、あるのか。ないならちょっとつきあってくれないか」

迷惑とまでは思わない。だが困惑はあった。

なぜ自分を誘うのか。上司として、しずりの姿に不満か不安を感じているのだろうか。もしそうなら、つきあうことで少しは解消しておかなければならない。中崎を嫌ってはいないし、中崎に嫌われてもかまわないとも思っていない。

「はい、大丈夫です」

しずりは答えた。

十五分後に、並んで会社をでた。唯一《ゆいいつ》の不安は、誰かに二人の姿を見られることだったが、幸いにそれはなかった。中崎も少しは懸念《けねん》していたのか、表にでるとすぐにタクシーを止めた。

「築地《つきじ》にいって下さい。場外市場のほうです」

乗りこむといった。

「この前、いい焼酎《しょうちゅう》バーがある、といったろう。地魚と焼き鳥、どっちもいけるんだ」

中崎はトレンチコートに袖《そで》を通さず、腕に抱えたまま車に乗りこんだ。

「寒くないんですか」

「北国生まれだからな。寒さには強い」

「どちらです？」

「北海道だ。苫小牧《とまこまい》ってわかるか」

しずりは頷いた。札幌の南にある街だ。

「外の寒さには強いんだがな、室内の寒さには弱い。北海道の人間は皆そうだ。家の中は暖房をがんがんにたいているからだろうな。だからこの時期、店の中が寒いところにはいきたくないね」

しずりは微笑《ほほえ》んだ。

「牧はどこだっけ」

「福井です」

「やっぱりあったかくはないな」

「そう、ですね」

「正月は帰ったのか」

しずりは首をふった。

「母が上京していましたから」

「お父さんは？　健在なのか」

「おかげさまで。近くに兄夫婦がいるので、寂しくもないと思います」

「そうか」

孫の顔を見せなくていいのかとか、そういうことはいわない。そこが中崎のデリカシーなのだろう。中崎のように相手の気持を細かく考える人間は、警察官時代、しずりの周りにはいなかった。

「そこでいいです」

中崎がタクシーを止め、二人は降りた。

「焼酎バー」といったが、むしろ割烹《かっぽう》のような造りの店だった。築地場外市場と道路をへだてた向かいのビルの地下にある。

注文は中崎に任せた。長いカウンターの隅に、並んでかけた。中崎の言葉通り、店内は暖かだった。

上着を脱いだ中崎は、

「いいか？」

と煙草《たばこ》をしずりに見せた。

「どうぞ。わたしもときどき吸います」

中崎はわずかに目をみひらいた。

「意外だな。じゃ、吸うか？」

「今はけっこうです」

中崎が選んだ芋焼酎のお湯割りが運ばれてきた。前もって焼酎に水を加え馴染《なじ》ませておいたものを燗《かん》してある。日本酒のようにぐい呑《の》みに注ぎ、二人は乾杯した。

「おいしい」

しずりはつぶやいた。芋焼酎の臭みを覚悟して口に含んだが、まろやかな甘みだけを舌に感じた。

「よかった」

中崎はにこりともせず、頷いた。

先付けと刺身が運ばれてきた。ブリの刺身は角が立ち、新鮮な光を放っている。

「しずりってかわった名前だな。誰がつけてくれたんだ？」

いきなり名前のことをいわれるとは思わず、しずりは中崎を見直した。

「迷惑な質問か」

「いいえ。父です。冬の生まれなので」

「冬と関係があるのか」

「木の枝に積もった雪が落ちるのをしずりというそうです」

「ふうん。初めて知った。でもいい名だな。雪国の静けさを感じるよ」

「ありがとうございます」

「お父さん、国語の先生か」

「その通りです」

驚いた。

「そんな名前を娘さんにつけるなんて、そうじゃないかと思ったんだ」

「初めてです。当てられたのは」

「自慢するか」

ちらっと中崎は微笑んだ。笑うと意外に人なつこい表情になる。女子社員に人気があるのも当然だ、としずりは思った。

「そんな」

「冗談だ。外回りに興味はあるか。そろそろ事務以外の仕事もやってみたいのじゃないのか」

しずりは首をふった。

「人と喋るのがあまり得意ではありません」

「そうか。そういうところがむしろ誠実そうで、営業向きかと思ったのだがな」

「明るい人がいいですよ。浅野さんとか」

「浅野か。なるほどな」

ほめはしないが、悪口もいわない。

「まあ、仕事の話はどうでもいいんだが」

「そうなんですか」

「牧がしたいのなら聞く。今の仕事が合わないと感じてるのか」

「いいえ。それはまったくありません。中途入社なのに、よくしていただいていると思っています」

「ふつうだ。牧の仕事はいいよ。しっかりしている。ミスがない」

「ありがとうございます」

「前もうちみたいなところで働いていたのか」

「いいえ。もっと小さな会社です。潰《つぶ》れてしまいました」

藤原や坂本についたのと同じ嘘《うそ》をいった。

「そこの仕事はどうだった？　楽しかったか。うちと比べて、という意味ではなくて」

しずりは深々と息を吸いこんだ。いい加減な答をすれば見抜かれそうだ。

「うちとはまるでちがう仕事です。楽しいところもありましたが勤務時間が長くて、体力的にはけっこうきつかったですね」

「つまり見た目よりタフなんだな」

「弱そうに見えますか」

「病弱というほどじゃないが、強そうには見えないな」

しずりは苦笑した。警官時代もよくいわれた。飯をちゃんと食べているのか、と。

「今の会社に入ってから少し痩《や》せました。食事の量が減ったからだと思います」

酒も飲まなくなった。刑事には酒好きが多い。

「痩せた理由はそれだけか」

「ええ」

しずりのバッグの中で振動音がした。はっとした。岬人だろうか。

中崎も気づいた。

「電話、でなくていいのか」

無視するというのも妙だった。

「失礼します」

いって、電話をバッグからとりだした。表示されているのは岬人の番号ではなかった。まるで知らない携帯電話からだ。

「はい」

耳にあてた。

「突然、申しわけありません。牧しずりさんでいらっしゃいますか」

なめらかな男の声がいった。

「どちらさまでしょう」

「西原と申します。週刊文化というところで記事を書いているものです」

わずかに息を呑んだ。

「どうしてこの番号をご存知なのですか」

「以前お勤めになっていたときのお知り合いからうかがいました。今、お話ししてもよろしいですか」

「食事中です」

「わかりました。お時間ができたときにご連絡をいただけますか」

「どういうご用件でしょう」

「それはそのときに」

「わたしからお話しすることは何もないと思いますが」

「君津政一さんが亡《な》くなったのをご存知ですか。村内康男をはねた」

すぐには言葉がでなかった。

「いいえ」

ようやくいった。

「そのことをお話ししたいんです」

「わかりました。では失礼します」

電話を切った。

「大丈夫か」

中崎が訊ねた。

「ええ、大丈夫です」

箸《はし》をとった。

「何か、相談に乗れることがあればいってくれ。まあ、できることは限られているが」

「ありがとうございます」

しずりは頭を下げた。

「牧を欲しい、といってきてる部署がある」

中崎は不意にいった。

「え?」

「秘書課だ。理由はわからない。秘書課長は人事課出身だから、何か、俺たちの知らない牧の特技を知ってるのかな」

「そんな。何もありません。本当なんですか、秘書課というのは」

「本当だ。佐伯さんの秘書をつとめている水沢《みずさわ》さんがもうすぐ停年になる。その前に誰かつけて、仕事を覚えてもらいたいようなんだ」

「無理ですよ。常務の秘書なんて」

「俺はそうは思わないが、牧を抜かれると困るような気がしてな。さっきもいった通り、あなたはミスがない。そういう人がいるのといないのとでは、安心感がちがう」

「わたしていどの仕事は誰でもできます」

「できる人間はそういう」

しずりは首をふった。

「お荷物になっているのじゃないかと思ってるくらいです」

「本気でいってるのか。それとも謙遜《けんそん》か」

「半分以上、本気です。課長もご存知の通り、会社に馴染んでるとはまだまだいえませんし」

「馴染んでいることと仕事ができることとは別だ」

「それはわかります」

「あなたを見ているとな、自分に一番厳しい人のように思える」

「そんな人間じゃありません」

しずりは笑みを浮かべてみせた。

「前の職場に戻りたい、と思うことがあるのじゃないのか」

しずりは目をみひらいた。

「考えたこともないです」

「だったらいいんだ。立ち入ったことを訊いてすまなかった」

「戻りたくとも戻れませんし。潰れちゃいましたから」

わざと明るくいった。

「潰れなかったら、ずっといたか?」

中崎は静かに訊ねた。

「わかりません。いたかもしれません」

中崎は煙草に火をつけた。

「俺も今の会社が二社めなんだ。前は広告代理店にいた」

「初めて知りました」

「あまりいわないからな。形のあるものを売りたくなって、三年ほどで辞めた。たった三年で何がわかるっていわれたが、転職したのはまちがってなかったと思っている。今の会社は決して大きくはないが、きちんとしたいい会社だ」

しずりは頷いた。

「あなたにも同じように感じてほしい。前の会社と比べてどうこうじゃなく、いい職場だと思ってもらいたい」

しずりが口を開くと制するようにいった。

「別に無理して馴染む必要はない。それとこれとはちがう。そこは勘ちがいしないでくれ」

「はい」

中崎は酒を飲んだ。

「前の会社でもこんな話をしたか」

「ときどき、ですが。よく誘ってくれる先輩がいて」

前田のことを思いだしていた。

「迷惑じゃなかったか」

「両方でした。いろいろ教えてもらえて嬉《うれ》しいのと——」

「案外、正直だな」

中崎と顔を見合わせ、笑った。

「その人はひきとめなかったか、辞めるとき」

しずりはうつむいた。

「病気になられてしまって……」

「そうか」

中崎は黙った。何かに気づかれたようで、不安になった。

「まあ、また俺も誘うよ」

やがていった。しずりは無言で頷いた。

13

九時少し過ぎに店をでた。中崎は〝次〟を誘うことなく、二人は地下鉄の駅で別れた。

ひとりで地下鉄に乗ると、急に西原からの電話が気になりだした。

わずかだが酔っている。飲んだお湯割りは二合に届かないくらいだが、頰の熱さを感じていた。

なぜ西原はしずりに電話をしてきたのだろうか。

まず疑ったのは、岬人が自分のことを喋《しゃべ》ったのではないかということだ。西原に会い、探りを入れる過程で、しずりが今また事件について調べていると教えた。

それはない、とすぐ思った。もし岬人が西原にしずりの話をしたなら、それを知らせてくる筈《はず》だ。

牧さんのことはとりあえず秘密にしておきます、と告げた岬人の声がまだ耳に残っている。

週刊誌の記者である西原にかかれば、逆取材をうけた岬人がしずりについてつい喋らされてしまった、という可能性はある。が、そうならそうで、岬人がそれをしずりに話さないでいるとは思えない。

だが不安もある。喋ってしまったが、しずりに対してまだ怒りをもっている岬人がいわずにいたのではないか。

そんなことはありえない。岬人の怒りは、二人の関係をこれ以上深めまいとするしずりに対してのもので、第三者の西原を介入させることとはまるで別だ。西原にしずりの話をしてしまったのなら、それを告げずにいるわけがない。

いや、話してしまったがゆえに、〝合わす顔がない〟と感じた岬人がしずりに連絡をしてこないのかもしれない。

海千山千の週刊誌記者なら、学生など簡単に手玉にとるだろう。いくら岬人が賢いといっても、まだ二十歳の若者でしかない。

岬人はそうなったのを恥じ、自分に電話をしてこられないのではないか。

しずりは地下鉄の中で何度も唇をかんだ。

西原は、君津の死を知っているか、と訊ねた。もし岬人から逆取材したのなら、しずりが知っていると、当然わかっている。あえて訊ねる必要はない。

わざと訊ねた可能性もある。刑事だったとき、自分もそういう質問のしかたをした。相手がまちがいなく知っている筈の事実を、知っているか、と訊ね反応を見た。知らないと答えたり、とまどったフリをする人間は怪しい。

うしろ暗いことがなければ、知っていることを知らないと答えるわけはないからだ。

まさに今夜の自分がそうだ。知らないと答えたことで、かえって西原に取材する気を起こさせてしまったかもしれない。

知っているが、それが何なのだ、と答えるべきだった。

今さらだがしずりはくやんだ。

自分の部屋に帰りつき、コタツにもぐりこんでしずりはため息を吐《つ》いた。酔いは抜け、軽い頭痛があった。

冷たい水を飲み、考えを整理した。西原にこちらから電話をすべきなのか。いや、その前に岬人と話さなければならない。岬人がどこまで西原に話したのかを知っておく必要がある。

岬人に連絡するのは気が重かった。しずりに知らせてこなかったのは、怒りか罪の意識のせいだ。しずりからの電話は嫌だろう。

このままにしておこうか。西原に電話をせず、岬人は、向こうからかかってくるまで待つ。

しかし西原は遠からずまたかけてくる。逃げつづければ、いずれ自宅か会社に押しかけてくるかもしれない。組織が守ってくれた警官時代とはちがう。押しかけられてもなお取材を拒めば、しずりの今を記事にされる可能性すらある。週刊誌お得意の「あの人は今」企画だ。自らの不注意で同僚を昏睡《こんすい》状態にした元女刑事が、過去を隠してＯＬをしている、と書かれたら。

本名まではだされなくとも、会社が特定されるような内容だったらそれまでだ。小さな社内で好奇の目にさらされるのは見えている。耐えられず会社を辞めれば、次の就職は簡単ではない。

大きく息を吐いた。岬人に怒りはない。むしろ罪の意識をもっているとすればかわいそうだった。

西原と話さないわけにはいかないだろう。話した上で、事件についてはとにかく、自分のことは記事にしないでくれと頼むのだ。

西原の興味の対象が事件なら、その取引は成立する筈だ。

やはり岬人とまず話さなければ。

しずりは電話を手にした。岬人の携帯電話を呼びだす。

数度の呼びだしのあと、留守番電話に切りかわった。何も吹きこまず、電話を切った。

急に悲しくなった。電話にでないのはでられないからなのか、でたくないからか。

でたくないのかもしれない。罪の意識が人間関係を疎遠《そえん》にし、それで途切れてしまう。

よくあることだ。岬人は自分にそれを望んでいる。

よかったのだ、それで。自分も望んでいたことだ。

ため息をくりかえし、しずりはいい聞かせた。グラスの水を飲む。何の味もしないのに、喉《のど》につかえるような気がした。

コタツに下半身を入れたまま、床に横たわった。額に手をのせ、目を閉じる。

涙がでそうだ。

中崎の顔が浮かんだ。今の自分の状況を話したら何というだろう。おそらく秘書課にしずりを押しつけることをまっ先に考える。

警官とＯＬ。こんなに異なる職業なのだ。殺人や強盗という犯罪と日常的に向きあっていた。サラリーマンやＯＬにとって恐ろしい、いやそれ以前に遠い世界のできごとでしかない血腥《ちなまぐさ》い事件があたり前だった。笑えてくる。自分はおよそ場ちがいなところで生きている。なのにもう戻ることはできない。

振動音で目を開いた。いつのまにか眠っていたようだ。コタツテーブルの上で携帯電話が唸《うな》っている。

手にとった。岬人の名が表示されていた。

「はい」

「あ、すみません。電話いただいてたのに気がつかなくて。すごくうるさい場所にいたので」

屈託のない声だった。しずりは深々と息を吸いこんだ。

「いいえ、こちらこそごめんなさい。迷惑じゃなかったですか」

時計を見た。午前零時になろうとしている。

「全然平気です。今、友だちと別れて家に帰ってきたところですから」

しずりは黙った。何と切りだせばよいのか。岬人がいった。

「ずっと電話しなくてごめんなさい。西原さんとどう連絡つけていいかわからなくて。偉そうにいっておいて、まるで駄目なんです」

しずりは一瞬、岬人の言葉の意味がわからなかった。

「駄目、とは？」

「文化社に電話したんです。週刊文化の編集部につないでもらって、西原さんをお願いしますといったら、そういう人はいないっていわれて。えーっと思って、こういう名刺があるんですがって説明したら、それは文化社の社員じゃなくて、契約の記者だろうというんです」

「契約の記者？」

「週刊誌にはそういう人がいるらしいんです。本当はフリーの記者なのだけど、それじゃ取材とかさせてもらえないので、とりあえず会社の名前を入れた名刺をもたせるらしいんです。要は相手にしてもらえるかどうかって話で、大きな出版社の名が印刷してあるのとないのとでは、ちがうのだと。まあ、それはそうですよね」

「じゃあ西原という人は、週刊文化の契約記者なんですね」

「らしいんですけど、編集部で今知っている人がいないんです」

「知ってる人がいない……」

「ふつう契約記者の人と社員の編集者というのはチームを作るらしいんです。だから西原さんには、担当の編集者が文化社にいた筈なのに、その人がわからない、と。今、編集部にいる人は、誰も西原という記者を知らないみたいなんです。それで、昔いた編集者の人に当たってもらえるかと――」

「待って。じゃ、まだ仲本さんは西原さんと話してないの？」

「話すも何も、どこにいるのかまだわからないんです」

安堵があった。

「そうなんだ」

「でもちょっと気になることがあるんです」

「何？」

「電話にでて話を聞いてくれた編集部の人が親切で、西原さんについていろいろ訊いて回ってくれたんですけど、名刺に携帯の電話番号が入っていないのはおかしいって」

「携帯の番号を入れるのがふつうなの？」

「社員の編集者はあまり入れないらしいんですけど、契約記者の場合は、社員とちがって毎日編集部にくるわけじゃないので、取材対象の人が連絡をとりやすいように携帯番号を入れるのがあたり前なのだそうです。だけど西原さんの名刺にはそれがない。文化社の住所も電話番号も合ってるけど、携帯番号が入ってないとしたら、契約記者がもつ名刺としては変だ、と。でももしかしたら、ずっと昔にそういう記者がいたかもしれない。携帯電話がない時代にってことですけど。調べてくれるというんです」

「そんな昔じゃない」

「ですよね」

六年前だ。携帯電話は、中学生にも普及していた。大手週刊誌の取材記者が携帯電話をもたないなど考えられない。

「番号は手書きで入れるの？」

「いいえ、印刷するそうです」

しずりは黙った。

「編集部の人も、『これはあまり考えたくないことだけど』といって、西原さんが偽《にせ》記者だったかもしれないと」

西原が偽の週刊誌記者。そんなことは考えてもいなかった。記者を偽って何をしようとしたのか。高井梅子に接触し、今日自分に電話をしてきた。

急に背筋が寒くなるような恐怖を感じた。

西原はどうやってしずりの番号を調べたのだ。本物の記者であれば、刑事と接触し、情報を得ることは考えられる。しかし偽の記者がそれをすれば、発覚したとき逮捕される危険がある。

西原が梅子に告げたという話がすべて信じられなくなってきた。

西原は本当に刑事から取材したのか。

「牧さん？」

黙りこんでいるしずりに岬人が話しかけた。

だが取材しなければ知りえない、しずりが梅子を〝かばった〟事実を西原は知っていた。

刑事の中に、西原にだまされた者がいたのだ。逮捕される危険をおかしてまで、事件に関する情報を西原が求めた理由は何なのか。

そしてまた、今になってしずりに接触をしてきた理由は。

誰かが自分を監視している。君津と会い、その行動に不審を抱いたしずりたちが改めて六年前の事件を調べていると気づいて。

そんな者がいるとすれば、監視する理由は明白だ。

つかまらないため。

記者を詐称《さしょう》するよりもっと重い罪をおかしているがゆえに、事件を再調査する人間の出現に敏感になっている。

「牧さん！　聞こえますか」

「聞こえています。すごく危ない」

「え？」

「西原がもし偽記者なら、事件の犯人と関係がある」

「どういうことです」

「今日、西原からわたしの携帯に電話がかかってきたの」

「えっ」

岬人が絶句した。

「わたしは、仲本さんが西原と話したので、それで興味を感じ、電話をしてきたのかと思った」

「僕は話してません」

「西原は、君津政一が死んだのを知っているか、とわたしに訊《き》いた」

「牧さん！」

岬人の声が高くなった。

「どういうことなんです」

「はっきりとはわからないけれど、わたしたちが六年前の事件のことを調べているのに気づいて探りを入れてきたのだと思う」

「でもそれをどうして知ってるんです」

「君津」

岬人が黙りこんだ。

「品川駅から逃げだし、死んで発見されるまでのあいだに君津が会った人間なら、わたしたちのことを教えられた可能性がある」

「つまりそれって、君津を雇った人間てことですよね」

「そうかもしれない」

「君津を雇って村内を殺し、その村内に奥平を殺させた人間てことですか。つまり犯人？」

「ええ」

「たいへんだ」

岬人の声がかすれた。

「そう。たいへん。犯人は、わたしたちが六年前の事件が請け負い殺人であったと気づいたことを知っているかもしれない」

「西原が犯人なのですか」

「か、近い人間」

しずりはコタツテーブルの一点を見つめ、いった。不意に痛みが消え、頭がすっきりしていることに気づいた。恐怖はあるのに、恐ろしい勢いで頭が回転している。

「六年前の段階から、犯人は強盗殺人が本当は請け負い殺人だったことがばれるのを恐れ、西原を使って情報収集をしていた。高井梅子に会ったのもそうだし、捜査本部の誰かからも捜査の状況を聞いていた。そうでなければ知りえない情報を、西原は高井梅子に話している」

「その西原が今日、牧さんに電話してきたんでしょう。いったい何ていったんです」

「連絡してほしいということだった。何を話すのかを訊いたら、それはそのときに、と。でもそのあと、君津政一が死んだことを知ってるか、と訊ねたの。わたしの気を惹《ひ》くためだと思うけど」

「何て答えたんです」

「いいえ、と答えた。そうしたら、そのことを話したいので、時間ができたら電話をくれといって切った」

「よかった。知ってるといったら、牧さんも危なかったかもしれない」

しずりは唇をかんだ。

「いいえ。わたしが知っているのを承知で電話をしてきたのだと思う。なのに知らないと答えたので、もっとわたしを疑ってる」

「牧さん！　今からそっちにいっていいですか」

岬人が切迫した声でいった。

「どうして?」

「どうしてもこうしてもないでしょう。牧さん、危ないですよ。だって犯人は、君津も自殺にみせかけて殺したのかもしれない。次は牧さんが狙《ねら》われる」

「大丈夫。すぐには狙ってこない」

しずりは冷静に答えた。

「どうしてそんなことがわかるんです⁈」

「わたしが電話をして、会うといえばいい。西原が犯人かその仲間だとして、まず知りたいのは、どこまで事件について調べているかだと思うの。それを確認しないでいきなりわたしを殺したりはしない。わたしは元刑事だし、殺されたら、警察が過去の事件まで調べてしまうリスクがある。わたしが事件についてわかったことを、現役の人たちに話していたら、わたしを殺すのはかえってヤブヘビだもの」

「でも――」

「犯人はすごく用意周到で、おかしした犯罪の真の目的が決してバレないように立ち回っている。半端《はんぱ》な行為で、自分を危なくするような愚は犯さない」

「牧さん、刑事に戻ったみたいだ」

我にかえった。

「僕、今すごく自分が惨《みじ》めです」

岬人は沈んだ声になっていた。

「何《なん》にもわかってなかった。勝手に牧さんを巻きこんで、まるで役に立ってない。西原に会うといっておいて、会えないし、それどころか牧さんが危ないかもしれないのにできることが何もない」

「何をいっているの」

「牧さんに嫌われそうだ」

「馬鹿《ばか》なことをいわないで」

思わず叱《しか》りつけた。岬人を初めて〝子供〟だと感じた。

「なぜわたしがあなたを嫌いになるの」

「だって僕は牧さんを守れない。頼りにならない」

「必要なら守って、と頼む。今は必要がないからいってる。相手が何を考えているのか、それをつきとめないと」

「考えているのは、事件の真相をつきとめられたくない、ということじゃないんですか」

「それはもちろん、そう。でもおかしなことがたくさんある。たとえば西原が本物の記者じゃないのなら、どうやって捜査本部内の情報を得たり、わたしの電話番号を知ったのか。君津からわたしたちのことを教えられていたとしても――」

いいかけ、しずりは言葉を途切らせた。

――以前お勤めになっていたときのお知り合いからうかがいました
再び鳥肌が立つような恐怖がこみあげた。

西原は、しずりが警察を辞めたことを知っている。

「君津はわたしがまだ刑事だと思って、あの場を逃げだした。でも今日電話してきた西原は、わたしがそうじゃないと知ってた」

「どうしてわかったんです？」

「わたしの電話番号をどうやって知ったのか訊いたら、以前お勤めになっていたときの知り合いから聞いた、といった。そんなこと簡単にはわからない筈なのに」

「警察に仲間がいるのじゃ。そうなら、六年前の捜査情報も、牧さんが刑事を辞めていることもわかりますよね」

だとすれば最悪だ。警察を頼れない。

「そう、かもしれない」

誰が仲間なのか。三石か。いや、それ以前に、なぜそんな仲間を警察内部にもてたのだ。

暴力団なら、ありえない話ではない。マルB担当の刑事が、捜査対象者である暴力団員と接近しすぎてしまい、情報が洩《も》れる、という事故はいく度かあった。

だがこれは殺人だ。捜査一課の刑事が殺人の被疑者と接近しすぎることなど考えられない。

「変。どう考えてもおかしい。ありえない」

しずりはつぶやいていた。犯人には、六年前から共犯が警察内部にいた、ということになる。

「でもそうなんですよ。そうでなければ説明がつきません」

岬人のいう通りだ。警察内部の共犯者は、過去も今も、犯人に情報を流しつづけている。

しずりは思わず目を閉じた。どうしたらいいのかわからなくなった。

岬人との関係を考え、これ以上の調査はやめよう、と思っていた。本当は自分にとって六年前の事件の真相など、どうでもよかったのだ。

なのにここにきて、事件のほうが自分をからめとろうとしている。犯人が自分を危険だとみなし、牙《きば》の生えた大きな口を開けて迫っている。

しかもその背後には、警察官がいる。

逃げられない。

もういい、もう事件について調べない、だから自分と岬人のことをそっとしておいてくれ、と西原に頼んだら——一瞬、思った。

無駄だ。いや、それ以上に危険だ。

なぜならしずりたちの突然の変化を、犯人は訝《いぶか》しむ。そして、警官が仲間にいると気づかれたのを知る。

しずりたちを生かしておいてはならないと、より強く思うだろう。

「どうしよう」

しずりはいった。

「やっぱり、僕、いきます」

「待って」

さっきまでの冷静さをけんめいにとり戻そうとしながら、しずりはいった。

「このまま逃げることは、たぶんできない。わたしから連絡をとらなければ、西原はまた必ず電話してくる」

記事にされる心配はない。偽記者なのだから。

「偽記者だとバレたとわかれば別だけど」

「わからせますか」

わからせるのは簡単だ。週刊文化の編集部に問い合わせたといえばすむ。正体がバレたのを知れば、西原はもう電話をしてこないだろう。

「でもそれじゃきっと終わらない。西原の目的は、わたしたちがどこまでつきとめているかを知ること」

「もっと危険な手段に訴える、という意味ですね」

ないとはいいきれない。前田は別にしても、三人もの人間が、事件にからんで死んでいる。その咎《とが》を負わされないためなら、何をするかわからない。

「牧さん、先日会った昔の上司というのは信用できる方ですか」

「それが問題。西原が知っていた捜査情報は、ごく限られた人しか知らないことなのだけど、昔の上司はそのひとりなの」

「じゃ、その人が仲間という可能性も――」

「ある、かもしれない」

西原の話がなければ、捜査一課七係の中に共犯がいたなどという可能性を、自分は考えもしなかったろう。

「じゃあその人には相談できないですね」

「ええ」

他に相談できる人間はいないだろうか。

いない。退職後、かつての同僚、上司と、しずりは意識的に連絡を断ってきた。再就職のつてすら頼らなかった。

自分が一番親しかった警官は、前田だ。

皮肉な話だ。前田のことが理由で警察を辞めたのに、今、前田がいてくれたらどんなにいいだろうと考えている。

「やっぱり西原に会うしかない」

しずりはいった。

「何いってるんです。そんな危ないこと」

だが西原は、初めて見えた犯人の影だ。次々と事件関係者が死んでいく中で、唯一《ゆいいつ》、生きて、逃げだしもせず、しずりの接触を待っている人物。

もちろんそれは、獲物《えもの》が寄ってくるのを待つ食虫植物のようなものだ。のこのこと近づけば、呑《の》みこまれてしまうかもしれない。

「犯人をつきとめなければ、助からない」

しずりはいってつづけた。

「だって、どの警官が仲間かもわからなかったら、警察に救いを求めることもできない」

「それはそうですけど――」

「西原に会って訊く。記者だと信じてるフリをして。わたしに関する情報を誰から得たのか。それを教えなければ、取材に協力できない、といって」

「本当のことをいうでしょうか」

「その場で確認する。その警官が共犯なら、いっしょになって西原が記者であるとわたしに思わせようとする筈」

「そうか……」

「その人物さえつきとめれば、他の警官に相談できる」

「確かにその通りです。でも大丈夫ですか。もし偽ものだと知ってるのがバレたら――」

「もちろん会うのは安全な場所を選ぶ。そのままどこかに連れていかれそうなところでは会わない」

「僕もいきます。離れたところから気づかれないように見ています。何かあったら大変だ」

断われなかった。ひとりで会うのは、あまりに危険だ。

「お願いします」

「ようやく、僕でも役に立てる」

ほっとしたように岬人はいった。

14

西原に電話をしたのは、翌日の昼休みだった。会うにあたって、なるべく準備の時間を与えたくない。たとえば前夜に約束して翌日の晩というのと、当日の昼に約束してその晩に会うのとでは、西原の側にある時間の余裕が異なる。半日の差で、西原が集める〝共犯者〟の数がかわるかもしれない。

考え過ぎかもしれないが、拉致《らち》される可能性すらあるのだ。

昼休み、会社の外の路上から、しずりは西原の携帯電話を呼びだした。朝食をとっていなかったが、昼になっても食欲はわかなかった。

数度の呼びだしのあと、応《こた》えがあった。

「はい」

携帯電話だからか、名乗らず黙っている。

「昨日電話をいただいた者です」

あえて自分の名を告げず、しずりはいった。

「牧さんですか」

「そうです」

「よかった、連絡をいただけて。お話しして下さる気になったんですね」

西原は落ちついた声でいった。喜んでいるというより、あらかじめ決めたシナリオ通り喋っているように聞こえる。

「わたしと話して、どうされたいんですか」

「記事の参考にさせていただきたいんです」

「何の記事ですか」

「六年前の、練馬の強盗殺人事件にはウラがあったという記事です。ご心配なく。辞められたとはいえ、元一課にお勤めだった牧さんのお名前はだしません。私の狙いは、殺人事件の真相です」

「なぜ今になってそんな以前のことを調べるのですか」

しずりも何を話すべきか、シナリオを用意していた。まずは、西原の真意に何も気づいていないフリをする。

「私、実は六年前もあの件で動いていたんです。どうも妙だ、と感じて。奥平さん宅でお手伝いをしていらした高井梅子さんにも何度かお会いしました」

「そのときは記事にしたのですか」

「残念ながらできませんでした。理由は牧さんもご存知の通り、村内康男の事故死です。あれで捜査は一気に終結してしまった。事件の背後には何かある、と思っていたのですが、ジャーナリズムの興味は犯人の村内ではなく、むしろ牧さんと怪我《けが》をされた前田さんに向かってしまった。それで私自身は、やる気をなくしたんです」

「だったらなぜ今？」

「君津政一ですよ。埼玉県の高速沿いの道にとめた車の中で、大晦日《おおみそか》に死体で見つかった。埼玉県警は自殺と判断したようですが、おかしくありませんか。六年前、人をはね殺して平気だった男が、なぜ今になって自殺するんです。しかも遺書はなかったというんですよ」

「そういわれても、わたしにはわかりません。そういう取材なら現役の警察官にされるべきじゃありませんか」

「現役の人たちに喋ってもらうのは大変です。それに時間がたっている。牧さんは、村内にも君津にも会っている数少ない人だ。ちがいますか」

「確かに会っています」

「そのときのことをお話し願えればいいんです。三十分でけっこうです。お時間をいただけませんか」

しずりは間をおいた。迷っていると思わせるためだが、本当に断わりたい、と思った。だが断われば、自分と岬人の危険が増すだけだ。

「わかりました」

「よかった。いつお会いできますか。ご都合にあわせます」

「今日の夜は大丈夫ですか」

「大丈夫です」

「人と会う用が八時からあるので、その前に銀座にきていただけますか」

「銀座ですか。かまいません。銀座のどちらに？」

あらかじめ考えていた場所を口にした。

「銀座八丁目のNホテルの二階にある喫茶室で七時でどうですか」

昔張りこみをしたことがあった。銀座のホステスが客との待ち合わせに使う喫茶室だ。しずりはワンピースを着て、ホステスに見えるようないでたちで、スーツ姿の前田と張りこんだ。狙っていた被疑者は現われなかった。

「Nホテルの二階の喫茶室で七時ですね。わかりました」

わずかに勢いこんだ声で西原はいって、電話を切った。

岬人にすぐメールを打った。君津と会話をすることがあれば使うといっていたICレコーダーを前もって借りることになっている。

六時にソニービルの中で待ち合わせた。

電話をバッグにしまい、顔をあげると中崎がいた。昼食にでるのか、コートなしのスーツ姿で会社のビルの玄関を抜けてきた。

しずりは頭を下げた。

「昨日はごちそうさまでした」

中崎はひとりだった。

「いや、つきあわせて。帰りは大丈夫だったかい」

「ええ」

そのままいこうとすると、中崎がいった。

「例の秘書課の件だけど、断わろうと思う」

しずりは中崎の顔を見直した。

「いいかな」

「わたしは何とも。課長のお考えでけっこうです」

「わかった」

中崎は頷《うなず》いた。

「じゃ」

と手を上げて歩道を去っていく。それを見送り、前方に目を戻すと、関口照美と坂本朋代がビルの玄関からこちらを見つめていた。

しずりは笑みを浮かべた。

「どこでお昼食べるの？」

関口と坂本に歩みよっていって訊《たず》ねた。

「Kビルのイタリアン」

坂本が答えた。斜め向かいのビルの地下に入っているレストランだった。夜はそれなりの料金をとるようだが、昼はパスタにサラダ、コーヒーがついて七百円と、比較的安い。

「パスタが食べたいのよ。すごく」

坂本は笑った。

「照ちゃんも同じ気分だったみたい。ねえ」

坂本は関口の顔をのぞきこんだ。関口はじっとしずりの顔を見つめている。

「あれ、ちがうの？　照ちゃん」

「え？　そんなことないです」

関口は我にかえったように首をふった。そして、

「牧さんもいっしょにいきません？」

と訊ねた。

「うーん、今日はやめときます。なんか具合があまりよくなくて」

しずりはいった。

「オッケー」

坂本は気にすることなく頷いた。関口はちがった。

「牧さん、いこうよ」

甘えた口調でいう。

「ごめんなさい」

「いいじゃないですか」

坂本が少し驚いたように関口を見た。

「どうしたの」

「課長と話してたでしょう、今」

不意に関口がいった。

「え？」

「課長、牧さんに笑ってましたよね」

「そう？」

「なんか優しい顔してた」

「いつも優しい顔じゃない？」

「ちがいます。課長は笑っても、ふだんはあんな笑顔じゃないです。牧さん、つきあってるんですか」

「ええっ」

坂本が声をたてた。

「照ちゃん何よ、急に」

「わたし勘が鋭いんです」

しずりは首をふった。

「その勘ははずれてる。本当に本当に？」

「本当に？　本当に本当に？」

まるで子供のような訊きかただった。

「本当。どうしたの、関口さん」

関口は泣きそうな顔になっている。

「いいんです、だったら。ごめんなさい」

急に走りだした。しずりと坂本をそこに残し、歩道を駆けていく。

残された二人は顔を見合わせた。

「参ったな」

坂本がいった。

「照ちゃん、課長のことが好きなんだ」

「そうみたいですね」

しずりはつぶやいた。坂本があらためてしずりを見た。

「つきあってないよね」

「まさか。坂本さんまでやめて下さい」

しずりは首をふった。それには答えず、坂本はいった。

「浅野がさ」

浅野というのは、課内の浅野香織のことだった。派手めで、大手企業社員との合コンにまめにでかけるかたわら、「中崎課長ファンクラブ会長」を自称している。

「前にいってたんだよね。課長がうちの女の子を見るとき、ひとりだけちがう目で見てる子がいるって。誰だかはいわなかったけど」

「自分じゃないんですか」

「ちがうと思うよ。自分だったらキャーとかいって大騒ぎするもの」

「わたしでもないです」

「なんか怪しい気がしてきた」

「坂本さんまでやめて下さい」

坂本は笑い声をたてた。

「ごめん、ごめん。さあて、恋に傷ついたお子ちゃまを捜して、慰めてあげなきゃ。じゃ、あとでね」

手をふって、関口が走り去った方角へ歩いていった。どうやら行先の見当はついているようだ。

しずりは社内に戻った。課内にいるのは、持参した弁当を食べている数名だ。新聞や週刊誌を読みながら食べる者ばかりで、静かだった。

お茶をいれ、自分のデスクにすわる。会社に入ったばかりの頃、こうして朝から夕方までずっとデスクについているのが新鮮だった。刑事の仕事は書類作りと外回りの比率が三対七くらいで、圧倒的に動いていることが多い。それこそ大雨や酷寒酷暑の日もでかけなければならず、内勤にあこがれたものだ。

その点でしずりは変り者だったかもしれない。警官になる人間の多くは、頭より体を動かすほうが好きだ。さらに自己判断を得意とせず、命令にしたがった行動を好む。システムに組みこまれ、その一部として動いていることに不安や疑問を抱かない。

昇任試験のための勉強に余暇を費す者もいたが、それは少数だった。大半は仕事に追われ、勤務明けには心と身体《からだ》を休めるのにせいいっぱいの日々を送っていた。

〝勉強家〟は、尊敬と揶揄《やゆ》のいりまじった目で見られた。ノンキャリアでは、どうがんばっても警部止まり、せいぜいが退官まぎわの花道で警視になるくらいだ。その警視にしたところで、最下位の巡査から、四つ上の位でしかない。警視より上の階級にたどりつけるノンキャリアなど、ほんのひと握りだ。

サラリーマンは、平社員から始まって社長に至るまで、それこそいくつもの階級があり、努力によっては、未来の開ける可能性が大きい。警察官にはそれがない。どれだけ優秀な人間がどれほど努力しようと、ノンキャリアである限り、警視総監や警察庁長官になることはありえない。無限の可能性などないとわかっているだけに、ノンキャリアの世界は気楽だ。かわりに体を動かすことを要求される。

体を動かすのは嫌いではなかった。しかし一年中、朝から晩まで空調のきいた室内で働ける人間をうらやましいと思っていたのも事実だ。

今はそれがあたり前となった。警官だった頃は、空腹でめまいがしたり、生理のときに貧血で倒れそうになったりした。だがそれを何かの口実にするのは許されないことだと信じていた。

しようと思えばできただろうし、実際そうしている婦人警官もいた。が、圧倒的に男性優位のタテ社会で、女であることの弱みを認めたら、付属品、お飾りとしての存在位置しか与えられない。そうしたほうが気楽で、嫌われない生き方ではあるだろう。意地をはろうとはるまいと、どのみちお飾りでしかなかったかもしれない。今はそう思う。

奇妙な話だ。外回りをつらく感じ、内勤を心のどこかで望んでいた自分が捜査一課に配属されたとき、困惑と誇らしさの両方を感じた。意地をはってきてよかった、とも思った。

だが一課では、さらにお飾りだという目で見られた。実際、捜査一課と他の課とでは、仕事の厳しさは段ちがいだった。凄惨《せいさん》な殺人現場や腐爛《ふらん》した死体、見るも無残な焼死体を何度見たことだろう。腐爛死体の臭《にお》いがしみついた服は、どれほどクリーニングをしようと決して着られなかった。

初めて殺人現場を目にする者は、無条件に心を打ちのめされる。それは流血やむごたらしい死体が理由ではない。一方的に生を断たれた被害者の無念のようなものが現場に淀《よど》んでおり、衝撃を与えるのだ。

生の否定は事故現場にもある。一課にくるまでに交通事故で死んだ人間の姿も見て、死体と対峙《たいじ》する覚悟はあるていどできていたつもりだった。

しかし殺人現場の死体は、それらとはおよそ異っていた。衝撃が吐きけを催させることを、しずりは初めて知った。血や臭いやとび散った臓器ではなく、被害者の苦しみや怨念《おんねん》が吐きけを呼ぶ。

こらえればそれは怒りにかわる。怒りをエネルギーとし、捜査にとり組む。

殺人事件の捜査とは、そういうものだった。男女の性差は関係ない。性差を意識させるのは被害者ではなく、加害者であり同僚だった。

逮捕時に組みしかれる自分の姿を見た、という理由だけで憎しみを露《あら》わにつっかかってくる被疑者や、なぜ一課にいるのが俺ではなく、お前なんだ、という怒りを向けてきた所轄《しょかつ》署の刑事は何人もいた。

恐怖や怒りを感じても、それを彼らに悟らせたら負けだ、としずりは思っていた。

人を実際に殺した男が、

「このアマ、何見てやがんだ、手前もぶっ殺すぞ」

と目を吊《つ》り上げ迫ってきたら、恐怖を感じない女などいない。

「女はいいなあ。華の一課だもんな。俺も女に生まれたかったよ」

聞こえよがしにいわれ、体が震えるほどの怒りにかられたこともある。

恐怖や怒りをもたない人間などいない。あとはそれをプラスのエネルギーにするか、マイナスのエネルギーにするか、だ。そう、自分にいい聞かせた。

今、遠い世界にいる。恐怖や怒りは、仕事の現場にはない。過酷な天候の下を歩き回る必要もなく、吐きけと戦うこともない。

だが、これを望んでいたわけではない。昨夜の中崎との会話をしずりは思いだした。

――前の職場に戻りたい、と思うことがあるのじゃないのか

考えたこともない、と答えたのは真実だった。戻れないと信じているのだから当然だ。

だが戻れるとしたら、戻りたいだろうか。

無理だ。警察の中に、殺人犯とつながった人間がいる、とわかってしまった以上、そこに戻るなど考えられない。

しずりの中には、恐怖がある。しかしそれは、刑事時代のような、具体的な人間の形をとった恐怖ではない。もっと得体の知れない、濃密な毒ガスのようなものに呑みこまれているという恐怖だ。

そしてこの恐怖は、感じないフリをするだけでは、対象が決して消えない。自ら打ち

払う努力をしない限り、しずりを追いかけてくるだろう。

15

岬人は待ち合わせ場所に先にきていた。しずりのアドバイス通り、派手な服装をしている。Nホテルの喫茶室にきてもらうにあたって、どんな格好がいいだろうと考え、〝お洒落《しゃれ》をして夜遊びにでかける〟ときの服を、と注文した。

スーツにネクタイという服装が銀座では一般的だが、まだ学生の岬人にネクタイが似合うとは思えず、かえって目立つかもしれない。

カジュアルな服ならばむしろ、出勤前のボーイやバーテンに見えなくもない。そう考えた末だが、実際会うと、しずりが気後れしそうなほど岬人は華やかだった。レザージャケットの下に濃いオレンジのTシャツを着て、ぴったりとした黒のジーンズをはいている。髪型も、これまでとは異なり、ジェルで毛先を立たせていた。

もうひとりの岬人を、しずりは見たような思いだった。

自分とはおよそ釣り合わない。長身で垢抜《あかぬ》けていて、若さというオーラを発散している。しかもそういういでたちをしていることに違和感を抱いていない。

手をふり、駆けよってきた。

「よかった。何もありませんでしたか。ここにくるまで」

「ええ、大丈夫」

「こんな格好でよかったでしょうか。クラブとかにいくときの格好ですけど。浮いていません？」

しずりは首をふった。

「平気よ。むしろわたしのほうが浮いてしまう」

「何いってるんですか。牧さんはきれいです」

しずりは強く首をふった。嬉《うれ》しくないわけではない。だがこれからのことを考えると浮わついている場合ではない。

「そういうのはなし」

階段の踊り場で、ICレコーダーを受けとった。Nホテルの場所を教える。

「わたしより先に入っていて下さい。待ち合わせている風を装《よそお》って。携帯電話をテーブルの上においておくといい。たぶん周りはカップルだらけだから、少し浮くと思うけど」

「ホステスさんが多いところなんですよね」

「ええ。あなたはお客さんには見えないだろうから、これから仕事にいくって感じで」

岬人は頷いた。

「で、どうすればいいんです。西原を尾行します？」

「それは駄目。西原は警戒しているだろうし、素人《しろうと》の尾行はすぐにバレる」

「じゃ、ただいるだけ？」

「とりあえずは。西原の顔を覚えておいて」

「写真、撮りますか」

「絶対やめて。あなたが危ない」

「実はデジカメもってきたんです。雑誌か何かのかげから、撮れるかもしれません」

「もし撮るなら、店の中ではなくて、外でのほうが安全。店内で撮ったら、従業員に注意されるかもしれない。そうなったら台無しです」

「じゃあ早めに店をでることにします」

しずりは頷いた。

「店をでてからも注意して下さい。西原は、仲間を近くにおいているかもしれない。不審な人間がいないか確かめて」

岬人にそれが可能かどうか、わからない。

「不審な人間というのは、やけにあたりをきょろきょろしてるような奴《やつ》ですか」

「それだけじゃない。帽子で顔を隠していたり、電話でどこかと連絡をとりながら店の出入りを監視してるような人」

「なんか全部怪しく見えそうだ。そのあとは？」

「ここでもう一度、落ちあいましょう」

さすがに銀座のまん中で、西原が何か暴力的な行為をしかけてくるとは、しずりも思わなかった。

「わかりました」

岬人は頷き、時計をのぞいた。

「わたしは七時少し過ぎに店に入ります」

岬人がしずりの腕に手をかけた。体を寄せてくる。しずりは鼓動が早まるのを感じた。

「気をつけて」

踊るように階段を降りていった。その姿が見えなくなると、しずりはほっと息を吐いた。

恐怖だけではなかった。毒ガスは、しずりと岬人を包み、その距離を縮めている。もし毒ガスがなければ、しずりは自ら岬人を遠ざける苦しみを味わっていたろう。

Nホテルに近づくと、一階の入口周辺に多くの人が立っているのが見えた。喫茶室だけではなく、建物じたいが待ち合わせに使われているようだ。これでは不審な人物など確かめようがない。

「失礼ですけど」

不意に話しかけられ、しずりは息を詰まらせた。ダークスーツにネクタイをしめた、三十四、五の男だった。髪をオールバックで固めている。

店の外で西原は待ち伏せていたのか。このまま別の場所に連れていかれたら、どうすることもできない。

「夜の仕事に興味、おありですか」

男がいった。意味がわからなかった。

「何ですか」

「私、こういう者です」

男が名刺をだした。「北斗産業　営業部　開発係」と印刷されている。

「銀座で二軒、クラブを経営している会社です。もし夜の仕事に興味があるなら、ご連絡先を教えていただけないかと思いまして」

それがスカウトであることにしずりは気づいた。自分をその対象として見る者がいたことじたいが驚きだ。

「興味ありません。ごめんなさい」

名刺を返そうとした。

「よかったらもっていて下さい。あの、気がかわったときにでもお電話下されば。じゃ、失礼します」

しつこくすることはせず、しかし名刺は受けとらずに男は頭を下げ、歩き去った。

思わずあたりを見た。ホテルの前には、明らかにホステスとわかる、髪を作り濃い化粧をして、コートの下に派手なドレスを着た女が何人もいる。逆にホステスを待っているような、裕福そうな中年の男たちもいた。

が、誰ひとり今のやりとりに注意を惹《ひ》かれたような者はいない。彼女ら彼らにとっては日常の光景なのだろう。

しずりは二階の喫茶室とつながる階段を登った。バッグの中に手を入れ、ＩＣレコーダーの録音機能をオンにした。

店内は混んでいた。埋まっているほとんどのテーブルがカップルか女性のいるグループだ。そして女性は全員ホステスのように見えた。

ちがっていたのは窓ぎわの席の岬人と、もうひとりスーツ姿で中央の大きいカウンターにすわっている男だけだ。

その男を見つめた。四十を超えているかどうか。浅黒く、彫りの深い顔をしている。口もとに甘さがあった。黒いプラスチックフレームの眼鏡をかけている。

男が腰を浮かした。

「牧さん、ですか」

「はい」

「西原です。お手間をかけ、申しわけありませんでした」

聞き覚えのある滑らかな声だった。しずりは、

「いえ」

とだけいって、円形のカウンターの、男のひとつおいた隣にすわった。ウェイターが水のグラスを運んでくる。

「こちらでよろしいですか。もう少し静かな場所でお話をうかがいましょうか」

西原がいった。

「いえ。八時に約束をしているので、ここで大丈夫です。コーヒーを下さい」

断わって、ウェイターに告げた。西原は頷き、かたわらにおいたショルダーバッグからノートとペンをとりだした。

「失礼して、メモをとらせていただいてよろしいですか」

「待って下さい。わたしはまだお話をするとは、ひと言もいっていません」

しずりは西原を見つめた。眼鏡は伊達《だて》に見える。本当は度が入っていないかもしれない。だとすれば、変装の一種だろう。レンズの奥の目を見すえる。嘘《うそ》やいい逃れを口にする人間は、プロの詐欺師《さぎし》でない限り、その瞬間視線をそらす。

「でもこうしてここにきて下さったのは、お話をされる意志があったからではありませんか」

「それはちがいます。こちらから確かめたいことがあったからです」

目を見つめ、いった。

「何ですか」

「わたしが警察を辞めたことや、携帯電話の番号を誰から聞いたのかを知りたい」

「以前の同僚の方です」

「どなたです？」

「それは申しあげられません。私にとって取材源となる方です」

「名前を教えていただけなければ、取材に応じることはできません」

視線がそれた。

「お知りになってどうするのです」

西原は訊ねた。

「それはうかがってから考えます。ただ、その方を困らせようとは思っていません」

「困らせる、とは？」

「その方は捜査や捜査員に関する情報を部外者であるあなたに洩《も》らしている。法令違反です」

視線がしずりに戻った。おもしろがっているような目になっていた。

「告発する、と？」

「ですからそこまではしません。しかし、わたしはわたしの携帯番号という個人情報を、誰があなたに教えたのか、知る権利があります」

「それに関しては、お怒りになるのもわかります。しかしその方は、私を信用して教えて下さったわけです。牧さんに名前を教えれば、信用を裏切ることになる。逆にいえば、ここでその方の名を明す私を、牧さんは事件についていろいろお話し下さるほど信頼できますか？」

「それとこれは別です。わたし自身の情報なのです。身の安全にかかわっている、といってもいい」

「信用して下さい、としか申しあげられません。その方も私も、牧さんに害が及ぶようなことは考えていません」

「ではうかがいますが、西原さんはわたしから聞いた話を記事にするつもりですか」

「もちろん最終的な目標はそこです。六年前の事件には、隠された謎《なぞ》がある」

「その記事の中で、わたしから聞いた話を使うわけですよね。あなたは電話でおっしゃった。わたしのことを、村内にも君津にも会っている、数少ない人間だ、と」

「そうです」

「できた記事を読んだ事件関係者には、あなたの取材源がわたしであるとわかってしまう。数少ない人間しか知らないことが書かれているわけですから」

西原は瞬《まばた》きした。

「参ったな。おっしゃる通りだ。しかし複数の人間から取材して記事を作ったように書くことはできます。そうすれば――」

しずりは首をふった。

「それは一般読者にとっては、そうかもしれない。しかし事件関係者はちがいます」

「ちょっと待って下さい。事件関係者、事件関係者とおっしゃるが、それは誰のことをさしているのですか」

しずりは背筋が冷たくなるのを感じた。村内や君津の死に〝第三者〟が関与しているとしずりが確信していることを、西原に悟らせてしまったかもしれない。

「かつての捜査員や被害者周辺の人たちです」

はぐらかそうと、答えた。

「しかし奥平正さんに身寄りはいませんでした。村内康男は確か兄弟がいた筈《はず》ですが、やはり独身だった」

「君津さんは？」

西原を見つめた。西原は首を傾《かし》げた。

「確か独身の筈です。離婚歴はありますが」

「お子さんは？」

「いない、と思います」

「それでも二人、いるわけです。村内康男の兄弟と君津政一さんの元奥さんと。その上に捜査関係者。わたしが話したことが記事になれば、捜査関係者は、皆さんわたしひとりが喋《しゃべ》ったことが記事になったと思うでしょう」

「なるほど。それで、取材源のことを知りたいわけですね。自分ひとりに押しつけるのはずるい方法だ、と」

西原はにやりと笑った。

「それだけではありません。その人がいったい何を考えて、あなたに情報を渡しているのかを知りたいのです。あなたは奥平さんの事件には裏がある、といっていましたが、その人も同じ考えなのですか」

西原は黙っている。しずりはつづけた。

「もし同じ考えなら、君津さんの死をきっかけに再捜査することをどうして働きかけないのですか」

「そうしようとしてもなかなかできない事情があるからではないですか。そこでマスコミを動かし、外部から再捜査せざるをえないような風を吹かせたい、とか」

「その人があなたにそういったのですか」

「いや、はっきりとは聞いていません。いませんが、そう考えておられるのではないか、と。牧さんも同じ考えでいらっしゃると思うのですが」

「それをいったのもその人ですか」

「待って下さい」

音をあげるように西原はいった。

「これじゃどっちが取材しているのかわからない」

「だから申しあげているんです。西原さんに情報を流している人の正体がわからない限り、取材には協力できません」

西原は眼鏡を外した。

「そう、かたくなにならなくてもいいじゃないですか。記事がでたとしても六年前のことです。忘れてしまっている人も多い。牧さんに迷惑がかかるとは思えません」

「忘れられているような事件が、記事として使えるんですか」

一瞬、西原の顔がひきつった。その目に憎悪《ぞうお》のようなものが浮かぶのを見て、いいすぎたか、としずりは思った。

西原は考えをまとめるように、あたりを見渡した。

その目が岬人で止まった。何かを思いだそうとするように瞬きした。危険を感じたしずりは急いでいった。

「その人と話して下さい」

西原がふりむいた。

「わたしに名前を教えるべきか、を。その人がいいといえば、教えられるわけですから」

「今、ですか」

一瞬、西原は開きなおったような表情になった。

「できれば」

西原は深々と息を吸いこんだ。決心したようにいう。

「失礼して、外で電話をかけてきます」

「どうぞ」

西原は立ちあがった。上着からだした携帯電話を手に店をでていく。

しずりはその前におかれているコーヒーがまったく手つかずであることに気づいた。

岬人が立ちあがった。西原が帰ったと思い、あせっているようだ。その目をとらえ、しずりは首をふった。だがこれ以上岬人が店にひとりでいるのは不自然だ。岬人もそう思ったらしく、

「先にでます」

と小声でいって、レジに向かった。

勘定をすませ、出入口の扉をくぐろうとした岬人が立ち止まる。入れちがいに西原が戻ってきたのだ。

一瞬、二人は見合った。しずりは不安にかられた。西原は岬人から何かを感じとるのではないか。

たとえそうはならなくとも、岬人の顔は覚えるだろう。

「失礼」

西原が低い声でいうのが聞こえた。岬人は無言ですれちがい、店をでていった。

「今、電話をしてみたのですが、つながりませんでした。留守電を入れたので、あとか

らかかってくるとは思いますが――」

席に戻ってきた西原はいった。

しずりは頷いた。

「ところで、最初に電話をさしあげたとき、君津さんが亡《な》くなったと申しあげても、あまり驚かれたようすがありませんでしたね。ご存じだったのじゃないですか」

西原の目を見て答えた。

「いいえ。あのとき、上司と会食中でそんな余裕がなかったんです」

「今は、どんなところにお勤めなのですか」

「聞いていらっしゃらないんですか」

「そこまでは。まあ、調べることはできますが」

威《おど》しか。

「調べても、それは記事にならないことですよね」

「そうともいえません。四年前に亡くなられた前田光介さん――」

どきりとした。

「何か」

「いや、一部の週刊誌が、前田さんと牧さんのことを追いかけていましたよね。結局、まともな記事はでませんでしたが」

「事件とは何も関係ないことですから」

「そうかな」

「どういう意味です?」

「前田さんがなぜあの日、村内康男のアパートを訪ねたのか。たくさんの人が疑問をもったと思いますが。牧さんは何か知っていらっしゃいますか」

「お断わりしていた筈の取材じゃありませんか、これは」

西原は息を吐き、笑顔を作った。嫌な笑みだ、としずりは思った。どこか下品だ。

「そう固いことをおっしゃらないで。いかがです?」

「何も知りません」

「厳しいなあ」

「西原さんは、どこにこの記事を載せるつもりなのですか」

「最初に電話をかけたときに申しあげませんでしたか。週刊文化です」

「週刊文化なら、ときどき読みます」

「珍しいですね、女性が」

「美容院やよくいく喫茶店においてあるので」

「最近は喫茶店で読む、という人が多いな。売れなくなるわけだ」

そらぞらしい笑い声を西原はたてた。

「売れないんですか」

「さっぱりですね。団塊世代の人たちが退職したのも大きいかもしれない。週刊誌よりもネットで情報を集める人のほうが今は多い」

いって、西原は腕時計をのぞいた。

「確か八時からお約束があったのではありませんか」

「ええ」

七時五十分だった。

「またご連絡させていただきますよ。その方にお名前をだしてよいかどうかうかがったら」

「わかりました」

しずりは腰を浮かせた。

「コーヒー代は――」

「もちろん結構です。取材費でおちますから。今度、食事でもいかがですか。おいしいものを食べながら、お話をうかがいたいんです」

「その方しだいだと思います」

「はい」

西原は深々と頷いた。

「じゃ、どうぞいって下さい。私はもう少ししてからでますので」

「失礼します」

しずりは頭を下げ、店の出入口に向かった。

扉の前で立ち止まり、席に戻る。

「あのう、名刺をいただいてなかったと思うのですが」

「あっ、申しわけない。今日、ちょうど切らしてしまっていて。次、お会いしたときにお渡しします」

西原は笑顔で答えた。

16

ソニービルに岬人がきたのは、八時三十分過ぎだった。あまりに遅いので不安になっていたしずりは、岬人の顔を見た瞬間、安堵《あんど》で膝《ひざ》から崩れそうになった。

「どうしたんです?」

「遅いから心配していました」

「西原がぜんぜんでてこなかったんです。電話をくれればよかったのに」

「写真を撮るタイミングで電話が鳴ったら、あなたのことを気づかれるかもしれないと思って」

「マナーモードにしてあるから大丈夫です」

答えて岬人は笑みを見せた。

「お腹《なか》ぺこぺこだ。どこかで何か食べませんか」

そういわれて、しずりも空腹に気づいた。

「せっかく銀座にきたんです。何かおいしいものを食べましょう、って、別に牧さんにたかろうと思っているわけじゃありませんよ」

岬人はあわてたようにいった。

「大丈夫。たかられるほど甲斐性《かいしよう》ないから。でも、何か食べましょう」

しずりは頷《うなず》いた。ソニービルをでる前に訊《き》いた。

「西原は？」

「タクシーに乗ってどこかにいっちゃいました。写真は何とか撮りましたけど」

小さなデジタルカメラをレザージャケットの中からだし、岬人は答えた。

二人は数寄屋《すきや》橋の交差点を渡った。ひどく冷えこんでいたが、新年会の流れなのか、人通りは多い。

東京駅八重洲《やえす》口の方向に外堀通りを歩き、プランタン銀座に近いビルのレストランフロアにあがった。

イタリアンの店に入る。メニューを見て、ひとり三千円のコースを頼んだ。

「今日はわたしが払う。ラーメンを奢《おご》ってもらってるし」

しずりはいった。岬人はとまどったような表情を見せたが、

「わかりました。ご馳走《ちそう》になります」

と頭を下げた。

グラスワインをとり、乾杯した。

「西原のようすはどうでした？　僕の席からは、何を話しているかまでは聞けませんでした」

「そうね」

答え、しずりは考えた。こうして話すことで何かに気づくかもしれない。刑事時代だ

ったら、人着や印象に残ったやりとりをきっとメモしている。

「すごく頭のいい人だと思う。わたしは彼に情報を流した捜査関係者の名前を教えてくれなければ協力できない、といった。西原は、それは教えられない、の一点張りだった」

「途中、店をでていったのは何だったのです？」

「その捜査関係者に、名前を教えていいかどうかを訊きにいったの。電話はつながらなかったみたいだけど」

「君津について何かいっていましたか」

「別れた奥さんがいる、と。子供はいないらしい」

「結局、今日は探り合いで終わったわけですか」

しずりは頷いた。

「西原が犯人だと思いますか」

「犯人？」

「村内を使って奥平を殺させ、その村内を君津に殺させ、今度は君津を自殺に見せかけて殺した」

しずりは考えこんだ。一連の死が、すべてひとりの人物によって仕掛けられたものなら、犯人はとてつもなく冷徹だ。ずるがしこく、容赦がない。

「確かに西原はとてもずるがしこい感じはした。記事がでると事件関係者にわたしのことが知られてしまう、といったら、事件関係者とは誰のことだ、と切りこんできた。一瞬、恐《こわ》かった」

「じゃあ、やはり?」

しずりは小さく首をふった。

「それはまだわからない。もし西原がすべての犯人なら、直接わたしに会いにくる、というのは相当な冒険だと思う。高井梅子まではともかく、実際捜査にたずさわっていた人間なのだから。不審に思われ、警察に通報されたら危ういわけだし」

「やっぱり自分を週刊文化の記者だといったんですか」

「ええ。名刺を欲しいといったら、切らしていると断わられたけど」

「怪しいな」

岬人は腕組みした。

「すごく怪しい」

「そう。今現在も週刊文化の仕事をしているのなら、編集部に知っている人がいないというのはありえない。嘘をついているのは確か。ただそれと、彼が犯人であるかどうかは別だと思う」

「犯人でなかったら何なんです」

その問いにはうまい答を思いつかない。

「何だろう。犯人の仲間で、犯人にとって都合の悪いことを知っていそうな人間を調べている?」

「調べてどうするんです」

「口を塞《ふさ》ぐ」

「つまり殺す？」

しずりは頷いた。

「なぜそんな手間をかけるんです？　すでに三人も人が死んでいる。あとひとり殺すくらい、どうということはないのじゃないですか」

「それは、たぶんひとりの人間がすべての殺人を犯したのじゃないからだと思う。奥平は村内に、村内は君津に殺させ、もし犯人が直接手を下したとすれば、今のところ君津ひとり。殺させたのと、殺したのとではちがう。犯人は、犯行が自分の計画であるとバレないように、順番に人を殺させている。ひどく用心深い。だからひとり殺すも二人殺すも同じだ、という考え方はしないと思う」

「じゃあ西原も殺されるのかな」

しずりは首をふった。

「西原がもし犯人の仲間で、これまでの犯罪をすべて知っている人間なら、相当な保険をかけている筈。そうでなければ、自分もひどく危険だということをわかっているだろうから」

「保険……。たとえば自分に何かあったら、警察に全部バレるようにするとか？」

「わたしの印象では、西原は週刊文化の記者ではないかもしれないけれど、近いような仕事をしていたのじゃないかと思う。知らない人にインタビューするのに慣れているような感じだった」

「犯人には二人仲間がいるわけだ。西原と、警察にいる、誰か」

「その警察にいる人間が、西原にとっての保険なのかもしれない」

「でもなぜ、そんな人殺しに協力するんです？　お金ですか」

少なくとも西原はそうかもしれない。だが警察官がそれを理由にするとは思えなかった。

「お金で人殺しをかばう警官はいないと思う。バレたらクビじゃすまない」

「じゃあ何です」

「わからない」

しずりは首をふった。

「そもそも、なぜ犯人は奥平を殺したんでしょう。殺させた、というか。それがやっぱり鍵《かぎ》ですよね」

「ええ。村内や君津の場合は、派生的な殺人と見ることができる。でも奥平正に関してだけは、犯人の側にはっきりとした動機があっておこなわれた殺人。その動機を隠すために、強盗殺人を装った」

「じゃあやっぱり奥平のことを調べるしかないんだ」

「そうね」

答えて、しずりはため息を吐《つ》いた。

「どうしたんです？」

「銀座の、お洒落なレストランで、イタリアンを食べながら、人殺しの話をしているな

「どこかどころじゃなく、ものすごく変です」

んて、どこか、変」

岬人はいって笑った。

「でも、不謹慎かもしれないけれど、僕はすごくわくわくしています。恐いのも少しあるけど、牧さんがいっしょだから」

「わたしをそんなに信じちゃ駄目」

しずりは首をふった。

「今だってわたしはすごく恐い。何か得体の知れないものにからめとられているような気がする」

「そうか。そうだよな。僕は安全地帯にいるけど、牧さんは敵に正体を知られている」

「さっき、喫茶室で、西原があなたを見たときと入口ですれちがったとき、すごく心配になった。何か勘づかれるのじゃないかって」

「僕もちょっとどきどきしました。特に店の入口で会ったときは。じっと僕の顔を見ましたからね。昔の、悪かったときだったら、『何だよ』っていってたかもしれない。『何、人の顔見てんだよ』って」

「そんなことといってたの？」

「街でケンカしていた頃は。目が合うとそんな調子でした。馬鹿《ばか》ですよね」

しずりは首をふった。

「そんな時代があったなんて、今はぜんぜんわからない」

「わかったらもっと嫌ですよ」

いって岬人は笑った。しずりもつられて笑った。

「僕、このあいだ思ったんです。親父《おやじ》は、牧さんのこと好きだったのじゃないかって」

目をみひらいたしずりに、あわてていった。

「何もいわないで下さい。答が欲しいわけじゃないんです。ただ思っただけですから。牧さんを好きだったことと、親父がああなったのとは、まったく別の問題です。じゃあなぜ、そんなことを思ったのかというと、僕が牧さんをすごく、その、いいなって思ったからなんです。怒らないで」

「怒らない。でも――」

「わかってます。僕はまだガキだし、牧さんは大人の女性です。だから気の迷いみたいなものだっていわれてもしかたがない。でも、わかるんです。親子だから。親父がきっと、あなたのことを好きだったろうって」

しずりはそっと息を吐いた。前にいわれたときほどの動揺はなかった。

「ありがとう」

岬人は一瞬とまどったような表情を浮かべた。

「よかった。また怒られるかと思いました」

「あのときも怒ったわけじゃない。どうしていいかわからなくなっただけ。あなたのような若い人が、なぜ、わたしみたいなおばさんにそんなことをいってくれるのか――」

「ずるいですよ、おばさんなんていいかた」

「どうして?」

「牧さんは、何ていうか、ほっとけなくなるところがあるんです。たぶんそれは僕だけじゃなくて、男は皆、あなたを見ているとそう感じるのじゃないかな」

しずりは目を広げた。

「わたしはそんなに頼りない? 危なっかしい?」

岬人は首をふった。

「逆です。絶対に誰かを頼らず、ひとりでやってみせる、そんな姿勢がある。すごく苦しくて、どんなに大変でも、弱音を吐いたり、逃げだしたりしない。背筋をのばして、吹きとばされそうな風に向かって歩いていく、なんか凛《りん》としていて近寄りがたくもあるのだけど、いっしょに歩きたくなる、みたいな」

しずりは黙った。

「寂しいけれど、寂しいって絶対にいわないでしょう」

無言のまま首をふった。

「本当に困らせる気はないんです。牧さんの中には親父のことがある。僕がそれを踏みこえようとしたら、牧さんはきっと困るんだって気づいたし。でも、好きです」

わずかに岬人の顔が赤らんでいた。

「ありがとう。今日は聞く。明日からはいわないで」

岬人は頷いた。二人はしばらく無言だった。

料理が終わり、エスプレッソとデザートが運ばれてきた。

エスプレッソをひと口飲み、岬人が口を開いた。

「ええと、明日から、どうします？」

「西原からの連絡を待つ」

「もしなかったら。牧さんが、仲間の警官を教えろというんで、危ないと思っていきなり襲ってくるかもしれない」

その可能性はゼロではない。それを思うと寒気がした。

「襲ってくるかどうかはともかく、一度こうして西原と会った以上、接触を断ったとしても、このままでいるとは思えない。だから何とかしないと」

「警察はアテにできないんですよね」

しずりは考えこんだ。相談できるのは、かつての同僚だけだ。だがその同僚の中に犯人とつながっている可能性のある人間がいる、という状況では、どうにもならない。

「待って。ひとりいるかもしれない」

しずりは目をみひらいた。忘れていた。ある意味では、ライバルだった女。

「でも、今、どこにいるんだろう」

つぶやいた。

「誰です？」

「植田《うえだ》さんという婦人警官。わたしが本庁の生活安全部という部署にひっぱられたとき、警備部にやっぱり所轄《しょかつ》からひっぱられた。年齢も近かった」

「警備部ってどんな部署なんです」

「機動隊が所属しているところ。デモの警備とか災害の救助活動とか」

「その人はなぜ？」

「ライバルだった」

「何の、です？」

しずりは苦笑した。

「拳銃《けんじゅう》射撃」

「ええっ」

岬人の目が丸くなった。

植田敦美《あつみ》は、警視庁女子拳銃射撃大会で、いつもしずりとトップを争うライバルだった。しずりとちがって、植田はオリンピックに向けた強化合宿にも参加していた。千葉県出身で、大柄な体格をし、負けん気の強い性格だった。

しずりが合宿への参加を辞退したとき、食ってかかられた。

――なんで辞退するんですか。わたしは、牧さんと勝負して、堂々と警視庁代表になりたいのに
結局、オリンピック選手には選ばれなかった。大泣きでくやし涙を流した、という噂《うわさ》を聞いた。

その植田は、今どこにいるだろうか。しずりが警察を辞めたときはまだ本庁にいて、確か警部補になっていた筈だ。

射撃にかけていた情熱を、昇進試験に向けた植田の潔《いさぎよ》さに、しずりは感心した。常に

前向きな植田と自分とでは、まるでちがう、と思った。本来なら植田こそ、捜査一課に抜擢《ばってき》されるべきだったのではないか。

植田にとってみれば、こんな問題をもちこまれるのは、迷惑以外のなにものでもないような気がする。

よくない。しずりは息を吐いた。

「拳銃って、牧さん、撃っていたんですか」

「職務だから。たまたま少しうまくて、おだてられて、特別に練習する機会を増やしてもらえた。そのときに同じような婦人警官がいて。でも考えてみたら、今さら何も頼めない」

「その人は信用できるんですか」

「部署がずっとちがっていたし、すごく素直な人だから。でもきっと、迷惑になる」

岬人は考えこんだ。

「連絡はつくんですか」

「帰って調べたら、連絡先はわかると思う。でも――」

「話をするだけしておいたらどうです？　何かあってから説明するのは大変です」

しずりは黙った。植田には、かつての同僚に対してあるような屈託はまるでない。そのわかりやすさが、しずりは好きだった。ライバル心むきだしでしずりに対したときでも、嫌らしい感情はまったく感じられなかったのだ。

「彼女が今どこにいるか、ね。それによって」

今も警備にいるとは思えなかった。警部補に昇進した時点で移った筈だ。

「もう少し飲んでいきませんか。次は僕が払います」

岬人がいった。

「といっても、どこに入ったらいいのか、わからないんですけど」

しずりはためらった。が、事件のことを二人で考えてもみたかった。この先、自分と岬人に何らかの危害が及ぶ可能性がゼロではない以上、岬人と話しあっておくことは必要だ。

「わたしも知っているところはないけれど」

食事をしたビルには、飲みものだけを頼めるような店はない。

二人は表にでると少し歩いた。十時を過ぎていたが、人通りはあいかわらず多い。

「あそこは？　確か新宿とか渋谷にもチェーンの店があります」

「ダイニングバー」という看板を岬人が指さした。しずりは頷いた。ビルの地下にあり、入ってみると意外に混んでおらず、静かな雰囲気だった。店内は四角形のカウンターのみで、その内側に複数のバーテンダーが立っている。

隣り合わせではなく、角をはさんで斜めに向きあえる席に案内された。岬人がジンリッキーを頼み、しずりも同じものを、といった。

「ジントニックとちがって甘くないですよ。いいですか」

岬人が訊《たず》ねた。

「どうちがうの？」

「ジンをトニックウォーターで割ったのがジントニック。ソーダで割ったのが、ジンリッキーです。トニックウォーターは、ソーダとちがって甘みがあります」

「半分ずつで割ったジンソニックというのもございます。トニックほど甘くなくて、リッキーよりは飲みやすいです」

聞いていたバーテンダーがいった。

「じゃあそれを」

しずりはいった。やがてグラスが届き、二人は改めて乾杯した。

「お酒は強いんですか」

岬人が訊ねた。

「今はたぶん弱いと思う。飲むことがほとんどなくなったから」

「昔はよく飲んだんですか」

「飲む機会が多い職場だったから」

「親父は酒が好きでしたよね」

「そうね。でもあそこだったらふつう。もっと飲む人もたくさんいた」

「二人で飲みにいったりしました？　――いや、やめた。今の質問はなかったことにして下さい」

岬人はいってから首をふった。

「お酒はよく飲むの？」

ほっとしてしずりは訊ねた。

「飲むほうだと思います。今の大学生って、飲まないのはまったく飲まないんです。僕はけっこう飲みます。安い居酒屋とか友だちのうちでの家飲みが多いですが」

「べろべろになっちゃうくらいまで？」

「それはめったにないです。一回、失恋してそうなったんですけど、二日酔いがきつくてこりました」

「いくつのとき？」

「十八です」

「本当は駄目な年ね」

しずりは苦笑した。

「なんだか不思議だな。大人になった気分です。牧さんと銀座のバーで飲むなんて」

しずりはすぐには答えなかった。岬人が怪訝《けげん》そうに顔をのぞきこんだ。岬人のまっすぐな目がごく間近にあった。息苦しくなり、視線をそらした。

「わたしのほうがもっと不思議。前田さんの息子さんとこうしてお酒を飲んでいる」

「このあいだは、牧さんが親父のことを気にしすぎだと思って、僕、子供っぽい態度をとっちゃいました。でも考えてみたら、親父がいなかったら、こうしてご飯を食べたりお酒を飲むようなことはなかった。ただ、ひとつだけ、確認させてほしいんです」

「何？」

「牧さんが僕とこうして会ってくれるのは、親父に対する、何ていうか、罪滅ぼしみたいな気持があってのことですか」

「それはない。もちろん、罪の意識のようなものがまったくないわけじゃない。けれど今はもっと考えなければいけない問題がある。それも二人で。そっちのほうが重要」

「事件のことですね」

しずりは頷いた。

「もしかすると、あなたをとても危ないことに巻きこんでしまったかもしれない。もしあなたに何かあったら、わたしは前田さんにあやまっても、あやまりきれない」

「それはちがいます。巻きこんだのは、むしろ僕なんです」

しずりは岬人を見つめた。岬人は苦しげな表情になっていた。

「早くいわなきゃいけなかったのに、いえなかったことがあります」

岬人の口調は沈んでいた。

「実は、品川で君津さんにばったり会ったのは偶然じゃないんです」

「どういうこと？」

「君津さんは仕事帰りに必ず、あそこでドーナッツとコーヒーを買って帰るんです。何度も見たことがあって、それで僕、あのカフェテリアに牧さんを誘ったんです。牧さんに直接、君津さんを見せるほうが早いと思って。ただあんなことになるとは思ってなかった」

しずりは言葉を失った。君津の驚愕《きようがく》と恐怖の表情をはっきり覚えている。その後の欠勤を経て、君津は〝自殺〟した。

「あのあと悩みました。君津さんが死んだのは、僕のせいじゃないかって。たとえ自殺だろうが、殺されたのだろうが、あのとき牧さんに会わせてしまったことが、原因なんじゃないか」

村内を死亡させた事故が、事故でなく計画的な犯罪なら、君津の死は、自分を見たことと何らかの関係がある。自殺であれ他殺であれ、岬人のいう通りだ。

「そうね」

しずりはいった。岬人ははっと息を呑《の》んだ。

「否定はできない。ただし、あれがただの事故だったのなら、君津さんには死ぬ理由がない。かつての事故を思いだし、後悔して自殺した、という可能性もなくはないけど、そこまで自分を責める人だったら、きっとまるでちがう生き方をその後していたと思う。あなたの話を聞く限り、ひどく自分を責めているようではなかった」

「そこに嘘《うそ》はないです。本当に殺し屋ができるっていってました」

岬人は早口でいった。

「だから僕、確実じゃないけど、もしかしたら牧さんに君津さんを見せられるかもと思って、あの店に入ったんです」

それがすべてのきっかけになった。もし君津と自分が直接顔を合わせなければ、西原も接触してこなかったかもしれない。しずりと岬人が〝疑い〟を抱いていると、真犯人に知らせる結果になった。

やはり、信頼のできる警察官に相談したほうがよいかもしれない。

「僕はたいへんなことをしちゃったんですね」

「あなたがしたのではない。あなたがきっかけを作ったのは確かかもしれないけれど、君津さんが亡くなった原因は、あなたにはない」

しずりは噛《か》んで含めるように喋《しゃべ》った。

「原因は、犯人にある。犯人が自分の正体を隠そうとすることで、次々と人が死んでいるのだから」

「でも、牧さんを君津さんに会わせなければ、西原から電話がかかってくることはなかった。西原が犯人かその仲間なら、牧さんを〝敵〟だと思っています」

「それはあなたも同じ」

「僕はいいんです。自分でまいた種ですから。でも牧さんはちがう。僕がひっぱりこんでしまった」

しずりはそっと息を吸いこんだ。

「このことだけをとって見たらそうかもしれない。でも、もともとの事件を考えれば、わたしに深くかかわっている」

飲物に口をつけた。ジンの強い香りが鼻に抜ける。

「前にいったのを覚えてる？　わたしには決めたことがあって、それを守りたい」

「もちろんです。いったい何なのだろうとずっと考えていました。でも訊いてはいけないような気がして……」

しずりは岬人を見た。

「わたしは、ただ静かに生きたい、と思ったの。怒りとか悲しみとかとは無縁に、振幅のない、一本の線みたいな暮らしをずっと送ろうと決めた」

「感情的になりたくない、という意味ですか」

「いろんな感情をもちたくない。毎日、平静でいたかった。誰かを恨んだり、誰かに恨まれたり、誰かに特別な気持をもったり、もたれたり、というのとは距離をおきたかった」

「なぜです？」

しずりは意表を突かれた。

「なぜ？」

「それは、いろんな感情をもち、もたれて、疲れたから」

「親父のことが理由で？」

「いろんな理由がある。けれど正直にいえば、中心にあるのは前田さんのこと」

岬人は目を伏せた。

「じゃあ僕は一番会いたくなかった人間だ」

「本当のことをいえば、そう。でも会ってしまった以上、ああして話をするしかなかった。それすらしないで逃げたら、きっと二度とお墓参りにもいけなかった。あなたはさっき、わたしのことを逃げだしたりしないっていったけど、逆なの。わたしは逃げたくて逃げたくて、だからいつも昔のできごとを考えないようにしてきた。事件のこと、前田さんのこと、自分が刑事だったことなんて、全部なかったことにしよう。そうして、なるべく人とかかわらず、静かに年をとっていこうと思っていた。うんと年をとったら、そのときはすべて思い出になる。そうなれば、思い返しても苦しくなったり、悲しくなったり、腹が立つこともなくなる。早くそうなりたいと願ってた」

「ごめんなさい」

岬人は目を伏せたままいった。

「僕がどんなひどいことをしたのか、今、気づきました。ゲームみたいな気持で、牧さんを巻きこんだ。忘れたい、遠ざかりたい、としていたことだったのに」

「そうよ」

しずりは答えた。岬人が顔を上げる。微笑《ほほえ》んでみせた。

「でも、苦しくないの。変なの。もっと嫌な気持になって、あなたを恨んだりすると思ったのに、ぜんぜん苦しくない。それよりむしろ――」

「むしろ？」

くいいるように岬人はしずりの目を見つめながら訊いた。

「やっぱりそうなるんだっていう気持。逃げても逃げても、逃げられないんだ。自分にとってやるべきことが残っていて、それをしない限り、終わらない。おおげさないい方だけど、運命とか宿命とか、そんなことなのかなって」

岬人はすぐには何もいわなかった。ただ真剣にしずりの目をのぞきこんでいる。

胸が痛かった。岬人のその目が、愛《いと》おしかった。もうどうにもならない、と気づいた。

本気で好きになっている。

「その運命に、僕は入っている？」

しずりは力をふりしぼり、岬人の視線から目をそらした。

「入ってる。でもお願い。これ以上、わたしを好きにならないで」

「なぜ？　僕が前田光介の息子だから」

「ちがう」

「じゃあなぜ」

しずりは目を閉じた。若者らしい、ストレートな問いかけは、嬉《うれ》しさを通りこして、その先にある、いつかくる苦しみや悲しみしか思い起こさせない。

「なぜでも」

きっぱりといって、岬人の目を見返した。

「今はとにかく駄目。わたしとあなたが、そんなことを考えているときじゃない。次にいったい何が起きるのか、真剣に警戒しないと」

「犯人は、僕たちに攻撃をしかけてくる？」

「そうならない、という保証はない。西原は、今はもうわたしが警察にいないことを知ってる」

心が痺《しび》れている。岬人の自分への思いと、それを喜ぶ甘い気持が、頭を正常に働かせてくれない。

次にすべきことは何か。思い浮かぶのは、信用できる警察官を見つけ、打ち明けること、それくらいだ。

しかし確実な対応策でないと、しずりにはわかっていた。はっきりとした危険を、今この瞬間に、しずりと岬人が感じているわけではない。

実害が発生しない限り、警察は動かない。

身体生命に危険が及んでいる、という証拠がなければ、捜査はおこなわれない。

そこでしずりの思考は止まってしまう。

「犯人を捜そう」

岬人がいった。

「え？」

「犯人を捜しましょう。奥平正の事件がすべての発端なのだから、誰が奥平正を殺したことで利益を得たのかを見つければ、それが犯人です」

「そうだけど、でもどうやって？」

「何か方法がある筈《はず》です。たとえば奥平と仲のよかった人を捜すとか」

「友人はいなかった。ある意味、世捨て人的な暮らしをしていた。ただ、電話をとりついだことが一度だけある、と高井さんはいっていた。それも、奥平と名前の近い、奥何とか、という名前の人間からかかってきた、って」

「奥何とか」

「奥原、奥畑、奥村、そんなような名前だったそうよ。それからもうひとつ、奥平は、福島県の出身なんだけど、高井さんもそうだった。なのに出身を福島といっても、何の反応もなかった。ふつう同じ県の出身なら、福島のどこだ、と訊きそうなものなのに。つまり、出身地について話したくなかったということ」

岬人が瞬《まばた》きした。

「奥平は福島のどこです？」

「南会津郡。今は廃村になったところらしい」

「同じだ」

つぶやいた。

表情が変だった。

「誰と同じなの？」

「親父です」

「前田さんは東京の生まれでしょう」

「生まれたのは。でも本籍は、福島県の南会津郡だといっていました。新潟との県境にある、すごい山の中だって。そこから親父の父親がでてきて、こっちで結婚して、親父が生まれた」

すぐには言葉がでなかった。岬人が顔を歪《ゆが》めた。

「偶然ですよね」

「お母さんに確認して。お母さんなら、はっきり知っているでしょう。本当に南会津郡の出身かどうか」

しずりはいった。岬人の記憶ちがいに決まっている。

岬人はすっと立ちあがった。機械的な動作だった。表情を失った顔で、

「電話してきます」

とだけいって、店の出入口の向こうに消えた。

しずりはバーテンダーに訊ねた。

「煙草《たばこ》、おいてますか」

「ございます。何を？」

「メンソールの軽いのを」

「バージニアスリムでよろしいですか」

頷いた。届けられると、

「あと、マッチかライターを」

頼んだ。バーテンダーがベストのポケットから使い捨てのライターをだした。

「よろしければお使い下さい」

煙草の封を切り、一本くわえてライターを点《とも》した。手が震えていた。

めまいがした。すわっている椅子《いす》がずぶずぶと床に沈みこんでいくようだ。

ニコチンのせいではないとわかっていた。

奥平正が南会津郡の出身だというのは、捜査会議でも報告されていた。しかし前田は、自分の本籍地が同じだとはひと言もいわなかった。確かに生まれも育ちも東京なのだから、いわなければ誰も気づかない。

村内は北海道、君津は熊本、福島は奥平正だけの筈だった。だから出身地が事件に関係しているとは考えられなかった。

一本目はたちどころに灰になった。二本目にすぐ、火をつけた。

岬人の姿が見えた。ぼんやりとした顔でこちらに歩みよってくる。しずりが煙草を吸っていることにすら気づかないようすでいった。

「南会津郡、高畑田村《たかばたけだ》というところだそうです。母も名前を知っているだけで、一度もいったことがない、といってました」

唇をかみ、泣きそうになっている。

「牧さん。これって……」

「調べるしかない。調べて、確かめるしかない」

言葉が自然にでていた。あれこれと推理するのではなく、とにかく体を動かして調べる、それが刑事の仕事だ。

前田が何度もしずりに聞かせた言葉だった。

はあっと岬人が息を吐いた。ずっと息を止めていたかのようだ。目はカウンターの一点を見つめている。

「そうですよね」

前田が捜査会議の情報を西原に流していた？　高井梅子をしずりがかばったと、前田なら西原に教えられる。

しずりの携帯電話の番号も、前田は知っていた。今の勤め先は知りようがない。西原も、今の勤め先を知らないようすだった。

Nホテルの喫茶室からでていって電話をした相手は誰だったのか。

誰にも電話をしていない。電話をしたフリをしたのではなかったか。

つながりませんでした、そういった。

なぜ前田は村内の住居を訪ねていったのか。誰にもとけなかった謎《なぞ》が、今とけたような気がしていた。

前田は、村内が犯人だと知っていた。だから訪ねていった。そこでのやりとりが村内を追いつめ、あの事態につながった。

いや、決めつけるのは早すぎる。前田の本籍と奥平正の出身地が同じ郡だというだけで、前田が事件とかかわっていたと断じることはできない。

「牧さん」

岬人の声に我にかえった。指先を焦《こ》がすほど煙草が短くなっている。

「どうやって調べればいいんです？」

岬人の表情が恐《こわ》かった。目をみひらき、怒っているようにすら見える。

「そこにいってみるしかない。廃村になったくらいだから、今は誰も住んでいないだろうけど、誰か昔のことを知っている人から話を聞けるかもしれない」

「僕もいっしょにいっていいですよね」

しずりは頷《うなず》いた。ひとりではいけない。

いったからといって、確実な手がかりが得られるとは限らない。しかし、福島県南会津郡の今はなくなってしまった村からでてきた人間が殺され、同じ郡出身の父親を持つ刑事が捜査にかかわっていた。それがただの偶然なのか、そうでないのかを確かめるのは、自分と岬人のつとめだ、そんな気持が生まれていた。

同時に、もし確かめたらそのときは、決定的な何かを引き寄せてしまう、そんな予感もあった。

17

岬人と別れ、田町の部屋に戻ってきたのは、午前零時近くだった。前田の本籍地と奥平の出身が同じ福島県の南会津郡とわかったときから、岬人は無口になった。

同じ郡だからといって、同じ村とは限らない。しずりはいった。

部屋に戻ってすぐ、捜査メモを開いた。奥平正の出身地が細かく書いてあった筈だ。

「南会津郡高畑田村、一九九〇年廃村。住民なし」

六年前に書きつけた自分の文字を見つめた。

まだだ。殺人を捜査する一課の係は九つある。奥平正強殺事件を、前田のいる係が担当する可能性は九分の一しかなかった。どの事件をどの班が担当するかは、そのときにならなければわからない。所轄署とちがって、地域で各係の担当が決められているわけではないからだ。

たとえ前田が事件にかかわっていたとしても、自分のいる係が担当すると予測するのは難しかった筈だ。

ただ、他の係が抱えている事案の捜査状況によっては、ふられそうもない係とふられそうな係の判断はつく。

あの当時の一課はどうだったろうか。

しずりは記憶をたどった。四班に属する第八と第九係は、確か別の大きな事案を抱えていたような気がする。比べて七係は、あいていた。他の班、二班と三班の状況は思いだせない。

三石に知らせるべきだろうか。もし前田が〝犯人とつながる警察官〟だったのなら、三石は信用できる。

しかし信用できることと頼れることとは、別だ。

前田がかりに奥平正強殺事件の、陰の犯人と関係があったとする。それが事実であると三石を納得させられたとしても、一課が再捜査に着手するとは思えなかった。警察にとっては、過去のあやまりを認めると同時に、身内に容疑をかける行為だ。ましてその身内が殉職といえる死にかたをしているとあっては、再捜査がおこなわれる可能性はまずない。

終わった事件なのだ。新たな被害者がでて、そこに過去との関係が疑われない限りは、捜査はない。

新たな被害者となりうるのは、しずりか岬人しかいない。それすら、自殺や事故に偽装されたら、真相が解明される可能性は低い。

鳥肌が立った。元刑事で、警察に知っている人間がいても、まるで安全とはいえない。

犯人がこのまま、しずりと岬人を見逃すという可能性はあるだろうか。

西原しだいだ。

もし西原のいう〝取材源〟が前田だったなら、しずりにその名を告げることはありえない。あくまでも別の人物だと思わせ、名前を教える許しが得られなかったというだろう。そしてしずりがどこまで真相に気づいているのかを探ろうとする。

それをしずりが拒絶した場合は、放置するか殺すかを決断することになる。

君津の死が自殺ではなく殺人であったなら、犯人は味をしめている。警察に疑われることなく、〝危険な〟人間の口を封じるのはたやすいと考えているだろう。だからしずりと岬人を殺そうと決断しても不思議はない。

〝取材源〟が前田でなかった場合、むしろ犯人は慎重になるかもしれない。しずりと岬人がどう動いても、一課が再捜査に着手する可能性が低いのを、その人物はわかっている。

よほどの証拠を二人が発見しない限り、警察が過去のあやまりを認めることはないのだから、〝取材源〟は「ほうっておけ」と助言するだろう。しずりや岬人の口を封じようとすれば、かえってそこからほころびが生じるおそれもある。

この場合、危険なのは西原だ。西原が犯人ではなく、その協力者だとすれば、関係者に顔をさらしているという弱みがある。

週刊文化の記者だという嘘も、見破られやすい。

しずりと岬人の二人をどうにかするよりも、西原の口を封じるほうが、より簡単に捜査の糸を断ち切れる。

このことは覚えておかなければならない、としずりは思った。万一、自分や岬人に危害が及んだときは、西原の顔写真が大きな証拠になる。

前田の名誉のためだけでなく、前田が〝取材源〟でなければよいのに、としずりは思った。もし前田がつながっていたのなら、現在の犯人には、警察の捜査状況を知る手段がない。それはつまり疑心暗鬼になりやすい、ということだ。

一方で、それをつきとめられるのは、自分と岬人しかいない。

つきとめたとして、たとえ前田がクロであろうとシロであろうと、自分たちの身の安全とは何のかかわりもない。

いや、むしろ危険度は増す。前田がクロであるなら、そこには「高畑田村」という土地が何らかの形でかかわっている。

つまり犯人もその土地の関係者である可能性が高いのだ。

しずりたちが「高畑田村」にいきついたと知れば、まちがいなく犯人は放置できないと考えるだろう。

そうなれば、戦いになる。犯人をつきとめ、暴《あば》くか、犯人に殺されるか。

無理だ。絶対に自分と岬人の二人だけでは犯人と戦うことなどできない。

しずりは絶望に体中の力が抜けるような気持を味わった。

逃げたい。逃げなければ。「高畑田村」を訪ねるなど、とんでもないことだ。犯人に殺してくれといっているようなものだ。

だが逃げられるかどうかは、すべて犯人の胸ひとつだ。

助けてくれと西原に頼んだところで、決して助かることはない。むしろ真相に気づいたと教えるのに等しい。

といって、このまま、いつ犯人が手を下してくるのかと怯《おび》えて暮らしつづけることなどできない。

田舎に帰る？　突然消えれば、犯人に危機感を抱かせるだけだ。田舎といっても、前田とは別の〝取材源〟からしずりに関する情報を入手すれば、ただちに特定される。そしてそのときは、両親や兄の家族すら巻きこむことになる。

それに岬人はどうするのだ。岬人は、しずりほど危険を感じていない。いないが、岬人の危険度にはかわりがない。

君津をしずりにひき合わせたのは岬人だ。そして岬人には岬人で、父である前田光介の死という、事件にかかわっていく理由がある。

理由の存在は、犯人に危機感を抱かせるだろう。

西原はNホテルの喫茶室で岬人に気づいただろうか。

しずりは急に不安がふくらんだ。気づいたのなら、岬人としずりが行動を共にしている以上、どちらか片方だけの口を封じるのは危険だと考えを巡らす筈だ。

あの子を殺させるわけにはいかない。

しずりは体が熱くなるのを感じた。

守らなければ。それこそ前田に合わせる顔がない。

たとえ前田がクロであったとしても、しずりを守ろうとしたのは事実だ。いや、クロであったからこそ、村内がしずりに襲いかかったことに動揺し、けんめいにしずりを守ろうとしたのではないか。

『よせ、村内！　離れろ』

前田の叫び声がよみがえった。しずりの上に馬乗りになった村内にとびつき、二人して廊下を転がり、階段を落ちた。あの行為は、しずりを救うため以外のものではなかった。

その前田の息子を、自分は決して見捨ててはならない。何より、本気で好きになった人間を、見捨てることなどできない。

岬人を守る。前田が体を張って自分を救ったように、しずりも命がけで岬人を守らなければならない。

そのためには、犯人と戦う覚悟を決める必要があった。どんなに恐ろしくとも、逃げださないと決心しなければならなかった。


「ちょっと、いいか」

翌日、昼休みに入る直前だった。中崎がしずりの席の前に立った。課内の人間、特に女子社員の視線が自分に注がれるのを、しずりは感じた。

「はい」

しずりはパソコンの画面から見上げた。

「十分だけ、話したいことがある」

中崎の表情はとりたててふだんとかわらない。

「その応接室を使おう」

営業一課、二課共用の応接室が、会社の同じフロアにあった。中崎はいって、先に歩きだしていた。

しずりは立ちあがった。向けられる視線の中で、とりわけ強いのが、関口照美と浅野香織だった。

「何だろう」

隣席の坂本朋代に顔を向け、しずりはいった。実際、見当もつかなかったし、課内の人間にそれをアピールする意味合いもあった。

「さあ。告白タイムかな」

坂本の向こうにすわる関口が大きく目をみひらいた。

「嘘よ。そんなわけないじゃない」

しずりがいうと、坂本が笑った。

「勤務時間中に応接室使っていわないでしょ」

「もちろんですよ。そんなことあるわけないじゃないですか」

しずりはぎこちなく笑みを浮かべて、中崎のあとを追った。課をでるとき、

「なーんだろ」

と、浅野香織が大きな声でいうのが聞こえた。

営業共用の応接室は、簡素な応接セットをおいただけの小部屋だった。賓客を通す部屋は、役員室のある別の階に設けられている。

中崎は先にソファにかけ、入室したしずりに向かいを示した。

「急に悪いな」

「いいえ」

しずりは腰をおろした。

「回りくどいのは苦手なんで、単刀直入にいく。人事から頼まれたんだ」

中崎はしずりにまっすぐ視線を向けて、いった。

「あなたの前職のことだ」

しずりは目をみひらいた。

「人事課長は同期なんだ。だから特別に頼まれた。警察官だったそうだね」

「はい」

しずりが短く答えたので、中崎は一瞬黙った。

「正直びっくりした。婦警さんだったとはね。物静かでおとなしい印象だから」

「別に婦警が皆、男勝りとは限りません」

「そりゃそうだな。偏見だ。すまない」

中崎はあやまった。

「いいえ。それでわたしの前職が何か」

「やはり秘書課があなたを欲しがっている。ただそこで、あなたが警察を辞めた理由が何だろうという話になったようだ。履歴書によれば、退職してすぐにうちにきたわけではないみたいだ。一年、あいだが空いている。たぶんそこらあたりが気になったんだろう。そこで、俺に訊《き》いてほしい、といってきた。正直、こういうのは気がすすまない。向こうがやってくれたほうがいい、と思ったんだが、俺の部下だからって押しつけられた」

「そうですか」

「いいたくなければいい。要は、不祥事とか、そういうのだけを気にしているわけだから。あなたに限ってそんなことはありえない、といっておいた」

「ありがとうございます」

しずりは頭を下げた。

「退職の理由は一身上の都合です。不祥事ではありません。一年、こちらに入れていただくまであいだが空いたのは、仕事に疲れていて、少し休もうと思ったからです。実家に戻るかどうしようか、迷ってもいましたし」

「そうか。ちなみにどんな部署にいたんだ？　やっぱりミニパトに乗って、交通違反の取締とかをしてたのか」

しずりは中崎を初めて見返した。

「いいえ。主には刑事でした」

「刑事？」

中崎が目をみひらいた。

「捜査一課とか、ああいうのか」

しずりは頷いた。

「捜査一課にいたのか」

「少しのあいだですが」

今度こそ、あぜんとしたような表情になった。

「あなたが捜査一課の刑事さんだったとはな。でも、その、立ち入ったことを訊くようだけど、そこまでやった人がどうして、何の縁もない、うちみたいな会社にきたんだ。いくらでもいけるところがあったんじゃないか。警察とか自衛隊は、再就職に関しては、手厚いって話を聞くけど」

「はい。ですが、なるべく警察とは縁のないところにいきたかったんです」

「たぶん、人事が気にしたのもそこなんだな。ふつう、元警察官だったら、何らかの形で警察のOBがかかわっている会社にいく。それがどうしてゆかりのない、うちにきたのか」

しずりは息を吐いた。「一身上の都合」でいいくるめることはできそうもない。

「これは、課長にだけ、お話しします。それを人事課や秘書課の方に話されるかどうかは、課長の判断にお任せします」

中崎が顔を上げた。

「わかった」

「捜査一課にいたとき、今から六年前ですが、わたしは先輩と強盗殺人事件の捜査にあたっていました。先輩が、情報をもっている可能性があるという前歴者の自宅を訪ねるのに同行しました。ところがその男が強盗殺人の犯人で、逃走しようとして争いになり、先輩に重い怪我《けが》を負わせたんです。先輩はその怪我がもとで亡《な》くなりました」

「犯人は。あなたがつかまえたのか」

「逃走中に、交通事故にあって死亡しました」

「それって確か、江戸川区であった事件じゃないか。刑事さんが頭を打って、昏睡《こんすい》状態になった」

「そうです」

中崎はしばらく無言だった。

「週刊誌で読んだよ。男女刑事の二人組とあって、名前まではでていなかったけど、それがあなただったのか」

「はい」

中崎は煙草をとりだした。応接室は禁煙であるのも忘れているようだ。

「課長、ここは禁煙です」

「あ」

口にくわえた煙草をあわててパッケージに戻した。

「ごめん。びっくりしたんだ。まさか、あなたがあの事件の刑事さんだったとはな。この前話したときは、もう潰《つぶ》れてしまった小さな会社だ、といっていたから」

「申しわけありません。嘘をつきました」

「いや。そんなつらい経験をしたなら、いいたくないのは当然だ。俺こそ、たいした経験もないのに、偉そうなことをいって……」

中崎は照れたように笑った。しずりは首をふった。中崎に好意を感じた。

「とんでもないです。嘘をついて、本当にすみませんでした。食事までご馳走《ちそう》になっておいて」

「いや、いいんだ」

いって、中崎は髪をかきあげた。

「あなたはふつうの人とはちがう。ずっとそう思っていた。俺の勘はまちがってなかったわけだ。ただ、こっちの想像をはるかにこえる、大変な思いをしていたのだが」

しずりは黙って中崎を見返した。中崎は宙を見つめ、大きな息を吐いた。

「あなたの退職理由を知ったら、秘書課はきっと欲しがるな。冷静で有能な秘書になれるだろうって。でも、俺も二課にいてほしいと思っている」

「そんな、たいした人間ではありません」

「目立たないようだが、あなたは頼られているよ。二課の男でも、牧さんが一番信頼できる、といっている人間は多い」

しずりは首をふった。

「ここで俺がお世辞をいってもしかたがない。本当のことだ」

「それはとてもありがたいんですが……」

「ですが？」

いい淀《よど》んだしずりの語尾を中崎がとらえた。

しずりは再び中崎の目を見た。

「わたしは、今の会社でずっと働ければ、と願っています。それもできればなるべく静かに、波風がなく」

中崎はしばらく無言だった。

「立ち入ったことを訊く。もし答えたくないのなら、答えなくていい」

「はい」

「あなたは、どこかに自分を罰したいという気持があるのか」

しずりは深呼吸した。

「少し前までは、あったと思います」

「今はない？」

「薄れてきているかもしれません。理由は、はっきりとはいえませんが」

岬人と自分がおかれている今の状況を話すのは論外だ。

「そうか。わかった」

話を切り上げるように、中崎はいった。

「あなたの話は、俺から人事に伝えておく。その、過去のいきさつについては一切、話さない。不祥事ではなかった、というのはきちんと話すが。それでいいかな」

しずりは笑みを浮かべた。

「けっこうです。ありがとうございます」

「それと、偉そうに説教たれたお詫《わ》びに、また今度つきあってくれ。昔の話とかはしないから」

当惑した。中崎が自分への嘘を咎《とが》めるような小さい人物でないことに安堵《あんど》はしたが、まさかまた誘われるとは思っていなかった。

「あの、それは考えさせて下さい。というのは、課長は、ご自身が思っている以上に、女子に人気がある方なので……」

「え。そうなのか」

笑みを消さず、しずりは頷いた。

中崎は本当に気づいていないのだろうか。ポーズかもしれないが、それが嫌みに見えないところが人気の理由なのだろう。

「本当です」

「あなたにいわれると自信がわくな。およそ、そういうことに興味がなさそうな」

中崎はいって立ちあがった。

「じゃあ。課の連中には、異動の打診だといっておけばいい」

「ありがとうございます」

しずりも立ちあがって頭を下げた。いえばいったで、また物議をかもすにちがいなかった。だがそういう〝口実〟を与えてくれる中崎の気配りは、ありがたかった。

課に戻った。昼休みに入り、多くの人間が席を離れている。が、関口と坂本は残っていた。

「何だった」

坂本が屈託《くったく》のない口調で訊《たず》ねた。かたわらで関口が見守っている。

何でもなかったと告げれば、かえって邪推されるかもしれない。

「異動の打診でした」

「異動？」

坂本が驚いたようにいった。

「どこに」

不意に背後から訊かれた。ふりかえると浅野香織がいた。化粧ポーチを手にしている。昼食の外出のために化粧直しをしていたようだ。

「それはわかりません。ただ他にいく気はあるかって訊かれただけなので」

浅野は遠慮のない視線をしずりに向けてきた。

「何かしちゃった？　牧さん」

「え？」

「だって課長は追いだしたいんじゃないの、牧さんを」

「ちょっと何いってるの」

坂本がいった。

「もめちゃったとか、課長と個人的に」

浅野は冗談めかしていった。だがそこはかとない悪意が感じられた。

「そんなこと、何もありません」

「じゃ、どうして牧さんをうちからだすのかな」

「さあ」

「そんなのわかんないじゃない。他のところ、たとえば秘書課とかが欲しいっていって
きたのかもよ」

坂本がいい、勘の鋭さにしずりは内心驚いた。

「ありえないでしょ、それ」

浅野はいって、舌をだした。

「何か、牧さんに文句あるわけ」

坂本がむっとしたように浅野をにらんだ。

「ないですよ、全然。秘書課っぽくないっていうだけで。さあて、ご飯食べてこよ」

浅野は答え、くるりと背を向けた。軽やかな足どりで去っていく。

「まったく、ムカつくわ。ああいうノリ」

坂本が小さな声で吐きだした。

「で、牧さんは何て答えたんです？」

関口が訊ねた。

「お任せしますって。でもここにいるほうがいい、とはいった」

しずりは答えた。

「牧さん、やっぱり課長が好きなんですか」

「ちょっと」

坂本があきれたように関口を見た。しずりは首をふり、笑みを浮かべた。

「課長にそういう気持はまるでない。いい人だとは思うけど」

関口はほっとしたようにうつむいた。涙ぐんでいる。

「よかった」

「あのさ、照ちゃん。世界が狭すぎるから」

坂本がいった。

「課長もいい男かもしれないけど、うちの営業二課だけが世界のすべてじゃないよ」

「いいんです。わたしはこの世界だけで。それで充分生きていけますから」

関口はつぶやいた。坂本は首をふり、目をくるくると動かした。

三人で食事にでた。坂本が気をつかって、しずりとは関係のない韓流ドラマの話をした。関口が、目を丸くしてそれを聞き、DVDを借りたい、と坂本にいった。

「駄目。わたしのお宝だから。観《み》たかったらレンタル屋さんにいって」

ランチを食べ終え、レストランをでると、本屋に寄りたいからとしずりは二人と別れた。本屋は会社に近い、大きなビルの地下にある。ビルの一階には、噴水があり、周辺にベンチがおかれている。かなり冷えこんでいるせいで、ベンチに人影は少ない。

しずりは空いているひとつにかけ、携帯電話をとりだした。

しばらく迷っていた。やがて勇気をしぼり、植田敦美の携帯番号を呼びだした。

呼びだしはかなりつづいた。あきらめて切ろうと思ったとき、応《こた》えがあった。

「はい」

「植田さん？」

「牧さん？　びっくりした。番号見て、まさかと思った」

「ごめんなさい。迷惑だった？」

「全然。ちょっと待って下さい。今、席に戻ってきたばかりだから」

「忙しい？　だったら――」

「平気です。よっこいしょ、と」

何か重いものを動かしている気配があった。

「このくそ重い書類が邪魔で」

明るい声で植田はいった。

「よし、かたづいた。牧さん、今、何してるんです」

「ＯＬ。虎ノ門の会社にいる。近くだよ、桜田門の」

「えー、本当に。牧さんがＯＬ」

「植田さんはどこにいるの」

「それが合わないところなんですよ。警務」

「警務」

「人事二課です」

少し声のトーンがかわった。

「そうなんだ」

「わたしも一度、牧さんに連絡したいと思っていたんです」

「え？」

「いろいろ、お話ししたいことがあって」

「何？　恐いな」

「そう。ちょっと恐い話」

植田はいって、笑った。

「昔のライバルの秘密」

「ライバルなんて、そんな。まだがんばっているの？」

「今は指導だけです。週に一回。それがあるから、内勤なんですよ。まあ、わたしに刑事とかは向いてないですし。大雑把な性格だから」

「そんなことないよ」

不思議だった。一度も部署がいっしょになったことがないのに、植田とは何のかまえもなく話せる。いっしょではなかったからなのか。

「あの頃は燃えてましたから。牧さんがいたんで」

「わたし？」

「やっぱりライバルって必要なんだなって。それと五輪がないってはっきりした時点で何となくつきものが落ちちゃいました。あの次までは一応、候補の候補くらいまでは残ってたんですけど。集中力が前ほどはだせなくなって」

話しているとなつかしかった。射撃用の拳銃《けんじゅう》をかまえ、集中する一瞬のことがよみがえってきた。

「ねえ、会わない？」

気づくと自然にその言葉が口を突いていた。

「いつでもいいっすよ。あと、わたし、結婚したんです」

「えっ。おめでとう。旦那《だんな》さんは、やっぱり――？」

「へへ。機動隊ですよ。四機で立川詰です」

「そうなんだ」

「ま、体がでかくてやさしいだけが取り柄みたいな旦那なんですけど」

「いいじゃない」

「牧さんは――」

「まだ独り」

変に気をつかったりせず、植田はいった。

「機動隊でよけりゃ、ごろごろ紹介できるのがいます」

「うーん、それはいいかな。もう縁がないし」

「いつ会います？　今日とかは」

「平気なの」

「旦那ちょうど研修でいないんですよ。できれば、桜田門から離れたところで会いませんか？」

「大丈夫。どこらへん？」

「新宿とか、どうです」

「いいけど、知ってるところがないな」

「旦那の高校時代の友だちがやってる居酒屋が新宿三丁目にあるんです。業界がこないし、魚がおいしいんですよ。自分で七輪で焼かなきゃいけないんですけど」

「楽しそう」

「じゃ、末廣亭《すえひろてい》ってわかります？　寄席《よせ》の」

「わかる、と思う。わからなかったら誰かに訊く」

「そこの前で六時半でどうですか」

「わかった」

「待ってます」

電話を切ると、安堵に息を吐いた。植田敦美はまったくかわっていないように思えた。屈託がなく、明るい。婦人警官のある種の典型ではある。男っぽく、さばけていて、男性社会である警察組織の中にあっても、無理をせず生きている。

むろん、口にはだせないような苦労や軋轢《あつれき》がないわけではないだろう。が、警察官を職業と割り切れば、それはどこにでもある、職場の悩みに過ぎない。組織そのものが巨大なだけに、個人があれこれ悩んだところでしかたがないと諦《あきら》めることも可能だ。

前田のことがなければ、自分もそういう人間のひとりとして生きていたかもしれない。

しずりは携帯電話から目を離し、鉛色の空を見た。重なるビル群のひとつひとつに、何百、何千という人がいて、働くことの悩みと向かいあっている。

だが、働くのは苦しみだけではない。働くことでしか得られない喜びもある。

今の職場で、しずりがそれを感じたことはあっただろうか。

ない、かもしれない。そのかわり、苦しみや悩みもない。

かつての職場、警察には、すべてがあった。

苦しみも悩みも、喜びも。

18

植田敦美は髪をのばしていた。

以前はおかっぱのようなショートヘアで、化粧もほとんどしていなかった。それがセミロングの長さになり、うっすらではあるが化粧もしている。

パンツスーツの上にトレンチコートを着て現われた。

「久しぶり」

微笑《ほほえ》んだしずりを、ちょっとまぶしそうな目で植田は見つめた。

「やっぱりちがうわ。ＯＬさんて感じ。垢抜《あかぬ》けてる」

「何いってるのよ」

ふたつ下の植田には砕けた話しかたができる。

入れこみの座敷は混みあっていた。天井に焼肉屋のような換気扇がいくつも吊《つ》るされ、各卓におかれた七輪から魚や肉を焼く煙がもうもうと立ち昇っている。

ビールで乾杯し、ホッケとベーコン、ハマグリを頼んだ。

「何年？　今のとこに移って」

「もうじき四年です。指導やってるうちはずっとこのままだと思います」

「そういえば昇任したんだよね、おめでとう」

「へへ。何かやってないと駄目なんです。昇任したのはだから、牧さんのおかげです」

植田は嬉しそうに笑った。

「どうして」

「牧さんがいなくなったら、何か張り合いがなくなっちゃって」

しずりは首をふった。

「わたしなんか、植田さんにとても敵《かな》わないって、あの頃から思ってた」

「本当にそんなこと思ってたんですか」

一瞬鋭い目になった。

「本当。どうして」

その目にたじろぎ、しずりは訊ねた。

「信じられないから。わたしずっと、牧さんにコンプレックスがあったし」

「コンプレックス？」

意外な気持で訊き返した。

「どうしてそんなものをわたしに感じなきゃいけないの」

「わかんないんですか」

しずりは苦笑し、頷いた。本音だった。

「牧さんとわたしじゃ、才能がちがったんです」

「どういうこと？」

「これは、今だからいいます。牧さんが辞められたあと原《はら》さんから聞きました」

原というのは、当時の射撃指導教官だった。

「本当に才能があったのは牧さんだって。でも牧さんは、射撃があまり好きじゃない。周りにいわれてしかたなく、選手になった。わたしは、たいした才能じゃないけど、努力して、何とか牧さんと競えてた」

「そんなの嘘。植田さんを発奮させるためにいっただけ」

植田は首をふった。真顔だった。

「本当だと思います。だって考えてもみて下さい。体だってわたしのほうが大きいし、練習だってめちゃくちゃしてた。なのに点数はほとんどかわらなかったんですよ。だからわたし、牧さんが強化いかないっていったとき、怒ったんです」

「あれは――」

しずりは言葉に詰まった。

一課を離れたくなかった。強化合宿に参加し、それなりの成績をだせば、本庁は、しずりを一課からもっと射撃に集中できる部署に異動させただろう。それよりも、捜査の仕事のほうが、しずりはしたかった。

「どうせ、選手になれっこないと思ったから。それは、自分の才能うんぬんじゃなくて、そこまで好きじゃなかったから」

「そこが才能なんですよ。たいして好きじゃないから、そんなに練習するわけでもない。なのに、あんな点数がだせる。まさかマグレのわけないし」

マグレということはできない。一度ならともかく、いつも植田と争っていた。マグレなどといったら、植田も含め、けんめいに練習していた者の努力を否定することになる。

「マグレじゃない。やってるときは、わたしもがんばっていたし」

しずりは首をふった。

「じゃ、何でだったんですか」

「やっぱりそこまで好きじゃなかった」

しずりはくり返した。

女にとって射撃は、才能のあるなし以前に、心の中に関門がある、としずりは思っていた。

銃とは、他者を傷つけるために作られた道具だ。その技術を競うとはつまり、いかにうまく傷つけられるか、もっといえば、殺せるかを競うことに等しい。肉体的に他者を傷つける技術に、多くの男は憧《あこが》れをもつ。たとえば武術もそうだ。

女はちがう。

さらに銃には、音がある。発砲音はまぢかで聞くと、とてつもなく大きい。それが神経にこたえる。少量とはいえ、火薬が手の中で爆発しているのだ。恐怖を感じないわけがない。

そして、銃には、精密機械という側面もある。わずかな狂いが、命中精度を落とす。機械に対し苦手意識をもつような女は、とうてい射撃の技術を向上させられない。

植田はそういう関門をクリアしていた。もともと機械が好きだし、発射薬の匂《にお》いをいい匂いだというほど、抵抗を感じなかったのだ。

「好きこそものの上手なれっていうでしょ。わたしはあなたほど好きじゃなかったから、きっとうまくなれない、とわかっていた」

あらゆるスポーツと同じく、射撃にも〝才能〟はある。いくら好きで努力を重ねても、ある一レベル以上には上達できない、ということがあった。いや、それ以前に、教官だった原によれば、生まれつき、射撃には、向いている人間と向いていない人間がいるのだ、という。

男でも、たとえば銃が大好きで、モデルガンやエアガンを集めているような者が、実際に撃たせると空っ下手ということがある。

逆に、まったく興味をもっていないのに、撃たせてみると難なく高得点をだせる者もいる。

そういう意味では、しずりには、あるていどの才能はあったのかもしれない。しかし本人が、銃や射撃という行為を好きでない以上、いくら訓練をうけても限界はあったと思うのだ。

一課の仕事をつづけたいと願ったことには触れず、しずりは植田に説明した。

「そうかぁ」

生ビールのジョッキを空け、レモンサワーにきりかえた植田は、まるで酔った気配もなく、頷いた。

「わたしは、そうだな、下手の横好きとはいわないけど、撃つのは好きだったからな。

今も、たぶん、好きですよ。あんなに自分を追いこむのはもう嫌だけど」

「いい子、いる？」

「うーん、ひとりかふたり、います。ただあいつらが五輪を目指すかっていうと、微妙かな。牧さんと同じで、才能はあるかもしれないけど、好きってのが伝わってこないんです」

「そうか。難しいね」

「でも、わたしがしたかったのは、そんな話じゃないんですよ」

植田はいった。

「なあに？」

しずりが訊ねると、植田は居酒屋の中を見回した。表情がわずかに硬くなっている。

「前田さんのことです」

しずりは息を止めた。

「嫌ならやめます」

植田はしずりを見た。

「別に大丈夫よ。前田さんの何を訊きたいの？」

植田は一瞬黙った。

「牧さん、前田さんとつきあってたんですか」

しずりは植田を見返した。

「あの頃、そう思ってた人はいたかもしれない。けど、つきあってなかった」

植田は小さく頷いた。

「でも、親しかったですよね」

しずりはつかのま黙った。前田の話を植田からもちだされたことに当惑していた。なぜ、そんな話を今するのだ。だが相談をもちかけようとしている今、植田の質問を拒むことはできなかった。

「二つの課でいっしょだったから。それに刑事になりたてのわたしにいろいろ教えてくれた。きっとあまりに頼りなくて、見ていられなかったんだと思う」

「親切心だけですか」

際《きわ》どい質問だ。しずりは煙草《たばこ》を吸いたくなった。だが我慢した。動揺していると思われる。その通りだが。

「そうね。たぶん、それだけじゃなかった」

「つきあおうと誘われましたか」

しずりは軽く植田をにらんだ。

「結婚してたのよ、前田さんは」

「それとこれは別じゃないですか」

あっさりと植田はいった。射撃に夢中で他のことには目もくれなかった、かつての植田だったら、およそ口にはしなかっただろう言葉にしずりは驚いた。

「牧さんも知ってると思いますが、けっこう不倫、多いんですよ、うちの会社」

植田は笑みを浮かべていった。

「そうか」

しずりはつぶやいた。

「人事にいるものね」

「ええ。山のようにあります。そういうトラブル」

「調べるの？」

人事課は、ときには捜査をおこなう、と聞いたことがあった。

「それはお答えできません」

笑みを浮かべたまま、植田は答えた。

「ずるいわ。人に訊いておいて、お答えできません、なんて」

「ごめんなさい」

二人は笑い声をたてた。だが笑いがやむと、植田は今度は真顔でいった。

「で、どうだったんですか」

しずりはまっすぐ植田を見た。

「ある」

「でもつきあわなかった？」

「魅力的な人だった。バイタリティがあって親切で。けれど、わたしとは何かが合わないと思ってた。それが何かはわからない」

「かなり迫られました？」

「セクハラみたいなことは一度もなかった。そういう意味では」

植田は小さく頷《うなず》いた。

「いい人だけど、魅《ひ》かれなかった？」

「うーん、前田さんはもてた。だからいわゆるいい人タイプじゃなかったと思う。わたしが駄目だっただけで、他の女の人は前田さんのことを素敵だと思ってたんじゃないかな」

「そうですね。入院されたのと亡くなったのと間隔が空いたので、あまり騒ぐ人もいなかったようですが」

植田のいいかたが気になった。

「それって、社内に、前田さんとつきあってた人がいたってこと？」

「ええ」

あっさりと植田は頷いた。

「それも複数です」

しずりはつかのま呆然《ぼうぜん》とした。

「驚きました？」

「少し。考えてみれば、エネルギッシュな人だから、つきあう女性が次々にいてもおかしくないけど」

「ええ。同時に何人もいたようです。でも、本命は牧さんだと、身近な人は思っていた」

「身近な人？　誰のこと」

「牧さんも会っています」

「わたしが会っている人」

はっとした。

「奥さんのえりさん？」

植田は頷いた。

「はい。前田さんの女性関係について、かなりつらい思いをされていたようです。中でも、牧さんに対する前田さんの感情には、厳しい考えをおもちでした」

病院で投げつけられた言葉がよみがえった。

——あなたが牧さん。そう、主人が身がわりになった人ね

——あなたのためなら、主人は命を投げだすのもいとわなかった

しずりはため息を吐《つ》いた。

「ごめん、煙草吸っていい？」

「もちろん」

植田は笑って、通りがかった店員に灰皿を頼んだ。

しずりはバッグからだした煙草に火をつけた。動揺していると見抜かれてもかまわなかった。

「牧さん、煙草、吸うんですね」

「ときどき。人事は、前田さんの交友関係について調べたってことね」

しずりはいって、植田を見た。今、気づいた。植田はしずりも調べたのだ。

「はい」

植田は頷いた。

「今だから、いえます。入院された直後と亡くなったときと、二度、調査がありました」

「二度？」

しずりは目をみひらいた。

「前田さんが受傷された状況について疑問がどうしても消えませんでした。なぜ突然、村内康男を訪ねたのか。練馬の強殺の捜査会議でも、村内の名は挙がっていなかった。なのにどうして犯人とわかったのか。牧さんもずいぶん訊かれたと思いますが」

「ええ。でも、かんじんの二人のやりとりを、わたしは聞いていなかった」

「聞いてなかったのではなく、聞かされなかったのではないですか」

しずりは植田を見返した。

前田は村内のアパートの三和土《たたき》に踏みこみ、それとともに扉は半ば閉じた。話し声が低くなり、自分の耳に届かなくなった。

そして突然、怒声が響き、村内がとびだしてきた。

「わからない。わたしはアパートの廊下にいて、前田さんといっしょに入っていいものかどうか迷った。小さなアパートの部屋の玄関だから並んで立つのは難しかったと思う」

「前田さんは、そこで待てと指示されたんですか」

しずりは首をふった。

「何もいわなかった。ただ、捜査は前田さんのペースで進んでいたから」

植田は頷いた。しずりは訊ねた。

「それで何かわかったの？」

「わかったとは？」

「前田さんへの調査」

「いえ。ただ、前田さんの奥さんだったえりさんが、今どこにいるかご存知ですか」

「いいえ」

「沖縄です。沖縄にマンションを買われて、三年前に引っ越されました。今はあちらで染め物と陶器のお店を経営されているそうです。資金調達はどうされたのか」

淡々とした口調だった。しずりは寒けを覚えた。人事は、前田の妻の経済状態にまで関心をもったのだ。

「前田さんを疑ったのね」

「はっきりいえば、そうです。前田さんの、女性との交友関係は派手だった。高いワインを飲んだり、高価なプレゼントを渡した、という証拠もあります。どこからその資金を得ていたのか、銀行口座も調べましたが、判明しなかった」

しずりは首をふった。言葉がでない。

賄賂《わいろ》を受けとる警官は、いないわけではない。暴力団を担当したり、風俗店を管理する部署にいると、誘惑があるという話は聞いたことがあった。情報やお目こぼしの見返りに金品を受けとる者は、皆無ではない。発覚すれば、無論、職を失うし、悪質な場合は逮捕される。

しかしそれを防ぐためにも人事異動がある。同じ部署に長期間勤務することは、地元のそうした関係者との癒着を生む。別の署、別の課に異動すれば、売るものがなくなるわけで、賄賂も払われなくなる。

前田に、賄賂を受けとったという疑いがかけられていた。

そのことが、しずりには衝撃だった。

生活安全部にいた頃なら、まだわからなくもない。だが一課でそんな疑いをかけられるとは。

「信じられない」

「そういうと思った。牧さんは、前田さんの一番近くにいたけれど、たぶん気づいてないだろうって、わたしも思ってた」

しずりはうなだれた。

「いつまでも警察にはいない人だとは思ってた。自分で会社を立ちあげるってよくいってたし。だけど、そんな疑いをかけられていたなんて。いつから？」

「それは答えられません。でもかなり前から、とだけはいえます」

「でも、いったい誰が、そんなお金を前田さんに払うの。それでどんな得があるの」

殺人を見逃してもらう？　ありえない。殺人を捜査する刑事はひとりではないのだ。

だが一方で、その本籍地をめぐり、自分は前田に疑いを抱いている。奥平正強殺事件の陰の犯人とつながりがあり、捜査情報を流していたのではないかという疑念を感じたからこそ、こうして植田を呼びだした。

「そこが結局、ネックとなりました。長期間、前田さんにお金を渡して得をするような人間がいるとは思われなかったんです。受傷時の不審な状況や出所不明の潤沢なポケットマネー、そして未亡人が裕福になった理由、全部そのままです。解明されず。だから、こうして牧さんにも話せるんですけど」

「参ったな」

しずりはつぶやいた。

「わたし、植田さんのことを誤解してた。あやまる」

「どうしたんですか、急に」

「あなたはすごく優秀な刑事」

植田は嬉《うれ》しそうに笑った。

「牧さんというライバルがいなくなって、本業の才能が開花したんです。なんてね」

「ねえ、前田さんにお子さんがいたことは知ってる？」

「はい。男の子ですね」

そこまで知っているということは、本当に前田は調査対象者だったのだ。しずりは深々と息を吸いこんだ。ある意味、一番近くにいた自分が、前田のもうひとつの側面に、まったく気づいていなかった。

「岬人さんというの」

しずりはいった。植田は表情をかえなかった。

「会ったんですか」

「偶然。お墓参りにいって」

「ほとんど交流はなかったようですね」

「ええ。前田さんが離婚したのは、岬人さんが生まれて間もなくの頃だから。でも中学生くらいからは、ときどき会っていたらしい。えりさんに内緒で」

植田は無言だった。

「今日、あなたを呼びだしたのも、その岬人さんとの話をしたかったから」

植田は首を傾《かし》げた。

「確か、今、大学生くらいですよね」

「そう。長くなるけれど聞いてくれる?」

「もちろん。でもその前におかわり頼んでいいですか」

「どうぞ!」

レモンサワーを植田は頼んだ。

しずりは話を始めた。岬人が自分にもっている好意や、自分が岬人に惹《ひ》かれていることは除き、時間の流れに沿って、なるべく客観的に話そうとつとめた。

植田は無表情に聞いていた。君津政一が死亡し、三石に会ったことを告げたときすら表情をかえなかった。

話しながら、しずりは、植田は本物だと思った。射撃のライバルとして知り合い、単純な性格だと信じこんでいた自分の不明が情けなかった。もとからそうだったのか、それとも警部補に昇任し、かわったのか。

植田敦美は筋金入りだ。

植田の表情が変化したのは、西原の〝取材源〟が警視庁にいる、あるいはいた、というくだりにさしかかったときだった。そして奥平正と前田の父親の出身地が、同じ福島県南会津郡高畑田村だというのを告げたとき、目をみひらいた。

「――今はここまで。ここから先に進む前に、誰かに話しておかなければならないと思った。でも三石さんをまた呼びだすのはできない。そこであなたのことを思いついたの。まさか会っていきなり、前田さんの話をされるとは思ってもいなかった」

植田は話の途中から、グラスに一切手をつけなくなっていた。

「先へ進むってどういうことですか」

「高畑田村にいく」

「でも廃村になっていて、住人もいないんでしょう」

「わたしのメモにはそうあった。一九九〇年、廃村、て。でも誰かしらその村のことを知っている人はいると思う。まだ二十年ちょっと前のことだから」

植田は顔をひき、しずりを見つめた。

「なぜです」

「なぜ？」

「なぜ調べるんです？」

「不安だから。前田さんが情報提供者だったのか、そうでないのかを知りたい。それに事件の背景にこれまでの捜査ではあがらなかった人間が関係しているとしたら、その人物がわたしや岬人さんに危害を加えてこない、という保証はない。だからといって警察に届けても、再捜査がおこなわれるとはとうてい思えない」

植田は反論しかけたのか口を開いた。だがそうせずに息を吐いた。

「たぶん、牧さんのいう通り、です。警察に関してですけど。ただでさえ忙しい一課が、今になって過去の事案を調べるとは思えません。逮捕された被疑者が冤罪《えんざい》を訴えているならともかく、被疑者死亡ですものね。その上、被疑者を死に至らしめた運転手までもが死んでいるとなると……。たとえ再捜査に着手したとしても、かなり厳しい。関係者が死にすぎている」

難しい顔でいった。

「仮に陰の犯人がいるとして、その人物が用心深ければ、これ以上の行動はないと思うの。けれども君津政一の一件で味をしめていたら、わたしや岬人さんに対しても、何かをしかけてくるかもしれない」

「うーん」

植田は唸《うな》って、視線を宙に向けた。

「すごく大胆な仮定をすれば、岬人さんは、犯人にとって共犯者の息子ですよね。それを手にかけるでしょうか。といって、牧さんだけを狙《ねら》えば、岬人さんは黙ってないだろうし」

いわれて、しずりは気づいた。奥平正はもちろんのこと、村内康男も君津政一も、事故や自殺を装《よそお》いながら、その死には人為的な疑いがある。だが前田だけはちがう。前田の受傷、死亡は、偶然によるものだ。しずりを救おうとしなければ、前田が階段から転げ落ちることはなかった。

つまり、前田の死だけは、犯人にとっても計算外のできごとだったのだ。

「前田さんだけが、本当の事故」

つぶやいたしずりに、植田は目を戻した。

「確かにそうです。犯人は、前田さんが死ぬことまでは予想していなかった。村内の口を塞《ふさ》げばいいと考え、それを実行した君津についても六年間放置していた。ところが前田さんの息子さんが偶然、君津と同じ職場になったことで、秘密がばれそうになった」

「しかも、岬人さんといっしょに、前田さんの同僚だったわたしがいた」

「君津からそれを聞かされ、犯人はきっと動揺したと思う。もしかすると牧さんは全部を知っていたんじゃないかって」

「全部って、なぜ？」

「それは、前田さんと牧さんの関係です。さっきもいいましたけど、二人がつきあっていると考えていた人はたくさんいます。もしかすると犯人もそのひとりかもしれない。つきあっていたのなら、前田さんから犯人の名や、共犯になった理由を聞いていると疑っても不思議はない」

しずりは目をみひらいた。

「でも前田さんは、つきあってもいないのにつきあっているという嘘《うそ》をつく人じゃないと思う」

植田は小さく息を吐いた。

「でもつきあいたいと思っていた。ずっと牧さんのことを好きだった。奥さんにもわかるくらいその気持は強かった」

しずりは無言で植田を見つめた。

「今、わかったような気がします。その日、なぜ、前田さんが牧さんを連れて、村内を訪ねたか」

「どういう意味？」

「あくまで前田さんが共犯者であった、と仮定します。捜査線上に名前すらあがっていなかった村内を、前田さんが訪ねた理由は何だと思いますか。それも、いきなり、です」

しずりは考え、思い浮かんだ答に目を閉じた。

「それは――」

「牧さんもわかりますよね。逮捕するのが目的なんかじゃないって。逮捕して、強殺が、実は別の理由による請け負い殺人だったと自供されたら、犯人の身は危くなる。つまり逆のことが目的だった」

「待って、でも、それは」

植田は首をふった。口調に容赦はなかった。

「村内の口を塞ぐのが目的だった。合法的に」

「合法的に？」

「牧さんには聞こえなかった会話。それが、『警察がお前に目をつけている、ここから逃げろ』だったとしたら？」

「そんなところに誰かを連れていく？」

「ひとりでいって、村内を殺したら、それこそ怪しまれる。前田さんには証人が必要だった」

拳銃。前田が拳銃を着装していたことを、あの日、村内にとびかかったとき、初めて知った。

「射殺するつもりだった、というの？」

「それじゃ直接的すぎます。村内を追いたて、道路にとびださせる。村内には、『通りでトラックが待っている、それに乗って逃げろ』といったのかもしれません」

「あっ」

しずりの頭の中はまっ白になった。なぜ村内は自転車で環七通りにとびだしたのか。動転していたとはいえ、あれほどの交通量の道路をつっ切れるとはふつうは考えない。だが、車が待っている、それでお前を逃がす、といわれていたら。

君津がハンドルを握るトラックの特徴を聞かされていれば、村内にはすぐにその車だとわかったろう。

自分を逃がすためのトラックだから、当然止まると村内は信じている。だからとびだした。

実際に、村内は何台もの車にはねられたのではなく、君津のトラックにだけ、はねられたのだ。

「前田さんはあの日、拳銃を携帯していましたよね。牧さんももっていたんですか」

植田は訊ねた。しずりは首をふった。

「もってなかった」

「じゃあ、牧さんの調書にあった、拳銃をもって追跡というのは――」

「前田さんの。もっていけ、といわれた」

植田の目が鋭くなった。

「それだけ？」

「はやく、追え、と」

「撃て、とはいわれなかった？」

しずりは目をみひらいた。

「前田さんは牧さんの腕を知っている。前田さんに怪我《けが》をさせ、逃げている犯人を牧さんが銃をもって追い、撃てば、確実に仕止められると考えたのかもしれません」

「撃てなんていわれてない」

しずりは首をふった。

ほしい、といった。そして、もってけ、と。はやく、はやく。救急車を呼ぶ、といったしずりには、馬鹿《ばか》っ、追え、と。

植田に話した。植田は頷いた。

「村内は、自分を追ってくるのが前田さんではなく、牧さんだったので、きっと驚いたでしょう。しかも手には銃がある。撃たれるかもしれないと怯《おび》え、とにかく逃がしてくれるというトラックに乗ろう、と思って道路にとびだした」

確かに自転車をこぎながら、村内はこちらをふりかえった。そしてしずりを見て、目をみひらいた。追ってきたのが前田ではなく、しずりであったことに動転したとも考えられる。

「ここから先は全部想像です。村内をはねる契約を請け負っていた君津が、もしどたんばで怯《ひる》んだら、つまり村内をはねず、ブレーキを踏んで止まったら、牧さんはどうしました？」

「どうしたって……」

「村内は環七をつっ切ってしまう、そうなれば逃げられる。止められるのは牧さんしかいない。手には拳銃があって、牧さんなら確実に命中させられます」

「そんなこと考えてもみなかった」

しずりは手を口にあてた。

撃っただろうか。

「でも、たぶん撃てなかったと思う」

「前田さんにもそれはきっとわからなかった。だけど自分が怪我をしてしまい、託すしかなかった」

「じゃあ、怪我はどうなの？　階段から落ちたのは――」

「前田さんにすごく失礼な仮説をたてます。村内に逃げろ、と指示をしたとき、牧さんを人質にしろといったのかもしれません。そうしないと自分が疑われる。村内は指示通りにした。前田さんも芝居でとびかかった。ところが勢いがありすぎて、階段まで転げてしまった。牧さんを襲えと指示したとわたしが思うのは、そうしておけば、いざというとき村内を射殺する理由にできると前田さんが考えた可能性があるからです」

しずりは絶句した。そんなことがあるだろうか。

もしそうならば、この六年、自分が抱えてきた重荷は何だったのだ。すべてが前田と村内による芝居で、場合によっては、前田は殺人の片棒をしずりに担《かつ》がせようとしていた。

「信じられない。というか、そんな風に考えたくない」

しずりは喘《あえ》ぐようにいった。植田はだが、揺るぎのない口調で続けた。

「不測の怪我を負わなければ、前田さんは望んだ通りの結果をだせていた。その証人に牧さんを立てて」

しずりは首をふった。ありえない。それではいくらなんでも、前田が悪人すぎる。

「そして前田さんは、牧さんを仲間にできる、と思ったのかもしれない」

「仲間」

しずりはつぶやいた。前田の言葉を思いだした。

――俺はボディガードの会社をやろうと思ってる。牧もそんときは入れてやる

断わると、

——つれないことをいうなよ。お前なら女子部門の責任者になれる

「村内の口塞ぎに成功しても、前田さんには被疑者を死亡させてしまったという烙印《らくいん》は残ります。責任をとって会社を辞める、という形をとれば、怪しまれることもなかった。前田さんは起業を考えていたのでしょう？」

しずりは頷いた。

「その資金をどうするつもりだったのか。村内の口を塞ぐのとひきかえに犯人から払われる報酬をあてにしていた、としたら」

植田はいって、レモンサワーを飲んだ。

「実は、牧さんが退職されるきっかけになったこともあって、江戸川区の事案はずっとひっかかっていました。でも、前田さんの共犯説を証明する、決定的な材料がなかった。なぜ前田さんなのか。奥平正強殺を担当した、四強七係には八名がいる。その中からどうやって、犯人は前田さんを共犯者に仕立てたのか。そのことがずっと謎《なぞ》でした。生安にいた頃ならともかく、一課の人間を買収するなんて考えられないし、ひとりをそうしたところで何の意味もないわけですから。でも今日、牧さんの話を聞いてわかりました。前田さんは、事件後、共犯になったのではなく、もともと共犯者であった疑いがある。それを裏付けるかもしれないのが、その廃村になったという、福島の土地です。奥平正と前田さんを結ぶ、高畑田村」

「まだ、そこまで信じられない」

「何いってるんですか。最初に疑いをもったのは、牧さん自身ですよ」

「確かにそうだけれど――」

植田は身をのりだした。

「江戸川区の一件のことは、牧さんにはつらい思い出です。だからこそ、冷静に分析することができない。それ以外についてはすべて、牧さんの仮定は当たっている、とわたしは思います。犯人か、その共犯である西原という自称記者に捜査情報を流したのは、前田さんにまちがいありません。その前田さんが、なぜ拳銃までもって、村内に突然会いにいったのか。考えてみて下さい。もし前田さんが受傷することなく、村内を死亡させた責任を感じて会社を辞めたとします。牧さんはどうしました？　ひとり残りました？」

「わからない。わからないけど、たぶん、残らなかった……」

「というより、残りづらいでしょう。筋書き通りに芝居がいったら、牧さんは村内に一度人質にされたあと、前田さんに助けられる。それから前田さんは村内を追跡し、トラックにはねられるよう仕向ける。そういう状況で、前田さんひとりが村内死亡の責任を感じて退職すれば、牧さんにとって残るという選択肢はないですよ。針のムシロです」

しずりは頷いた。その通りだ。前田が辞めれば、自分も辞めざるをえない。そして前田が会社を立ちあげたとき、自分もそこに入る道を選んだろう。

「前田さんは、ふたつの目的を果たせたわけです。村内の口を塞いだ報酬を得て起業するという目的と、牧さんを自分の側にひっぱりこむという目的を」

「そんなことまで考えていたというの」

「もちろん、今となっては想像でしかありません。でも前田さんが、早い段階から犯人と共犯関係にあり、計画を立てていたなら、そこまで考えても不思議でも何でもないじゃないですか」

植田はためらうことなくいい切った。

「もしかすると――」

つづけた言葉に、しずりは顔を上げた。

「ふたつめの目的こそが、前田さんには大切だったのかもしれません。牧さんのことをどうしても、自分のものにしたかった」

「やめて。そこまでいわれたら、わたしにも責任があるように思えてくる」

「何いってるんですか。牧さんは被害者です。前田さんのその計画のせいで人生を狂わされたのは、牧さんなんですよ。牧さんがいなくなって、わたしまで張り合いを失ってしまった。全部証明されたら、前田さんの墓石を蹴《け》り倒してもいいくらいです」

しずりは唇をかんだ。植田らしい、思いきった表現だった。

「牧さん」

植田がいった。

「証明しましょう、何とかして」

19

衝撃で頭が痺《しび》れたようになったまま、しずりは植田と別れ、自宅に戻った。

植田はもっと事件について話したそうだったし、しずりにもその気持がなかったわけではない。が、〝前田共犯説〟を前提に暴走していく想像が恐《こわ》くなった。

確かに前田が共犯者である可能性は高い。しかし、しずりを助けるために村内にとびかかったことすら演技で、その過剰が死につながったのだとしたら、これまでの自分の苦しみや覚悟、何より真相を知りたいという欲求までもが揺らいでしまう。さらに、万一それが真実であるとわかったとき、自分は岬人に何と説明すればよいのか。いや、知らせなくても、岬人に自《おの》ずとわかる瞬間がくるかもしれないのだ。

岬人はどう思うだろうか。

自分の味わった苦しみが、実は前田の計画の結果であったとしたら、許しがたい。植田ではないが、何としてでも怒りを死者にぶつける手段はないものか、と思う。

だがその一方で被害者でありヒーローだと信じていた父が正反対の人間と知ったときの岬人の気持が心配だった。

岬人が自分に好意をもっているのを感じる。自分も同様、いやもしかすると、岬人以上に真剣な気持を抱いている。

過去は、過去だ。警察を辞めたことも、自分が抱えこんだ苦しみも、とり返しはつかない。真実をつきとめたとしても、過去は返らないし、苦しみが消えてなくなるわけでもない。むしろ新たな人間——岬人の苦しみを増やすだけだ。

そんな行為に果して意味があるのか。

部屋のコタツにうずくまり、しずりは身じろぎもせず、考えていた。

植田は張り切っている。

が、現段階で植田が捜査を始められるわけでは決してない。調べるのはあくまで、しずりであり岬人だ。

帰宅して一時間近く、しずりは動けなかった。

十一時少し過ぎ、携帯電話が着信音をたてた。岬人からのメールだった。

『あれこれ悩んでもしかたがないので、高畑田村について少し調べてみました。現状ではそこにいく公共交通機関はなく、車で向かうしかないのですが、ものすごく雪が降るところで、春まではとてもいけないらしいとわかりました。もちろんいったとしても、誰もそこには住んでいないのですけれど。同じ南会津郡に、高畑田村のかつての住人を知っている人はいるかもしれませんが、それが誰で、どこに住んでいるのか、調べようがありません。何か、いい考えはありますか』

しずりは煙草に火をつけた。

高畑田村をルーツとする人間で、今判明しているのは、奥平正と前田だが、どちらも生きてはいない。そうなれば戸籍をあたるか、近親者に、南会津郡の係累《けいるい》に関する情報を求める他ないだろう。

奥平はとにかく、前田には三人の係累がいる。岬人とその母親、それに二度目の妻である、えりだ。

岬人は母親に相談したのだろうか。

しずりは携帯電話を手にした。疑いはまだ口にしない。そう決めて、岬人の番号を呼びだした。

「はい。メール、見ていただけました?」

「見た。お母さんは、何か知らない?」

「訊《き》いてみましたけど、親父《おやじ》は何もいわなかったみたいです。まあ生まれ育った土地じゃないので当然かもしれませんが」

「ご親戚《しんせき》とかは? 福島にいらっしゃらない」

「会津若松のほうにいると聞いたことがある、といっていましたが、詳しい話は覚えていないって」

えりは知っているだろうか。前田の葬儀で喪主をつとめたのだから、知っていても不思議はない。

「あの」

しずりが黙っていると、岬人がいった。

「二人めの奥さんなら、知っているかもしれないと思うんですが」

「そう。わたしも今、それを考えていた。その人は今、沖縄にいるらしい」

「沖縄?」

岬人は驚いたようにいった。

「沖縄で何をしているんです。そっちの出身だったんですか」

「ちがう」

確か、えりは東京の出身だった。前田の口から、「下町の生まれ育ちだ」と聞いたことがある。

「じゃあどうして沖縄にいるんです」

「わからない。でも沖縄で、何かお店をやっているそうよ」

「お店って、飲食店とかですか」

「そうじゃない。染め物と陶器を売っているお店」

「すごいな」

岬人は感心したようにいった。

えりに会えば、何かわかるかもしれない。ただし、えりが自分に心を開けば、の話だ。

そんなことはありえない。

「沖縄、いってみましょう」

不意に岬人がいった。

「え?」

「沖縄です。雪に埋もれた会津より、よほどいいじゃないですか。あたたかいし」

「でも、彼女が何かを知っているとは限らない」

「そのときは、沖縄旅行にいったと思えばいい。牧さん、沖縄いったこと、あります?」

「ずっと前に一度」

制服警官の頃だ。学生時代の友人が結婚するというので、〝最後の独身旅行〟につきあってくれと頼まれ、三人で旅をした。

「僕はないんです。いきませんか、沖縄に」

いくより電話のほうが早い、そう思ったが、電話では尚《なお》さら、えりは心を開かないような気がした。それに、しずりには心を閉ざしても、岬人にはどうだろう。

ただ、岬人と二人で旅行にいく、という行為にはためらいがあった。

岬人が、何かを求めてきたとき、自分は拒めるだろうか。

自信はない。

前田に対する疑いを隠しもった今ですら、その自信はなかった。

「いきましょうよ! 安いエアチケットとかホテル、僕、探します。金曜の夕方か土曜の朝でて、日曜の夜に帰ってくればいいんですから」

しずりは深々と息を吸いこんだ。

「わかった」

「やった!」

岬人の声が弾んだ。その響きに、しずりも思わず笑みを浮かべていた。

確かに厳寒期の今、廃村にまでなってしまった福島の山間を訪ねるよりは、温暖な沖縄に向かうほうが、賢明かもしれない。

「いつ、いきます？　今度の週末は？」

待ちきれない、という口調だった。

「そうね。費用はわたしがもちます」

「何いってるんですか。僕だってバイトで貯《た》めたお金があります。牧さんにたかるようなこと、できません」

「でも――」

「沖縄にいこうっていったのは僕です。それに、二度めの奥さんとは、一度ちゃんと話をしたいと思っていました。向こうは嫌かもしれませんが」

「嫌なのは、たぶんわたしと会うことだと思う。あの人は、前田さんとわたしの関係を疑っていたみたいだから」

時間が、えりの気持をかえただろうか。四年は、長くもあり、短くもある。加えて、まるで環境が異なる沖縄という土地で暮らしたことで、えりが変化していればいい、としずりは思った。

すべては過去と、割り切っているかもしれない。

だが、しずりや岬人の出現は、割り切った筈《はず》の過去をよみがえらせるものだ。

やはり歓迎はされないだろう。

自分ひとりだったら、会いにいく勇気は生まれそうにない。岬人という、前田と血のつながった人間がいてこそ、できる。

「もし、駄目そうだったら、僕ひとりで会います。牧さんに嫌な思いをさせたくありません」

「それはそのとき考えましょう」

しずりはいった。これは逃げではない。自分がいては、話せることも話したくなくなるかもしれない。えりの気持を考え、行動を選択すべきだ。

「わかりました。とにかく自分の費用は自分で払います。あと、向こうでの交通手段とかを調べておきますから、牧さんはその人のお店の住所を調べて下さい」

「はい」

岬人が笑った。

「何を笑ったの」

「だって、『はい』って、すごくかわいかったから」

胸を甘くしめつけられる言葉だった。

「わたしがかわいかったら、おかしい？」

「そんなことありません。むしろ嬉しいくらいです。大人で、僕なんか届かないと思ってたから」

駄目だ、こういう会話をしてはいけない。

「そう？」

わざとそっけなくいった。

「わたしはあなたが思ってるほど大人でもないし、強くもない。ただ、知りたいというだけなの」

ただに力をこめた。

「わかっています」

岬人の声が真面目《まじめ》になった。

「遊びじゃないっていうことですよね」

「浮わついた気持でいったら、きっとあの人も心を開いてくれないと思う」

奥さんという言葉を、岬人の前では使いづらかった。

「はい」

今度は岬人がいった。微笑《ほほえ》みが浮かぶ。が、それに気づかれないよう、しずりは告げた。

「連絡、待ってるから」

土曜日の朝八時台に羽田を発《た》つ便をおさえたというメールが、翌朝、岬人から届いた。早春の沖縄は人気の観光地で、隣りあわせで二席をとれないほど、飛行機は混んでいるらしい。

定時に退社し、会社の入ったビルをでたときだった。地下鉄の駅に向かうしずりに声をかけてきた者がいた。

「牧さん。牧さんじゃありませんか」

ふりむき、凍りついた。西原だった。コートにマフラーを着け、笑みを浮かべている。

「偶然だな。近くにあるカメラマンの事務所を訪ねてたんですよ。お勤め、この辺りなんですね」

　思わず、周囲を見回した。家路を急ぐ、サラリーマンやＯＬが二人には目もくれず、駅へと向かっていく。

「あのあと、ご連絡しようと思っていたんですが、ばたばたしてしまって。申しわけありませんでした」

　西原はいって、腰をかがめた。

「例の捜査関係者の方とも、まだ話せずじまいなんですよ」

「そうですか。じゃあわたしから申しあげることは何もありません」

「いや。あの事件は、やっぱりどこかおかしい、と思うんです。私としては、時間をかけてもいいから、真相に迫りたいと思ってます」

「どんな真相です？」

　西原はあたりを見回した。

「いかがです。寒い中で立ち話も何だ。お茶でも飲みませんか」

　視線の先に、コーヒーショップがあった。

　会社の近くだ、というためらいがある。社の誰かに見られたら、噂《うわさ》のもとになるかもしれない。だが、西原と二人でどこかに移動する危険はおかしたくなかった。

「わかりました」

　しずりは頷《うなず》いた。西原が〝偶然〟しずりと出会ったという言葉は、まるで信じられない。

周到に、しずりの会社を調べ待ち伏せていたにちがいない。その目的が何なのか、つきとめてやる。

「でも、以前と同じようにこれが取材に対する協力とは思わないで下さい。捜査関係者がどなたなのかを聞くまでは、取材には応じられません」

西原は白い歯を見せた。

「あいかわらず厳しいな。それでけっこうです。こんな美人とお茶が飲めるなら」

「そういう発言はやめて下さい」

西原は目を丸くした。

「本気でいっているんですよ。決してからかっているわけじゃない。牧さんは、派手にしているわけじゃありませんが、歩いている女性の中でも目立ってきれいだ」

しずりは相手にしなかった。信号を渡り、コーヒーショップに入る。幸い、見知った顔は店内にない。

カプチーノのカップを手に、カウンターで並んだ。

「あのあと、亡《な》くなる前の君津政一さんの足どりを追いかけていたんです」

西原はいった。思わず、引きこまれる話だ。

「どうだったんですか」

「君津さんは会社を欠勤した翌日、埼玉で死んでいるところを見つかりました。車内に煉炭《れんたん》がもちこまれていて、遺書はなかったけれども自殺、というのが、埼玉県警の下した判断です」

「それは埼玉県警に直接あたって得た情報ですか」

しずりは西原を見つめた。

「そうです。あと地元の新聞記者ですね。君津政一は離婚歴がありますが、身寄りはいない。もう十年以上独身で、ギャンブル以外、趣味らしい趣味もなかった。十八で九州から上京してきて、運送会社を渡り歩いていた。村内や奥平正との接点はありません。ただ――」

「ただ?」

西原は言葉を切った。

「これをお話しする以上、牧さんにもご協力を願わないと」

気をもたせるようにいう。

「それなら結構です。わたしにとっては過去のできごとですから」

しずりは首をふった。

「過去かもしれませんが、消してしまうことは決してできないでしょう」

「何がいいたいんです」

「女性刑事が捜査一課に配属されるというのは、たいへんなことです。それだけ牧さんは将来を嘱望されていたわけだ。なのにあの事件で警察を辞める羽目になった」

「あのあとすぐ辞めたわけではありません」

「わかっています。辞められたのは一年後だ。前田さんはまだ生きていた。しかし牧さんはもっと前から辞める覚悟でいた、と私は思っている。直後に辞めれば、マスコミに目をつけられる。そこで、ほとぼりが冷めるのを待って退職された」

「想像するのは、そちらの自由です」

「ご自身の人生をあれだけかえてしまった事件について、まったく興味がない、とは思えないのですが」

「すべては過去のことです。君津さんが亡くなったのと、わたしのあいだには何の関係もありません」

西原の目を見ていった。もし君津が自分と会ったことを告げていたら、何らかの反応がある筈だ。

「本当にそうですか」

西原は反応した。

「何がおっしゃりたいんですか」

「いや、いくつか偶然とは思えないことがあるんです」

「たとえば？」

西原はあたりを見回した。

「君津には、賭博《とばく》の逮捕歴がある。逮捕されただけで送検はされなかったんですがね。事件の四年前です。深夜営業の麻雀《マージャン》荘にいたところを、大井署の刑事に踏みこまれ、つかまったんですよ」

どきりとした。大井警察署は、前田が本庁の生活安全部にひっぱられる前に勤務していた署だ。

「そう。ご存知ですよね。前田さんも大井署にいた。さらに——」

「さらに？」

「村内も、大井署時代の前田さんと接点がある。村内はその二年前に窃盗《せっとう》で大井署に逮捕されて、累犯《るいはん》だったこともあり、三年服役しているんです」

「村内を逮捕したのも前田さんだったのですか」

　そんな筈はない。もしそうなら、事件後の調査で明らかになっている。

「いや、逮捕したのは、別のベテラン刑事です。前田さんはこの人にいろいろ教わったらしい」

　その人物のことはしずりも前田の口から聞いたことがあった。確か、かなり前に停年退職している。

「ただ大井署というつながりがあるだけです。でもよく調べられましたね」

「これでも記者なんで」

　西原は嬉《うれ》しそうにいった。

　嘘だ、前田の口から聞いて知っていたのだ、そうぶつけてやりたいのをしずりはこらえた。

「さて、これだけ話したんです。少しは私に協力してやろうという気持になっていただけましたか」

「何を知りたいんですか」

「前田さんのことです。事件の流れを考えると、村内にも君津にも、前田さんは接点がある。そもそも、なぜ村内に会おうと前田さんが考え、あの日江戸川区のアパートを訪ねたのか、牧さんは聞いていましたか」

「いいえ。ただついてこい、といわれただけです」

「本当に？」

西原の目が一瞬だが、鋭くなった。

そのとき、しずりは気づいた。西原が知りたいのは、前田が自分に何かを話していたのか、どうかだ。陰の犯人が西原にせよ、その背後にいる人物にせよ、しずりが何かを知っているのではないかと恐れているのだ。

だが、なぜ今なのだ。事件直後はともかく、しずりが警察を辞めたあとなら、いつでも調べることができた。それをなぜ、事件から六年がたち、しずりが辞めてから五年もたった今、始めたのだ。

答はひとつしかない。君津政一だ。

あの日、品川で君津と会ったことが、眠っていた犯人を起こした。

「本当です。あのあと、事情聴取でもさんざん訊かれました。わたしは、前田さんと村内が何を話したのかも知らないんです。二人は部屋の中にいて、わたしは廊下に立っていましたから」

「そうか」

西原は目を閉じた。その頬がゆるんでいるのは、安堵《あんど》のせいではないか、としずりは疑った。

「うーん、残念。牧さんが何かを聞かされていたらと思ったんですが」

「聞かされていたら、どうなんですか」

「え？」

西原は目を開いた。

「聞かされていたとしても、今さらそれを記事にはできないでしょう。六年も前のことで、誰も関心なんかもっていません」

「そうかな」

「ええ」

頷いて、しずりはまっすぐ西原の目を見た。

「もし関心をもつ人物がいるとすれば、あの事件にかかわった者だけです」

西原の表情が歪《ゆが》んだ。それは恐怖とも怒りともつかない、だが明らかに動揺を感じさせる変化だった。

「いや、それは、そうかもしれませんけど」

「西原さんは、本当に記事にするつもりなんですか」

「何をいうんです」

西原は目をみひらき、驚いたような顔をした。

「だってそうじゃありませんか。記事にする価値のない事件を、なぜこんなにも調べる必要があるんです」

「いや、価値がないかどうかは、まだわかりませんよ。世間の人が忘れていた過去の事件の真相を週刊誌がスクープして、警察を動かしたって例もありますし」

「西原さんは同じことをしたいのですか」

「まあ……そうですね」

「どこの雑誌で？　『文化』ですか」

「一応は。ただ書いてみないことには何ともいえませんし、この段階では材料に乏しい」

「でしょうね。警察だって調べたことですから」

「調べたって、何を、です？」

「前田さんと村内の関係です。なぜあの日、突然村内を訪ねたのか」

西原の顔が真剣になった。

「そうなんですか」

「ええ」

「で、何かわかったんですか」

「さあ。わたしには何も知らされませんでしたから。もし知りたければ、西原さんの情報源の捜査関係者の方に頼んだらどうです。わかったら、わたしも知りたいくらいです」

「参ったな。それじゃどっちが取材してるのかわからない」

「当然です。わたしはただのＯＬで、西原さんは記者なんですから」

西原は目をそらした。考えをまとめる時間を稼ごうとするかのように、あたりを見回している。

「どうなんですか」

しずりは畳みかけた。

「何が、です」

「その件について捜査関係者に訊いてみるというのは。今でも連絡はとりあっているんでしょう」

「いや、だから、連絡がついてないっていったじゃないですか」

「それはたまたまで、いずれはつくんじゃありませんか」

西原は口をつぐんだ。その目にいらだちの色があった。しずりは快感を覚え、次にやりすぎたのではという不安を感じた。追いつめてしまったかもしれない。

西原が息を吐き、首をふった。

「今日のところはこれで退散します。牧さんと話していると、自分がすごく間抜けになったような気がしてくる」

立ちあがった。

「どうしてですか」

すわったまましずりは西原を見上げた。

「どうしてですかね。たぶん、意志の強さ、みたいなもののちがいでしょう。私と牧さんの」

答えた西原の目に、翳《かげ》りのようなものが見えた。だがそれをさっと消し、西原はいった。

「またご連絡します」

ふりかえりもせず、支払いを済ませてコーヒーショップをでていった。

しずりはすわったままそれを見送った。西原の目に一瞬浮かんで消えた、翳りのようなものの正体は何だったのだろう。

考えてもわからなかった。

20

羽田を飛びたった飛行機は、定刻より少し早く、十一時ちょうどに薄曇りの那覇《なは》空港に着陸した。

那覇空港には何機もの軍用機がとまっていた。戦闘機をこんなに近くで見るのは初めてだ。航空自衛隊の基地と隣り合っているのだから当然といえば当然だが、しずりは思わず、旅客機の窓から見入っていた。尖《とが》った外観には、禍々《まがまが》しさと美しさが溶けあった奇妙な魅力があり、目を離せない。

が、あっというまに窓からその姿は消え、旅客機は空港ビルの前に移動していた。

四列前方の座席にすわる岬人とは、朝、羽田の出発ターミナルで少し言葉を交しただけだった。西原と会ったことはまだ告げていない。岬人は眠そうで、珍しく元気がなかった。

ほぼ満席の旅客機から到着ターミナルに入るのに、時間がかかった。ターミナルに入ると、岬人がいつもの笑顔で立っていた。

「やっぱりあたたかいですよね」

確かにそれは感じる。暑いというほどではないが、冷たく乾いた風が吹きつける東京に比べると、どこか体がゆるむような空気に包まれている。

「レンタカーを予約してあります。モノレールができたといっても、やっぱり車がないと沖縄は不便みたいなので」

岬人はいって歩きだした。一泊なので、二人とも機内にもちこんだ小さなバッグしかもっていない。

「免許はあるの」

「ええ。母の実家の車をよく運転してますから、ペーパードライバーじゃないので安心して下さい」

到着口をでた岬人は、広い空港内を見渡した。

「いた、いた」

郵便局の前に、レンタカー会社のプラカードを手にした係員が何人も立っていた。十社以上もあるようだ。

そのうちのひとりに歩みより、岬人は名乗った。まだ二十代の初めと覚しい男の係員は頷いた。

「仲本さんですね」

手にしたリストと照合し、

「少しこちらでお待ち下さい。他のお客様といっしょにお連れしますので」

といった。

十分ほどで、二十代のカップル二組と、三人組の女性客がそろった。彼らとともに、係員が運転するマイクロバスに乗りこむ。

レンタカーの営業所は空港内ではなく、外にあるようだ。

以前きたとき、移動をどうしたのか、しずりは思いだせなかった。当時は、ゆいレールと呼ばれるモノレールも開業しておらず、レンタカーかタクシーしか交通手段はなかった筈だ。

運転免許はもっていても、ペーパードライバーのしずりは運転をしなかったような気がする。

それ以外のことも、沖縄旅行の記憶はほとんど残っていない。

なぜだろう。忘れたいほど嫌な旅行などではなかったのに。

考えていて気づいた。自分は、六年前のあの事件以前のできごとの多くを忘れてしまっている。

六年前までとそれ以降とでは、まったく別人として生きてきたようだ。

レンタカーの営業所に到着すると、岬人が免許証をだした。係員は慣れたようすで受付作業を消化していく。そのあたりには、駐車場を備えたレンタカー会社の営業所がいくつもあって、マイクロバスが次々と入っていた。

おそらく、東京や大阪から観光客を満載した旅客機が着陸するたびに、こうしてマイクロバスでピストン輸送をおこなっているのだろう。

別人になったのは、そうしようと決心したからだ。その日から、自分は過去の記憶を失ってしまったのだ。

怒りも悲しみもない、一本の線として生きようと決めたのは、事件から二年後、前田が亡くなったときだった。決して返すことのできない、命という贈りものを受けとってしまった日から、しずりは人生を一段降りたような気がしていた。

いや、降りたというより、横にずれた、というべきかもしれない。人々が登っていくのを、ただ立ちどまってかたわらから見ていた。

人々の営為は自分には無縁で、親しい人の喜びや悲しみを、決して共有できずにいた。透明だが強固な一枚の皮膜を通してしか、世間と触れあうことができなかった。

それが岬人と会ってかわった。そこにあるのを知りつつ、決して目を向けずにいた〝過去〟を、今は見つめている。

良い変化なのか、そうでないのかは、まだわからない。どんな答がでようと、無傷でいられるとは思えないが、今はもう、つき進むしかない、と感じている。岬人のためではない。自分のためでもない。

では、何のためなのだ。

わからない。しかし、ここでもう一度、横にずれてしまったら、自分は本当に、何もかもを失ってしまうような気がする。

いいのだろうか。

植田敦美と会ったあと、幾度も考えていた。しかし考えるのは、気持が決まっているからだ。真実を知ろうという努力をつづける、と。

それは岬人も同じにちがいなかった。

岬人の中にも不安は生まれている。真実を知る努力が、父親を犯罪者に仕立てる結果につながるのではないか、と。

しかし岬人は進むのをやめようとはしない。

それは、もしかすると自分のためかもしれないとしずりは思う。父親の犯罪をつきとめる行為が、しずりの苦しみを和げることにつながると信じ、岬人はそうしようとしているのではないか。

だが、ひとつだけ確かな点がある。

それは、前田が犯罪者であろうとなかろうと、本当の犯人は、別にいるということだ。

順番がきて、青いフィットの前に、岬人としずりは案内された。カーナビゲーションもついている。

「では二十四時間、ということで。もし返却時間を過ぎる場合と事故を起こされた場合は、必ず営業所のほうへご連絡をお願いいたします」

係員が告げ、二人はフィットに乗りこんだ。エンジンはかかっており、エアコンディショナーから冷んやりとした風が吹きでている。

「ちょっと寒いな」

岬人はいって、温度を上げ、シートの位置とサイドミラーの角度を調整した。確かに運転には慣れているようだ。

「どうしますか。そのお店の住所を入れてみます？」

しずりは頷き、昨夜、植田から届いたメールを携帯電話の画面に表示した。

「前田えりさんのお店は、那覇市久茂地《くもじ》三−×−×、『ショップ・ERI』です。電話番号は〇九八−八六一−×××」

「電話番号で入れてみて下さい」

岬人の言葉にしたがい、カーナビゲーションに電話番号を入力した。

「『ショップ・ERI』、これですか」

「ええ」

「すごいな。カーナビにもちゃんと入ってる」

岬人は「ショップ・ERI」を目的地に設定し、フィットを発進させた。

那覇市街地へと向かう道には、同じようなレンタカーが何台も走っていた。信号で止まると、前後左右すべて、「わ」ナンバーだ。

「西原に会った」

しずりはいった。岬人がふりむいた。

「前を見て。危いから」

「大丈夫です。混んでてのろのろだから」

言葉通り、レンタカーが多いせいもあるのか、車の流れは悪い。信号のたびに止まっている。

「会社の近くで声をかけられた。偶然だっていってたけど、たぶん嘘《うそ》」

「何だっていうんです」

「探りを入れてきたんだと思う。わたしがまだ調べているのかどうか。君津さんの話をもちだしてきたから」

前田が何か話さなかったのか疑っていると感じたことはいわず、しずりは告げた。

「君津さんの話って？」

「おそらく、西原は、君津さんが品川駅でわたしたちに会ったのを知っている」

「やっぱりあいつが犯人なのかな」

「どうなんだろう。ちがうような気もする」

岬人は再び、しずりを見た。

「犯人じゃなかったら、何なんです」

曇っていた空が、那覇市の中心部に向かうにつれ晴れてきた。太陽の光がさしこむと、車内は暑くなった。

「暑くなってきた。エアコン、下げますか」

しずりは頷いた。真冬の服装だと、汗ばむほどだ。

「もちろん、犯人と何らかの関係はあると思う。六年前から、犯人に頼まれて、捜査に関する情報を集めていたんだから」

岬人は黙った。

「でも、人を使ってそんなことしますか。かえって危いんじゃないかな。犯人にとって」

やがていった。

「確かにその通り。事件関係者の周辺を訊《たず》ね回っていたら、警察にかえって怪しまれる」

「ですよね。挙句に偽《にせ》記者だってのがバレたら、捕まってしまうだろうし。犯人なら、自分が捕まるのが心配で、あれこれ調べるってこともあるかもしれないけど。もっとも犯人だとすると、すごく大胆ですよね。自分の顔をあちこちでさらしているわけだから」

「そう。君津さんを使って村内を殺し、その君津さんを自殺に見せかけて殺すほど用心深い犯人がそこまでするのは不自然」

「人を使って探りを入れるのも不自然です」

いってから、そうかと岬人はつぶやいた。

「でも、ひとつだけ、そう犯人がする理由があるな」

「何？」

「ほら、西原の話から想像すると、犯人の仲間に警官がいた可能性があったじゃないですか」

「捜査会議の内容を誰かが西原に洩《も》らしていた、という疑いね」

「ええ。もし仲間に警官がいたら、犯人はきっと心配だったと思うんです」

「心配？」

「その警官が裏切らないかどうか」

「裏切る？」

「そうです」

岬人は前方を向いたまま、言葉をつづけた。

「捜査会議の内容がわかるくらいだから、仲間の警官はそれなりの立場にあるわけです。そうなると、いざというときに犯人にすべての罪をかぶせようとするかもしれない。警官ならそれができる。そうされるのが心配で、犯人は西原を使って、警察の動きを探らせていた」

「それは少し無理があると思う」

しずりはいった。

「まず、捜査会議をひっぱっているのは、管理官クラスの幹部刑事だから、ひとりの警官の意見で犯人が決まるということにはならない。もちろん、確実な証拠を見つけてきた、とでもなれば別だけど。けれどそうしたらそうしたで、どうやって見つけたのかをその警官は会議で説明しなきゃならない」

「そうですよね。それに捕まった犯人が、『こいつも仲間だ』といったら、一巻の終わりか」

それをせずにすませる方法はひとつだ。被疑者死亡の状況を作ることだ。まさに村内がそうだった。奥平正強殺の現場で採取されたＤＮＡが村内のものと一致したことで、動機等の解明はあいまいなまま、捜査は決着を見た。

ただしもし前田が無事だったら、なぜ村内に眼をつけたのかという点を問い質《ただ》されていたろう。

だが、何とかいいつくろうことはできたかもしれない。以前に検挙された村内の手口と奥平正強殺の手口が似ていた、そこで村内に当たりをつけにいったところ、いきなり抵抗され、やむなく射殺した、という形にもっていけば通った可能性はある。

その際、村内が著しい抵抗を示したという証拠が必要だ。

そのために自分が連れていかれた。前田の指示で村内がしずりを襲ったのではないかという植田の推理は説得力をもつ。

「黙っちゃった」

岬人がいった。

「考えていたの」

しずりは急いでいった。

「仲間の警官を犯人が信用できず、西原を使っていたというあなたの話は正しいかもしれない」

「でもひとりに罪を着せるのは難しいって牧さんはいったじゃないですか」

「ええ。でも自分の身をとにかく守りたいと犯人が考えているなら、誰かを使って捜査状況を調べさせるというのはあるかもしれない」

「つかまりたくないのは、誰だって同じです。わざわざ人を使う理由は？」

いわれてしずりは、はっとした。わざわざ西原を使う理由は何なのだ。

「犯人が、社会的地位が高いとか、著名な人間だという場合」

「つまり偉い人ってことですか」

「簡単にいえばそうなる」

「偉い人はお金がありますもんね。そういう人間を雇うこともできるわけだ」

そうだ。奥平正の強殺は、実は強殺ではなく請け負い殺人の可能性が高いのを忘れていた。犯人は何らかの動機で奥平正を殺したいと考え、村内を使った。そして村内と自分とのつながりを消すために、今度は君津を用いて村内を殺した。

目的は金銭ではない。奥平正の死亡で金銭的な利益を得た人間がいないことはわかっている。それに、君津政一が事件後六年生き、なおかつ大金を得たと本人がいうのを岬人は耳にしているから、報酬は支払われたと判断できる。つまり犯人は、もともと金には困っていなかった。

「恨み、か」

岬人がつぶやいた。

「お金持が誰かを殺すとしたら、やっぱり恨みですよね」

「そうね。あとは、自己防衛」

「自己防衛？」

「自分の地位や財産をおびやかすような秘密があって、それを守るため」

「そうか。でもどんな秘密だろう」

「一番可能性があるのは、やはり犯罪かしら」

「昔、人を殺した、とか？」

しずりは頷いた。

フィットは橋を渡る手前で渋滞に巻き込まれていた。カーナビゲーションによれば、明治橋という橋で、国場川《こくばがわ》の河口部にかかっている。渡った先は、那覇市の中心部だ。

「じゃ最初に殺された奥平って人も、その人殺しの仲間だったとか」

「奥平の経歴に不明な部分があったという話をしたの、覚えている？」

「ええ、タクシーの運転手だった人が、急に貿易会社の社長になったんですよね」

「そう。共同経営者がいて、その人物は、外国で亡くなった。それで会社を畳んだんだけど、会社は生命保険金を受けとっている。たぶんそのお金は奥平に入った筈」

「それが過去の秘密？」

「かもしれない。外国で共同経営者が死んだとき、奥平は日本にいた。もし殺人だったなら、別に実行犯がいたことになる」

「そいつが犯人かな。そのあと偉くなって、自分が殺人の実行犯だと知っている奥平を殺したくなった？」

「ただ知っているだけなら殺さない。奥平にゆすられたのかもしれない」

「そうか。成功して、新聞とかテレビにでて、奥平に『あいつがあんなに偉くなった』って、バレちゃったんだ。それでゆすられて、殺すことにした。きっと、そうだ！」

岬人の声が大きくなった。

一見、つじつまは合う。だが、前田との接点は何だ。「五欧商事」の共同経営者、前畑がプラハで死んだのは、二十五年以上前のことだ。前田はその時点では二十そこそこ、今の岬人と同年齢くらいだ。前田は四大卒採用なので、まだ学生だった筈だ。いくら何でも、殺人に加担したとは考えにくい。

フィットが橋を渡った。橋を渡り、最初の信号を過ぎると、車の流れがよくなった。橋の周辺が混雑するという交通常識通りの展開だ。

カーナビゲーションが右折を指示した。目的地まで一キロを切っている。

しずりは息を吸いこんだ。前田えりと会ったら、何というべきだろう。やはり岬人ひとりに任せたほうがよい結果がでるのではないか。

「あ、あれじゃないですか」

岬人が前方を示した。「那覇イン」というビジネスホテルらしき建物があり、その一階に「ショップ・ERI」という看板が掲げられている。

ハザードを点《とも》し、岬人はフィットを路肩に寄せた。サイドブレーキを引き、しずりを見る。

「どうします？　まず僕がいってようすを見てきましょうか」

しずりは無言で頷いた。不意に息苦しいような不安に襲われていた。岬人が目をみひらいた。

「大丈夫ですか。顔がまっ青だ」

しずりは苦労して笑みを浮かべた。

「大丈夫。ただ、お父さんの亡くなったときのことを思いだしたの」

焼香する自分の背に、えりの視線が刺さっていた。えりはしずりを許していなかった。気づくと、海から上がったときのような深呼吸をくり返していた。

「待ってて下さい。いってきます。車の中に誰かいれば、駐禁もすぐには切られないし。何かあったら、携帯に連絡します」

岬人はいって、運転席のドアを開けた。

「ごめんなさい」

「何いってるんです」

笑みを見せ、路上に降りた。ガードレールをまたぎ、前田えりの店に歩みよっていく。

しずりは大きく息を吐き、ペットボトルの水を飲んだ。煙草《たばこ》を吸いたくなったが、禁煙車なのか、フィットに灰皿はなかった。

思いだし、バッグから携帯電話をとりだした。羽田の搭乗口で電源を切ったままだ。オンにする。

岬人がショップのガラス扉を押すのが見えた。

それから何分かが過ぎた。携帯電話が振動した。岬人からだ。

「はい」

岬人の姿が店の外に現われた。

「えりさん、今日はお休みみたいです。中にいるのはバイトみたいな子だけで、それとなく『オーナーは？』って訊《き》いたら、休みだっていわれました。どうします？　いちおう見ますか」

「いくわ」

胸のつかえがとれたような安堵を感じながら、しずりはフィットを降りた。安堵を感じる自分が情けなかった。

車道を歩き、「那覇イン」の駐車場の入口にあるガードレールの切れ目から歩道にあがった。

「那覇イン」は、白っぽい七階建てのホテルだった。一階に「ショップ・ERI」が入り、二階から上がホテルのようだ。

歩みよっていくと、ショウウインドウに飾られたガラス細工や陶器が目に入った。奥には琉球絣《りゆうきゆうがすり》の織物が吊《つ》るされている。

観光客相手の土産物屋というより、もう少し高級な、沖縄特産品の店のようだ。

扉を押した。冷んやりした空気に包まれた。香の香りが漂い、三線《さんしん》の音が流れている。

絣の着物をつけた娘がひとり、奥のカウンターにいて、

「いらっしゃいませ」

と声をかけてきた。

さほど大きくはない。だが、品物をごちゃごちゃとは並べず、間隔をおいて陳列し、間接照明を使って、やわらかく照らしている。

シーサーの形をした香炉や、絵付けの皿、カップなど、「やちむん」と呼ばれる焼物が光に浮かんでいた。

絵皿の値段を見ると、五枚で二万五千円となっていて、決して安くはない。

しずりは岬人と顔を見合わせた。

「すごく高級な感じのお店ですね」

岬人はいって、奥の店員に話しかけた。

「ここは何年くらいやっているんですか」

「今年の五月で三年です」

前田が亡くなって一年ほどで、ここに店を構えたことになる。資金面だけでなく、さまざまな準備を考えると、驚くほどの早さだ。

質問には答えても、無理に商品を勧めてこない店員の態度からして、高級店の印象がある。

「どちらからおいでですか」

店員が訊ねた。

「東京です」

岬人が答えると、店員は頷いた。

「東京のお客さまもよくいらっしゃいます。やちむんを集めていらっしゃる方も多くて。うちは、窯元《かまもと》さんと直接契約をして、うちにしか卸されていないところもあります」

「そうなんだ」

若い店員は岬人に好感をもったらしい。しずりは黙っていることにした。

「えりっていう名前からすると、オーナーは女性なんですか」

「はい」

店員は頷いた。大きな黒い瞳《ひとみ》で岬人を見つめ、

「東京から沖縄に移ってこられたんです」

といった。

「へえ。会ってみたいな。でも今日はお休みなんですよね」

「月に二回、窯元さんや織元さんを回っているんです。明日はまた、こちらにくると思いますが」

電話が鳴った。店員が受話器をとりあげた。

「はい。ショップ・エリでございます」

応《こた》え、

「あ、お疲れさまです」

とすぐにつづけた。しずりは岬人を見た。岬人も気づいた。

「いえ、今のところ。あ、今、東京からお見えのお客さまがいらしてますが――」

岬人がカウンターに歩みよった。小声で訊ねた。

「オーナーの方ですか」

店員は目をみひらき、岬人を見上げた。

「そうですけど……」

「仲本といいます。仲本岬人。おわかりになるかどうか、訊いて下さい」

店員は瞬《まばた》きした。受話器を耳に戻し、

「あのう、お客さまが仲本さまとおっしゃって、わかりますかと」

そのあと、仲本岬人さまです、とつけ加えた。わずかに間があいた。

「ええと、女性の方とごいっしょです」

しずりは再び、息苦しさを覚えた。さっきほどではないが、恐怖に似た不安がこみあげてくる。

「あの、オーナーがお話ししたい、とのことです」

店員がいって、受話器をさしだした。

「ありがとうございます」

岬人は受話器を受けとった。

「電話をかわりました。はい、はい……そうです。岬人です」

しずりは胸をしめつけられるような気持で岬人を見つめた。

「そうです。沖縄にたまたまきたもので、はい」

岬人の目が動き、しずりを見た。

「えーと、どこだったかはよく覚えてないんです。噂《うわさ》みたいなので聞いたことがあって。お葬式からだいぶあとです。去年、かな」

しずりは気づいた。このショップのことをどうして知ったのか、えりが訊ねたのだ。

「いや、そんなに長くはいられないんです。明日、帰ろうかと思っていて。もしできたら一度、お話をしたいと思っていたんですけど――」

岬人の目が広がった。

「本当ですか。よかった」

どうやら会うのを了承したようだ。しずりは岬人から目をそらし、店内を見回した。

どきりとした。防犯カメラが奥の棚から、店の入口を映している。自分の顔もまちがいなく撮影されただろう。

「いえ。じゃあ僕の携帯の番号をいいます。ご都合がいいときに連絡を下さい。いいですか、〇九〇――」

もしえりが店に立ち寄り、岬人の連れの姿を確認すれば、自分がいたとすぐにわかる。たまたまという岬人の言葉が嘘であることも。

失敗だったかもしれない。しずりは唇をかんだ。


「はい。はい。じゃあお待ちしています」

岬人は受話器をおき、店員に頷くとしずりをふりかえった。

「今夜中に連絡をくれるそうです」

「そう。よかった」

岬人は店員に礼を告げた。しずりは店の扉を引き、外にでた。

あとから店をでてきた岬人がしずりを見つめた。

「また顔色が悪い」

「防犯カメラがお店にあった。もしえりさんがその映像を見たら、わたしがいっしょだとすぐに気づく」

岬人は考えこんだ。

「えりさんは、牧さんと親父《おやじ》の関係を疑っていたといってましたよね」

「たぶん。その上、前田さんがわたしのせいであなった」

「牧さんのせいじゃない。でも事件が、えりさんの疑いをよけい深めたと思うんですね」

「そう。疑われていると感じても、わたしからその話をして、否定するのはかえって不自然。だからわたしは何もいわなかった」

岬人は息を吐いた。

「そうか。難しいな」

しずりは頷《うなず》いた。

「わたしがいっしょだとわかったら、えりさんはあなたに心を開かないかもしれない」

「それは、今考えてもしかたがないことです。ただえりさんに会うとき、牧さんがいないほうがいいかもしれません」

逃げではない、そう自分にいい聞かせた筈《はず》だが、頷いたときしずりは情けなさを感じた。重要な情報収集を岬人ひとりに押しつけている。

「まあ、とにかくえりさんからの電話を待ちましょう。どうせすぐにはかかってこないだろうから、近くを観光しませんか」

しずりは時計を見た。一時を回ったところだ。岬人がつづけた。

「お腹《なか》も空《す》いた」

「そうね」

那覇の目抜きである国際通りに向かった。駐車場に車を預け、アーケードの奥にある牧志《まきし》公設市場をぶらつき沖縄そばを食べた。

「初めて食べたけど、不思議な味だな。そばというより、すごくあっさりしたラーメンみたいだ。でもおいしい」

豚の角煮がのったそばを食べながら、岬人はいった。しずりも沖縄そばを食べるのは久しぶりだった。以前は国際通りに面した、いかにも観光客相手といった店で食べたのを思いだした。そのときはまるでおいしいと思わなかったのが、公設市場に近い、ごみごみとした商店街にある小さな店で食べたそれは、びっくりするほどおいしかった。

「なつかしいんだけど、ちょっとちがうんだな」

そば屋をでた岬人が、洋服や総菜、薬品などを並べた店がぎっしり軒を連ねる商店街を眺めてつぶやいた。

「あなたの年でなつかしいって思うことがあるの」

「いや、本当になつかしいのとはたぶんちがうんでしょうけど、どこかなつかしい感じがするっていう、何いってるんだろう。まるでテレビのナレーションみたいだ」

しずりは笑った。

「いいたいことはわかる。こんな商店街って今はほとんどないし、あってもここほど活気がない」

「そうでしょう。地元の人も観光客もみんないっしょになってうろうろしている。地元の若い人は、あんまりいないけど」

「浅草といっしょじゃない？　初詣《はつもう》でとかを別にすれば、浅草を歩いている若い人はやっぱり他からきた観光客が多い」

「そうか。でも、このあたりの感じって、日本だけど日本ぽくないっていうか、アジアの感じがする」

「たとえば？」

「大学一年のときに香港《ホンコン》にいったんです。それにちょっと近いかな」

しずりは頷いた。建物の雰囲気のせいもあるのだろうが、なつかしいのにどこか異国情緒を感じるのは確かだ。おそらくそれこそが、この商店街の魅力なのだろう。

二人は国際通りまで戻ると、岬人が持参した、観光ガイドのプリントアウトを眺め、首里城にいってみることにした。

時間が許すなら、しずりがいってみたいと思うのは美《ちゅ》ら海《うみ》水族館だった。だが沖縄本島南部に位置する那覇からは八十キロ以上離れていて、往復を考えると、えりから連絡があったときにすぐに対応できない場所だ。

その点首里城は那覇市内にあるので、いつ連絡がきても戻ることができる。

赤瓦《あかがわら》の屋根が美しい石畳の坂道を歩き、守礼門《しゅれいもん》をくぐって首里城に足を踏み入れた。はっきりと文化の異なりを感じさせる建造物に岬人は心を奪われたようだった。

「色づかいがぜんぜんちがいますよね。建物の形だけじゃなくて」

感動したように携帯電話のカメラで撮影していた。いつのまにか青空が赤瓦の正殿の上に広がり、そのくっきりとした色のコントラストにしずりも目を奪われた。

「きてよかったな」

岬人がつぶやいた。

「そうね。前にきたときも見た筈なのに、まるで覚えていなかった」

「いつ、きたんです？」

「十二年くらい前。高校時代の友人たちと」

「彼氏もいっしょ？」

しずりは首をふった。

「女ばかり。でもきてみて、ああ、ここにきたことあるってわかるくらいしか記憶がない」

「つまらなかったんですか」

「そんなことはなかったと思う。気の合う子ばかりだったから。きっとあちこちいき過ぎたのよ」

岬人は黙った。何ごとかを考えるように歩を進めていたが、不意に訊ねた。

「牧さん、この何年か、どこかに旅行にいきました？」

「え？」

「海外とか。いや近場の温泉でもいい。誰かとどこかへいって、楽しかった思い出がありますか」

しずりは首をふった。

岬人が立ち止まった。怒ったように眉根《まゆね》を寄せている。

「そんなの駄目だ」

「何が」

「きっと、親父の一件のあと、そういうことをまるでしてないんじゃないですか」

真剣な表情だった。それが恐《こわ》いようにも感じ、しずりは思わず目をそらした。

「どうなんです」

「仕事をかわったりとか、いろいろあったから」

いいわけのように口にした。

「おかしいですよ」

岬人が熱のこもった声でいった。

「牧さんだって、いろんなことをして人生を楽しむ権利がある。なのに、体が弱ったお年寄みたいにずっと閉じこもって、家と会社の往復だけなんて」

「そんな。それだけの人生じゃない」

「でもどこもいってなかったんでしょう」

「お金とか、他に理由もあるし――」

「ちがう」

岬人はきっぱりといった。

「牧さんは、自分にそういうことを禁止してた。楽しんじゃいけない、そう強《し》いていたんだ」

しずりは黙った。そうかもしれない。いや、その通りだ。

「僕は絶対それはまちがっていると思う」

「仲本さん――」

「岬人って呼んで下さい」

しずりは岬人の顔をふり仰いだ。

「僕は決めた。牧さん、いや、しずりさんが嫌じゃない限り、しずりさんが人生をもう一度、ふつうの人のように、楽しんで生きる手伝いをする」

「急に、どうしたの」

「今泣きそうになった。この何年かの、しずりさんの気持を考えたら。楽しんじゃいけない、笑っちゃいけない、何かに感動してもいけないって、しずりさんは自分を、つらくて苦しい場所に押しこめてきた。どんな理由があるにせよ、そんな人生はまちがってる」

本当に、今にも泣きそうだった。

「僕はそこからしずりさんをひっぱりだす。ひっぱりだして、陽があたって、笑ったり、感動したりできる人生にもう一回戻すんだ」

「やめて」

しずりは不意に涙がこみあげるのを感じた。

「そんなこといわないで」

「どうしてです」

両手で顔をおおった。けんめいに感情を抑え、嗚咽《おえつ》をこらえた。喉《のど》の奥で音が鳴った。肩をつかまれた。激しい力で引き寄せられた。抗《あらが》おうとしたが、岬人は強かった。抱きすくめられていた。

耳に岬人の息がかかった。熱い。

「嫌ですか。僕じゃ、嫌ですか」

顔をおおったまま、しずりはかぶりをふった。くるべきじゃなかった。自分が崩れていくのを感じる。

認めてはいけないものを認めてしまう。

「じゃ、僕にそれをやらせて下さい。しずりさんに楽しい時間を過してもらう手伝いを」

気がつくと、岬人の腰に腕を回していた。

いったいどれだけぶりだろう。男に肩を抱かれ、がっしりとしたその腰に腕を回し、安心とぬくもりを感じるのは。

岬人のジャケットに顔を押しつけた。初めて前田の墓前で会ったときの匂《にお》い、健康な若者らしい体臭を感じた。

「いいですね」

岬人がいった。顔を押しつけたまま頷いた。

「よかった」

岬人がつぶやいた。

ジャケットの中で携帯電話が鳴った。しずりは体を離した。岬人が電話をつかみだし、耳にあてた。

恥ずかしさと緊張で体が震えていた。こっそりあたりを見回したが、幸いこちらを注視しているような人影はない。

「はい、岬人です」

ふりかえった。

「今？　今ですか。今は首里城にいます」

えりだ。一瞬で現実にひき戻される。

「ええと、どうすればいいですか。さっきのお店に戻れば――」

岬人はえりの声に耳を傾けていた。

「松山《まつやま》の何です？」

訊き返した。

「『シンヤ』ですか。はい、そこに何時に？」

瞬きした。

「六時。わかりました。前田さんといえばわかるんですね。いきます。え？　ホテルですか。ホテルは『沖縄セントラルイン』というところです。そうです、住所が牧志なんで、たぶん。はい、そうします。失礼します」

電話を切った。

「えりさん？」

「そうです。那覇の松山というところにある、『シンヤ』ってお店に六時にきてくれって」

しずりは頷いた。

「ご飯を食べようってこと？」

「そうなのかな。何屋《なに》さんかはわからない」

岬人はいって、肩に吊るしていたバッグからプリントアウトをひっぱりだした。

「松山ってここか。飲食店がいっぱい集まってるって書いてある」

地図を見た。国際通りが走る久茂地のすぐ北側にある町だ。ホテルからも遠くない。ガイドによれば、観光客だけでなく、地元の人間が通うレストランやバーが多くあるらしい。

えりが那覇に馴染《なじ》んでいれば、いきつけのそうした店があっても不思議ではない。そこに岬人を呼ぶことにしたのだろう。

「しずりさんをひとりにしちゃう。それともいっしょにいきますか」

しずりは首をふった。

「わたしがいけばきっと、えりさんは態度を硬化させる」

「でも防犯カメラでチェックしたらわかるって――」

「それをえりさんがするかどうかはわからない。もし何も気づいていないところに、わたしがあなたと現われたら、嫌な感じをもつ」

「じゃあ、しずりさんはどうするんです？」

「ホテルか、近くにいる」

岬人は考えていた。しずりはいった。

「重要なのは、高畑田村に関する情報を、えりさんから訊きだすこと。そのために沖縄まできたのだから」

「はっきり、えりさんにそれを訊いていいのかな」

しずりは時計を見た。午後四時を回っている。

「そっちのほうに戻りながら相談しましょ」

「そうですね。ホテルにチェックインもしたいし」

二人は駐車場に向かった。

21

「あなたは刑事じゃないし、そういう質問をすることに慣れているわけでもない。変に遠回しに訊くより、はっきり知りたいことを口にしたほうがいいと思う」

しずりはいった。ハンドルを握った岬人が頷く。

「僕もそう思います。親父のルーツが知りたくなった。できれば親戚《しんせき》の人とかに会ってみたいと思っている、というのはどうですか」

「それでいいと思う。血を分けた息子さんなのだから」

首里城からは、さほど時間をかけずに那覇の中心部に戻ることができた。

ホテルは国際通りの外れで、ゆいレールと名づけられたモノレールの牧志駅のそばだった。付属の駐車場はなく、提携している有料駐車場に車を預けた。

岬人が予約したのは、シングルルームが二部屋だ。部屋に荷物をおくと、五時ちょうどだった。

「松山にいってみませんか。『シンヤ』っていう店がどこにあるか、今のうちに調べておきたいし」

ロビーで合流した岬人の言葉に頷いた。

「えりさんの話では、タクシーに乗って、運転手さんに『松山のシンヤ』といえばわかるから、と」

「じゃあ、そうしてみましょう」

しずりはいった。ホテルの前の道でタクシーを拾い、

「松山の『シンヤ』ってわかりますか」

と訊ねた。

「はい。わかります」

運転手は簡潔に答え、車を発進させた。

連れていかれたのは、居酒屋や焼肉屋、バーやキャバクラなどの入ったビルが並ぶ繁華街だった。

呼びこみらしい若い男女が、スーツやエプロン姿で歩道に立っている。活気はあるが、それは日本の繁華街ならどこでも見られるような光景だ。

「ここです」

車が止まったのは、そうした飲食店が入った雑居ビルの前だった。

「割烹《かっぽう》ダイニング　伸弥」という看板がでている。シンヤというのは、店主の名のようだ。

黒っぽく塗られた扉は重厚で、はまったガラスの向こうに白木のカウンターが見えた。入口のわきに盛り塩の皿がおかれている。店はもう開いているようだ。

しずりは周囲を見回した。通りをはさんだ向かいに「カフェ」の看板がある。一階と二階で、二階はテラスになっていて、下のようすを眺められる造りだ。

「あそこにいきましょう」

店内は賑《にぎ》わっていたが、二階のテラス席は空いていた。外で飲むには肌寒い気候だからだろう。

丸テーブルを囲んだ、プラスチック製の椅子《いす》にすわると、気をきかせた店員が膝《ひざ》かけをもってきた。

しずりはコーヒー、岬人がアイスラテを頼んだ。

この位置なら「伸弥」の入口がよく見える。

「わたしはここにいる。あまり長くなるようだったら、一度ホテルに戻るかもしれないけれど」

えりのようすが見たかった。病院と斎場でしか会っていないえりには、怒りと憔悴《しょうすい》の印象しかなかった。今はかわっているだろうか。

それを見れば、自分の過去への負債のようなものが、少しは減るかもしれない。

「ここにひとりでいるんですか」

心配そうに岬人はいった。

「子供じゃないのだから。それにさっき下で、おいしそうなメニューがたくさんあるのを見た。たぶん、あなたはえりさんと食事になるだろうから、わたしもここでお腹をふくらませる」

「ひとりで食事なんて――」

しずりは笑った。

「わたしはいつもひとりだったのだから」

「だってさっき約束した」

岬人は子供のように頰をふくらませた。しずりはその目を見つめた。

「約束はした。とても嬉《うれ》しい。でもこれからだって二十四時間いっしょにいられるわけじゃない。今大切なことは何なのか、さっき話したでしょう」

「もちろん。そのためにメモ帳ももってきました」

岬人は胸をおさえた。

「だったら、今日のことは気にしないで」

「もし、えりさんとあまり食べなかったら、あとでもう一度、ご飯をいっしょに食べましょう」

それでも納得がいかないように岬人はいった。

かわいい、と思った。だがこのかわいらしさに溺《おぼ》れたら、きっと最後は自分が傷つく。わかっている。だからといって、岬人の気持をはね返しつづける力は、しずりにはもうなかった。

首里城で抱きすくめられた瞬間、最後の壁のようなものが崩れ落ちていた。

何を求められても、自分はもう拒めない。

しずりは時計を見た。六時まで、あと十分足らずだ。

通りを見おろした。人通りがさっきより増えている。スーツ姿のサラリーマンが多い。

白のプリウスが通りで止まった。後部席の扉が開き、ワンピースにジャケットを羽織った女が降り立つのが見えた。

「きた」

しずりは思わずつぶやいていた。髪にふっくらとしたウェーブがかかり、明るい色に染められている。体つきはむしろあの頃より細くなっているようだ。

「えっ、あの人ですか」

「そう」

「伸弥」の扉を開けたとき、中からこぼれでた光でその横顔が浮かびあがった。派手やかに化粧をしている。確か四十になる筈だが、それよりはるかに若く見えた。イヤリングが光った。

「あんなきれいな人でしたっけ」

信じられないように岬人がつぶやいた。

かわっているだろうとは思っていたが、これほどとは思わなかった。

閉まった扉をしずりは見つめた。

「大丈夫？」

無言でいたしずりを岬人がのぞきこんだ。

「もちろんよ。いったほうがいい」

しずりは笑顔を作った。

「はい」

岬人は頷き、立ちあがった。うしろ髪をひかれているような風情《ふぜい》だった。しずりひとりをここに残し、えりと食事をすることに裏切りのような感情を抱いているらしい。

「大事なところよ」

しずりは岬人を叱咤《しった》した。

「えりさんから何を聞けるかで、これからの調査がかわってくる。えりさんが忘れてしまっているようなことを、あなたが思いださせるの。お父さんの話をして、こんな人だった、あんな人だったと話していれば、きっとえりさんも思いだす」

「はい」

岬人は真剣な顔になった。

「それと、あのお店をでても、すぐここを見たりしないで。もしえりさんが、わたしがいっしょだと知らないようなら、店にいたのはガールフレンドとかいってごまかしたほうがいい」

「わかりました。じゃ、いってきます」

岬人が階下に降りる階段のほうに歩いていった。

やがて店をでた岬人が通りを渡り、「伸弥」の扉を押すのが見えた。

その扉の向こうに岬人の背が隠れた瞬間、しずりは寂しさを感じた。

なぜこんな気持になるのか。岬人がえりに奪われるとでもいうのか。

えりとは恋仇《こいがたき》でも何でもない。前田を巡ってもそうではなかったし、まして岬人に対し、えりがそうした感情を抱くとも思えない。

えりが漂わせていた華やかな空気の中に、しずりは交際する男の存在を感じとっていた。

事業をしていれば、多くの人間と触れる機会もあるだろう。だがそれ以上に、美しくしていたいと願う理由がえりにはあって、そこには、特定の異性が関係している。

えりに近い年齢の自分にはわかる。

事業に没頭し、なりふりをかまわないという生活を送っていても、まるでおかしくはない。ふだんはそうで、今夜だけ装《よそお》ったと考えることもできるが、女として、それはちがうと断言できた。

えりは日常的に、あの姿なのだ。年齢を感じさせない装い。常に美しく、魅力的な女性であろうと努めているのがひと目で伝わってくる。それは、「無理している」姿とはほど遠い。

皮肉な話だった。

前田との関係を疑われた自分は、その死後、装うことへの情熱を感じなくなっていた。もとより、警察官という職業と華美な装いとはほど遠いものだ。濃いめの化粧や香水などは職務のさまたげになるとして遠ざけてきた。

が、警察官を辞めてから尚《なお》さら、しずりは自分の容姿に興味を失っていた。

もちろんまったくの素顔で会社に通っているわけではない。最低限のメイクはする。だが振幅はまるでなかった。

念入りな化粧と薄い化粧という差が、しずりの生活には存在しなかった。いつでも同じ化粧しかなく、それは年齢を考えると限りなく薄い化粧といえた。

体形を維持する努力もしたことがない。太りづらい体質によるところも大きいが、何より異性に魅力的に見られたいという願望をほとんどもたなかったからだ。

醜くても平気とは思っていない。醜ければ醜いで、人より目立ってしまう。それも恐れている。

目立たずひっそりと生きること。それがこの何年かのしずりが望む、自分だった。

そのことが今、こうしてえりと正反対にいる自分を感じさせている。

負けた、とは感じていない。惨《みじ》めさもない。

もし自分が、えりの誤解通り、前田と不倫関係にあったのなら、きっとひどく惨めな気持になっていただろう。

もしかすると、えりの中にはそういう想《おも》いがあったのだろうか。病院で初めてえりに会ったとき、厳しく強い視線を向けられた。

夫が大怪我《おおけが》をする原因を作ったというのが、その厳しさの理由と、当初は思った。だが、

――あなたのためなら、主人は命を投げだすのもいとわなかった
という言葉を聞いたとき、視線の中にある感情がそれだけではないと悟った。

病院に現れたえりは、あたり前のことだがふだん着だった。ジーンズとトレーナーという服装だ。ひきかえ、自分はパンツスーツを着ていた。

しずりは三十歳、えりは三十四か、五だ。

六年がたった今、自分は年相応か、それ以上に老《ふ》けてしまったような気がしている。

えりはあのときのまま年をとっていないか、むしろ若返っている。

二年間もの夫の昏睡《こんすい》状態は、えりを疲れさせ、老けさせた筈なのに。

亡《な》くなって四年。その四年で、えりは失った以上のものをとり返したのだ。

それは、えりにとっては喜ばしいことだ。いや、自分にとっても。

前田の死に責任を感じてきた自分が、寡婦《かふ》となり、装うことに興味を失ったままのえりを見たら、その責任をさらに重く感じる結果になったろう。

だからこれは本当に歓迎すべきことだ。

ぬるくなったコーヒーを口に運び、しずりは自分にいい聞かせた。

だが、違和感がある。

それは「男の気配」に対してか。

ちがう。たとええりに〝恋人〟がいたとしても、独身であるのだから、違和感をもつ

理由はまったくない。前田に殉じて、生涯、異性とのかかわりを断つべきだとはまるで思わない。

前田の異性関係が多かったと植田に知らされた今は、尚さらそうだ。

ではこの違和感の正体は何だ。

気づいた。

えりという人間の変化だ。

一瞬だが、車から降り立ち「伸弥」に入っていく彼女の姿に、成長とか自信といった言葉だけでは表現しきれない、ある種の強さを感じた。

何かを通り抜けただけでは身につかない強さ。通り抜けた上に、踏みこんでいった世界から与えられた、ふてぶてしさのようなものを、えりは身にまとっていた。

やはり事業をやっていることで、身についたのだろうか。馴染みのない土地に女ひとりで移り住み、たった三年であれだけの店舗をもったのだ。並みたいていの苦労ではなかったろう。

それらのことが、えりをかえたのか。

携帯電話が鳴っている。

はっとしてバッグに手をのばした。表示されていたのは、西原の番号だった。

「はい」

また、何だというのだ。

「沖縄にいらしたんですね」

体が凍りついた。

「えっ」

「悪いことはいいません。すぐに東京に戻ったほうがいい」

「なぜそんなことをいうの」

「なぜでもです。あなたのしていることは度を超えている。牧さんご本人の身に危険が及ぶ。私はそれを防ぎたい」

しずりは深々と息を吸いこんだ。

「あなたは何者なの。なぜ沖縄にいることがわかったの。週刊誌の記者じゃないのでしょう」

西原は黙っている。

「答えて。あなたは犯罪に関係している？」

「強いな、牧さんは」

やがて西原はいった。

「何をいってるんです」

「こんな状況なのに、自分の身ではなく、真実を知ることにこだわっている」

しずりは息を吸いこんだ。西原は〝喋《しゃべ》る〟気になっている。手がかりを訊《き》きだすチャンスだ。

刑事であった時代を思いだすのだ。

「こんな状況って、どんな状況？」

「わかっている筈です。君津政一の死は、あなたと無関係じゃない」

想像はしていたが、西原の口から聞くと、決定的な響きがあった。

「わたしが君津さんを疑っていたから、君津さんは亡くなった、そういいたいんですか」

「その通りです。牧さんは、君津を震えあがらせた。とっくに片がついたと思っていた、君津の過去の罪が、そうではないとわからせた」

「じゃあ自殺ではないんですね」

「さあ、私はそれについては知りません。自殺かそうでないかなんて、知っていたら、それこそマズいでしょう」

「思わせぶりないい方ね。警察が再捜査を決定したら、まずあなたのところにいく」

しずりはいった。

「誰がそれを警察に知らせるんですか」

「もちろんわたし。辞めたからといって、知り合いがひとりもいないわけじゃない」

これは〝保険〟の意味もあった。万一、自分たちの身に何かあったら、警察は黙っていないと匂わせたのだ。

もちろんハッタリだ。だがそれがハッタリだと西原が見抜けるなら、今も〝協力者〟が警察内部にいることになる。

「あべこべに威《おど》されるとは思わなかった」

「そろそろ本当のことを話さない？　あなたの目的は、わたしがどれだけ真実を知っているのかを探ること」

　西原は無言だった。しずりはつづけた。記者ではないと知っているのを明した以上、ここは攻める他ない。

「六年前もあなたは記者じゃなかった。記者を装って関係者に近づき、事件の真実に気づく者がいないか、探りを入れていた」

「なぜ私がそんなことをしなけりゃならないんです？」

「さあ。あなたが重大な犯罪にかかわっているか、もしくは、かかわった人物に頼まれたからじゃない」

「俺はナメてましたよ、牧さんを」

　不意に西原の口調がかわった。

「あんたのことは心配するには及ばない。気をつけなきゃいけないのはガキだけだ、と思ってた」

「ガキって誰のこと」

「何いってるんですか。今さらとぼけないで下さい。死んだあんたの同僚の息子さんだ。今、その坊やと沖縄にいるんでしょう」

　背筋が冷たくなった。西原は、しずりが岬人と行動を共にしていると知っている。

「どうしてそんなことがわかったの」

「さあ。とにかくこの電話は好意でかけたんですよ。あんたがつらい目にあうのは忍びなくて」

「それって立派な脅迫になる。わかっていってる?」

「参ったな。あんた、意外と図太いな」

「今どこ?　あなたも沖縄なの」

「まさか。そんなヤバいところに首をつっこみませんよ」

しずりは「仲弥」の扉を見た。不安がふくらんだ。自分と岬人が沖縄にいることを、誰かに伝えられる人間はひとりしかいない。

しずりは立ちあがった。

「わかった。そこまでいうなら東京に戻る。けれど、本当のことを話してくれる?」

「何です、本当のことって」

「誰があなたに仕事を頼んだの」

「馬鹿《ばか》いわないで下さい。そんなことを喋ったら俺が危い」

「じゃ、ひとつだけ教えて。前田さんは、あなたたちの仲間だったの」

西原は不意に黙った。その沈黙が、答を意味していた。

「もう、切ります。俺は馬鹿をしちまったみたいだ」

電話が切れた。一瞬、かけ直すことを考えた。が、今はそれより岬人の安全を確保するのが先だ。

階段を駆け降り、しずりは支払いをすませた。

22

「伸弥」の扉を押した。

「いらっしゃいませ」

白木のカウンターの中に立つ、白衣の男たちが口々にいった。

しずりは店内を見渡した。カウンターに岬人の姿はない。思ったよりも店内は広かった。

「あの、前田えりさんは？」

「あ、前田様のお席でしたら奥です」

入口のかたわらにいた和服の若い女がいった。

「案内して下さい」

「前田様お待ち合わせのお客様です」

女は声を上げた。誤解されたようだが、ここはそのままにしておこうと考え、しずりは店の奥へと進んだ。

正面に襖《ふすま》で仕切られた小部屋がふたつあり、女が左側を開いた。

「前田様、お待ち合わせの方がおみえです」

座卓をはさんで向かいあっている岬人とえりがいた。二人がしずりをふりかえった。

岬人が、

「えっ」

と声を上げたのに比べ、えりは冷静だった。

「やっぱり。押しかけてきそうな気がしてた」

といっただけだ。

「申しわけありません。ごぶさたしています。でも、どうしても、奥様に確かめておきたいことがあって」

感情を抑え、しずりは頭を下げた。

「やめて、奥様なんていうの。わたしは独身よ」

「ごめんなさい。じゃ、えりさんとお呼びします」

「どうぞ。でもあなたはここにお呼びしていない。申しわけないけど、わたしはあなたの顔なんか見たくない」

「わかっています。ひと言うかがったら、帰ります」

えりはゆっくりと首を巡らせ、しずりを正面から見つめた。

「かわってないわわ。いつも自分のことしか考えない。主人をあんな目にあわせても、結局、あなたは何もかわらない」

顔が熱くなった。

「えりさん――」

抗議するように岬人がいいかけると、えりはきっとにらんだ。

「あなたもあなたよ。誰のせいであなたのお父さんが亡くなったと思ってるの」

「待って下さい。牧さんをひっぱりこんだのは僕です」

「やめなさい！」

しずりは鋭い声をだした。

「あなたは口をはさんじゃ駄目」

岬人を守るためには、すべて自分が始めたことだとえりに思わせる必要があった。

「牧さん！」

無視して、しずりはえりを見つめた。

「えりさん、わたしはたった今、電話である男から脅迫をうけました。沖縄にいたら、恐しい目にあう、と。その男はなぜ、わたしが沖縄にいることを知ったんですか」

えりは驚いたように眉をひそめた。

「何いってるの。何の話？」

「わたしが仲本さんと沖縄にきているのを知っている人は、あなたしかいない」

えりの顔に動揺が浮かんだ。

「だから何なの。第一、あなたがきているなんて、なんでわたしが知ってなけりゃいけないの」

「わたしを見て、何といいました？　『やっぱり。押しかけてきそうな気がしてた』。知っていたということですよね」

「それはたまたまよ」

「お店の防犯カメラの映像を見れば、わたしがいっしょだとすぐにわかった筈《はず》です。でも大事なのはそんなことじゃありません。わたしと仲本さんがきていることを、誰かに話した筈です。誰です」

「あなたに関係ないでしょう、それは」

「その人間が脅迫をさせたとしても？」

「そんなこと」

不意にえりは嘲笑《あざわら》った。

「そんなこと？」

「その人は、たぶんわたしを不愉快にさせたくなかったんだと思うわ。あなたと会えばわたしが嫌な思いをする。それを止めたかったのよ」

しずりは首をふった。

「えりさんは誤解をしています。ことはそんな単純なものではありません」

「何が誤解なの、勘ちがいしているのはあなたよ。どうして人を巻きこむわけ。主人をあんな目にあわせた上に、まだわたしを傷つけ足りないというの」

「わたしがいるだけで、えりさんを嫌な気持にさせるのはわかっています。それについてはあやまります。でも、沖縄にいるのを理由に脅迫をうけたのは事実です」

「そんな話、聞くつもりない。いくらでも作れる」

「でもたった今、その人とおっしゃいましたよね。わたしと仲本さんのことを話した人がいるんでしょう」

「あなたには関係ない人よ」

いって、えりは岬人を見た。

「岬人さんにも」

「だったらその人が、他の誰かにわたしたちのことを話し、それが伝わったのかもしれません」

「何の話をしているの。まるで意味がわからない」

えりは眉をひそめた。

「親父《おやじ》が死ぬきっかけになった事件です。あれには黒幕がいて、今でも人を殺している」

岬人がいった。えりはあっけにとられたような顔をした。

「何をいってるの。気は確か？　あなたのお父さんが死んだのは、この女のせいじゃない」

「あれは事故です。でも、親父をあんな目にあわせた村内が死んだのは事故じゃない。トラックを運転していた君津政一と僕はバイト先がいっしょで、あれが事故ではなく殺人だったと匂わせるのを聞いたんです」

えりの顔色がかわった。六年たった今も、事件にかかわった人間たちの名は忘れていないようだ。

「何、それ。何をいってるの、あなた」

岬人がえりに話せば、それがえりの向こう側にいる人物に伝わってしまう。が、その人物が西原とかかわりをもっているのなら、もはや秘密にすることに意味はない。

しずりは、事件の核心にかかわる人物の存在を、えりによって確信した。同時に、えりは何も知らずに、その人物とつながりをもっているのではないかと思った。

その人物は、前田とも生前かかわりがあったゆえに、えりとも今、つきあいがある。

「聞いて下さい。君津がそう話すのを聞いて、僕は妙な気持になりました。もしかすると、あの事件には、誰も気づいていない裏があったんじゃないかって。それで、バイト先の君津が村内をはねた君津と同一人物なのかどうか、牧さんに見てもらったんです。そうしたら同じ人だった」

「それが何だっていうの。あなたも大丈夫？　変なこといいだして」

えりは聞く耳をもたなかった。だが、かまわずに岬人はつづけた。

「君津は、牧さんのことを覚えていました。牧さんを見て、顔色をかえて逃げだした。その二日後、車の中で死んでいるのが見つかりました。わかりますか、この意味が」

「わからないわよ。何いってるの。変なことにわたしを巻きこまないで」

えりは立ちあがった。

「冗談じゃないわ。これ以上あなたたちのわけのわからないいいがかりにつきあう暇はない。帰らせてもらう」

「えりさん」

岬人が呼びかけた。えりの表情はこわばっていた。

「亡くなった主人の息子さんだと思うから、こうして会った。なのにこれは何？　わたしのことがまだそんなに憎いの」

あとの言葉はしずりに向けられたものだった。

「憎いなんて思ったことは一度もありません」

「嘘《うそ》もいい加減にして。あなたはわたしが前田の妻だから気にいらなかったんでしょう」

しずりはきっとなって、えりを見すえた。

「誤解です。わたしは前田さんと仕事の関係以外は何もありませんでした」

「馬鹿なことをいわないで。前田がいないからって、そんないい逃れが通用すると思っているの」

「本当のことです。それに、前田さんとわたしが何かあったとか、そんな問題より、もっと重大な、人の生死がかかわっているんです」

「よしてよ！」

えりは声を荒らげた。

「何をいっているんだか。ここで始めた、わたしの新しい人生までぶち壊したいだけでしょう」

「えりさんの新しい人生に、わたしは何の関心もありません」

「よくいうわ。わたしの私生活に干渉しているじゃない」

しずりははっとした。自分たちのことを話した人間について教えろと迫ったのを、えりはいっている。つまりその人間は、えりの私生活に深くかかわっているのだ。

「どうしてわかってくれないんですか。僕たちはえりさんを不幸にしたいわけじゃない。

ただ本当のことを知りたいだけなのに」

岬人がいった。

「本当のこと？　だったら本当のことを教えてあげる。この女は、自分の不注意で、不倫していた同僚を死なせた。でもそれを誰か他人のせいにしたくて、さも過去の事件に何か裏があったようにいってあなたをだましたのよ。責任を問われなきゃいけない人間がいるとしたら、この女以外の誰でもないわ」

えりはしずりを指さした。

「今さらなぜ、わたしがそんなことをしなければいけないんです」

しずりはいった。怒りを越え、悲しみの感情すら生まれていた。

「わたしは警察を辞めました。あったことは消せないし、忘れようとも思っていません。ふつうのOLになり、このまま一生を静かに生きていくしかないと思っていました。過去のことにつながりのある人とは、誰ひとり会わずにいたんです。それなのに、なぜ今さら、あれを誰かのせいにしようと、わたしがしなければいけないのですか」

「気がすまないからじゃないの。本当は警察を辞めたくなかったのに、辞めなきゃいけなくなったから」

「馬鹿なことをいわないで下さい。牧さんをひっぱりこんだのは僕なんですよ」

「もういいです、仲本さん」

しずりは首をふった。

「やはり、えりさんにわかってもらうのは無理だった」

「人が死んでいるんですよ。それをいってるのに、どうしてそんな昔のことにこだわるんです」

「あたり前じゃない！　前田はわたしの夫だったのよ。それを寝取ったのがこの女で、この女のせいで夫は死んだ」

「ちがうといってるじゃないですか」

「ちがわないわよ。わたしは聞いたのよ」

「誰からです⁈」

しずりと岬人が同時にいっていた。その勢いに、一瞬、えりはたじろいだ。

「誰からって――」

「前田さんじゃないですよね」

しずりはいった。事実ではないし、第一、前田が自らそんなことを口にした筈はない。

「あなたに関係ない」

虚勢をはるようにえりはいった。

「関係なくありません。わたしにとって大切なことです。そんな嘘は許せない」

「そうやって。死人に口なしだと思っているんでしょう」

憎々しげにえりはいった。

「その人とわたしを会わせてくれれば、どちらが嘘をいっているかわかります」

「だからいってるでしょう！　わたしの私生活に踏みこまないでって」

えりは怒りを爆発させた。そのままバッグをつかみ、小部屋をでた。まっすぐに店の出入口へと向かう。

「えりさん」

岬人が呼びかけたがふりかえりもしなかった。三人のやりとりが筒抜けだったのだろう、店の者は誰もが無言だ。

えりが店をでていき、扉が閉まった。

「いったい、なんであんなに怒ったんだろう」

岬人が呆然《ぼうぜん》とつぶやいた。

しずりはその理由に気づいていた。

「でましょう」

岬人をうながした。あと戻りが本当にできないところまで踏みこんでしまったと感じていた。

23

松山を離れ、ホテルに近い場所にあるレストランに二人は入った。いかにも観光客向けといったメニューだったが、こだわっていられる余裕はなかった。

「もう一度、訊いていいですか」

かたい表情でいた岬人が口を開いた。

「お父さんとわたしのこと？　本当に何もなかった」

「でも親父はそうなりたがっていた」

しずりは目をそらした。

「ええ」

岬人はほっと息を吐いた。小さく、

「よかった」

とつぶやいた。

「それが何より、僕は恐《こわ》かった」

「もしお父さんとわたしのあいだに何かがあったら、こんな風にあなたとはいられない。絶対に」

しずりが告げると岬人はくいいるような目を向けた。

「信じていいんですね」

しずりは頷《うなず》いた。

「信じて」

岬人の頰が赤くなった。しずりも顔が熱くなるのを感じた。

しばらく二人とも無言だった。やがて岬人がいった。

「いったい誰が、えりさんにそんな嘘をついたんだろう。警察の誰か、かな」

それをしずりも考えていた。そんな〝嘘〟をえりに信じさせることができるのは、前田の近くにいた人間だ。

だが一課の同僚にそんな人物がいたとは思えなかった。しずりと前田の仲を疑った者はいたかもしれない。しかし、それがあたかも真実であるかのように、えりに告げる者がいたとはどうしても考えられなかった。

「理由がない。そんなことをする」

しずりはいった。

「理由か」

岬人は考えこんだ。

「でもその人のいったことを信じたから、えりさんはあんなにつらく当たったんですよね」

「そうね」

しずりは考えていた。警察の同僚でなく、前田とえりの双方に近しい人物だ。

「お父さんの友だち」

しずりがつぶやくと岬人は頷いた。

「僕もそれを思っていました」

前田の死後、前田と親しかったことが理由で、えりの精神的な支えになった人物。その人物が、えりに、前田としずりの関係を信じこませた。

「でもなぜだろう。親父の友だちだとして、なぜそんな嘘を、えりさんについたのだろう」

前田の、職場以外の友人に自分は会ったことがあるだろうかと、しずりは考えていた。も記憶にある限り、前田が個人的な友人の名を口にするのを聞いたことはなかった。

ちろん、会った者もいない。

それなのにその人物は、前田が同僚と不倫をしていたと、妻のえりに告げたのだ。怒りよりも不可解さを覚えた。なぜそんなことをいったのか。

「嘘をついたのが、その人なのか。それとも前田さんなのか」

「親父が？」

ためらいはあったが、しずりは頷いた。

男の中には、実際は関係がなかったのに、さも関係があったかのように女の噂話《うわさ》をする者がいる。見栄《みえ》なのか、そうなれなかったことへの腹いせなのか、女のしずりにはまるで理解できない態度だ。

前田が、友人に、しずりについてそういう嘘をついていた可能性はゼロではない。その結果、信じた友人が、えりにそれを話した。

だが一方で、死者に鞭《むち》打つ上にえりまで傷つけるそんな言動をした理由がわからない。

「でもなぜ、そんな話をする必要があるんです？　誰も喜ばない」

「考えられる理由はひとつ」

えりの気を惹《ひ》くためだ。その人物がえりに好意を感じていて、接近したとする。えりにはまだ前田への気持が残っている。それを払拭《ふっしょく》しようと、前田が不倫していたと告げる。ショックをうけたえりを、さらに支えるフリをして、えりとの関係を深める。

考えると、怒りに体が熱くなった。なんと卑劣な男だろう。

「何です？」

岬人にはわからないようだ。

「えりさんの気持を自分にひきよせるため」

「そんな。卑怯《ひきよう》すぎる」

岬人は目を丸くした。

「お父さんの友だちにそんな人がいたなんて思いたくないでしょうね」

もしそうなら、えりが憐《あわ》れだった。しずりは気持が沈みこむのを感じた。自分自身の名誉を守ろうとすればするほど、岬人やえりといった、前田の周囲にいた人間を、傷つけていく。

「待って下さい」

岬人がいって、携帯電話をとりだした。

「お袋に訊いてみます。親父と仲のよかった人なら、名前くらい覚えているかもしれない」

ボタンを押し、耳にあてる。

「あ、母さん、俺。あのさ、急に変なこと訊《き》くんだけど、親父が仲よかった友だちの名前とか覚えてない？　いや、警察の人じゃなくて」

間があった。

「え、誰？」

「オク何とかさん？」

しずりははっとした。

「奥平?」

と訊くと、岬人はそのまま、

「奥平さん?」

と訊《たず》ねた。

「ちがう。何? 奥畑? 奥畑さん?」

奥畑。どこかでそんな名を聞いたような気がした。どこだっただろうか。奥平に近いから、そう感じているだけなのか。

「奥畑、何ていうの?」

「で、何やってる人?」

「母さんは会ったことあるの?」

矢継ぎ早に岬人は訊ねているが、答の間を聞いていると、どうやらはっきりしないようだ。

「わかった。ご免、変な電話して。俺? 俺は大丈夫だよ。じゃあ」

電話を切り、しずりを見た。

「奥畑さんという人がいた、と。結婚式にきたって。仕事は、サラリーマンだったような気がするといっていました」

「いくつくらいなのかしら」

「年は、親父より少し上といっていました」

生きていれば前田は四十七だ。その少し上というなら、五十前後ということか。

「下の名前はわからない？」

どこで奥畑という名を聞いたのかを思いだそうと、しずりは訊ねた。

「覚えてないそうです」

その奥畑が、えりに、前田と自分の話を吹きこんだ人物なのだろうか。もしそうであるなら、えりに名前をぶつければわかる。だが、えりがしずりたちに二度と会ってくれるとは思えなかった。

その態度には怒りを覚えたが、もしだまされているのなら、理解はできる。

「その奥畑って男なのかな」

「わからない」

しずりは首をふった。

えりにぶつけられないのなら、奥畑の名を誰にぶつければいいのか。

しずりは目をみひらいた。西原だ。西原なら知っているかもしれない。

携帯電話をとりだした。だが、ただ西原に、奥畑という男を知っているかと訊ねても、正直な答が返ってくるとは思えない。

西原を誘導するのだ。頭をけんめいに働かせる。どう、欺《あざむ》く。

思いついた。西原の番号を押した。でてくれ、と心で祈った。

向かいでは岬人が無言で見つめている。

何回か呼びだしたあと、西原が応《こた》えた。

「もしもし」

「わたしの番号を教えたのね」

しずりはいきなりいった。

「え？　何いってるんです」

「この携帯の番号。奥畑という男よ。さっきかかってきた」

「何のことです。俺は誰にも教えてない」

「でもかかってきた。わたしに会いたいって」

「誰からだって？」

「奥畑」

西原は沈黙した。当たった、としずりは思った。奥畑とは誰だ、とは訊かない。

やがて、西原がいった。

「俺は教えてない」

「じゃあ、えりさんかしら」

「かもしれない」

これでふたつ目の当たりだ。えりのことを誰だとも訊かない。つまり西原は、前田の妻だったえりが沖縄にいて、奥畑と何らかのつながりがあるというのを、知っている。だから否定をしない。

「会うのか、あんた」

「もちろんよ」

「やめたほうがいい」

「なぜ」

「なぜでもだ」

「わたしの身が危いと？」

「おそらくな」

しずりは息を吐いた。

「じゃあ、そうする。奥畑を知っているあなたがいうのだから、きっとそうなのね」

「さっさと東京に帰って、全部忘れるのが一番だ」

「親切なのね」

「美人には弱い」

「えりさんも美人よ」

「それは俺には関係ない。もし忘れる気なら、俺の番号も忘れてくれ」

「考えておく」

しずりは告げて、切った。

「誰です」

「西原よ」

「さっきお店でいっていた、電話で脅迫されたというのは、あいつだったんですか」

しずりは頷いた。

「あなたが『伸弥』に入っていってすぐ、あの男から電話があった。沖縄にわたしたちがいることを知っていて、東京に戻ったほうがいい、といってきた」

「なぜそんなことをいったんだろう」

「わたしたちに沖縄にいてもらいたくないから」

「誰が、です。西原が？」

「ちがうと思う」

「えりさん？」

「それもちがう。もしえりさんなら、あなたに会おうともしなかった筈」

「すると、犯人」

しずりは頷いた。

「犯人が西原にいわせたのかな」

「そうかもしれないし、西原がわたしたちの身を心配して警告してきたのかもしれない」

「なぜ偽《にせ》記者が心配するんです」

「西原は、わたしに直接会っている。もしわたしたちの身に何かあったら、まっ先に警察に疑われる立場にある。だからそうなるのを避けたいと考えたのかもしれない」

岬人は考えていた。

「それは、西原が犯人ではない、と仮定しての考えですよね」

しずりは頷いた。

「僕たちが沖縄にいることの何がそんなに犯人にとって嫌なんだろう」

「えりさんだと思う」

答えて、しずりは気づいた。えりが、犯人にとっての弱みなのだ。えりと犯人は近い関係にある。なのに犯人はえりをコントロールすることができない。岬人やしずりに会い、感情の赴くままに言葉を口にする。その結果、しずりたちに自分の存在を知られてしまう可能性があると恐れているのだ。

「犯人はえりさんの近くにいるんだ」

同じことに岬人も気づいていた。しずりは再び頷いた。

「えりさんにもう一回会って、話しましょう。全部話せば、えりさんも本当のことをわかってくれるかもしれない」

しずりは黙った。本当のこととは何だ。

前田に犯人とのつながりがあり、あの事故の原因が、それを隠すためだったというのか。さらに、〝前田の不倫〟という嘘を吹き込み、あなたと深い関係をもった相手こそが犯人だ、と告げるのか。

「無理」

しずりはつぶやいた。

「そんなこといえない」

えりは決して信じないだろう。

「えりさんを決定的に追いつめてしまう」

「でもこのままじゃ、犯人を捜せません」

しずりは首をふった。犯人のいる場所はわかっている。えりのすぐそばだ。これまでの〝仮説〟をつきつければ、えりも、その男以外には犯人の可能性がないと気づく。

だがそれをしたら、えりだけでなく犯人も追いつめられる。

その結果、何が起きるのか、予想もつかない。

えりの身が危険になる。いやそれ以前に、えりが彼女自身に対して何を思うか、見当がつかない。

自分がもしえりだったら、そう考え、しずりはぞっとした。

えりがしずりたちの話に耳を貸さないのは当然だ。貸したら最後、えりの心は奈落《ならく》に落ちる。

「今は駄目」

「じゃ、いつならいいんです」

岬人はまっすぐな視線を向けてきた。しずりの態度に不可解さを感じている。真実をつきとめようとするのを、なぜためらうのかが理解できないようだ。

やはり沖縄にきたのはまちがいだった。自分が傷つくのを、人を傷つけるのを、これほど恐れて生きてきたのに、それをしようとしている自分がいる。

しずりは目を閉じた。

「今じゃない、いつか」

「牧さん――」

岬人が言葉を失った。

「ごめんなさい。わたしが悪かった。こんなことしちゃいけなかった」

目を閉じたまま、しずりはいった。

「何をいってるんです。どうしたんですか」

しずりはかぶりをふった。目を開け、心配そうにのぞきこんでいる岬人に告げた。

「帰りましょう、東京に。もうこれ以上、誰かを傷つけたくない」

24

長く気まずい沈黙がつづいた。岬人は混乱し、怒っているように見えた。しずりはそれに気づかないふりをした。

「でましょう」

しずりは伝票をつかみ、立ちあがった。

東京に帰り、すべてを忘れよう、と決めていた。岬人のことも含め、自分は夢を見ていたのだ。夢からさめるときがきた。

ホテルに歩いて戻った。

「明日、飛行機、何時だっけ」

しずりはいった。岬人は硬い表情のまま、

「午後四時二十分です」

と答えた。

「早めの便にかえられたら、かえましょう」

岬人の目に傷ついたような色が浮かんだ。

「牧さん、どうして」

「早く東京に帰りたいの」

岬人は唇をかんだ。不意に着ていたジャケットに手をさしいれ、紙をさしだした。

「チケットです。牧さんが早く帰りたいなら、どうぞ。僕はもう少し沖縄に残る」

しずりは受けとった。

「ありがとう。えりさんに、もう会おうとしないで」

「なぜ」

「なぜでも」

「わからない。どうして――」

いいかけた岬人の言葉をさえぎった。

「どうしても。わたしたちには、彼女を傷つける権利はない」

「待って下さい。どうして会うのが傷つけることになるんです。犯人が、えりさんの今の恋人だからですか」

「そんなの、わたしたちの想像でしかない」

「だったら確かめるべきじゃないですか。もしそいつがそうなら、えりさんをだました上に、牧さんについてもひどい嘘をついているんですよ」

岬人は立ち止まろうとしない。しずりは気づいた。岬人を動かしているのは、しずりへの思いだ。その思いを止めなければ、ひとりでも岬人はつっ走るだろう。しずりの名誉を守るという〝動機〟が岬人には生まれてしまった。

「嘘をついていたのはわたし」

しずりは心を殺し、いった。岬人を止めるには、これ以外方法がないと悟っていた。

「お父さんとわたしは不倫をしていたの。だからえりさんは怒った」

「嘘だ」

「本当。ごめんなさい。あなたに嫌われたくなくて嘘をついた」

岬人の顔が凍りついた。

「だからわたしには、えりさんに会う資格はない。あなたひとりでも、えりさんに会えば、わたしが焚《た》きつけたんだとえりさんは思う。そんな風に思われたくない。だからえりさんには会わないで」

「何をいってるんです」

岬人は顔を歪《ゆが》めた。しずり自身にも、何をいっているのかはわからなかった。とにかく、この場は、岬人にどう思われようと、えりに会うのをやめさせなければならない。

「いったい何のために沖縄にきたんです、それなら」

「あなたがきたがったから」

「えっ」

「そうでしょう。沖縄にいこうといったのはあなたよ。だからわたしは断われなかった」

卑怯なことをいっている。すべてを岬人のせいにする、卑怯な女になっている。だがこれが一番なのだ。しずりにあきれ、腹を立てた岬人は、もうしずりの名誉を守ろうなどとは思わないだろう。

「もう、面倒くさくなったの。ひどいことをいわれるのも嫌だし。子供のあなたにつきあうのも疲れた」

岬人の顔から表情が抜け落ちた。平手打ちをくらったように、呆然としている。

「いろいろ考えてもらって嬉《うれ》しかったけど、やっぱり大変だし、人からあれこれいわれるのはつらい。今さら何をしたって、死んだ人は帰ってこない。わたしとあなたも、別々の道を歩くのが一番だと思う」

「そんな勝手な」

「そう、勝手。わたしは勝手な人間なの。警察を辞めたのも、本当はお父さんとのことをいつまでもいわれるのにうんざりしたから」

ロビーで向きあった二人のかたわらを何人もの人が通りすぎていった。

岬人が目をそらした。

「何が何だかわからない」

「あなたが大人になったらわかる」

「そんなの関係ない。僕は本気で牧さんを――」

「やめて」

しずりは首をふった。

「それが一番面倒くさくなった理由なんだから。何を期待していたのか知らないけれど、あなたはお父さんじゃない」

決定的な言葉を投げつけた。岬人の顔が怒りに赤く染まった。

「なぜそんなことをいうんです」

「なぜ？　わたしがいわなければ、あなたはひとりでつっ走るから。わたしの気持を考えないで」

岬人は肩を揺らした。

「ありえない、そんないいかた」

「でもそれがわたしの本音なの。あなたがわたしに何を思って、どう考えたかは知らないけれど、ちがいすぎるのよ」

しずりは背を向けた。

「もう、わたしのことはいいから。東京に帰ったら、わたしはわたしの生活に戻ります。おやすみなさい」

岬人は無言だった。

エレベータのボタンを押し、開いた扉の内側にしずりは乗りこんだ。行先階を押すと、扉が閉まるまで、岬人の顔を見なかった。

部屋に入り、扉を閉めた。ベッドにすわると両手で顔をおおった。

岬人の部屋は隣だ。

声を殺し、泣いた。

前にも増して光を失った日々が始まった。

25

岬人との出会いが、つかのま、しずりの日常に色彩を与えた。だがそれを沖縄で切り捨て、戻ってきてからの毎日は、モノトーンでもかつて以上に暗く、沈んでいた。

仕事が終わると、中崎や藤原たちの誘いも断わり、まっすぐ部屋に帰った。眠りが浅くなり、煙草《たばこ》の本数が一気に増えた。

夜、目覚めると寝つけない。自然に心が向かおうとする岬人への思いを締めだし、ひたすら煙草を吸《す》った。

食欲が失せ、ほぼ一日、何も食べないで過すことも少なくなかった。体重が落ちた。スカートのウエストがゆるゆるになり、ジーンズの股上《またがみ》に格好の悪いシワが寄る。

沖縄から帰ってずっと、しずりは携帯電話の電源を切っていた。那覇空港で電源を切ったきり、入れていない。

あの日、しずりは午前の便に変更し、ひとりで帰京していた。

岬人がえりに会わないことを願っていたが、確かめる術《すべ》はなかった。だが、あれだけ傷つけられれば、何もする気にはなれない筈《はず》だと信じていた。

ようと思いながらも、ふとした弾みに岬人の気持を考えると、胸を抉《えぐ》られるような痛みが走る。

どれほど深く傷ついたろう。好意を抱いた女が父親と不倫をしていた、と告白したのだ。

しかもその女は、その直前まで、自分に対して憎からず思っているような素振りすら見せていた。

心をもてあそばれた、と岬人は感じているにちがいない。最低の人間、最低の女にかかわってしまった、と。

それでいい、と沖縄のホテルでは思った。しかし日がたつにつれ、後悔が心をしめつけてくる。

あそこまで岬人を傷つける必要はあったのか。人間不信にすら追いこみかねないほどの〝裏切り〟を味わわせてしまってよかったのか。

何より、岬人に憎まれるのがつらい。嘘《うそ》つきでわがままで、気まぐれな女だと思われるのはしかたないが、憎まれたくはない。

憎まれるように仕向けたのは、自分なのに。

引き返せるだろうか。

今さら、あれは嘘でした、というのか。

自分はあなたのお父さんと関係はもっていなかったし、沖縄にいったのも自らの意志だったと訂正するのか。

何が真実なのか、岬人は混乱するだろう。なぜそんな嘘をついたのか。岬人を苦しめるためだけの嘘だと思われる。

気づくと、心の中の岬人と会話している。あやまり、嘘だったと告げる。岬人は信じない。信じたとき、より一層の怒りを岬人は見せる。

そんなに僕を傷つけたかったのですか。

そうなってしまう。

その通りなのだ。何をどう、いいつくろおうと、岬人をずたずたにした事実だけは決して消えない。

モノトーンの日々には、深い自己嫌悪《けんお》の裂け目が開いていた。毎日、そこに落ちては、心を殺して這《は》い上がった。

やがて梅が咲き、それが桜にかわった。

春の訪れは、しずりには何の意味ももたなかった。

しずりが自殺をしなかったのは、この命がやはり、前田からの贈りものだという気持が、いまだに残っていたからだ。

桜の花が、春の強風に散り、木々の緑とともに、歩道に落ちる影の輪郭が濃くなった。

携帯電話は電源を切ったまま、おきざりだった。もともと、家族は家にしか電話をしてこないし、メールのやりとりをするような友人も少ない。

使わなくなって改めて、しずりは、自分には携帯電話など必要なかったのだと思い知った。

このまま部屋でひっそり死んだとしても、誰ひとり気になどしないだろう。東京という街には、いくらでもそんな人間がいて、自分はそのひとりに過ぎない。

会社では、近づいた大型連休に何をするか、という話題が増えていた。

藤原と坂本、関口は、二泊三日で韓国に旅行する計画を立てている。関口から声をかけられたが、それが決して積極的な〝誘い〟ではないことにしずりは気づいた。

――いちおう牧さんに声かけておこうよ。内緒にしてたと思われるとまずいから

やりとりが聞こえるようだった。

しずりが断わると、関口は残念そうな表情を浮かべたが、どこかほっとしているようにも見えた。

かつて以上につきあいが悪くなり、終業と同時に姿を消すしずりを、浅野香織が、陰で「幽霊女」と呼んでいることも知った。

驚きも怒りも感じなかった。むしろぴったりだ、と思った。

自分には幽霊がお似合いだ。できることなら、部屋から一歩もでずに暮らしていたい。

大型連休が翌週に迫った木曜日だった。

終業時刻になり、帰宅しようと廊下にでると、中崎に呼びとめられた。中崎は、別の課から席に戻る途中だった。たまたま廊下には誰もいない。

「どうしたんだ」

中崎はしずりの目を見つめ、いった。

「何が、ですか」

「体調が悪そうだ。どこか壊したのか」

「いえ。どこも悪くありません」

目を合わせず、しずりはいった。心配されているとは思わなかった。この三ヵ月、ミスが頻発していた。他の課員と比べて、目立って多いわけではないが、以前の自分と比べれば、雲泥《うんでい》の差がある。中崎はそれをいぶかっているにちがいない。

「立ち入ったことを訊きたいわけじゃないが、この何ヵ月か、ひどく具合が悪そうに見える」

「すみません。ミスが多くて」

しずりは頭を下げた。

「心配しているんだ。牧さんらしくない」

しずりは黙っていた。中崎は息を吸いこんだ。

「今の職場がつらいなら、いってくれ。人事課長が同期だというのは話したろう。何とかしてあげられると思う」

しずりは首をふった。

「いえ。わたしはこのままでけっこうです」

中崎はつかのま沈黙した。拒否された、と感じているだろう。その通りだ。自分には、人からの好意をうける資格などない。だから拒否する他ない。

廊下の向こうから声がした。中崎は咳《せき》ばらいし、いった。

「とにかく体には気をつけて下さい」

自宅に戻った。留守番電話が点滅していた。

たぶん母親だろう。メッセージを聞かずに消去してしまおうかとも思ったが、それも気がとがめ、再生ボタンを押した。

「植田です。ずっと連絡がとれないので、この電話番号を調べました。何かあったのでしょうか。連絡を下さい」

新宿で植田と会ってからも三月《みつき》以上が経過していた。植田は携帯電話の番号しか知らない。つながらないので事件を疑ったのかもしれない。

捜査部門ではないとはいえ、警察官からの安否確認を無視するわけにはいかなかった。

植田の番号は、携帯電話に入っている。

しばらく迷った末に、しずりは携帯電話を手にとった。

長く交渉が絶えていた植田敦美に連絡をとったのは自分だ。呼びだし、打ち明け、興味をもたせておいてそれきりというのは、あまりに無責任だ。

だが話すのは苦痛だった。メールを打って、それで逃れたい。

こちらは何ごともないが体調が悪い、といいわけを送ることにして、携帯電話の電源ボタンを押した。

バッテリーが切れていた。

携帯電話は、電源を入れていなくても、わずかな電力を消費している。警察官時代に得た知識だ。そのせいでバッテリーがあがってしまったようだ。

しずりは充電コードをつないだ。電源を復活させる。

メールと留守番電話の着信記録が表示された。メールはすべて岬人からで、五件入っている。

見てはならない、と思った。読まずに消去した。無視をしつづけるのだ。それがいまの自分に許された、唯一《ゆいいつ》の良心的な行為だ。

最後のメールはひと月前の日付になっていた。少なくとも沖縄でトラブルにはあわずにすんだようで、ほっとした。

植田のメールアドレスを検索する。新規メールを打とうとした瞬間、電話が振動した。まるで電源が復活するのを待っていたかのようなタイミングだった。

息を呑《の》み、液晶画面にうつしだされた番号を見つめた。見覚えがある固定電話の番号が表示されている。東京の市外局番だった。

誰だろう。

「――はい」

迷った末、ボタンを押し、耳にあてた。岬人でないことだけは確かだと思ったからだ。

「あら、よかった、つながった」

屈託のない年配の女性の声が耳に流れこんだ。しずりはほっと息を吐いた。高井梅子だ。

「高井さん」

「お久しぶり。ごめんなさいね、急に電話して」

梅子はいった。とすると、電源を切っていたあいだは一度もかけてきていなかったのだ。

「いいえ。何か」

「うーんとね、あれからひょっこり思いだしたの。ほら、一度奥平の旦那《だんな》さんがトイレに入っているときに電話がかかってきたっていったでしょ」

しずりは目をみひらいた。その瞬間、思いだした。沖縄で、岬人が母親に、前田の親しい友人について訊ねたとき、「奥畑」という人物の名がでた。

どこかで聞いた名だと感じたものの、どこで聞いたのかを思いだせなかった。

思いだした。高井梅子の口からだ。

「はい」

「奥畑さん。おとつい、ふっと夜中に目が覚めて考えてたら、突然思いだしたのよ。奥畑さんだった。やあね、年をとるって」

「ありがとうございます」

「今頃になっちゃったけど、役に立つかしら」

しずりは唇をかんだ。

「はい」

「それとさ、この前、中学の同窓会があって――。あら、いいかしら、こんな話をして」

「ええ、どうぞ」

「久しぶりに郡山に帰ったのよ。そのときに、南会津郡に嫁いでる子がいて。子ったってもう、七十過ぎだから笑っちゃうんだけど、たまたま旦那さんの出身地の話になったのよ」

「高畑田村《たかばたけだ》、ですか」

「そうそう。その名前もね、あの事件のときに刑事さんから聞いて、忘れたきりになっていたのだけど、その子から聞いて、ぱあっと思いだしたの」

「その方も高畑田村にいらしたのですか」

「ううん。でも、その人の旦那さんの本家が高畑田村だったらしいのよ。旦那さんのほうは、生まれたときから只見《ただみ》ってところなのだけど、今はもう亡《な》くなって、その人は郡山に帰ってるの。子供がそっちにいるから」

「そうなんですか」

「でね、その高畑田村ってのは、廃村になったとき、最後、まだ五軒の家があったのですって」

「五軒」

「そう、五軒」

「何というお宅が残っていたのでしょうか」

「奥平は入ってた。あと、その人の旦那さんの本家の、前田さん」

「残りの三軒は」

「さあ、そこまでは聞かなかった。ただ、ああ本当に奥平の旦那さんは、南会津の出身なんだって思ったのよ」

奥平と奥畑の字は近い。しずりは鼓動が早まるのを感じた。

「もしかすると、奥畑さんも高畑田村の出身だったのではないでしょうか」

「そうね。そういわれてみれば、そうかもしれない」

「畑」や「田」がつく姓は、農村にありがちだ。前に田畑があるので、「前田」「前畑」、あるいは田畑の奥にある家ということで、「奥田」「奥畑」。

奥平は、平地の奥にある、という意味だったかもしれない。

だが前田本人は、南会津の育ちではない。どこで奥畑とつながったのだろう。

「とにかく、すごい田舎だったらしい。でもそこそこお金はあったんですって、その五軒は」

「なぜです」

「ダムよ。高畑田村の裾野《すその》にダムができて、補償金が入ったらしいの。ちょうど高畑田村の田畑がダムに沈むっていうので」

「高畑田村は沈まなかったのですか」

「沈んでないみたい。でも、今はとても人がいけるところじゃないって」

しずりは息を吐いた。

「そうですか」

さすがに雪はもうとけているだろう。だがそこにいったところで何かがあるわけではない。

「こんな話、役に立たないわよね」

「いいえ、そんなことありません」

「じゃあよかった。あれきりだから、どうなったのかな、とも思ってたし」

「その後、もうひとつはっきりしなくて」

本当のことを口にできるわけもなく、しずりはいった。

「もし、あれだったら、そのお友だちを紹介するわ。郡山までいかないと会えないだろうけど」

「ありがとうございます」

「いいのよ。どうせ、あっちも暇してるだろうから。いつでもいって」

「はい」

「じゃ、またね」

明るい声でいって、高井梅子は電話を切った。

しずりはしばらくぼんやりとしていた。

廃村となった高畑田村に残った、最後の五軒の中に、奥平と前田の家があった。梅子が口にした、友人の夫の本家というのは、前田の父親の家にちがいない。

あと三軒。

おそらく奥畑もその中に入っている、という気がした。残りの二軒は何という名かはわからないが、梅子の友人の線をたぐっていけば、明らかになる可能性がある。

我にかえった。

自分は何を考えているのだ。もう事件にはかかわらないと決めたのだ。

気をとりなおし、再び植田へのメールを打ち始めた。

しばらく連絡しなかった非礼を詫《わ》び、体調不良で調査はつづけられそうにない、という文面にした。

送って、五分としないうちに、携帯電話が振動した。植田からだった。

しかたがない。しずりは心を奮いたたせ、電話にでた。

「はい」

「あ、よかった。牧さん本人だ」

植田はいった。

「メール、見てくれた？」

「見たからかけたんですよ。メールは本人じゃなくても打てるから」

いわれて気づいた。警察官らしい判断だ。安否確認に対し、あたかも無事でいるかのように別人がメールを打つ、という事態はあり得る。

それはつまり、植田がしずりに対し、事件に巻きこまれたのではないかと疑っていたことを示している。

「ごめんなさい」

「心配してました。沖縄の件、知らないですよね」

「沖縄の件？」

しずりの背がすっと冷たくなった。

「ええ。前田えりが死にました」

声を失った。

「牧さん？」

「いっ、なの」

「先月の初めです。自宅に強盗が入り、殺害されたようだと、沖縄県警は判断しています。被疑者は特定されていません」

「そんな――」

「死因は絞殺で、室内が物色され、現金と貴金属がもち去られていたようです。こちらではニュースにならなかったので、たぶんご存知ないだろうと思っていました」

何ということだ。しずりは目を閉じた。

「沖縄県警に不確定な情報を流すわけにもいきませんし、牧さんに相談しようと思ったら、ずっと電話がつながらないので、すごく心配になってしまって。何もなかったんですか」

「何もない。でも、えりさんにわたしは会った」

「えっ」

しずりは大きく息を吐いた。

「一月の中頃。那覇にいったの。前田さんのことを訊こうと思って」

「ひとりで、ですか」

核心を突いてくる。

「ちがう。前田さんの息子さんといっしょ」

告げてから、胸が苦しくなった。まさか岬人がかかわっているということはないだろう。

「この前の話にでた人ですね」

メモか何かを見ている気配があった。あの場ではとらなかったノートを、植田は作っていたようだ。

「仲本岬人。二十歳」

「そう。わたしひとりではえりさんから話を訊《き》けないと思って」

「そのときのようすはどうだったんです」

植田は刑事の口調になっていた。

「最初は仲本さんひとりでえりさんと会っていたのだけれど、途中からわたしが合流した。えりさんは、わたしが前田さんと不倫していたと、ある人間から聞いていて、それを信じていた」

「ある人間？」

「たぶん、生前、前田さんの近くにいた人だと思う」

「それは警察官ということですか」

植田の声がさらに鋭くなった。

「わからないけど、ちがう関係の友人じゃないかと。その人は、あの時点でえりさんと私的に交際しているように感じた」

「私的な交際というのは、つきあっているという意味ですか」

「ええ」

「前田さんの死後、えりさんとつきあいだした。その前か後で、牧さんが前田さんと不倫をしていたと吹きこんだ」

「そう、わたしは思った」

「その人物の名前は聞きましたか」

「いいえ」

　直接、えりの口から奥畑という名は聞いていない。

「でも、そうじゃないかと考えている名はある」

「そうじゃないか?」

　植田はいぶかしげに訊き返した。

「実は、わたしはえりさんとは直接顔を合わせるつもりはなかった。仲本さんひとりのほうが、感情的にならずに話してくれるだろうと思っていた。えりさんがわたしを疑っていたことはわかっていたし、血のつながりも何もないわたしが沖縄にきたら、せっかく始めた新生活に踏みこまれたように感じるだろうと」

「じゃ、なぜ合流したんですか」

「わたしの携帯に電話がかかってきた。前に話した西原という男からで、六年前も事件関係者に取材をしていた人物。西原はわたしが沖縄に仲本さんときていることを知っていた。なぜ知ったかというと、西原は情報を集めるために、おそらくは犯人かその周辺に雇われた人物で、えりさんを通じて、雇い主からわたしたちが沖縄にきているのを知らされたのだと思う。えりさんと会う前、わたしと仲本さんはえりさんのお店を訪ねた。そこにえりさんはいなかったけれど、防犯カメラがあって、わたしたちの映像を見ればわかったと思うの。それでえりさんがつきあっている人物に相談し、その人物から西原に連絡がいった」

「西原が電話をしてきた理由は何です？」

「警告。沖縄から早く帰れといわれた」

「だったら前田えりとつきあっていたのは西原で、その西原がほしかもしれません」

「でも犯人ならわたしに二度も、会わないでしょう」

「あのあとも会ったんですか」

植田は驚いたようにいった。

「わたしの会社の近くで待ち伏せしていた。そのとき、はっきりわかった。西原は、前田さんが生前、わたしに何か話していなかったかを探りたかったようなの」

「生前、とは？」

「あの事故の日から亡くなるまでのあいだに、村内に関することを話す機会があったんじゃないかと疑っていた。そのためにいろいろと君津についても調べ、情報交換をもちかける形で、わたしの口を開かそうとしていた」

植田は息を吐いた。

「ますます疑わしく思えてきます。本ぼしかもしれない」

「本ぼしなら、携帯電話の番号をわたしに知らせるような真似《まね》はしないと思う。わたしが本物の記者かどうかを疑っているようなことをいうと退散したけど」

「その西原の人台を教えて下さい」

人台とは、年齢や風貌《ふうぼう》、服装などだ。

「携帯電話の番号を」

教えると、植田はいった。

「で、話を戻します。沖縄に牧さんがいることを知って、西原は何と警告してきたんですか」

「わたしのしていることは度を超えていて、身に危険が及ぶ、と」

「じゃその時点で偽《にせ》記者だと認めたんですね」

植田は鋭く指摘した。

「ええ、認めた。その上で、君津政一の死は、わたしと無関係じゃない、といった。わたしと会ったことが君津の死につながったと。ただし、他殺なのかというわたしの質問には答えず、はぐらかした」

「よくそんな会話を」

あきれたように植田はつぶやいた。

「わたしはもう刑事じゃない。それと、西原の警告は、決して犯人の指図ではなくて、好意によるものかもしれないと感じた。わたしがえりさんの周辺に立ち入れば、犯人と顔を合わせる可能性がある。そうなったらわたしの身が危くなる、と思って電話をしてきたような気がするの」

「なぜそこまで親切にする必要があるんです」

「何となく。ただ感じただけ」

「牧さんの勘ですか」

「そこまでのものじゃない」

「結局、ほしは、牧さんたちじゃなく、えりさんを切るほうを選んだ。そのほうが安全だと考えたんでしょう」

「わたしは、翌日、東京に帰った。仲本さんにも、もう、えりさんには会わないほうがいい、といった。えりさんのことが心配だったから」

「心配とはどういうことですか」

「えりさんが犯人と極めて近い関係にあるって、話していて気がついた。もちろんえりさんは、そんなことは知らなかった。真実がわかったら、えりさんは耐えられないだろうと思ったのよ」

植田は黙った。やがていった。

「あと一歩だった。そう思うのは、わたしが現役だから、なんでしょうね」

その通りだ。警察官は容疑者を検挙することが任務の第一だ。事件関係者の感情に配慮するのは、第二、いや、第三、第四の順だ。

「でも、結局、えりさんは殺された。わたしが沖縄にさえいかなければ、そうならなかった」

「自分を責めてどうするんです。そんなことより、ほしを挙げないと」

「沖縄県警は、えりさんの周辺人物を洗ったと思う。奥畑という人間がいた筈よ」

「それがさっきいった、そうじゃないかと考えている名前なんですね」

「ええ。前田さんの父親や、練馬の強殺の被害者だった奥平と同じ、高畑田村の出身だと思う」

「やっぱりそこですか」

「高畑田村には、廃村直前、五軒の家が残っていたそうよ」

「五軒。あとの二軒は？」

「まだわからない。でもその五軒のあいだにあるつながりが、一連の事件にかかわっているんだと思う」

「何なんでしょう」

「恨み、あるいは何かの秘密、そんなことかもしれない」

「いつ、いくんです」

「え？」

「高畑田村です」

「いってももう、今は誰もいない」

「でも何か情報を得られるかもしれません」

いってから、植田が次の言葉を口にするまで少し間が空いた。

「つい、今でも牧さんが現役のつもりでいました。どうしますか、福島県警に問い合わせますか」

「たぶんそれは難しいし、無駄だと思う」

地元の警察に知られているような事実が理由なら、今になって殺人など起きない。

「ですよね。やっぱり、いって確かめてみる他ないですよ」

しずりは黙った。もうかかわるまい、と決めたはずなのに、えりの死によって気持が大きく揺れていた。

植田のいうことはわかるが、やはりえりの死の責任は自分にある。

と、同時に、犯人に対する激しい憤《いきどお》りを感じた。えりは犯人を信じ、しずりたちに対して、かばおうとしていた。犯人にだまされ、深い関係となった挙句、保身のために殺された。

「えりさんがかわいそう」

しずりはつぶやいた。

「ご主人を失ったことでずっと心を痛めていたと思う。ようやく沖縄での新生活が軌道にのったとたん、信じていた男に殺されたのよ。沖縄で会ったえりさんはかわっていた。華やかできれいになっていた。たぶん、その男のためにかわったんだと思う。なのに――」

「許せないですね」

植田もつぶやいた。

「沖縄県警に情報照会をおこないます。ただ、六年前の練馬といっしょで、強殺を別の人間にやらせた可能性はあります」

「ええ。それはきっとまちがいない。今になって、自分の足もとに火をつけるようなことはしないだろうから」

卑劣で残忍な男だ。亡くなった夫が不倫をしていたという嘘を吹きこんでまで自分のものにした女を、保身のためにあっさり殺す。

それもまた、他人の手を使って。

考えると、体が震えるほどの怒りがわいてきた。

どんな理由があれ、決して許すことはできない。必ず白日のもとに、その犯罪をひきずりだしてやる。

「福島にいく」

しずりはいった。決心していた。

26

高井梅子に連絡をとり、郡山に住む同級生の都合を訊いてもらった。

大型連休の後半は子供や孫たちと温泉旅行にいく予定があるけれど、連休前半ならいつでもかまわないというので、しずりは連休初日に郡山に向かった。

さすがに東北新幹線は混んでいた。「やまびこ」に乗ったしずりは、家族連れの帰省客などに囲まれ、到着までの一時間二十分を立ったまま過した。

郡山に泊まる気はなかった。梅子の友人から話を聞いたら、すぐに東京に戻るつもりだ。

旧高畑田村に、住人はいないのだ。そこまで足を運ぶのが可能かどうかもわからないし、今はまず高畑田村の最後の住人たちに関する情報がほしかった。

郡山の駅前は、進行方向左手、西側が発展していたが、とりたてて個性を感じさせる街並みではない。地方都市ならばどこでも見かけるような集合型の店舗ビルに、全国チェーンのショップやファストフード店などが入っている。

東京からきた人間にはありきたりに感じてしまうが、地元の人々にとって便利のよい店だけが残った結果ともいえる。

高井梅子の友人は、前田千代子《ちよこ》といった。千代子の夫の〝本家〟が、前田の実家ということになる。だがその前田は、東京生まれの東京育ちと聞いている。両親の段階で高畑田村を離れていたのだろう。

そう考え、しずりは奇妙なことに気づいた。

高畑田村が廃村になったのは、一九九〇年だ。二十数年前に過ぎない。前田は生きていれば四十七になる。両親が廃村を前に東京に移住しない限り、「東京生まれの東京育ち」とはならない筈だ。そしてもしそうなら、両親すら、高畑田村最後の住人とはならない。

さらに奇妙なのは、奥平正は二十代の頃、川口市で働いていたことがわかっていて、奥平の年齢から逆算すれば、それは一九九〇年をはるかにさかのぼる一九六〇年代の中頃だ。

前田の祖父母や奥平の両親が、村に残っていたのだろうか。

郡山の駅に降り立つと、しずりは前田千代子の自宅に電話をかけた。千代子は携帯電話をもっておらず、自宅に連絡をしたら、駅まできてくれる手筈になっている。

電話にでたのは、千代子ではなく、もう少し若い声の女性だった。

「牧と申しますが」

と告げると、

「あ、はい。母から聞いています。今、どちらでらっしゃいます？」

明るい声で訊かれた。

「郡山の駅に降りたところです」

「わかりました。これから向かいますので——」

駅ビル内にあるコーヒーショップを指定された。「十分かからないと思いますから、ちょっと待っていて下さいね。あ、それと牧さんの携帯電話の番号をうかがってよろしいですか」

娘か嫁のようだ。てきぱきとした口調に、しずりは安心した。

電話番号を告げ、コーヒーショップに入った。隣は土産物店で、福島名産の「ゆべし」や日本酒などを並べている。

前田千代子の住居は駅のすぐ近くのようだ。

コーヒーを注文し、立ちっぱなしだった足を休めた。

携帯電話をテーブルにおく。電源を復活させて以降、岬人からメールも電話もない。おそらくあきらめたのだろう。

犯人との対決を決意したしずりには、そのほうがよかった。岬人を巻きこみたくない。

危険なだけでなく、父親が犯罪に加担していた事実を暴《あば》く結果になるかもしれない。

　届いたコーヒーを飲み終える頃、ショートカットでジーンズ姿の四十くらいの女性が入ってきて、店内を見回した。手に携帯をもっている。

「牧さんですか」

「はい」

「よかった、前田です。実は母がきのう、家の階段でころんでしまって」

　しずりは目をみひらいた。

「大丈夫ですか」

「ええ。お医者さんにみてもらったら、骨は折れていないけど捻挫《ねんざ》していると。それで歩けないので、申しわけないのですが、うちまできていただけますか」

「申しわけありません。そんなときに」

　しずりは立ちあがった。

「いえ。高井さんからお電話をいただいて張りきっていたんですよ。車を近くに止めてありますので、乗って下さい」

　言葉通り、軽自動車がハザードを点《とも》して止められていた。後部席に中学生くらいの少女がすわっている。

「おばあちゃんのお客さんよ」

　紹介され、助手席にすわったしずりは笑みを浮かべ、頭を下げた。

「初めまして。牧です」

「刑事さん？」

興味津々《しんしん》という表情で少女が訊ねた。

「こら。先に挨拶《あいさつ》しなさいよ」

シートベルトをはめながら、母親が叱《しか》った。

「元、よ。元刑事。今はふつうのＯＬ」

「なんだ。前田なつきです」

「なんだって何よ。失礼じゃない」

「いえ、いいんです」

しずりは笑顔を少女に向けた。

「ごめんね、がっかりさせて」

「主人は今日、仕事で。郡山市の科学館で働いているんです。お休みの日は、子供たちがくるので、かきいれどきなんです」

前田という姓を聞いて、気づいていた。千代子の息子の嫁のようだ。

駅からまっすぐのびる道を軽自動車は進み、最初の大きな信号を右折した。そこからはもう住宅地だ。

玄関のかたわらに駐車場がある一戸建ての前で軽自動車は止まった。

「なつき、牧さんをおばあちゃんの部屋に案内してあげて。お母さん、車入れるから」

初対面の相手の家に上がりこむのは、刑事を辞めて以来、初めてだった。

「どうぞ」

なつきと呼ばれた少女は、玄関の扉を開いていった。

「じゃ、失礼します」

しずりが玄関をくぐると、

「おばあちゃん、きたよー」

少女は家の奥に向かって声をはりあげた。

「はーい。上がって下さいな」

玄関を入ってすぐに階段があり、返事はその階段の上から聞こえた。

「どうぞ」

少女はスリッパをしずりのために用意してくれた。

「ありがとう。お邪魔します」

スリッパにはきかえ、階段を登る。先にあがった少女が、二階のつきあたりの部屋のドアを開いた。

仏壇が床の間にすえられた和室だった。低めの丸椅子《いす》に年配の女性が腰かけている。右足首から下に包帯が巻かれていた。

「いらっしゃい。すみませんね、わざわざ家まできていただいちゃって」

孫の手を借りて立ちあがろうとするのを、しずりは急いで押しとどめた。

「どうかそのままで。わたしのほうこそ、こんなときに申しわけありません」

「いいえ。梅子ちゃんから、すごくいい刑事さんだって聞いていたから」

丸椅子の前の座卓に座布団《ざぶとん》がセットされていた。しずりはそこに正座した。

「足を崩して下さいよ。あたしがこんな格好なんだから」

千代子はいった。丸顔でふっくらとしていて、柔和な顔立ちだ。細身でてきぱきとしている梅子とは対照的だ。

「お加減はいかがですか」

「いや、もう、年をとるとね。ちょっとしたことでつまずいちゃうから嫌になっちゃいますよ。お気になさらないで。痛み止めも飲んでますし」

一度でていった少女が、盆の上に急須《きゅうす》と湯呑《ゆの》み、クッキーをのせて戻ってきた。孫にもたせているのは、嫁として配慮しているからかもしれない。

「どうぞ」

「ありがとうございます」

千代子が手をのばし、急須から茶を注いだ。

そのままぐずぐず部屋に残ろうとする少女に、

「あんた下にいってなさい。お母さんに怒られるよ」

と優しい口調でいった。

「はーい」

つまらなそうに少女がでていくと、

「すみませんね。探偵小説とかマンガが大好きで、東京から女の刑事さんがみえると聞いて、興奮してるんです」

千代子は頭を下げた。

「いえ。わたしはもう警察を辞めております」

しずりはいった。

「あら、そうなの。そういえば梅子ちゃんもそんなことといってたかしら」

「はい。ただちょっと気になることがあったので、高井さんのご好意に甘えて、こちらまでうかがってしまいました」

「いいのよ、どうせ暇なんだから。若い人のお役に立つなら何でも訊いてちょうだい」

千代子は笑った。

「早速ですが、亡くなられたご主人が、高畑田村とご関係がおありだったとか」

「主人の実家があったんですよ、高畑田村に。もともと、あの村は、五つしか家がなくてね。家がないってのは、五軒しかないってことではなくて、姓が五種類しかないって意味なの。もちろん本当はね、他にもちがう名字の人もいたのだろうけど、村民の大半がその五つの姓のどれかだったみたい。かわってるでしょう」

しずりは頷《うなず》いた。地方によっては、ある集落の大半が同じ姓だという話を聞いたことがある。同じ姓だからといって、全員が親戚《しんせき》というわけでもないようで、そのあたりの理由まではわからない。

「どういうところだったのでしょうか。高畑田村は」

「もう、とんでもない田舎。何度か、法事とかで、主人といったことがあるけれど。よくあんなところに人が住んだというくらい。もしかしたら、先祖は落人《おちゆうど》か何かだったのかもしれないわね。昔は林業とかで食べていけたのだろうけれど、冬になると道は雪で埋れてしまって、本当に山奥なの」

「その頃は何軒か家が残っていたんでしょうか」

「さっきいった五軒だけね。前田でしょう、前畑、奥畑、奥寺、あともう一軒、何といったかしら」

「奥平、ですか」

「そうそう」

「ご主人のご実家というのは、どなたがいらしたんです?」

「主人の両親と、お兄さんね。お兄さんはやっぱり東京にでていったけれど」

「もしかするとそのお兄さんの息子さんは、警察に勤めていたのではありませんか」

「あ、それはね、養子にもらった息子さんね」

しずりは千代子を見つめた。

「養子?」

「そう。お兄さんのところは子供がいなくてね。それで養子をもらったのよ」

「どこから?」

「奥畑さんところ。奥畑さんところの三男坊だったかな。四、五歳のときにもらって、東京に引っ越したのよ。そのときに確か、ダムの補償金がでて、お兄さんがそれをもって東京にいったの。うちの主人なんか怒ってたわよ。同じ兄弟なのに、お前は村を離れてたのだからもらう資格はないっていっといて、もらったら自分もさっさと東京へでていったって」

「それはいつ頃のことですか」

「ええと、ダムができたのが、昭和四十何年だから四十年ちょっと前よ」

「養子の方のお名前は？」

「光介だったかな。前田光介」

まちがいない。前田だ。

東京生まれの東京育ちというのは嘘《うそ》だったのだ。しかも前田の本当の両親は、奥畑という。

「光介さんの義理のご両親は？」

「それがね。光介さんが大学でて就職された頃かな、あいついで亡くなって。そうなると実際は血がつながってないものだから、うちの主人とも疎遠《そえん》になっちゃって」

「ご主人のご両親は、ずっと高畑田村にいらしたのですか」

「いたわね。といっても、もちろんだいぶ前の話だけど。主人の母が亡くなったのが、昭和六十三年だから、ええと――」

「二十三年前ですね」

「そんなものね」

「すると高畑田村が廃村になったときにはもう……」

「翌年か、翌々年でしょう。廃村は」

「他の四軒はどうだったのでしょう」

「それがよくわからないの。特に奥寺と前畑の二軒は、いつなくなったのかもわからないって主人がいってた。わかってるのは、奥平と奥畑の二軒。奥平の家は、高校をでてすぐ息子さんは家をでてった。ただ、ちょくちょく帰ってきてはいたみたい。もちろん、主人が噂《うわさ》を聞いたのは、二十年くらい前の話だけど」

「息子さんというのは、正さんですか。奥平正」

千代子は首を傾《かし》げた。

「名前までは覚えてない。ダムの補償金のことで主人が実家と仲たがいしちゃって。ほとんど帰らなくなったのよ」

「息子さんは七十六くらいになると思うのですが」

「そうそう。主人と同じ年だって聞いたから、そんなものかしら」

六年前、殺されたとき奥平正は七十だ。おそらく高校を卒業してすぐでていった息子というのが、奥平正だろう。

「奥畑の家はどうなったのでしょうか」

「まだ住んでいるかもしれない」

「えっ」

しずりは耳を疑った。

「高畑田村にですか」

「男の子が三人いたの。一番下が養子にいって、まん中もでていったけれど、一番上のお兄さんは、どこかにいったっていう話を聞いていないから」

「一番上のお兄さんというのは、いくつなのでしょうか」

「さあ……。待って、一番下の養子にきた子とはずいぶんひらいてたから、七十近くにはなると思うけど……」

「何をして暮らしてらっしゃるんですか」

「何しているのかしら。でもね、若いときから、変り者は変り者だったみたい。すごく頭がよくて、会津若松の高校から東大いったのに、三十くらいで戻ってきちゃったのよ」

「一番上のお兄さんが、ですか」

千代子は頷いた。

「学者か何かになるものだって、皆思ってたらしいのだけど、やっぱり頭のよすぎる人ってのは、ちょっとちがうのね。大学をでて、どこかに少し勤めたらしいんだけれど、辞めて、帰ってきちゃったんだから」

「ご兄弟のまん中は？」

千代子は首をふった。

「どうしてるのかしら。年は、光介さんより十五くらい上だと思うんだけど」

しずりは計算した。養子にいき、前田光介となった三男が、生きていれば四十七だ。それより十五上の次男が六十二。長男が七十近いというのは不自然ではない。

黙っていると、千代子がいった。

「あの五軒は、不思議だったわね」

「不思議？」

「最後まで残ってたせいもあるんだろうけれど、変なくらい仲がよくて」

「どういう意味で？」

「帰ってきた奥畑の長男が、五軒全部を仕切ってるような感じだった。まあ、若い人がいないから、何かと頼られていたとは思うのだけれど」

長男を仮に六十五歳とした場合、高畑田村に戻ってきた三十歳のときは、昭和五十一年頃になる。

「たとえば、奥平の家なんかは、息子さんが帰ってくると、その長男にあれこれ顎《あご》で使われてたというのよ」

「でも年は上ですよね。奥平さんの息子さんのほうが」

奥平正であるとすれば、生きていれば七十六になる計算だから、奥畑の長男が六十五を越えているとしても年上だ。

「そうなのよ。奥平の家はね、上に二人いたのだけど、お兄さんが戦災で亡くなって、お姉さんは会津若松に嫁いでいて、たぶん残ってた両親の面倒を、帰ってきた奥畑の長男がみてやってたんだと思うの。そのせいもあるのかもしれないけれど」

過疎化し、老人ばかりとなった村にひとり戻ってきた三十代の男が、精神的な支柱となったということだろうか。

「うちの主人の兄も、年齢からいえば、親とはいわないまでも、十以上も上だったのに、やっぱり逆らえなかったみたいで、村に帰ると、奥畑の長男に指図されてるって、主人が怒ってたもの。まあ、遠い親戚より近くの他人というから、わからなくもないけれど

とでしょうか」

「奥畑さんのご長男が、高畑田村に残っていた五軒の家をとりまとめていた、というこ

ね」

「そうね」

「奥寺さんと前畑さんのお宅も同じような状況だったのですか」

「そこらへんはわからないの。ただその二軒は、子供がいなかったか、縁が切れちゃったかして、本当に年寄りだけだったみたい。そういう家にとっては、近所の若い人が世話を焼いてくれるのはありがたい話よね。うちの主人も、中学を卒業してすぐでてしまったのだけど、とにかくバス停から歩いて一時間近くかかるようなところだから、最初にバイクを買うまでは、ほとんど帰らなかったっていってたくらい」

そこまでの辺地というのは、さすがに想像がつかなかった。

「何しろ、十一月の終わり頃には雪が降り始めて、わたしが若い頃は六メートルは積もったかしら。今じぶんでもまだ雪が残っていたもの」

一年の半分近くが雪に埋もれていることになる。

「そんなに。じゃあ冬の間は外へでられないんでしょうか」

「道も雪で塞《ふさ》がっちゃうから、いきさできないものね。だから冬の間は元の村に帰っていた人もいたのじゃないかしら」

「元の村？」

「あら、梅ちゃんから聞いてない？　高畑田村というのは、もともと畑田《はたけだ》村から出作《でづく》り

をしにいっていた人たちが作ったのよ。高畑平《だいら》というところに」

「出作りというのは何です？」

しずりが訊《たず》ねると、千代子は微笑《ほほえ》んだ。

「そうよね。若い人はわからないか」

そして説明した。

奥会津のそのあたり一帯は、今でも米が作れない。寒冷な気候が原因なのではなく、日照が乏しいのが理由だ。北海道で稲作に使われている品種を植えつけても、周囲を高い山に囲まれた地形では、日当たりをさえぎられるため、秋の、稲穂をふくらませるのに最も必要な期間、充分な日照をうけられないのだ。

そのため、住人は別の農作業や林業によって生計を立てる他なかった。だが、もともとが山間で耕地面積が限られているため、農家の次男、三男などは、自家の土地を使うことができず、さらに山奥へと入って開墾を余儀なくされた。

「少しでも平らな土地があったら、木を切って、根を抜き、開墾したようよ。でもそうできる土地は広くはないでしょ。だからあちこちにそういう畑をもって、夏のあいだだけ、便のいい場所にたてた家に住むわけ。それを出作り小屋といったの。でも道路ができて、電気が通じるようになると、冬の間でもそこで暮らすという人が増えてきた。そういう人が高畑田村を作ったのよ」

「でも、ご主人の本家が高畑田村だったとさっきおっしゃいましたけど」

「そう」

千代子は頷いた。

「だから本家の本家が畑田村で、そこをでていって高畑平に村を作った人たちが、新たに本家を名乗ったわけ。それは結構、昔のこと。戦前とか終戦直後とかね。まだそのころは、あのあたりでとれるヒノキなんかが商売になったから。やっぱり人が減ったのは、林木が商売にならなくなったのが一番の理由だと思うわ。輸入する材木のほうが安くなっちゃって、林業じゃ食べていかれなくなったのよ」

しずりは頷いた。

「畑田村には、高畑田村のことをいろいろとご存じの方がいるんでしょうか」

千代子は首を傾げた。

「どうかしら。もしかすると、早いうちに戻った人はいたかもしれない。でもね、うちの主人がそうだったように、高畑田村にダムの補償金がでたっていうんで、本家とうまくいかなくなった人もいたと思う。結局、冬のあいだ戻ってると、本家の厄介者になるわけじゃない。そういう扱いが嫌で、冬も戻らないでいた人たちが村を作ってたのよ。耕地がダムに沈むんで補償金をもらって急に金持になったものだから、立場が逆になる、みたいなこともあったりして」

「それは高額だったんですか」

「そうね。今から見たらたいした金額じゃないだろうけど、何百万ていうお金がいっぺんに入れば、人もかわったのじゃないかしら」

四十年以上前なら、数百万の現金が一度に入れば、確かに人生が一変したかもしれない。

高畑田村の五軒の家に、ダムの補償金がおりたとき、奥平正は三十代の半ばくらいだ。

しずりは手帳を開いた。ちょうどその頃の奥平の経歴がわかっていない。二十代から三十代にかけては川口の鋳物《いもの》工場の工員とタクシーの運転手をしていて、次に何をしていたのかがわかるのは四十代になってからなのだ。

が、次の瞬間、メモの古い記述に目がとまった。

その四十代のときに新橋で経営していた貿易会社「五欧商事」の共同経営者の名は「前畑庸三」だ。

「前畑庸三さん」

しずりは千代子を見た。

「この名前に覚えはありませんか」

千代子は首をひねった。

「奥平正さんと一時期、いっしょに会社をやっていた方なんですが」

「だったらきっと、前畑の家の人じゃないかしら。五軒は仲がよかったっていったでしょう」

奥平と前畑の接点、そして二人が貿易会社を始めた理由が、しずりはわかった気がした。

ダムの補償金を手にした奥平は、同じ村出身で年齢も近かった前畑と共に会社をおこしたのだ。元商社マンと元タクシー運転手が、なぜいっしょに会社を始めたのか、当時捜査本部でも首をひねった謎《なぞ》が、今、解けた。

捜査の対象となった人間で、他にこの五軒の姓をもつ者はいなかっただろうか。しずりはメモをめくった。村内や君津は、出身地からして、異なることがわかっている。

前田家は、長男が奥畑家の三男を養子にして、それが前田光介。

奥平家は、兄は戦災で亡《な》くなり、次男正が六年前の強盗殺人の被害者だ。

奥寺家の消息は今のところ不明。

前畑家は、ダムの補償金を手にした庸三が、奥平正と「五欧商事」をおこすも、プラハで死亡。

奥畑家は、三人の男子のうち、長男が村に戻っている。三男が前田光介とすると、沖縄でえりとつながっていた人物は、次男ということになる。

「奥畑さんのご長男の名前はわかりますか」

「ええとね、確か、洋介。そう、洋介といったわ。太平洋の洋で」

「次男の方はどうです。三男が光介ですから、やはり何とか介といわれたのでしょうか」

千代子は宙を見つめた。けんめいに記憶の底を探っているようだ。

「けいすけ、だったと思うわ。土ふたつの圭介よ」

「ありがとうございます」

奥畑圭介。書きつけた文字をしずりは見つめた。この男こそが、すべての事件の背景にいるのだ。

あとはどうやって追いつめるかだった。

27

東京に戻り、二日が過ぎた。大型連休はあと三日間、残っている。

五月三日、しずりは植田と会った。植田は休みで、二人は互いの足の便がいい渋谷で待ち合わせた。

「奥畑の身許《みもと》が判明しました。大物です」

公園通りのカフェテラスで会うと、植田は開口一番いった。

「大物？」

「携帯電話やパソコンに使う、半導体の製造会社『オデヤル』のオーナー社長です。『オデヤル』は、東京に本社があり、沖縄に工場をもっています。従業員数は二千人と、決して大企業ではないのですが、製品は国内外の電子機器メーカーに納入されています。『オデヤル』は二十年前に設立され、その二年後に沖縄に工場進出しています。社長の奥畑は、都内の他に、那覇や石垣島にも家をもち、年の半分はそちらで暮らしているようです。沖縄県警によれば、奥畑は前田えりとの交際は認めましたが、殺害への関与は否定しました。現場の状況が強殺である以上、資産家の奥畑がほしとは考えられず、沖縄県警は捜査対象から外したようです」

「奥畑の下の名前は？」

「圭介です。奥畑圭介。六十二歳で、結婚歴はありますが、現在は独身」

メモを見て、植田は答えた。

しずりは目を閉じ、いった。

「そいつがほしよ」

「でも、動機は何です？　ここまで成功した奥畑が、なぜ殺しをするんですか」

「手を下したのは、もちろん本人じゃない。奥平正のときは村内を使い、その村内を君津に殺させた。これは非常に残念なことだけど、その二件の殺人に、前田さんがかかわっている。前田さんは、養子に入る前は、奥畑家の三男で、奥畑圭介のすぐ下の弟だった」

植田は目をみひらいた。

「牧さんは養子の話を、前田さんから聞いたことがありましたか」

しずりは首をふった。

「ない。前田さんは自分が養子だということはもちろん、小さい頃、高畑田村にいたのすら、話さなかった。生まれも育ちも東京だといっていた。実際は、前田さんの養父母がダムの補償金をもらってから、東京にでてきたのに」

「前田さんの息子さんも、それを知らなかった？」

しずりは頷いた。岬人は知らなかったし、岬人の母親である最初の妻にすら前田は話していなかったようだ。

「なぜ、隠したんでしょう。山奥の村の出身だというのに抵抗があったんですかね」

植田は首をひねった。

「ちがうと思う。何か、隠したい理由があった」

岬人の母親の話では、奥畑圭介は前田の結婚式に出席しているが、〝友人〟で通していたようだ。本当は血を分けた兄であるのに、それを告げなかったのには、前田の感情的な問題だけではない理由があったにちがいない。

「でもそれだけでは、前田さんが奥平正の強殺に関係していたという証拠にはならないし、奥畑圭介が一連の事件に関与する動機も不明です」

植田の言葉にしずりは頷いた。沖縄で交した、岬人との会話を思いだした。

奥平が奥畑をゆすっていたのかもしれない、としずりがいうと、

――成功して、新聞とかテレビにでて、奥平に「あいつがあんなに偉くなった」って、バレちゃったんだ。それでゆすられて、殺すことにした。きっと、そうだ！

岬人は大きな声をだした。そのときは、単純だがつじつまは合う、と思った。

前提となったのは、「五欧商事」の、奥平の共同経営者、前畑庸三がプラハで客死したのが、殺人であったかもしれないという話だった。

「奥畑圭介は、経営者として著名な人物なの？」

しずりの問いに植田は頷いた。

「沖縄の財界だけでなく、東京でもそれなりに名を知られた社長のようです。経済誌のインタビューを受けることもあるらしくて、わたしもそのひとつをネットで検索して読

みました。社名の『オデヤル』は、出身地の福島県南会津郡の方言で『日の出』という意味らしいです」

「奥畑圭介と前田光介の上に、兄がいる。その兄は、東大をでてどこかに勤めたあと、故郷に戻って、今でもそこで暮らしているそうよ」

「高畑田村で、ですか」

「たぶん。わたしに話してくれた人によると、相当に変り者だけど、村に残っていた住人には頼られていたらしい」

植田は考えこんだ。

「その兄のことはともかく、奥畑圭介が、奥平正と過去接点があり、それが理由で殺されたと考える他ないような気がします」

「わたしも同じことを思った。奥平正は、高畑田村をでたあと、鋳物工場やタクシー会社で働いていたんだけれど、四十代になって突然、新橋で貿易会社を始めている。そのときの共同経営者の名前は、前畑庸三。たぶん、高畑田村の五軒の家のひとり。その五軒は、彼らが貿易会社を始める少し前に、耕地がダムに水没することによる補償金をうけとっている」

「それが貿易会社をおこす原資になったんでしょうか」

「それもあるけど、前畑庸三は何年かあと、プラハで死んだ。その生命保険金を会社はうけとっている」

植田は顔をあげた。

「それはいつです」

「二十八年前。でも奥平は日本にいたアリバイが成立したし、死亡を調査した外務省の職員も病死だという報告をだしている」

「その件について調べてみます。主人の姉が外務省の人に嫁いでいるんで、何とかなるかもしれません」

しずりは頷いた。

「動機として考えられるのは、このあたり。奥平正は、前畑庸三の死によって保険金をうけとり、その後貿易会社を畳んでいる。元商社マンの前畑なしでは会社はつづけられないから、それ自体は不自然には見えなかったと思う。それから八年後に奥畑が会社を作り、成功させている。もし奥畑が一連の事件の主犯なら、当然その頃から奥平とも接点があった」

「前田さんはそこにどう関係してくるんですか」

しずりは首をふった。

「わからない。『五欧商事』がなくなったとき、前田さんはまだ学生だった。まさか事件に加担しているとは思えない」

「奥平はともかく、奥畑を『五欧商事』と結びつける材料がありませんね。やっぱり調べてみるしかないか」

「ええ」

そのあたりの調査は、自分には難しいとしずりは感じていた。

「わかりました。で、牧さんはこれからどうするんです?」

「どうすれば奥畑圭介を追いつめられるかを考えてみる」

「危険じゃありませんか。自分のつきあっていた女すら殺させた奴《やつ》ですよ」

「わかってる。でも奥畑はもう、わたしのことを知っている。西原を通じて」

「例の自称記者ですね。いただいた携帯の番号は、トバシのもので実際の所有者はたどれませんでした」

携帯電話や銀行口座は、架空名義での契約が法で禁止されている。だが、そうなれば、それを商売にする連中も現れる。トバシとは、裏市場で売買される、架空名義の商品のことだ。

「西原は、今でも何らかの形で奥畑とつながっていると思うの。それを突破口にする」

「でもそれはかなり危険です。牧さんは、警察との関係があるから簡単には手をだせないけど、西原の口を塞ぐのは簡単でしょう」

植田にいわれ、しずりは息を吸いこんだ。

その通りだ。

前田えりの死を招いたのは自分だ、という苦い思いがある。この上、西原まで同じ目にあわせるわけにはいかない。

何か、別の接触方法を考えるべきだ。もし次に狙《ねら》われるなら、他の誰でもなく、自分を襲わせるように。

恐しくもあったが、前田えりが殺されたことで、しずりは、もう退《ひ》けない、と決心していた。

古い事件を探り、隠しおおせたと犯人が信じていた真実を掘りおこそうとしたことが、君津や前田えりの生命を奪わせる結果を招いたのだ。

始めたのは自分だ。なのにその自分が殺されるのが恐《こわ》いからと逃げるのは、決して許されることではない。

岬人が調査から外れていることも、しずりの決意を強めていた。

もう、誰も巻き添えにはしない。

怒りも悲しみもない、一本の線として生きようとしていた自分が、こうして後戻りできないところまできてしまったのは、いったいなぜなのだろう。

岬人との偶然の出会い。それさえなければ、自分は会社と自宅の往復という、判で押したような生活をつづけていたにちがいない。

前田だ。

ふと、思った。およそ非科学的で、迷信めいた考え方だが、前田が、自分と岬人をひき会わせ、ここまで踏みこむきっかけを与えた。

その理由は、しずりが前田に抱いていた、決して消せない罪悪感。

罪悪感の根源は、しずりを救おうとして前田が命を落としたことに対してではない。そうしてくれた前田に、なぜか感謝の気持が生まれなかったことに対してだ。

迷惑だとすら、感じていた。

岬人に出会い、誰かを守るためならこの身を投げだせる、という気持を初めてもった。

前田がそうさせたのだ、と考えれば、すべてが納得できる。

気に病むことはない、俺には俺の理由があってそうしたんだ——前田の声が聞こえるような気がした。

いや、それすら、すべて自分に都合よく解釈しようと、しずりの心が生みだした妄想だろうか。

だが、前田が事件にかかわっていたのなら、その死の責任の大半は前田本人にある。

村内をそそのかし、しずりを襲わせた。それをきっかけに、前田は村内を射殺するつもりだったのではないか。が、失敗し、次にしずりに銃を託した。

しずりの手にした銃に怯《おび》えた村内が道路にとびだし、君津のトラックにはねられるか、しずり本人が村内を射殺することを願って。

それは植田のたてた仮説だった。だがこうして次々と明らかになる事実に沿うと、これ以外はない、とすら思えてくる。

前田にはめられ、人生がかわってしまった。

なのにその前田は生きておらず、真実を語る術《すべ》はない。

だからこそ、前田は、しずりが真実と向きあうことができるように仕向けたのではないか。

「牧さん」

植田の声に我にかえった。

「大丈夫ですか」

「もちろん。やるべきことがわかったの」

しずりはいった。

「何です？」

「高畑田村にいってみる。前田さんや奥畑圭介の兄である、奥畑洋介さんに会う。二人のお兄さんの洋介さんなら、きっと何かを知っていると思うの」

「でも、ひどい田舎に住んでいる人でしょう。変り者で」

植田は信じられないようにしずりを見つめた。

「その高畑田村が、事件の始まりだった。奥平、前田、奥畑、前畑、関係した人間はすべて、同じ村の出身なのよ。その村で今から何十年も前に生まれた関係が、事件の理由になっているとしか思えない。あなたが知りたい、奥畑圭介の動機も、お兄さんならわかるかもしれない」

植田は息を吐いた。納得はしていないが、他に思いつく手だてがない、といった表情だ。

「でも気をつけて下さいね。奥畑圭介が牧さんのことを知っている以上、そんな田舎にいくのは、襲ってくれというようなものです」

「確かにそう。でもそれでわたしに何かがあったら、奥畑圭介が事件に関与している、状況的な証拠にはなる」

植田は首をふった。

「それじゃ令状《フダ》はでません」

しずりは微笑んだ。

「わたしはもう警察官じゃない。逮捕できなくても、真実を知ればそれでいい」

「殺されちゃったら、それどころじゃないでしょう」

植田は怒ったようにいった。

「そうね」

何だろう、この気持は、絶望しているわけでも、自暴自棄になっているのでもない。なのに、恐しいという感情がわいてこないのだ。

怒りは、ある。が、その怒りがしずりの背を押しているのでもない。

強いていうのなら、決着をつけたいという気持だ。

六年間、自分を苦しめてきたこの状況が、誰によってなぜ引き起こされたのかを、はっきりとつきとめる機会が、今目の前にある。

それに背を向けたら、安全ではあるかもしれないが、残りの人生すべてを自分は答のでない問いかけに埋もれて暮らすことになる。

そんな生活はもう嫌だった。過去六年間の苦しみと同じものがこれからもつづくというなら、まだ我慢もできる。

しかしこれからの悩みは、まるでちがうものになってしまう。

前田は善意で自分を救い、ああなったのか。それとも、犯行の過程で起こった事故だったのか。

高畑田村の人間関係が、その問いに答を与える。前田の隠していた過去が明らかになり、それが真実を知る者への道しるべとなっている。

そこに向かわないわけにはいかない。

「でも殺されなければ、奥畑圭介を取調べる、重要な証拠が手に入るかもしれないでしょう」

「奥畑洋介という、その兄が、何かを証言するというんですか」

しずりは頷いた。

「そんなの、知らない、忘れた、といわれるかもしれないじゃないですか」

「そうならそうで、わたしが狙われる理由にはならない」

植田は首をふった。

「へ理屈ですよ」

しずりは微笑んだ。

「かもしれない。でも今のこの状況証拠だけでは、再捜査は絶対に無理。六年前の事件はもちろん、君津の死だって自殺で処理され、えりさんの強殺の容疑者からも、奥畑は外されている」

植田は唇をひき結び、頷いた。

「できるのは、何かを知っていて、それを話してくれそうな関係者にあたることだけ。奥畑圭介に会いたいといったところで、多忙を理由に断わられるのがオチでしょう」

「ええ。たとえ会ってくれても、自分ほどの立場にある者に何をいっているんだ、で終わりでしょうね」

手ごころを加えるということは決してないが、警察も、社会的地位のある人間に対する捜査は、慎重になる。捜査対象から外した奥畑圭介を再度ひっぱりだすには、大きな理由が必要だ。

「となると、やっぱり残るのは、奥畑洋介しかいない」

植田は頷いた。

「ですね」

28

西原を保険につかおう。しずりが思いついたのは、植田と別れ、自宅に戻るため山手線に乗っているときだった。

沖縄にいたしずりに、前田えりに近づくなと西原が警告してきたのは、奥畑の意図ではないとしずりは確信していた。

西原は、奥畑を恐れたのだ。もっといえば、奥畑がしずりを傷つける、あるいは殺すのを、恐れた。

その理由は、しずりに対する好意ではない。

西原が自分に、ある種の好意を抱いているらしいことはわかっている。それがなぜなのか、考えても意味はない。だが西原が、しずりの身を案じるのは、自己保身のためだ。

西原は記者を装《よそお》い、しずりに接触してきた。その姿は、岬人も見ている。つまり、しずりの身に何かあったとき、まっ先に疑われるのは自分だとわかっている。名前は偽りで、電話も所有者をつきとめられないトバシを使っていたとしても、本格的な捜査からは逃れられないという恐れを抱いているのだ。

であるからこそ、しずりの身を心配した。前田えりには、そういう不安は抱いていない。西原と前田えりの間に接点がなく、彼女の身に何が起ころうとも、自分が捜査線上にあがるという心配はなかったからだ。

思いついたこの考えに、しずりは興奮した。

携帯電話からはつきとめられなかったが、西原は、自分の正体を簡単につきとめられてしまうと怯えている。つまり、それだけ近い場所にいる人物なのだ。

前田とも接触があり、週刊誌の記者を装えるだけの知識をもっている。しかも顔を、しずりや岬人に知られ、記者ではないと見破られたあとも、使っていた携帯電話を処分していない。

前田えりと会った直後、しずりがかけた電話に西原は応《こた》え、奥畑と会うという嘘に、「やめたほうがいい」と忠告したのは、本気でしずりの身に危険が及ぶのを恐れていたからこそだ。

しずりの死が自分の破滅につながるのを、西原は知っている。

だからこそ、電話を処分せず、少しでも捜査する側の動きを知ろうとしているのだ。

西原のその不安は、保険に使える。

自宅に戻ったのは、午後六時過ぎだった。夫の食事の準備が必要な植田は、夕食をとらずに帰った。

しずりに食欲はない。

西原の携帯電話を呼びだした。

恐れたのは、「この番号は使われていない」というメッセージだった。だが、それは流れず、呼びだし音が鳴りつづけ、やがて留守番電話サービスにつながった。

「牧です。あなたにとってとても大切な話があります。これを聞いたら、電話を下さい」

しずりは吹きこんで切った。

それからパソコンを立ち上げ、高畑田村へのいきかたを調べた。

車がやはり一番便利で、東北自動車道で西那須野《なすの》塩原インターチェンジに向かい、そこから国道400号、121号、352号へと入るのが早い。

JRだと、東北新幹線那須塩原駅からバスになる。

鉄道を使って簡単なのは、浅草からでる東武鉄道と野岩《やがん》鉄道の会津鬼怒川《きぬがわ》線を乗り継ぎ、会津高原尾瀬口駅で降り、そこからタクシーに乗りかえることだった。

地図を見てわかったのだが、高畑田村は、福島と群馬の県境の北側にあり、尾瀬国立公園と直線で十キロと離れていない。さらに少し西にいけば、新潟県の魚沼市だ。

尾瀬国立公園にいくには、群馬側から向かうより、福島から南下するほうが近くて道の便もよいため、観光客の多くは会津高原尾瀬口駅を利用しているようだ。そのため、駅にはタクシーが客待ちをしている、とある。

会津高原尾瀬口駅から高畑田村までは国道352号を使う。距離はおよそ三十キロ強といったところだが、冬期積雪時は通行止になるという。その積雪は六メートルに及ぶとあり、しずりは千代子の言葉を思いだした。

——道も雪で塞がっちゃうから、いききできないものね

六メートルもの積雪があっては、どうにもならない。

奥畑洋介が、高畑田村のどのあたりに住んでいるのかはわからないが、地元のタクシーの運転手なら、おおよそのことはわかるだろう、としずりは思った。廃村となった地に、今もひとり住む者がいれば、地元の人間なら何らかの情報をもっている筈《はず》だ。たとえ運転手が知らなくとも、直近の商店などで訊けば、誰かしらが知っているにちがいない。

浅草から会津高原尾瀬口駅までは、特急を途中まで使って、二時間五十分だった。

午前八時浅草発の東武特急「きぬ103号」は、終点の鬼怒川温泉着が、午前九時五十八分だ。そこで十時一分発の会津鬼怒川線に乗りかえると、十時四十六分に、会津高原尾瀬口駅に到着する。

雪深く、しかも廃村になるような土地に、東京の浅草から三時間足らずでいきつけてしまうことに、しずりは拍子抜けした。

が、それは尾瀬という人気観光地が近くに存在するからに他ならない。尾瀬がなかったら、これほど簡単に南会津郡にはたどりつけないだろう。

大型連休の最中、尾瀬を訪れる観光客でこれらの鉄道はひどく混んでいるだろう。お

そらくタクシーも容易にはつかまらないにちがいない。

高畑田村を訪ねるなら、大型連休のあとのほうが賢明だとしずりは思った。廃村となった土地に住む奥畑洋介を捜すには、タクシー運転手の協力が不可欠だ。大型連休中の「かきいれどき」にそれを望んでも、難しいかもしれない。

有給休暇を、連休後の平日にとろう。有給休暇は、ほとんど消化せずに残っている。

パソコンを閉じ、カレンダーを見つめた。

五月の十日前後、仕事の状況をにらみ、そのあたりで休暇を申請することにした。


大型連休が明けた。西原からの連絡はなかった。留守番電話サービスに吹きこんだ「あなたにとってとても大切な話があります」という言葉に、むしろ怯えているのだろうか。前田えりの死は、西原にも衝撃をもたらした筈だ。

奥畑圭介の冷酷な〝口封じ〟を逃れようと、関係者のすべてから距離をおこうとしているのかもしれない。

一方で、西原が今も無事でいるとすれば、それこそ奇妙なことだとしずりは思わずにはいられなかった。

奥畑は、危険と見るや、親しい関係だったと思《おぼ》しい前田えりすら殺害した。情報を得るための〝道具〟として使っていた西原の〝口封じ〟をしないでいるのが不思議だ。

あるいは西原は西原で、そうされないための手だてを講じているのかもしれない。自分の身に万一のことがあれば、これまでに起きた事件の真相が警察の知るところとなる、といったような保険をかけ、その旨《むね》を奥畑に告げているのだろうか。

西原の正体が、警察にとっては〝割れやすい〟人物である、という自分の勘をしずりは信じていた。西原が何者にせよ、警察とのパイプをもっているからこそ、保険をかけることができる。つまり、西原にとってその立場は、諸刃《もろは》の剣なのだ。自分の身を守ると同時に、危険にもする。

連休明けの出社三日め、しずりは有給休暇を申請した。最悪、土曜、日曜にかかってもいいように、木曜と金曜をあてている。

その日の夕方、中崎に誘われた。

「少し顔色がよくなったな。どうだ、ひさしぶりに飯でも食わないか」

断わりづらかった。そうしたからといって申請を却下するような人物だとは思わないが、機嫌を損ねるのは避けたい。

「はい」

しずりが頷《うなず》くと、中崎はほっとしたような笑みを浮かべた。

「前にいった、築地のバーでいいか」

「けっこうです」

いっしょに会社をでた。前回と同じように中崎はすぐにタクシーを拾った。

店に入り、カウンターに座っておしぼりを使うと、中崎はいった。

「一時期、本当に心配していた。立ちいった話を訊《き》こうとは思わなかったが、何か俺にできることはないか、真剣に考えたよ」

「今は大丈夫そうですか」

「そうだな。連休明けの顔を見て、かなりよくなった、と思った。三月、四月は、ひどかった」

しずりは中崎を見た。中崎は目を合わせないよう、店の品書きを見ながら喋《しゃべ》っている。

「心配して下さったのに、あんないいかたをしてすみませんでした」

「いや。前に、あなたに訊いたことがあったな。どこかに自分を罰したい気持があるのか、と」

しずりは頷いた。

「そのときあなたは、少し前まではあった、といった。今は薄れてきているが、と。それを思いだした。この春に何かがあって、また自分を罰したくなっているのかもしれない」

中崎は品書きをおろした。生ビールのグラスを運んできた店員に料理を注文する。そして前を向いたまま言葉をつづけた。

「もしそうだとすれば、俺には何もしてあげられない。もちろん、たとえ失恋したのだとしてもやはり、何もしてやれないんだが」

ちらっと笑みを見せ、グラスをもちあげた。

「乾杯」

しずりはグラスを合わせた。なぜかはわからないが、自分の気持を素直に口にすることができそうだった。

「失恋のようなものでした。といってもつきあったわけではなくて、勝手にわたしがのぼせ、あわててやめることにしただけですけど」

「つきあったわけでもなく？」

中崎は初めてしずりを見た。

「わたしよりうんと若い人です。まだ学生で。でも、初めてその人を守りたい、と思いました」

「守りたいと思ったのに、やめたのか」

「いっしょにいたのでは、かえって守れないと思ったんです」

中崎はわずかに黙った。

「守るというのは、言葉のアヤではなくて、本当に何かの危険を感じて、ということか」

やがて訊ねた。

「はい。その人と会いにいって、話を聞いた女性が殺されました」

「それは、あなたが前の仕事を辞めることになった件と関係しているのか」

「しています。彼は亡くなった先輩の息子さんです」

中崎は小さく首をふった。しずりは中崎を見た。

「その先輩は、わたしに好意的でしたが、わたしはそれを内心、迷惑に思っていました。けれども、先輩が重傷を負った原因は、わたしを守ろうとしたことでした。少なくともそのときは、そう思えたんです。それが元で先輩が亡くなり、わたしは望まない贈りものを押しつけられたような気持でした」

「望まない贈りもの？」

「ええ。ひどい話ですが、その先輩が亡くなったことで、わたしは返せない命を預かったままになってしまい、そう感じている自分が嫌でたまりませんでした」

「それが罰したかった理由か」

しずりは頷いた。

「でも息子さんと会って、無性に守りたいと思いました。迷惑でもなんでも、そうしてくれた先輩の気持が少しわかったような気がしたんです」

「ところが、いっしょにいるとその人をもっと危険にしてしまう、と？」

「はい」

「すごい話だな。あなたのことを幽霊のようだといっている社内の連中に聞かせたら、腰を抜かすだろう」

「絶対に、それは――」

「もちろん、いう気はない。心配しないでくれ」

中崎は安心させるように頷いた。

「だけど、訊いていいのかどうかはわからないが、いったいなぜ、そんなことになった？」

話せば、中崎を巻きこむ危険がある。

「六年前の件で、いくつかわからないままになっていることがありました。それが偶然、判明してしまって」

「つまり事件は終わっていなかったんだ」

「はい」

「それを調べるために有休を申請したのか」

「はい」

「がんばれ」

中崎がいって、しずりの目をのぞきこんだ。

「だったら、危いかもしれんが、がんばれ」

しずりはとまどった。同時に、小さな光が胸の中に灯《とも》ったのを感じた。

「俺ごときが偉そうにいえることじゃないが、牧ならきっと、事件の真相をつきとめられる。あなたは意志が強くて、勇気のある人だ。それを他人には見せないが、皆どこかで感じている」

「そんな。わたしはそんな人間じゃありません」

中崎は煙草《たばこ》に火をつけた。

「俺は、女性社員を見ていて、感じることがある。本当は優秀なんだが、それを見せると面倒な仕事や立場を押しつけられるんで、わざとおとなしく、ふつうのフリをしている人。それほどではないのに、なぜだか自分に自信をもっていて、できる以上のことをやりたがる人。ふつうのフリをしている人は、ある意味ずるい。賢く立ち回っているつもりなのだろうが、俺は人として好きにはなれない。だから、まだ自信過剰で無理をしてしまう人のほうがいいのだが、それはそれで、会社としては困ったことになるときがある。

あなたはどちらでもなく、ただ別の理由で本当の自分を隠している」

「そんなことはありません」

「隠している、というのはちがうな。本当のあなたは、もっと激しい、命を削るような職場が向いている。そういうところでこそ、あなたの真価は発揮される」

「わたしは――」

いいかけ、しずりは黙った。

「平和で静かに生きていければいい、と思っていたのだろう。この会社でひっそりと、目立たずに」

しずりは頷いた。

「できると思う」

「え？」

中崎の顔を見直した。

「そうしたければ、できると思う。ただし、今抱えている、その問題をクリアしたあとなら。そうしない限りあなたは、表面では静かな人間を装っても、心の中でずっと消せない火種をくすぶらせることになる。それは決してあなた自身を楽にはしない」

「しつこい性格なんですね」

中崎は首をふった。

「そうじゃない。戦いから逃げない勇気をもっている。その勇気が、逃げようとする自分を許さないんだ」

「そんな、ヒーローみたいな人間じゃありません」

「ヒーローに」

いって、中崎は間をおいた。

「誰でもなれる可能性をもっている、と俺は思う。別に悪い奴をぶっ倒すばかりがヒーローじゃない。目の前にある戦いから逃げず、そして勝てば、サラリーマンだろうがOLだろうが、ヒーローさ」

しずりは無言だった。

「あなたの戦いが、悪い奴をつかまえるためのものじゃないのは、何となく話していて感じた。結果として、悪い奴がつかまることがあるかもしれないが、それ以前に、あなたは今、戦わなきゃいけないと思っている相手がいて、それから逃げることはまるで考えていない。ちがうか」

「逃げられないからです」

中崎は息を吐いた。

「逃げる人間は、どんな状況でも逃げようとする。どうやっても逃げられない状況であっても、どこかに抜け道はないかと捜し回る。逃げられないなんて、思わないんだ。逃げられない、戦うしかない、と思うのは、戦う勇気をもっているからだ。いつでも勇気が立派だといっているわけじゃない。蛮勇というのかな、意味もなく人とぶつかるのは、決していいことじゃない。ここだけは退《ひ》いちゃいけない、という戦いに、向かっていく勇気が立派なんだ」

「誰でもそうじゃないんですか。退けない戦いなら」

中崎は寂しそうに微笑《ほほえ》んだ。

「誰でもじゃない。退けないとわかっているのに逃げる人間は多いよ。負けるのが恐《こわ》いのか、戦うことそのものが恐いのかは、わからないが」

そして、右手をさしだした。

「握手してくれないか」

しずりはとまどいながらも応じた。

「勝ってくれよ。勝ってまた、営業二課に戻ってくるんだ。そうしたら本当に、あなたの望んだ静かな暮らしが待っている」

しずりの手をあたたかく乾いた手が包みこんだ。

29

万一、宿泊することになっても困らないよう、最低限の品を入れたバッグを手に、しずりは自宅をでた。

今日、高畑田村に向かうことは、植田敦美には告げてあった。植田からは、「できる限り、経過をメールで報告して下さい」といわれている。

服装はジーンズに長袖《ながそで》のシャツ、そして寒かったときに備え、厚手のセーターをバッグに入れている。足もとはスニーカーだ。

奥畑洋介に会えたとしても、果たして弟の〝犯罪〟についてどれだけ話してくれるかはわからない。が、前畑庸三と奥平正の関係について、何らかの情報は得られるような気がしていた。

平日にもかかわらず、浅草発の特急は混んでいた。リュックを背負い、ウォーキングシューズをはいた中高年の、主に女性の乗客が多い。首から大きなカメラをさげた姿も少なからずあって、写真というと男性の趣味だという印象のあったしずりには意外だった。

小型のデジタルカメラや携帯電話での撮影ならともかく、一眼レフの大型カメラを、さもあたり前のようにぶら下げている。

彼女らは、鬼怒川か尾瀬、あるいは会津若松に向かうのだろう。しずりが降りる会津高原尾瀬口で降りなければ会津鉄道会津線に乗り入れ、会津若松にいくのだ。

鬼怒川温泉での乗りかえで、乗客のうち三分の一が減った。

会津鬼怒川線は、トンネルの多い鉄道だった。ひとつトンネルを抜けても、すぐにまた次のトンネルに入る。途中には、川治《かわじ》温泉、湯西川《ゆにしがわ》温泉、中三依《なかみより》温泉といった駅があるが、降りる者はほとんどいない。

大半の乗客が尾瀬に向かうようだ。尾瀬を散策後、帰りにこうした温泉に宿泊するのかもしれない。

会津高原尾瀬口は、高台を走る線路と一段低い道路をつなぐような駅の構造になっていた。二輛《りょう》編成のこぢんまりとした車輛を降り、おおぜいの乗客とともにスロープのついたホームを歩き、踏切を渡って、しずりは改札をくぐった。自動ではなく、駅員が立って切符をうけとっている。

そこから通路を歩き、階段を降りると、広い駐車場のある駅前にでた。

駅前といっても、地元の特産品をおく「憩《いこい》の家」という店舗が一軒あるきりだ。予報では降らないということだったが、灰色の厚い雲が、新緑の山並の上にかぶさっていて、しずりは肌寒さを感じた。

広い駐車場の隅に停留所があり、そこにはすでにバスが止まっていた。乗客がいっせいにそのバス停に向けて歩いていくのを見て、しずりはタクシーがつかまらない不安から解放された。

時刻表で確認すると、バスは、尾瀬国立公園の沼山峠まで約二時間をかけて走っている。

いっしょに浅草をでてきた人々が沼山峠に到着するのは、午後一時五分だ。

バスが発車した。電車を降りて十分足らずの時刻だった。午前八時浅草発の特急と連絡しているのだとわかる。

バスがでていくと、駐車場には七、八台の地元ナンバーの車と、タクシーの空車が二台残るだけとなった。

しずりはタクシーに歩みよっていった。扉を運転手が開けると、のぞきこんだ。白髪頭が見えた。

「あの、旧高畑田村ってわかりますか」

「え、どこ？」

訛《なま》りのきつい口調でふりかえった運転手が訊《たず》ねた。六十代の初めといった年齢だ。

「旧高畑田村です」

「畑田村じゃなくて？」

「高畑平というところにあった、出作《でづく》りの村です。今はもう廃村になったらしいのですが」

「ああ、ああ、檜枝岐《ひのえまた》の手前を少し入ったとこ」

「そうだと思うんですが、今もそこに人がひとり住んでいる筈で、その方のお宅にいきたいんです」

「高畑田村、高畑田村……」

呪文《じゅもん》のように運転手は口の中でくり返すと、

「誰ですかね、住んでるのは」

と訊ねた。

「奥畑さんという方です。奥畑洋介さん」

運転手は目を閉じた。

「そういえば、車が止まってるのを見たことがあるなあ。そこにいくんですか」

目を開け、いった。

「はい、どのくらい時間がかかりますか」

「あそこさいくなら、401号をいって、曲がるから……、四、五十分もあれば。長くて一時間かな」

しずりは車に乗りこんだ。

「お願いします。あと、迎えにもきていただけますか」

「帰りですか」

「はい」

「ああ、いいですよ。一時間かそこいらなら、待っとりますが」

運転手はドアを閉じ、車のエンジンをかけた。

どうなるか想像もつかなかった。門前払いされる可能性もある。

「じゃ、待っていて下さい。長くなるようだったら、一度でてきて、そう、いいます」

「はい、わかりました」

タクシーは正面に見える道に向かって合流すると左折した。

しずりの下調べでは、この道が積雪時には通行止となる国道で、檜枝岐村から奥只見、魚沼へとつながっている。福島から新潟へ抜ける道なのだ。

しずりは携帯電話をとりだした。タクシーで高畑田村に向かっていることを植田にメールで伝えるつもりだった。

メールの着信表示がある。

開いた瞬間、息が止まった。岬人からだった。

なぜ、今。そう思いながらも読み始めた。

『ごぶさたしています。あのあと、僕なりに調査をつづけ、手がかりをつかみました。牧さんには迷惑かもしれないので、もしそうなら、この先は読まずに削除して下さい。

手がかりというのは、西原です。沖縄でのことがあって、えりさんに会うのはダメというので、他に誰を調べればいいか、考えたあげく、西原だと思いつきました。どうやって西原を調べるか。西原が嘘《うそ》をついてなりすました、週刊誌から始めてみました。文化社にいき、週刊文化の人に会って、いきさつを話してみました。するとおもしろがってくれて、編集部や契約記者の人にあたってくれたんです。

そうしたら、西原らしい男が見つかりました。フリーライターの香月（こうづき）という男です。以前は週刊誌の記者をしていたのですが、警察ものなんかのドキュメンタリー番組のアドバイザーを今はしているらしい、とのことです。知り合いだという人に、香月の写真を見せてもらいましたが、似ていると僕は思いました。

香月は、三十四歳で、東京の出身だそうです。結婚はしていなくて、母親と二人暮らしだと、知り合いにはいっています。今日、香月がテレビの製作会社に打ち合わせにいくと聞いたので、週刊文化の人とその近くに張りこむことにしました。もし本人だったら、牧さんが何か訊きたいことがあれば、かわりに訊きます。

返事がなかったら、牧さんはもう興味がないのだろうと判断します。

あのあと考えたのは、牧さんはもしかすると、僕をこれ以上傷つけたくなかったのかもしれない、ということでした。理由は父です。

父が悪事に加担していたとわかってしまうのを、牧さんは恐れたのではないか、と思い当たったのです。

もしそうなら、心配しないで下さい。僕はそこまで弱い人間ではありませんから。

では、期待せずに、返信を待っています』

しずりは目を閉じた。

どうすればいいのだ。

岬人が見つけた香月が、西原の正体だとしよう。

すぐに岬人に危険が及ぶかどうかが問題だ。

西原は暴力に訴える人間ではない、と思う。もちろん堪忍袋《かんにんぶくろ》の緒が切れればその限りではないだろうが、これまでの状況からすれば、正体をつきとめられれば、むしろ怯える可能性のほうが高い。

正体がバレたことを奥畑圭介に告げれば、自分も殺されかねないからだ。

大丈夫だ。今すぐ、岬人に危険が及ぶことはない。

しずりは返信を打つことにした。もう無関心を装うのは意味がなかった。ひとりで高畑田村を訪れようとしているのを知れば岬人は傷つくだろうが、それはしかたがない。

奥畑圭介の正体を暴《あば》くのは、しずりの仕事なのだ。

『メール読みました。わたしは今、高畑田村に向かっています。そこに住む、奥畑洋介という人に会うためです。奥畑洋介は、三人兄弟の一番上で、まん中が、前田えりさんとつきあっていた奥畑圭介です。いた、と打つのは、あのあと前田えりさんは亡《な》くなったからです。

六年前と同じで、強盗に殺されたのだそうです』

ここでいったん考えた。だから危険だと今さらいうのは、かえって岬人の探求心を刺激するかもしれなかった。

『それからもうひとつ、意外なことがわかりました。奥畑三兄弟の一番下の弟は光介といいます。気づいたかもしれませんが、お父さんです。小さいときに、子供のいなかった前田家に養子にいったのだそうです。そういったことを踏まえ、わたしは三兄弟の一番上の人に会って、弟たちの話を聞くことにしました。その人は七十歳近くで、ひとりで高畑田村に住んでいるそうです。協力をしてくれるかどうかわかりませんが、高畑田村の人間関係が、一連の事件の背景にあることがまちがいない以上、何らかの手がかりになると確信しています。

それから。

わたしはあなたに嘘をつきました。お父さんとわたしは不倫をしていません。でも、あの場では、ああいって、いっしょの行動を止める他ありませんでした。えりさんを傷つけるのも恐かったし、自分やあなたが傷つくのも恐かった。

でもえりさんが亡くなったことを知って、もう戻れないところに自分がいるのに気がつきました。

あなたの勘は、半分当たっています。でも今は、お父さんのことより、あなたのことが心配です。どうか気をつけて。何かあったら、前に話した、警視庁の植田敦美さんという人に話して下さい。警務の人事二課というところにいる警部補です。東京に戻ったら連絡をします。どうか気をつけて』

送信した。

つづいて、植田敦美へのメールを打った。

『タクシーの中からです。昼頃には、奥畑洋介宅に到着予定』

送信ボタンを押した。が、

『送信できません。圏外です』

という表示があらわれた。

ついさっきは岬人に送れたのだ。そんな筈はない、と携帯電話の画面を見直した。

圏外になっている。ほんの数分の走行で、圏外エリアに入ってしまったようだ。

「運転手さん、このあたりは、携帯がつながらないのですか」

「あ、そうでしょう。この辺はね、もう山が多いから、通じるところが少ないんですよ」

ミラーごしにしずりを見やり、運転手が答えた。

しずりは外を見た。

一本道がつづいている。左手には川が流れ、右手は険しい山が濃い緑を茂らせていた。

道路沿いの左右には、間隔をおいて、赤と白に塗り分けられたポールが立っている。

それが積雪時に、道路の境界を表わすものであることは知っていた。

つまりそれだけ、雪が降り積もる地域なのだ。

実際、山の中腹部、日当たりが悪いと思われる場所には、白い雪が残っているのが見てとれた。

「雪は相当、積もりますか」

「そうだねえ、多い年だと、十一月の終わりにはもう走れなくなることもあるね」

携帯を見た。アンテナマークが立っていた。あわてて送信ボタンを押したが駄目だった。

再び『送信できません』というメッセージが表示された。

「お客さん、たぶんこの車だと、途中までしかいけないと思うんですよ」

ハザードを点《とも》し、運転手が車を路肩に寄せた。少し先の左手に、細い道があった。簡易舗装らしきものはされているが、草がのびている。

「その奥なんですか」

「ええ、百メートルかそこらなので、たいして奥じゃないんです。車高がある4WDとかならいけると思うんですが、これだと腹をすっちまって、最悪、にっちもさっちもいかなくなってしまうかもしんねえんで、どうしますか。いけるところまで、いってみますか？」

「お願いできますか」

「わかりました」

運転手はハザードを消し、ハンドルを切った。

砂利の上に、草がおおいかぶさった小道に入りこんだ。幅は、車一台が限界で、対向車がきても、とうていすれちがえない。

左右は、二メートル近くのびた草と雑木林だ。

「あそこに家があるが、あれは、住んでねえな」

右手に木造の家が見えた。が、屋根は傾き、壁が落ちて、アバラのような骨組が見えている。明らかに廃屋とわかった。建てられてから五十年以上は経過していそうだ。

さらにその先の左手には、土台しか残っていない家もあり、ほとんどを草木がおおっている。

自然の侵食とはこれほどまでに残酷なものなのかと、しずりは目をみはる思いだった。人が去り、朽ち始めたとたん、容赦なく草がはびこり、木が貫いて、建物を無に帰そうとする。

本当にこんな場所に人が住めるものなのだろうか。国道からわずか十数メートル入っただけで、景色が一変している。

ただそんな側道であっても、木製の電柱は立っていて、奥へと電線を張っていた。この電線がまだ使われているなら、人はそこで暮らしていける筈だ。

「お」

運転手がつぶやいてブレーキを踏んだ。

道は二本の轍《わだち》をのぞき、厚い草におおわれている。その轍と轍のあいだに、ひと抱えはある石が転がっていた。

「あの石は、どけられんこともないだろうが、えらい重そうだ」

漬けもの石のおよそ倍ほどはある、道のまん中に転がっている石をながめ、タクシーの運転手はいった。

「じゃあ、ここで」

しずりがいうと、運転手はふりかえった。申しわけなさそうな表情を浮かべている。

「いいですか。こんな中途半端《はんぱ》なとこで。すいませんね。けど、ここから先は、いってもまた石が落ちとるかもしれんし。たんびどけとったら、えらい仕事になる」

「大丈夫です」

しずりは頷いた。バッグから財布をとりだした。

「いちおう、ここまでのお金を払っておきます」

「いや、いいですよ。帰るとわかったら待っとりますから。あっ、でもメーターを入れたままだと料金がかさむか。じゃあ、もらっておきます」

しずりは頷き、メーターに表示された金額を払った。

「方向転換して、ここで待っとりますから」

金を受けとった運転手はいった。

「ありがとうございます。よろしくお願いします」

しずりはタクシーを降りた。車一台がやっとの幅の道を、先に向かって歩きだした。

電柱が立ち、電線が張られている以上、この先にも人家がある筈だ。

道はゆるやかにカーブを描き、一分と歩かないうちに、背後のタクシーの姿は見えなくなった。

左右に家が見えた。左手前に二軒、右の先に一軒だ。近づくにつれ、その三軒がどれも廃屋であるとしずりは気づいた。右の家のほうが傷《いた》みが激しいのは、風向きか日照のちがいのせいだろうか。

あたりは静かだった。鳥の鳴き声も聞こえない。

が、歩き進むうちに、かすかな水音がすることにしずりは気づいた。

それは、ごくかすかなせせらぎだった。小川がこの近くを流れているようだ。

立ち止まり、左右に首を回し、音のもとを捜した。正面の方角から聞こえてくる。

しずりは再び歩きだした。電気と水があるのだから、人が暮らすのに不自由はない筈だ。

道の手前にあったような大きな石は、もう転がっていなかった。

タクシーを降りた場所から、三百メートルほど道を進むと、不意にその終点がカーブの先に見えてきた。

道がすっぱりと途切れ、丈の低い草でおおわれている。低いといっても、しずりの腰ほどはあった。そしてせせらぎはその向こうから聞こえていた。

道の終点の左手に、一軒の家があった。壁の色が新しい鉄骨住宅だ。外壁は淡いグリーンに塗られている。これまでの廃屋と異り、人が住んでいるとはっきりわかった。

理由は家の手前に止められた国産の４ＷＤ車だった。グレイの車体はよごれているが、ナンバープレートはついているし、曇ったウインドウもワイパーでぬぐった跡がある。

家は二階屋で、スレートの屋根から、高いパラボラアンテナがつきだしている。

しずりは携帯電話をとりだした。「圏外」の表示は消えていなかった。パラボラアンテナは、テレビの電波を受信するためのもののようだ。

4WD車の後方へ回りこんだ。二階の窓には白い障子が立てられている。一階は、つきでた庇《ひさし》の下が木製のテラスになっていた。テラスには、ベンチとテーブルがある。テラスの奥に、ガラスをはめこんだ扉が見えた。扉の右手に格子《こうし》ガラスの窓がある。その窓の奥で、人影が動いた。

しずりはほっと息を吐いた。

「ごめん下さい」

いい終わらぬうちに、扉が開いた。ジーンズに厚手のシャツを着た人物が立っている。陽に焼けた男だ。白髪を束ね、後頭部で結っている。深い皺《しわ》と束ねた髪のせいで、まるでネイティブアメリカンのように見えた。

身長はしずりとさほどかわらないのに、肩幅があり、がっちりとした体つきをしている。

白髪をひっつめた額に、老眼鏡と覚しい眼鏡がのっていた。

男は無言でしずりに目を向けた。

「あのう、奥畑さんというお宅を捜しているのですが」

しずりはいった。男は静かで、その顔には何の表情も浮かんでいない。驚きも、迷惑がっているようすもなかった。

「とすると、道に迷ったわけじゃないんだな」

男がいった。低くなめらかな声をしている。それは都会的な響きすらあって、しずりは違和感を覚えた。もっとぶっきら棒で訛の強い話し方をするものだと、どこかで予想していたからだった。

「奥畑さんでいらっしゃいますか」

男は小さく頷いた。

「失礼しました。わたしは牧と申します。牧、しずりです。前田光介さんの同僚だった者です」

「光介。ああ……東京の」

男はいった。表情に変化はまるでない。

「はい。四年前に亡くなられた」

「あなたの同僚、だった」

「正確には、先輩であり上司でした。わたしはもう、仕事をかわりましたが」

男の顔に笑みが浮かんだ。一瞬だった。

「そうだよな。光介がいたのは東京の警視庁だ。あなたが今も現役なら、管轄《かんかつ》がちがう」

しずりは瞬《まばた》きした。なぜいきなり管轄などを持ちだしたのか、わからない。

「失礼。私も昔、役所勤めをしていたことがあったんで。つい、そんな風に思って」

奥畑洋介は東京大学にいったという、千代子の話を思いだした。

「突然お邪魔して申しわけありません。ですが、お話をうかがいたくて」

「お話」

男は首を傾《かし》げた。

どこか会話がもどかしい。この男が奥畑なら、前田の同僚だったとしずりが自己紹介した時点で、何らかの反応があるものだと予期していた。だが、驚いたようすも見せず、といってしずりの来訪を待ちかまえていたようでもない。淡々として、感情の変化を見せないのだ。

変り者だったという千代子の言葉を改めてしずりはかみしめた。

ただ、世捨て人のような暮らしをしているとしても、会話を拒否する気配まではないのが救いだった。

「はい。奥平正さんをご存知ですか」

しずりはいった。男が右手を動かした。道の、こちらから見て左手に建つ廃屋をさした。

「奥平はあそこだ」

手を右に振った。

「前田と前畑がそこ。道をずっと戻ったところに一軒、ぽつんとあるのが奥寺。高畑平と昔、この辺はいった。平というのは、人が住める平地という意味なんだ」

「そうなんですか」

奥畑は正面からしずりを見た。テラスのテーブルを示した。

「すわんなさい。コーヒーでもいれてあげよう。このあたりは水がおいしい」

「ありがとうございます」

とりあえず会話をつづけられそうな気配にしずりはほっとして答えた。

これからしようとしているのは、この男の身内が関わった犯罪の話なのだ。立ったまま始めるにはためらいがあった。

テラスにおかれたベンチには、動物の毛皮がかけられている。色からすると熊《くま》ではなく、鹿《しか》か猪《いのしし》のもののようだ。

奥畑は家の中に入っていった。

どこかで鳥が鳴いた。甲高い、まるで危険を知らせるような声音だった。

冷んやりとした空気には、濃い緑の気配がある。といって、熱帯のジャングルのように濃密なものではなく、長い冬と冬のあいだの短い季節を、精いっぱい生きようとするけなげさを感じさせるものだ。

羽虫が飛んでいる。せせらぎと、虫の羽音以外は何も聞こえない。

日が落ちれば、真の闇《やみ》があたりをおおうにちがいない。

とうてい自分はここでは暮らせない。そう感じたしずりは、不意に寒けを覚えた。

カチャカチャという音がした。灰褐色のコーヒーカップがのった皿を両手に、奥畑が家からでてきた。

テーブルにおくといった。

「私が焼いたんだ」

それがコーヒーカップをさしているのだと気づくのに、時間がかかった。

「いい器ですね」

急いでいって、手をのばした。ぽってりとしているが、垢抜《あかぬ》けている。これと似た器をどこかで見たような記憶があった。

「いただきます」

ブラックのまま口に運んだ。酸味がきつい。が、確かにおいしかった。

「おいしいです」

「豆はね、ネットでとり寄せる。便利な時代だ」

「ネットがつながるんですか」

奥畑はこともなげに頷いた。

「携帯がつながらないので、ネットも駄目かと思っていました」

「ケーブルがあるんだ。特別にひいてもらっている」

電柱を示していった。そして訊ねた。

「よく、ここまでこられたね」

「タクシーで。今も、近くで待ってもらっています」

「喜んだろう。尾瀬口からなら、そこそこの料金だ」

ようやく会話がかみあってきた。しずりは気持を奮いたたせた。

「弟の圭介さんとは、お会いになっていらっしゃいますか」

奥畑はカップを口に運んだ。コーヒーを飲み、間をおいて答えた。

「何年も会ってない」

「そうなんですか。事業の世界で成功されているようですね」

「『オデヤル』」

奥畑はいった。奥畑圭介の会社の名だ。

「そうです」

「陽があたらないからな、ここいらは。『オデヤル』には笑った」

おもしろくなさそうにいった。

「六年前、この村出身の奥平正さんが事件にあわれました。その事件の捜査を担当したんです」

しずりはいった。奥畑は無言だった。

「奥平さんは、当時無職でしたが、それをさかのぼること二十二年前に、新橋で貿易会社を経営されていました。共同経営者は、前畑庸三さん。やはりこの村出身の方です」

「知っているよ。商社勤めをしていた」

奥畑がいった。

「前畑さんが海外で亡くなり、奥平さんは会社をたたみました。その後、どうしていらしたのか、ご存知ですか」

「金貸し、かな。自分ではやらず、小口金融の業者に資金を提供していた。会社をたたんだときに、まとまった金が入った」

「よくご存知ですね」

「法事とかで帰ってくると、近況報告をするんだ」

「奥寺さんのお宅に係累《けいるい》は？」

「いない。最初に絶えた。もう四十年近く前だよ。子供がいなかったからな」

「そうですか。前畑さんのお宅も――」

「いないね。残っているのは、うちと前田か。光介は長男のところに養子にいったが、確か次男坊もいた」

「はい。亡くなられましたが、奥さまが郡山でお子さんたちと暮らしていらっしゃいます」

奥畑が首を巡らせた。しずりを見つめた。

「何といったっけ、あの嫁は」

「千代子さんですか」

「そうだ、千代子。まだ生きている？」

「ええ、お元気です」

「そうか」

奥畑は黙った。なぜ黙りこんだのかわからず、しずりは次の言葉を待った。

「まあ、しかたがないか」

やがていった。

「しかたがない？」

「いや、全部の口は封じられんからな」

凍りついた。

「今、何と？」

「奥平は、光介の手配で、黙らせた。圭介は、よくやった。奥平を黙らせた、あのこそ泥をはねた運転手のところにあんたがいったあと、わりに手際《てぎわ》がよかったろう。何といったか、君津か。あれもうまいこと片づけさせたし。沖縄のやくざには、なかなか使えるのがいると、圭介もいっておった」

淡々と奥畑はいった。気負いも後悔も感じさせない口調だった。

「でも何年も会っていないと――」

「メールやテレビ電話がある」

しずりは思わず手を口にあてた。

「いったいどうして」

「ま、もとはダムの補償金だ。最初に奥寺の家に入ったが、使いみちのない年寄りにもたせておいてもしようがない。今度はそれを貿易会社の原資にして、ついでに前畑の保険金が入るようにした」

「前畑さんは病死されたのではないのですか」

奥畑は深々と息を吸いこんだ。

「私が処理をした。当時は外務省にいた。前畑にプラハの取引先を紹介してやったのも私だ」

足もとが溶けていくような衝撃を感じた。頭が重い。ただすわっているのもつらいほどだ。

「前田、えり、さんは……」

自分の声が遠くから聞こえた。

「圭介は抵抗したな。よほど気に入っていたらしい。だから厳しくいってやった。泣く泣く、地元で手配しておった」

すべての主犯、という言葉が頭に浮かんだ。実行犯の手配は、前田や奥畑圭介がおこなった。が、ひとつひとつの殺人を指示したのは、目の前にいるこの男なのだ。

——帰ってきた奥畑の長男が、五軒全部を仕切ってるような感じだった

千代子の声がよみがえった。

この男がすべての犯罪の黒幕だった。

瞬きし、奥畑の顔を見直そうとしたしずりの視界がぼやけ、歪《ゆが》んだ。重い霧が全身を呑《の》みこんだかのようだ。指一本動かすことすら難しく、しずりの頭は自然に下がっていった。

何が起こったのだ。

だが心が答をだす前に、しずりはテーブルにつっぷしていた。

何もわからなくなった。

30

激しい頭痛の予感があった。予感というのが夢で、実際に割れるように頭が痛い、と知った瞬間、目がさめた。

瞼《まぶた》を開いた。黄色い光が足もとからさしこんでいる。頬に固いものがあたっていた。ずらそうとすると、頭痛がいっそう激しくなり、吐きけがこみあげた。

低い話し声が聞こえている。それは黄色い光のほうからした。

頬にあたっていたのは、細い木の柱で、それがテーブルの脚らしきものであるのがわかった。

手を動かそうとして、感覚がまるでないことに気づいた。動かせない。

床に寝ていた。右を下にしていたせいで、右腕が痺《しび》れている。だが動かせないのはそれが理由ではなかった。

両腕を手首のところで縛りあげられていた。荒縄だった。足も膝《ひざ》のところで縛られ、しかも顔を押しつけていたテーブルの別の脚につながれている。

不意にコーヒーカップを思いだした。あのぽってりとした焼き物を見たのは、沖縄の前田えりの店だ。

やちむんと呼ばれる琉球《りゆうきゆう》焼の中に混じって飾られていたのだ。

あのコーヒーの中に薬が入れられていた。強力な睡眠薬だろう。

いったいどれくらい眠っていたのか、腕時計をはめた左手を動かそうとして、荒縄が足の縛《いまし》めとつながっていることに気づいた。手も足も、まるで動かせない。

床は、板張りで、カビの臭《にお》いがした。

そっと息を吐きだすと、喉《のど》の奥で震えた。

殺される。

どんなに叫んでも、誰にも聞こえない。死体の隠し場所はいくらでもある。

そう思った瞬間、体が思いもよらぬ反応をした。足がまるで痙攣《けいれん》するように動き、つながれた縄を通してテーブルをガタン、と揺らしたのだ。

息が止まった。

話し声がやんだ。ぎしぎしと床の鳴る音がして、足もとからの黄色い光がさえぎられた。

しずりは目を閉じた。眠っているフリをしろ、と本能が命じている。

が、パチンという音とともに、強い光が顔の上にふり注いだ。思わず目を開け、瞬きした。

天井の蛍光灯が点っていた。奥畑が腰を折り、しずりの顔をのぞきこんでいる。

「古い睡眠薬なんで効くかどうか心配だったが、ちゃんと効いたな」

「こんなことをして、ただじゃすまない」

言葉を口にすると頭痛が激しくなった。

「薬が効かなかったら、これを使おうと思っていた」

しずりが縛りつけられているテーブルの上から奥畑がとりあげたのは、木の鞘《さや》におさめられた、三十センチはあろうかという鉈《なた》だった。しずりは固まった。

「床を血でよごしたくないからな。効いてくれと思っていた。タクシーは帰した」

奥畑は手をのばした。テーブルと縛めをつないだ縄の輪を、ひと引きでほどいた。縛りかたにコツがあるようだ。

そしてしずりの胸もとをつかむと、

「立ちなさい」

といって引っぱった。

立とうとしてよろけた。足も痺れている。膝から下に力が入らない。床に膝を嫌というほど打ちつけた。

「痛い」

思わず声がでた。

足音がした。奥畑の背後に別の人間が立ったのが気配でわかった。だが痛みで涙ぐんだ目では、誰かは見えなかった。

瞬きした。

「あんなにやめろといったのに。ここまでぐるなんて。何を考えてたんです」

声がした。目をみひらき、仰いだ。

痛ましそうな表情で西原がのぞきこんでいた。初めて見る、ジーンズ姿だ。

奥畑は不機嫌そうに西原をふりかえった。

「お前が起こしてやれ」

「はい」

西原はしずりのかたわらに膝をついた。

「大丈夫ですか。痺れているんでしょう」

しずりの肩の下に腕を入れ、支えるようにして立ちあがらせた。

「あなたがなぜここにいるの」

訊《き》いてから、痺れた足先に血が流れこむ苦痛に、しずりは歯をくいしばった。

「呼ばれたからです。歩けますか」

しずりは首をふった。頭の痛みが、わずかだが薄れている。

「こっちにすわらせろ」

奥畑の声が聞こえた。

「今いきます。さっ、僕に体重を預けて」

西原はしずりを支え、それまでいた部屋のほうへと連れていった。

大きな一枚板のデスクがあった。まるで割烹《かっぽう》料理屋か鮨屋《すしや》のカウンターのようだ。ちがうのは、その上にパソコンが何台も並んでいる点だった。

キャスターつきの大きな背もたれのついた椅子《いす》に奥畑がかけている。椅子には、外にあったベンチと同じような毛皮がかかっていた。

「床でいい、床で」

奥畑が顎《あご》をしゃくり、西原はしずりを床にすわらせた。自然、横ずわりになった。

正面にストーブがあった。石油を使う、大型のファンヒーターだ。ごうごうと音をたてている。

しずりから離れた西原はあとじさりし、おかれていたロッキングチェアに腰をおろしと。

「これでいいですか」

奥畑を見た。奥畑は小さく頷《うなず》いた。

しずりは西原と奥畑を見比べた。

「どういう関係なの」

「甥《おい》だ」

奥畑が短く答えた。しずりは息を呑んだ。

植田がいっていた。奥畑圭介は、結婚歴はあるが、現在、独身だ、と。

「奥畑圭介の息子なの」

西原を見つめた。西原は頷いた。

「学生時代、休みのたびにここにこさせられました。薪《まき》割りや土掘りをさせられた。夜は夜で、ひたすら勉強」

「だが、つまらん仕事にしかつかなかった」

奥畑がいった。

「ライターなど、いくらでもとりかえがきく」

西原は目を閉じた。うんざりするほど聞かされた小言のようだ。

「いったでしょう、洋介おじさん。俺は作家になりたいんです」

「お前にそんな才能はない」

にべもなく、奥畑はいった。西原は目を開き、同情を乞《こ》うようにしずりを見た。

「いつもああなんだ。でも親父《おやじ》も逆らえない。この村の人間は、誰も彼も、おじさんのいいなりだ」

「もう残っているのは、二人きりよ」

「知ってます」

「皆、あなたのおじさんが殺させた」

「もちろん」

西原は手を広げた。

「うちの親父が成功したのは、洋介おじさんのいう通りにしたからです。おじさんは、この村の生き残り全部に、いうことを聞かせられた。信じられないでしょう。こんな山奥の廃村に住んでいながら、思い通りに人を動かせるなんて」

「その理由はひとつだ。お前たちが俗物だからだ。金が欲しい。頭にはそれしかない」

奥畑はいった。

「そりゃ、こんな土地に住んでたら、金は必要ないでしょう。でも、最初に奥寺を殺そうといったのは、洋介おじさんなんでしょう」

西原は奥畑をふりかえった。

「金を無駄にすることはない、と思っただけだ。補償金を使わずに貯《た》めこんでおったくせに、年をとったから村をでる、といった」

西原はしずりを見た。

「それが最初なんですよ。この村の五軒にはとり決めがあった。身寄りのない年寄りは面倒をみてもらうかわりに、死んだら財産を残りの家に分け与える、という。でも奥寺夫婦はそれを破って、老人ホームに引っ越そうとしたそうです」

「とり決めは私が作った。奥平も前畑も納得した。だから二人の事業に手を貸してやったんだ」

「四軒で夫婦を殺した？」

しずりはいった。西原が頷いた。

「皆、共犯者です。奥寺の家には子供がいなかった。前田の家が光介さんを養子にしたのもそのためです」

「子供がいない家は財産を全部とられてしまうから？」

「たかだか数百万の金だ。使おうと思えば、あっというまに使える。だからそれを無駄にしない方法を、私が考えてやった」

「じゃあ、なぜ奥平正を殺したの？」

「親父を威《おど》したからですよ。親父が事業で成功しているのに、自分は練馬で細々《ほそぼそ》と暮らしている。犯罪としちゃ時効だが、有名企業のオーナーが殺人の片棒を担《かつ》いだとマスコミにばらしてやる、と」

「馬鹿《ばか》な男だ。ろくな仕事もできなかったくせに、欲の皮ばかりつっぱらせておった。年をとったらおとなしくすればいいものを、還暦を過ぎて逆に、このままじゃ終わりたくないとじたばたしたんだ」

「村内をそそのかしたのは、前田さんなのね」

しずりは目を閉じた。

「そそのかしただけじゃない。光介はその場におった」

奥畑の言葉に目をみひらいた。

「じゃあ――」

「こそ泥はこそ泥だ、いざというときに腰が引けるかもしれんと、光介はいっておって、実際その通りになった。光介は腹がすわっていた。こいつの父親とは大ちがいだ」

奥畑は西原を示した。

「あなたは――」

しずりが西原を見つめると、西原は目をそらした。

「俺はおじさんの伝令ですよ。光介さんに指示を伝えた。そして警察が疑っている人物の情報をおじさんに返す」

「残るのは三兄弟だけになる筈《はず》だった。ところが光介が思いもよらん怪我《けが》をした。あれには参った」

奥畑はその瞬間だけ、痛みを感じているような顔になった。そしてしずりを見た。

「お前のせいでな」

しずりは息が止まった。それほど言葉に憎しみがこもっていたからだった。

「ちがう。あれは事故だった」

「どうでもいい、もう。光介は帰らん」

しずりは西原を見つめた。

「君津を殺したのはあなたなの」

「まさか。君津は泣きついてきたんです。昔の女刑事がまだ自分を追いかけている、と。おじさんが親父にいって、手配させた。沖縄のやくざ者を」

「あなたが連絡係になっていた。だからわたしたちの行動が筒抜けだった」

「困ったのは岬人くんですよ。俺とちがって岬人くんは、おじさんとのつきあいがなかった。そりゃ父親が養子だというのも知りませんでしたからね。しかたがない」

「お前がここまで生きのびられたのは、岬人がいたからだ。弟の血をひく人間を殺すわけにはいかないからな」

「まあ、子供ですしね。本当はいとこどうしなのに、おじさんは俺には厳しくて、岬人くんには優しいんですよ」

西原は首をふった。

「いずれお前はここにくるだろうと思っていた。きたら口を塞《ふさ》いでやろうともな。光介の仇《かたき》だ」

しずりは奥畑をにらみつけた。不意に激しい怒りが、おさえられないほどの勢いでわきあがった。

「あなたの一番下の弟は、警察官の風上にもおけないクズだった。警官の立場を利用して犯罪者をそそのかし、人を殺し、その上わたしにまで人殺しの片棒を担がせようとした」

奥畑は平然としていた。

「三兄弟というのはおもしろい。光介は、前田の養子になったあとも、ずっと私になついていた。警官になれ、といったのは私だ。奥寺の家を片したときは、まだ奴《やつ》は子供だったから、何も覚えていない。だがいずれ何かあったら、光介を使って情報を得られるだろうと思っていた。私に反発したのは、こいつの親父だ。だが私に年が近いぶん、いろいろ覚えている。だから逆らえない」

「そんなに人の人生に干渉して、何がおもしろいの」

「別におもしろいわけではない。頭の弱い者にかわって、考えてやっただけだ。何をすれば一番妥当なのかを」

扉がノックされた。

「やっとか」

西原が息を吐き、テラスに面していると覚しい扉に歩みよると、錠を解き、開いた。入ってきた人物を見て、しずりは息を呑んだ。

前田だ、と思った。もちろんそんな筈はなかった。前田より老《ふ》けているし、色が黒い。が、目鼻立ちといい、秀《ひい》でた額の形といい、そっくりだった。

男は西原にわずかに目をやり、奥畑を見た。しずりのことはまるで無視している。

「遅いぞ」

奥畑がいった。

「急すぎるんだよ。こっちだって、いろいろ大変なんだ。飛行機と車の手配をしなきゃならなかったし。大手のエアラインや新幹線は使えないのだから」

男は口を尖《とが》らせた。声まで似ている。しずりはぞっとした。前田の声を最後に聞いたのは六年前だ。毎日のように聞いていたのだから、忘れてはいない。

「いいわけをするな」

奥畑はぴしゃりといった。

「いいわけじゃない。俺には立場がある。仙人みたいな暮らしをしてる人間とはちがうんだ」

男はいい返した。そして背後をふりかえった。

「いいぞ、入ってきても」

奥畑は眉《まゆ》を寄せた。三人の男が無言で扉をくぐった。三人ともスーツを着て、ネクタイをしめている。が、ひどく寒そうにしていた。

ひとりは頭を剃《そ》り上げたスキンヘッドで、あとの二人も髪を短く刈っていた。その身ごなしと目つきで、カタギではないとすぐにわかる。

「何だ、こいつらは」

奥畑は不機嫌な顔になった。

「俺のボディガードだ。何かあったら困るからと、ついてきたんだ」

答え、初めて男はしずりを見おろした。

「お前がえりにつきまとった女刑事か」

「元、だよ、父さん」

西原がいった。男は無視した。しずりのかたわらにしゃがみこみ、目をすえた。近くで見ると、奥畑圭介は、前田よりもふっくらとしていた。日焼けのせいで、六十二という実際の年より十近く若く見える。目の奥に、わがままな子供のようないらだちがあった。

「えりがあんなことになったのは、お前のせいだ。責任をとれ」

しずりは無言で見かえした。

「社長」

スキンヘッドの男がいった。奥畑圭介はしゃがんだままふりかえった。

「これはどういうことですか。私たちが聞いていた話とちがいます」

訛《なまり》のある、ゆっくりとした喋《しゃべ》り方だった。

スキンヘッドはしずりを見ていた。その目には何の感情も浮かんではいない。黒い穴のような目だ。あとの二人も同様で、顔にまるで表情というものがない。

こういう目をした男たちを見るのは久しぶりだ。しずりは胃がぎゅっと縮むのを感じた。

極道の中でも、最も危険な種類の人間だ。

一度ならず殺人にかかわったことがあり、それをくりかえすのに躊躇《ちゅうちょ》を感じない者の目だ。

「しかたがないだろう。こいつが兄貴のところに押しかけてきたんだから。この女が那覇をうろつきさえしなけりゃ、あんたらの手をわずらわすこともなかった。張本人なんだ」

「社長、めったなことをいわないで下さい」

奥畑圭介はさっとふりかえった。三人のやくざの目が奥畑圭介に向けられている。

「私たちが困ります」

スキンヘッドは淡々といった。

「圭介、なぜこんな奴らを連れてきた」

奥畑がいった。

「心配してくれているんだよ、俺のことを」

「誰が」

「この連中の上にいる人間さ。あんたは知らないだろうが、沖縄で、俺にはいろいろと立場がある。俺に何かあったら、会社だけじゃなく、土建屋や政治家や、困る人間がでてくるんだ」

スキンヘッドのかたわらに立つ男が、奥畑のほうを向いた。目の下に白っぽい傷跡がある。

「こんな奴らとは、どういう意味ですか」

標準語を喋ろうと努力しているのか、こちらもゆっくりとした口調になっている。

「別に悪意はない。君らはやくざだろう。やくざがこの家にきたことはないんだ」

奥畑は答えた。傷跡のある男がスキンヘッドに向きなおり、何ごとかをいった。沖縄弁だった。「兄ぃ」という言葉以外、何をいっているのかまるでわからなかった。スキンヘッドは無言だった。

奥畑圭介にはわかったようだ。

「おい、俺の兄貴なんだぞ」

険しい口調で男にいった。男は小さく頭を下げた。

「申しわけありません」

「圭介」

奥畑がいった。

「お前をここに呼んだのは、家族全員で責任を分けあわなきゃならないと思ったからだ。お前もわかっているだろうが、発端は奥寺で、最後がこの女だ。この女には執念がある。その執念が、この女をここに連れてきた。断ち切らねばならん」

「わかってる」

奥畑圭介はしずりに目を戻した。

「この女を殺すんだろ。ちゃんとやってくれるよ」

「やってくれる?」

奥畑が訊き返した。

「お前はそれを他人に任せるのか」

「あんただってそうじゃないか。ああしろ、こうしろ、というだけで、全部、俺や光介に手配させた」

「何をいっとるか。私がついていなかったら、今のお前はあるのか」

「おじさん、やめましょう」

西原が割って入った。

「こんなときにいい合ってもしかたがないですよ」

「黙っとれ。今はお前の親父と話している」

奥畑圭介は、兄に向きなおった。

「もう、充分だろう。あんたはこんな山奥から、俺たちにああしろこうしろと命令して、うまくいかなかったらすべて人のせいにしてきた。尻《しり》ぬぐいをしたのは、光介や俺だ。光介はそのために死んじまった。あんたもそれはわかっている筈だ」

「俺に意見をするのか」

奥畑の顔が赤くなった。

「誰のおかげでここまでこられたと思っている。いっぱしの財界人にでもなったつもりかもしれないが、お前などまだ尻の青いチンピラだ」

奥畑圭介は顔をしかめた。

「もう、そういうのがうんざりなんだ。兄貴にはまるで世間てものが見えてない。昔とはちがう。何でもかんでもあんたの思い通りにはならないんだよ」

「だからやくざを連れてきたのか。え？　やくざを使って私を威し、お前の思い通りにしようというわけか」

「馬鹿なことというな。こいつらは俺のボディガードだといったろう。えりがあんなことになったんで、沖縄の警察だって俺のところにきた。これ以上何かあったら、困る人間がたくさんでるんだ」

「そもそもはお前のせいだろうが。弟の嫁なぞに手をだすからそういうことになる」

「関係ないだろう。誰とつきあおうが、俺の勝手だ」

「恨んでいるのか、私を。それは筋ちがいというものだ。恨むなら、この女を恨め」

奥畑はしずりを顎でさした。

「もちろん、責任はとらせるさ。だがこれで全部終わりだ。俺はもうあんたのいうことは聞かない」

「それでうまくやれると思っているのか。本当にお前は昔から思慮の足らん奴だ。この女には仲間がいるのがわからんか。元刑事が、誰にも何もいわず、ここまでくるとでも？」

西原が目を広げた。

「待って下さい、おじさん。どういうことです？」

奥畑は西原を見やった。

「お前はこの女の周囲を調査しとったのだろう。この女といっしょに調べていた人間がいた筈だ」

「それは岬人くんのことですか」

「光介の息子などどうでもいい。あれは何も知らん。この女の元同僚で、今も現役の警官がいる筈だ」

しずりはどきりとした。植田敦美のことまで奥畑は知っているのだろうか。

「そうなんですか」

西原がしずりの顔をのぞきこんだ。しずりはけんめいに頭を働かせていた。植田をかばい、自分の動きを知る現役の警官などいない、といったら、ここで殺されるのは確実だ。

「もう、あきらめたほうがいい。ここのことも、あなたたちの関係も、捜査一課は全部知っている。これ以上、罪を重くする前に、自首しなさい」

しずりは西原にいった。三人のやくざがすばやく目を見交した。

「それはない」

奥畑が断言した。

「捜査一課がそこまで握っておったら、元刑事などがのこのこ調べにここまでくるのを許す筈はない。そんなはったりをいうようでは、誰も知らんか、知っておっても捜査関係の人間ではないな」

恐《こわ》いほど勘の鋭い男だった。しずりの心の動きを読んでいる。

しずりは首をふった。

「君津が死んだ直後、わたしは捜一の管理官と会った」

「ならばなぜ、ここにお前ではなく、現役の刑事がこない」

考えなければ。恐怖に痺れそうになる頭を必死に動かした。

「警視庁は迷っている」

「迷っている？」

「もし、六年前の村内康男の事故死が故殺であったなら、重大な捜査ミスを犯したことになる。当時の捜査関係者は、前田光介の受傷事故のことがあるので、むしかえしたくない。でもわたしが死ねば、それがどんな死因であれ、再捜査のきっかけになる」

「なるほど。確かに過去の失敗をほじくりかえされるのは嫌だろう」

奥畑は頷いた。

「だが、お前が死んだとわからなければ、彼らもきっかけを失う」

しずりは奥畑を見つめた。

「お前は東京に帰ったことにしよう。圭介、女を用意しろ。この女の服を着せて、明日の朝、浅草までの電車に乗せる。それで片づく。東京に帰って以降、この女の行方がわからなくなっても、私には関係がない」

「何いってんだ。こんな時間に、どこから女を連れてくるんだよ」

奥畑圭介があきれたようにいった。

「彼らに頼め。この女と背格好の似た女を、東京の、つきあいのある暴力団に用意させるだけのことだ。そんなことは、やくざならお手のものだ。ちがうかね」

奥畑は無言でいる三人のやくざをうかがった。

スキンヘッドが口を開いた。

「できなくはないです。金はかかりますが」

奥畑は、弟を指さした。

「どうせこいつからたっぷり絞りとっておるのだろう。一度やくざに食いつかれると、死ぬまで縁が切れないからな」

「そうしろといったのはあんただ」

奥畑圭介がいった。

「ああ、いった。だが家族話し合いの場まで、やくざを連れてきたのはお前だ。だから
お前がやるんだ」

奥畑圭介の顔が青白くなった。奥畑圭介はスキンヘッドをふりかえった。スキンヘッ
ドが小さく頷いた。

「もっといい方法があります」

スキンヘッドがいった。奥畑が怪訝《けげん》そうにそちらを見た。スキンヘッドが懐《ふとこ》ろから拳《けん》
銃《じゅう》を引き抜き、奥畑に向けた。

「ここでやるな！　やるなら外だっ」

奥畑圭介が叫んだ。目を閉じている。

しずりは凍りついた。

「どういうことだ」

奥畑が目を丸くしていった。奥畑圭介は目を閉じたまま喋った。

「その道のプロと話しあって決めたことだ。このままじゃ俺が危い。だから、こっちの
関係者全員の口を塞ぐ」

奥畑は呆然《ぼうぜん》と弟を見つめている。

「あんたはこれからも独裁者でいるだろう。そのたんびに俺は顎で使われる。しかも、

あんたがつかまったら、必ず沖縄にまで捜査は及ぶ。それを危惧《きぐ》した人がいたんだ」

「馬鹿者が」

奥畑はいった。奥畑圭介は目を開いた。

「馬鹿者じゃない。俺はそのためにチャーター便で飛んできたし、俺が本土にきていることを知っている人間はいない。俺は今夜、石垣の別荘にいることになっている」

「だから馬鹿者だというんだ。その手配を誰がした？　このやくざどもだろう。お前は一生こいつらに頭が上がらん。どれだけ成功しても、生き血を吸われつづけることになるのがわからんか。やくざとはそういうものだ。だから光介は、やくざではなく、あのこそ泥を使ったのだ」

「うるさい！　もう充分だ――」

奥畑圭介は息を呑んだ。スキンヘッドが手にした銃が、奥畑圭介を向いていた。

「申しわけないです。頭《かしら》の指示がもうひとつありまして。社長にも黙っていただけ、と」

「な、何だって」

「社長が本土にきていることを誰も知らないのは、いいチャンスだから、と」

「よ、よせよ。何いってんだ。俺はお宅の組長とも仲がいいんだ。わかってるのか」

「はい」

スキンヘッドは頷いた。

「組長《おやじ》の腹でもありますんで、これは」

スキンヘッドは仲間に顎をしゃくった。二人の男が奥畑圭介の両側から寄り添った。

「表で？」

ひとりが訊《たず》ね、スキンヘッドは頷いた。

「よせっ、おい、馬鹿っ、何するんだ」

目元に傷跡のある男が拳銃を抜き、奥畑圭介の口に銃口をさしこんだ。奥畑圭介は目をみひらき、黙った。わなわなと体が震えていた。

「そうなる」

奥畑がため息をもらすようにいった。

「やくざを使ったのは大きなまちがいだった。やくざは金で人殺しを請け負うが、最後の最後、自分たちを守るためには、雇い主すら殺す」

奥畑圭介の眼尻から、涙がすっと流れ落ちた。

「あんたたち全員、山に埋めます」

スキンヘッドはいった。

「ここで血は流さない。そうすれば、警察も調べようがない」

「そんなことをしても無駄よ。警視庁が必ず沖縄県警を動かすわ」

しずりはいった。

「社長が本土にきているのを沖縄の人間は知らない。私たちがいっしょだということも知らない。だから調べようがない。社長がチャーターしたジェットのパイロットはうちの人間だ」

スキンヘッドはゆっくりと喋った。そして仲間に手をふった。

奥畑圭介はひきずられるように、家の外へと連れだされた。

しばらく誰も何もいわなかった。やがてくぐもったバンという銃声が離れたところから聞こえた。

スキンヘッドは銃を手にした右手を、胸の前で左手と組んだ。誰にともなくいう。

「こんなに人が住んでいないところが本土にもあるんですね」

「おじさん」

西原がいった。

「どうするんです、おじさん！」

声が震えていた。

奥畑は無言だった。やがて西原を見ていった。

「電気を消せ」

スキンヘッドが驚いたように奥畑を見た。

「消せといっているんだ」

奥畑が厳しい声でいった。西原がはっとしたように動いた。

スキンヘッドが拳銃を西原に向け、撃った。

耳を聾《ろう》するような銃声が轟《とどろ》いた。だが弾丸は当たらず、西原は首をすくめながら、壁のスイッチを手で叩《たた》いた。

次の瞬間、真の闇《やみ》に家は呑《の》みこまれた。周囲に一軒も人家はなく、街灯すら数百メートル、離れている。

しずりは身動きできなかった。ファンヒーターの小窓の奥から、わずかに青い光が洩《も》れている。

不意に誰かが自分にかがみこむ気配があり、しずりは身をすくめた。

「声をだすな」

低い声がいった。奥畑だった。腕を縛っていた縄がするりとほどけた。

「どこにいる?!」

スキンヘッドの声がした。そして何かにつまずく気配があった。沖縄弁で罵《ののし》り声をあげるのが聞こえた。

「どこへも逃がさない。あきらめろ」

玄関の扉が軋《きし》む音がした。銃声がした。閃光《せんこう》とともに扉にとりついている西原が浮かびあがった。

しずりは床に伏せた。奥畑が動くのが分かった。

西原の呻《うめ》き声がした。

恐怖で体が固まっていた。外へ逃げだそうとした西原をスキンヘッドが撃ったのだ。だが外へ逃げたところで、まだ二人のやくざがいる。彼らが戻ってくれば、それまでだ。

しずりは気づいた。家の明りが消えた今、月のでていない外も闇だ。二人は帰りの方角がわからないのではないだろうか。

有利なのは、家の中と外を熟知している奥畑だけだ。

ふいに、その奥畑の叫び声がした。直後、ぎゃあっという悲鳴と、何か重たいものが振りおろされる、ガツンという音がつづいた。

何が起こったのだ。

「兄ぃ」

という叫び声が家の外から聞こえた。

「兄ぃ、どこだっ」

しずりはようやく体を起こした。

脱出。通報。ふたつの言葉が頭の中を駆け巡っている。だが、どこから脱出し、どうやって通報するのか。

暗闇の中、この家の出入口の方角すら、はっきりとわからない。しかもその手前には、銃をもったスキンヘッドがいる。

運よく、スキンヘッドに撃たれずに戸外へ逃れでたとしても、そこには道に迷った二人の手下がいて、鉢合わせするかもしれない。

何より、どうすれば通報できるのか。携帯はとりあげられているし、あっても電波がつながらない場所だ。

固定電話。しずりははっとして顔を上げた。この家には固定電話がある筈だ。その電話を見つけ、一一〇番できれば、警察を呼ぶことができる。

だが、意識をとり戻してからずっと、固定電話を見た記憶がなかった。

ないのか。いや、ない筈はない。どこかにある。見ていないのか、それとも見たが、その位置が記憶にとどまっていないのか。

思いだせ。固定電話はどこにある。

そのとき、はあはあという荒い息がすぐ近くで聞こえ、しずりは体をこわばらせた。

青いファンヒーターの小窓の光を誰かの体がさえぎった。

「兄ぃ」

という声がまた外から聞こえた。だが、さっきよりむしろ遠ざかっている。闇の中、戻るべき方向を完全に見失ったようだ。

「これを」

不意に固いものが体に押しつけられ、しずりはどきっとした。奥畑の声だった。

「お前がもて。お前なら使えるだろう」

しずりは無言で目をこらした。奥畑の顔がかすかに見えた。

奥畑はひどく息を切らしていた。

「あいつからとりあげた。鉈《なた》で殴ってやったが、まだ生きておるかもしれん。もてっ」

ぐいぐいと固いものが押しつけられる。反射的にしずりはそれをつかんだ。

つかんだ瞬間、何であるかがわかった。

「無理」

しずりはつぶやいた。それは、たぶん血で濡《ぬ》れていた。しかしその重さ、冷たい金属の手触りを、右手は覚えていた。

「お前が戦わなければ皆殺しだ」

奥畑の息が耳にかかった。

しずりは手にした拳銃を握りしめた。スキンヘッドがもっていた拳銃を、奥畑はとりあげたのだ。

「あいつの仲間が、じき戻ってくる。戻ってこられなくとも、外には逃げられん」

奥畑がいった。

「一一〇番。一一〇番して。電話があるでしょう」

しずりはいった。声が震えていた。

「お前が戦うんだ。あいつらは、私の弟と甥を殺した。許せん」

「一一〇番しなさいっ」

思わず声が上ずった。

「静かにしろ」

奥畑の声も高くなった。

「外にいる奴らに聞こえるぞ。お前が奴らを殺したら一一〇番してやる」

「馬鹿なこといわないで」

そのとき、

「ううう、ああっ」

不意に家の中で声があがった。

「痛ってえ、くそ。ヨウイチ！」

スキンヘッドの声だった。

「ヨウイチぃ！」

死んではおらず、意識をとり戻して仲間を呼んでいる。

しずりは再び凍りついた。奥畑も息を呑み、体をこわばらせているのがわかった。

「兄ぃ」

という声が外から応《こた》えた。

「どこだ、兄ぃ。暗くてわかんねえ」

「こっちだぁ」

スキンヘッドが叫んだ。そして何かごそごそとまさぐる気配があって、不意に光が点《とも》った。

ライターだった。体を斜めに横たえたスキンヘッドがライターを点し、握った右手を掲げている。

「こっちだぁ」

右手をふった。火が消え、一瞬、闇になったが、カチッという音がして、再び光が広がった。

「あっちだ、おい」

声が聞こえた。奥畑がしずりの体を押した。

しずりは唇をかみしめた。

戦うしかない。戦う以外、生きのびる道はなかった。

31

右手にもった銃を体にひきつけた。左手を上からかぶせ、形を確認した。

スキンヘッドは右手のライターをかざしたまま、動かない。痛みに耐えるためか、目を閉じている。たとえ目を開いていても、自ら光の下にいるスキンヘッドには、周囲の闇はより濃くなっている。おそらく見えない筈だ、としずりは自分にいい聞かせた。

「いるんだろう、じじい」

スキンヘッドが唸《うな》るようにいった。

「今、今、お前、殺してやるからな」

銃の形はオートマチックで、刑事時代に支給されていたのと同じタイプだった。

拳銃にはふたつのタイプがある。リボルバーとオートマチックだ。リボルバーは、銃本体の中心に蓮根《れんこん》型の弾倉があり、引き金をひくたびにそれが回転し、新しい弾丸が発射される。

オートマチックは、マガジンと呼ばれる弾倉を銃の握りに挿入して使用する。リボルバーとちがうのは、第一弾を発射するために、まず遊底を引いて、薬室に初弾を装塡《そうてん》する作業をしなければならない点だ。

スキンヘッドは西原に向けこの銃を発砲している。つまりその作業は終了している。

左手の指で、拳銃の後部をなぞった。

オートマチックには、撃鉄を内蔵しているタイプと露出させているタイプがある。この銃は露出させていて、その撃鉄が起きあがっているのがわかった。つまり引き金をひけば発射できる状態だ。

「撃てっ、撃たんか」

奥畑が耳もとでいった。

確かにライターを掲げるスキンヘッドは、格好の標的だった。

「ヨウイチぃ」

スキンヘッドが大きく口を開け、叫んだ。炎が揺れ、その右耳が裂けているのが見えた。おびただしい血が流れている。

「兄ぃ！」

家のすぐ外で声がした。

「ここだぁ」

ライターの光が届く限界に、西原が体を丸めて横たわっている姿が見えた。顔を床に押しつけ、腰をわずかにあげて動かない。

扉が揺れた。はめこまれたガラスの向こうで光が動いている。外の男たちもライターを使っているのだ。

しずりは両膝《ひざ》を床につき、背筋をのばした。

バン、と扉が開かれた。ライターを手にしたふたつの人影が浮かびあがった。

「兄ぃ、大丈夫かっ」

「電気つけろ、電気！」

スキンヘッドが叫んだ。

「奴ら、いる。こん中にいる」

両手でかまえた拳銃をしずりは顔の正面に掲げた。

震えが止まった。

そうだった。大会でも同じだった。どれほど緊張し、膝ががくがくと震えるようなときも、拳銃を握り、的に向けた瞬間、震えは止まった。

周囲の音が消え、自分だけの世界に入っていく。銃の照門、照星と、的だけの世界。

照門とは、銃上部の、握りに近いところにある、ふたつの突起だ。この突起と突起のあいだに、銃身先端上部にある突起、照星をおくようにかまえ、その延長上に標的をとらえる。銃の握りに巻きつけた右手は銃を前へ押す。上からかぶせた左手はそれをうけとめるように手前へ引く。押すと引く、その両方で銃は安定する。

傷跡のある男が恐しい形相でライターを前につきだし、うしろの男にいった。

「俺が照らす、お前、撃て」

もうひとりの男が銃をかまえ、進みでた。

銃のもちかたを知っている。

映画やテレビでは、俳優は拳銃を掌《てのひら》すべてを使って握りこんでいる。だがそれでは命中はおぼつかない。

正しい握り方は、人差し指と親指のつけ根のVゾーンに、拳銃の最後部を押しつける。

握るというよりは、はさみこむ形に近い。

　進みでた男は、そうして銃をかまえていた。

「そこにスイッチがある！」

スキンヘッドがいった。傷跡のある男が壁をふりむき、電灯のスイッチに気づいた。手をのばす。

　撃つしかない。

しずりは息を吐きだした。撃つときは歯をくいしばらず、むしろ息を吐きながら、引き金を絞る。

ドン！という銃声が手もとで起こり、白い炎が噴きだした。

銃を手に進みでていた男が、無言のまま後方に倒れこんだ。

どこに当たったのかはわからない。おそらく左肩か、その少し下だ。この距離では外しようがない。人体は、標的紙よりはるかに大きい。

「ミチハル！」

　傷跡のある男が叫び、同時に室内が光で満たされた。

　しずりの腕から肩に抜けた発射の衝撃は、刑事時代に発砲したときより大きかった。おそらく当時支給されていたものより口径が大きな拳銃なのだ。

口径とは、発射する弾丸の直径だ。弾丸が大きくなれば、薬莢《やっきょう》内の火薬量も増え、殺傷力が増す。

「お前っ」

傷跡のある男が眩《まぶ》しさに目を細めながらしずりをにらみつけた。

拳銃をもった左手をわきにたらし、右手を電灯のスイッチにかけている。

「捨てなさい！　銃を捨てて！」

しずりは叫んだ。

傷跡のある男の唇がわなないた。

「兄ぃ、この女、ミチハルを撃ちやがった」

「殺せ」

スキンヘッドがいった。目をみひらき、体を横たえたまま、しずりを見つめている。

「殺せ、ヨウイチ」

「やめなさい！　あなたも撃つ」

しずりは傷跡のある男に狙《ねら》いをつけ、いった。

「殺せぇっ」

スキンヘッドが叫んだ。

傷跡のある男が銃をさっともちあげ、撃った。たてつづけに発砲し、しずりは体をすくめた。何かが砕ける音がした。だが銃弾は、しずりの頭上を飛んでいる。いわゆる「ガク引き」をしているのだ。力をこめて引き金をひくことで、銃口は右斜め上を向く。

しずりは撃った。再び肩に衝撃が抜けた。

傷跡のある男が半回転して、壁に体を打ちつけた。目を丸くしている。信じられないという表情のまま、床に尻もちをついた。

「ヨウイチ」

スキンヘッドが倒れた男に這いよった。首をねじり、

「何だ、お前はぁっ」

と怒鳴った。

「もう、やめて。これ以上撃ちたくない。だからやめて」

しずりはいった。涙声になっていた。スキンヘッドの手が、倒れた男の手にある拳銃にかかっていた。

「わかるでしょう。銃をとらないで。わたしは外さない」

スキンヘッドは張り裂けそうなほど目を大きく開き、しずりを見つめた。しずりの手の銃は、スキンヘッドの顔を狙っていた。

「お願いだから」

しずりはいった。この位置で撃てば、弾丸はスキンヘッドの顔に命中する。殺してしまう。頭をこちらに向け横たわっているスキンヘッドの体の他の部分は狙えない。

「手前……」

スキンヘッドはつぶやいた。そして銃から手を離すと、がっくりと頭を落とした。

呻き声が聞こえた。しずりに撃たれた二人の男が発しているのだった。

「一一〇番して」

しずりは奥畑をふりかえらず、いった。男たちから目を離すのは恐しくてできない。

特にスキンヘッドの男はいつ、反撃してくるか不安だった。

本当は駆けよって二人の男から銃をとりあげたいのだが、動けなかった。

「――まだだ」

声がした。

「こいつらはまだ生きている。全部殺せ」

スキンヘッドがはっと顔を上げた。

「何をいってるの。早く一一〇番して救急車を呼ばないと」

「駄目だ。殺すんだ。お前ができないというなら、私がしてやる」

奥畑が鉈をふりあげ、ふらふらとスキンヘッドに歩みよった。

「やめてっ」

しずりは叫んだ。

奥畑の動きが止まった。しずりをふりかえる。

「私も撃つのか。銃をもっておらん、年寄りの私も」

しずりは息を吸いこんだ。不意に呪縛《じゅばく》が解け、体が動かせるようになった。

「そのあなたが、人を操り、殺させていた。わたしは撃つわ。平気よ」

奥畑に狙いをつけたまま立ちあがった。

奥畑の目が動いた。スキンヘッドを見おろし、またしずりを見た。

「捨てなさい、その鉈を」

しずりは奥畑に狙いをつけ、いった。ふりかざしていた鉈を、奥畑はおろした。

ガタン、と音をたて銃が床に転がった。そのかたわらに奥畑はすわりこんだ。荒い息をくり返す。

スキンヘッドがほっとしたように目を閉じた。

しずりは銃をまず拾った。部屋の隅におき、つづいて倒れている男たちの銃を蹴《け》った。

傷跡のある男は、右の腰に弾丸が命中していた。最初に撃った男は、左肩の少し下だ。血は流しているが、二人とも脈はしっかりしている。

西原に歩みよった。脈をとるまでもなく、死んでいるのがわかった。スキンヘッドが撃った弾丸が首のうしろに命中し、血の海の中で目をみひらいている。

吐きけがこみあげ、しずりは奥歯をかみしめた。

奥畑が殺されればよかったのだ。そう思い、打ち消した。奥畑が死んだら、真相を知る人間はいなくなってしまう。

その奥畑をふりかえった。

「電話はどこ？」

「そこだ」

パソコンを並べた、一枚板のデスクを奥畑は示した。しずりは歩みよると、受話器をとりあげ、一一〇番した。

パトカーと救急車が到着するのに、三十分近くを要した。

最初に到着した制服警官は、部屋に一歩足を踏み入れるなり、声をあげた。

「これはいったい、どういうことですか」

しずりはデスクの前の椅子《いす》にすわりこんでいた。

警官を見やり、告げた。

「たぶん外にもう一体、死体があります」

「あんたが全部、撃ったんかね」

しずりは首をふった。五十位で、巡査部長の階級章をつけている。

「ちがいます。わたしの名前は、牧しずり。警視庁捜査一課の元刑事です。問いあわせていただければ、わかります」

「誰に?!」

「捜査一課、三石管理官」

しずりはいって、顔を伏せた。警官の制服を見たとたん、安堵《あんど》と、指一本動かせないほどの疲労がこみあげていた。

32

福島県警南会津警察署に移送されたしずりは、夜明けを待って事情聴取をうけた。県警本部からは、捜査一課の刑事がきた。

一日目は事情聴取に終始し、二日目は、奥畑の家での現場検証に立ち合った。

しずりが撃った二名はどちらも命をとりとめたが、スキンヘッドを含め、全員が完全黙秘していると、そのときいっしょにいた刑事に教えられた。

しずりは被疑者扱いされる覚悟をしていた。

現役警察官でもない自分が拳銃《けんじゅう》を使い、二名を撃ったのだ。銃刀法違反と殺人未遂の適用をうけても不思議がない。

だが奥畑が喋《しゃべ》った。しずりに銃を渡したのは自分で、そうしなければ、自分たちが殺されるのは確実だった、と供述し、三人のやくざを連れてきたのは弟の奥畑圭介で、弟を通して彼らに前田えりの殺害を命じたことを認めた。

三日目の午後、しずりは三石に会った。三石は、その日の朝から南会津署にきていて、福島県警の事情聴取に応じていた。

「たぶん、明日になれば君は釈放される」

向かいあった三石はいった。

「二名を撃った件について正当防衛が認められ、起訴にはもちこまないと、先ほどこっちの地検と一課のあいだで、合意があったようだ」

三石の表情は、だが暗く、険しかった。

理由はわかっている。奥畑洋介の供述によっては、警視庁、埼玉県警、沖縄県警の重大な捜査ミスが発覚するのだ。

「ご迷惑をおかけして申しわけありません」

しずりは頭を下げた。

三石は無言だった。目は、鉄格子《てつごうし》のはまった取調室の窓に向けられている。まっ青な空が見えていた。

「奇妙だと思っている」

三石がいった。

しずりは三石を見た。これだけの事件をひき起こしてしまったというのに、なぜか心は静かだった。起訴されないと聞かされても安堵はなかった。ただ、そうなのかと感じただけだ。

三石は咳《せき》ばらいした。

「こんなことを今いうのは、変なのだが、一課にいた頃のあんたを、これほど執念をもち命がけの捜査をする刑事だと、私は思っていなかった。だから相談をうけたときも、心にひっかかるものはあったが、ああした態度をとったわけだ。その後、植田警部補からも相談があり、まだ調べをつづけていると知って驚いた」

しずりは黙っていた。植田が秘《ひそ》かに三石に接触していたのは知らなかった。

「うちうちに会ってくれといわれ、あんたとの話を聞いた。自分は捜査畑にいたことがないので自信はないが、あんたの勘は当たっていると思う、といっていた。それだけに、あんたの身に何か起きるのじゃないかと心配していたんだ。彼女も今、こっちにきている」

しずりは目をみひらいた。

「植田さんが」

三石は頷《うなず》いた。

「植田君だけじゃない。前田さんの息子もいっしょだ。彼女にいわれてね、こちらにくる前に面談をした。あんたがどういう捜査をしていたか、息子さんに訊《き》けばわかる、と」

　岬人もきている。不意に動揺を感じた。しずりは目を伏せた。

「あんたの捜査は、結果としては父親の名前に泥を塗ったことになる」

　しずりは息を吐いた。これが捜査一課の本音なのだ。よけいなことをしてくれた、というわけだ。

「息子さんがどう感じているかはわからないが、あんたを心配はしていた。あとで会うことになるだろうから、それはいっておく」

　しずりは無言で頷いた。

「ひとつ、訊いていいかな」

　三石がいったので顔を上げた。

　三石の表情は険しいままだった。

「今度のことで、前田の怪我《けが》が、職務上の理由によるものだったかどうかが疑わしくなったわけだが、あんたはずっとそれを証明したかったのか」

「まさか」

　しずりは首をふった。

「考えたこともありません」

「本当か」

しずりは頷いた。

「前田さんのことは確かに重荷でした。でもそれを口にしてはいけない、とずっと思っていました。あのとき、前田さんがとった行動が、とっさのものにせよ、計画的なものであったにせよ、重大な結果をもたらしたわけですから。真実は、わからないままです」

「亡《な》くなる直前に意識をとり戻した、という話があった。奥さんしかその場にはいなかったそうだ。もしそうなら、奥さんに何かをいったかもしれないが、今となっては確かめようがない」

「それは本当ですか」

しずりは三石を見つめた。

「それらしいことを、奥さんが葬儀のときにいっていた。ただ何を話したかまでは、聞いていない。もしかすると、奥さんの作り話だったかもしれない」

「作り話？」

三石は息を吸いこんだ。

「奥さんは、あんたとのことをずっと疑っていた。真実はどうあれ、ああなる前に最後に会話した相手があんただったのが、気になっていたようだ」

「わたしは前田さんとは――」

「わかっている。あんたと前田のあいだには何もなかった。ただ、前田はあんたのことを気にいっていた」

しずりは頷いた。

「前田はあんたを助けようとして受傷した。あのときは誰もがそう思った。あんたにとってはつらかったろう。前田があああなったあと、自分たちは何もなかった、とはいえない」

三石の目を見た。

「その通りです」

「だから訊いたんだ。あの怪我の理由を証明したかったのではないか、と」

「前田さんに疑いをもったのは、君津が死んでからです」

「植田君が最初にそれを口にしたからだろう。そう、植田君から聞いた」

しずりは頷いた。

「それを聞かされたあんたは、呆然《ぼうぜん》としていた、といっていた」

「そこまで聞いていたのに、わたしに確かめたのですか」

「仕事だからな」

三石は平然といった。しずりは三石を見すえた。

「同情してほしいとは思っていません。でも本当のことを知っておいていただいてよかった、とは思います」

三石はほっと息を吐いた。

「本当のことは――」

言葉を止め、ややあってつづけた。

「前田は警官として、問題のある人物だった。女性関係にだらしなく、出所不明の大金をもっていた。奥さんは、亭主のそういう問題点を、すべてあんたにつなげ、恨んでいた。おそらくは、恨みの対象にできる者を、あんたしか知らなかったからだろう。もし、前田が亡くなる直前、本当に意識をとり戻していたら、あんたを恨むこともなかった筈だ」

それはどうだろうか。たとえ前田が〝真実〟を告げたとしても、えりは自分を恨みつづけたのではないか。

「まあ、そうした個人的な感情は別として、奥畑の供述しだいでは、再捜査をおこなうことになるだろう。ただ、その主導は、うちではなく、福島の捜一になる」

警視庁捜査一課にとっては、屈辱だろう。他県警に、過去のあらをつつかれることになるからだ。

かつては同情された自分が、今度は怒りの対象となる。

しずりは深々と息を吸いこんだ。だが、それを申しわけないとは思わない。

「残念です」

「残念です、か」

苦々しげに三石はいった。

「としか、いいようがありません」

三石は頷いた。

「マスコミとの接触は慎重に。おもしろおかしく書き立てようとする奴《やつ》らが、あんたに群らがってくるだろう。あんたはもう公務員じゃないからな」

「過去の案件に関する守秘義務は貫きます」

「そうしてくれるとありがたい」

三石はいって、立ちあがった。

取調室をでていった三石と入れかわりに、植田が入ってきた。

「植田さん、ありがとう」

植田は首をふった。硬い表情を浮かべている。

「起訴されなくてよかった」

「植田さんが前もって三石さんに話をしてくれていたおかげ」

「管理官は、牧さんに腹を立てています。でも、フェアです、あの人は。そうじゃなきゃ、起訴されかねなかったと思う」

しずりは頷いた。

「それもこれも、植田さんが動いてくれたから」

植田に相談をもちかけてよかった、と思った。これが三石だけだったら、相談したという事実そのものを握りつぶされていたかもしれない。

植田は苦笑した。

「わたしは善意の第三者。じゃないと、本庁の捜一だけじゃなくて、埼玉や沖縄の捜一にまで恨まれますから」

しずりは笑い返した。

「いいわ、それで。全部わたしを悪者にして」

君津や前田えりの死に関しても捜査ミスがあったことが、今後、公《おおやけ》になる可能性は高い。

「でも、そんなのは別にどうでもいい」

しずりはいった。

「ですよね。牧さんは、過去のあら捜しをしたかったわけじゃない。むしろ、守りたかったのでしょう、仲本さんを」

しずりは植田を見た。

「あの子はしっかりしてる。牧さんの気持をわかっていましたよ」

しずりは息を吐いた。

「今、そこにいる。入れてあげていいですか」

恐《こわ》かった。だが、頷いた。

「お願いします」

岬人が部屋に入ってきたとき、あの匂《にお》いがした。前田の墓で初めて会ったとき嗅《か》いだ、若者らしい、ぬくもりのある匂いだ。

岬人としずりは無言で見つめあった。

「無事でよかった」

岬人がいった。しずりは頷いた。

「わたしは大丈夫」

こうして面と向かうと、愛《いと》おしさがこみあげてきた。だがその気持を悟られてはならない。

「メールをもらってすぐ、植田さんに連絡をしたんです」

岬人はかたわらの植田を見やった。

「ひどいよね。仲本さんにはメールをして、わたしにはくれないのだから」

しずりは首をふった。

「したの。でも、ちょっと道を走っただけなのに圏外になってしまって」

植田は笑った。

「冗談ですよ。じゃ、わたしは外にいます」

取調室をでていった。二人きりにされ、自然、口が重くなった。

沈黙のあと、しずりは机の上に両手をおいた。

「あやまらなきゃいけない。わたしはお父さんの――」

「やめて下さい」

岬人がさえぎった。

「そんなこと聞きたくない。そんなことを聞くために、僕はここまできたんじゃない」

しずりは黙った。

「本当に心配してたんです。牧さんに何かあったらと思うと、頭が変になりそうだった。いてもたってもいられなくって、植田さんにすぐ連絡をとった」

岬人はしずりの目を見つめた。

「僕があなたを巻きこんだんだ。君津さんと顔を合わすよう、仕向けて。なのに、牧さんが本当に危ないとき、僕は何もできなかった」

「そんなことはない。植田さんに連絡をしてくれなかったら、わたしはもっと困った立場になってた」

岬人は激しく首をふった。

「そんな気を遣わないで。もっと僕に本当のことをいって下さい」

「本当のこと？」

「僕を傷つけたくないとか、そんなこと考えなくていい。僕は、牧さんの本当の気持だけを知りたい」

「それが本当の気持よ。あなたを傷つけたくない」

「なぜです？」

「え？」

「なぜ傷つけたくないんです。僕が前田光介の息子だからですか。でもその前田光介は、警察の裏切り者で、牧さんを警察にいられなくした張本人だ。だから気にする必要なんかないでしょう」

しずりは首をふった。

「そんな理由じゃない」

「じゃ、どんな理由なんです？」

しずりはそっと息を吐いた。

「それは東京に帰ってから話しましょう」

「また会ってくれるんですね」

頷いた。

「わたしを守ってくれるなら」

岬人は目をみひらいた。

「何から守るんです？」

「マスコミや、これから起こるだろう、いろんなことから」

「守ります」

岬人は答えた。低いが、力のこもった言葉だった。

「守らせて下さい。僕に」

泣きそうになった。こらえ、しずりは笑みを浮かべた。

解説

細谷正充

大沢在昌には、女性を主人公とした作品が少なからずある。本書もそのひとつだ。そこでまず女性主人公の長篇作品の流れをたどりながら、本書の特色について述べてみよう。

作者が初めて大きく女性をクローズアップした作品は、一九八五年刊の『夏からの長い旅』だ。

この作品の「あとがき」で作者は、

「女性を描くことに苦手意識があった。

理由ははっきりしている。照れ、である。

三十にもう手が届こうというのに、口にするのではない『言葉』で女性を描くのに、いつも照れがあった」

といっている。ハードボイルド作家として出発したからだろうか。作品世界の中で女性を描くことに〝照れ〟があったようだ。しかし作者は時間をかけて〝照れ〟を克服していく。一九八七年には、やはり女性を大きくクローズアップした『シャドウゲーム』を刊行。そして一九九〇年刊の『相続人TOMOKO』で、ふたりの女性を主人公に据えた。国籍を失った氏名不詳のトモコと、コールガールの須藤智子。境遇も立場も違う、ふたりのTOMOKOを共に行動させ、活劇を繰り広げさせたのである。この作品、現在ならば女性たちの連帯を意味する〝シスターフッド〟の物語といわれるはずだ。

それから数年を経た一九九五年、『天使の牙』が刊行される。脳移植により絶世の美女となった刑事の河野明日香が、新たな肉体に戸惑いながら、相棒兼恋人の刑事「仁王」と共に麻薬組織に立ち向かう、異色の警察小説だ。続篇として、二〇〇三年刊の『天使の爪』がある。

二〇〇六年刊の『魔女の笑窪』から始まった「魔女」シリーズは、地獄島と呼ばれる場所で壮絶な体験をしたことで、男を一目で見抜く能力を得た水原を主人公にして、アンダーワールドが活写されている。「天使」「魔女」シリーズは、特異な設定により女性が主人公であることの意味を際立たせていた。

また、一九九九年刊の『撃つ薔薇　AD2023 涼子』は、近未来の東京を舞台に、麻薬組織に潜入した櫟涼子の活躍を描いている。二〇一九年刊の『帰去来』は、警視庁捜査一課の〝お荷物〟志麻由子が、捜査中に首を絞められ、気がついたら「光和二十七年のアジア連邦・日本共和国・東京市」のエリート警視・志麻由子になっていたという、パラレルワールド警察小説だ。

さらにいえば、二〇一四年刊の『ライアー』の主人公・神村奈々は、国家に不都合な人物を「処理」する政府の非合法組織の一員、二〇二一年刊の『熱風団地』の主人公コンビの片方のヒナは、元女子プロレスラーであった。このように『天使の牙』以降の女性主人公作品は、設定が特殊であったり、女性を男性と戦えるだけの能力の持ち主にしている。女性を主人公にした物語を真剣に考えた末に、それぞれ創られた世界なのであろう。

このような女性主人公作品の流れを俯瞰すると、本書の立ち位置がちょっとズレた場所にあることが分かる。なぜなら舞台は現代であり、特殊な設定も能力もないからだ。それこそが作品の特色といっていい。

本書『冬芽の人』は、「小説新潮」二〇一〇年三月号から二〇一二年二月号にかけて連載。単行本は、二〇一三年一月に刊行された。なお、二〇一七年にテレビ東京系列でドラマ化されている。主役の牧しずりを、鈴木京香が演じた。

現在、虎ノ門にある小さな商社でOLをしている牧しずりだが、六年前は警視庁捜査一課所属の刑事だった。練馬で起きた殺人事件を、相棒の前田光介と捜査していたしずり。しかし、前田の主導で村内康男のアパートを訪ねたところ、村内が逃亡。前田は重傷を負い、二年間の昏睡状態を経て死亡した。また、逃亡した村内は、追跡したしずりの眼前で、トラックにはねられて死亡する。その後、村内が殺人の犯人と確定した。前田と村内、さらに村内をはねたトラックの運転手の君津と、自分の行動のミスにより三人の人生を損なってしまったと思ったしずりは、警察を退職。商社に転職したのである。

だが、過去を忘れることはできず、「わたしは、ただ静かに生きたい、と思ったの。怒りとか悲しみとかとは無縁に、振幅のない、一本の線みたいな暮らしをずっと送ろうと決めた」というように、蹲るような日々を過ごしている。

ところが前田の墓参りで、存在を知らなかった彼の息子・仲本岬人と出会った。しずりの話を聞いた岬人は、自分のバイト先に君津らしき男がいるという。どうやら本当に、トラック運転手だった君津のようだ。諸々のことから、君津が村内を殺す目的ではねた可能性が浮上する。しかし、しずりと岬人が一緒にいるところを目撃した君津が逃亡。埼玉で死体になって発見された。いつの間にか、自分と岬人が危険な状況に陥っていると察知したしずりは、事態を打開するために六年前の事件の真相を追う。

ハードボイルドの主人公は、己のルールを持ち、それを頑なに守る人物が多い。しずりも、そのひとりである。ただし彼女の場合は、己のルールに縛られ、前に進めなくなっている。そんなしずりの人生が、岬人との出会いにより、大きく動き出す。過去の事件の経緯、現在のOL生活、しずりと岬人の関係などを、的確に描くことによって、物語の土台がしっかりと構築されている。いまさらいうまでもないが、この手際がお見事。しずりが君津に疑惑を抱き、そこから六年前の事件のときの前田の行動にも疑いを抱く様子を、読者は無理なく受け入れられるのである。どんな物語でもそうだが、特にミステリーは読者に対する隠し事が多い。だからこそストーリーの組み立てに、細心の注意を払う必要がある。そう、本書のように。

一方で、しずりのキャラクターも見逃せない。女性警察官としてはトップクラスの拳銃射撃術の持ち主で、本人はまだまだだと思っていたが刑事としての能力もある。だが、それを除けば彼女は、割と普通の感覚を持った人なのだ。刑事時代の彼女は、既婚者の前田から迫られていた。男女の関係にはならなかったが、前田の妻から疑われ、憎しみを向けられたことがあり、それを今も引きずっている。十五歳以上も年下の岬人が好きになり、どうすべきか悩む。会社の同僚と飲み屋やカラオケに行き、ささやかな幸せを感じてしまう。よく泣くし、暴力には怯える。事件で新事実が分かれば、保身の意味も込めて、すぐに警察に連絡する。捜査のために遠くに行くときは、有給休暇を取る。その行動や感情は、一般の女性、普通の社会人のものだ。

しかし彼女には、逃げない心がある。戦う勇気がある。しずりの上司である中崎（いいキャラだ）は彼女に、「誰でもなれる可能性をもっている、と俺は思う。別に悪い奴をぶっ倒すばかりがヒーローじゃない。目の前にある戦いから逃げず、そして勝てば、サラリーマンだろうがOLだろうが、ヒーローさ」という。作者はあえてしずりを、普通の感覚を持つ女性とすることで、誰もがヒーローになれる可能性があることを示した。だから本書に、特殊な設定や能力は不要なのである。

これはストーリーにもいえるだろう。しずりの調査方法に、特別な手段も手法もない。事件の関係者を当たり、証言をもとに推理する。雑誌記者を名乗る不審人物が接触してくれば、ひとつでも多くの情報を得ようとする。本書をハードボイルドとして見ると、とてもオーソドックスな構成だということが理解できる。

そして積み重ねてきたエピソードの果てのクライマックスで、比較的静かに進行していた物語が爆発する。一連の事件の真相の奥深さに驚き、主人公のある設定はこの場面のために必要だったのかと感心。さまざまな体験を経て、前に進み始めたしずりの姿に感動。大いに満足して、本を閉じたのである。

（文芸評論家）

本書は、二〇一五年三月に新潮文庫として刊行されました。
DTP制作　エヴリ・シンク

文春文庫

冬《とう》芽《が》の人《ひと》

定価はカバーに
表示してあります

2023年7月10日　第1刷
2024年5月15日　第3刷

著　者　大《おお》沢《さわ》在《あり》昌《まさ》
発行者　大沼貴之
発行所　株式会社 文藝春秋

東京都千代田区紀尾井町3-23　〒102-8008
TEL　03・3265・1211㈹
文藝春秋ホームページ　http://www.bunshun.co.jp

落丁、乱丁本は、お手数ですが小社製作部宛お送り下さい。送料小社負担でお取替致します。

印刷・TOPPAN　製本・加藤製本
Printed in Japan
ISBN978-4-16-792062-3

（　）内は解説者。品切の節はご容赦下さい。

闇先案内人（上下）
大沢在昌

「逃がし屋」葛原に下った指令は、「日本に潜入した隣国の重要人物を生きて故国へ帰せ」。工作員、公安が入り乱れ、陰謀と裏切りが渦巻く中、壮絶な死闘が始まった。（吉田伸子）

お-32-3

魔女の笑窪
大沢在昌

闇のコンサルタントとして裏社会を生きる女・水原。男を一瞬で見抜くその能力は、誰にも言えない壮絶な経験から得た代償だった。美しいヒロインが、迫りくる過去と戦う。（青木千恵）

お-32-7

魔女の盟約
大沢在昌

自らの過去である地獄島を破壊した「全てを見通す女」水原は、家族を殺された女捜査官・白理《バイリー》とともに帰国。自らをはめた「組織」への報復を計画する。『魔女の笑窪』続篇。（富坂　聰）

お-32-8

魔女の封印（上下）
大沢在昌

裏のコンサルタント水原が接触した男は、人間のエネルギーを摂取し命を奪う新種の〝頂点捕食者〟だった！　女性主人公・水原の魅力が全開の人気シリーズ第3弾。（内藤麻里子）

お-32-10

極悪専用
大沢在昌

やんちゃが少し過ぎた俺は、闇のフィクサーである祖父《じい》ちゃんの差し金でマンションの管理人見習いに。だがそこは悪人専用住居だった！　ノワール×コメディの怪作。（薩田博之）

お-32-9

心では重すぎる（上下）
大沢在昌

失踪した人気漫画家の行方を追う探偵・佐久間公の前に、謎の女子高生が立ちはだかる。渋谷を舞台に描く、社会の闇を炙り出す著者渾身の傑作長篇。新装版にて登場。（福井晴敏）

お-32-12

（　）内は解説者。品切の節はご容赦下さい。

夏の名残りの薔薇
恩田　陸

沢渡三姉妹が山奥のホテルで毎秋、開催する豪華なパーティ。不穏な雰囲気の中、関係者の変死事件が起きる。犯人は誰なのか、そもそもこの事件は真実なのか幻なのか――。（杉江松恋）

お-42-2

木洩れ日に泳ぐ魚
恩田　陸

アパートの一室で語り合う男女。過去を懐かしむ二人の言葉に、意外な真実が混じり始める。初夏の風、大きな柱時計、あの男の背中。心理戦が冴える舞台型ミステリー。（鴻上尚史）

お-42-3

赤い博物館
大山誠一郎

警視庁付属犯罪資料館の美人館長・緋色冴子が部下の寺田聡と共に、過去の事件の遺留品や資料を元に難事件に挑む。超ハイレベルで予測不能なトリック駆使のミステリー！（飯城勇三）

お-68-2

記憶の中の誘拐
赤い博物館
大山誠一郎

赤い博物館こと犯罪資料館に勤める緋色冴子。殺人や誘拐などの過去の事件の遺留品や資料を元に、未解決の難事件に挑む!? シリーズ第二弾。文庫オリジナルで登場。（佳多山大地）

お-68-3

午前三時のルースター
垣根涼介

旅行代理店勤務の長瀬は、得意先の社長に孫のベトナム行きの付き添いを依頼される。少年の本当の目的は失踪した父親を探すことだった。サントリーミステリー大賞受賞作。（川端裕人）

か-30-1

ヒート アイランド
垣根涼介

渋谷のストリートギャング雅《みやび》の頭《ヘッド》、アキとカオルは仲間が持ち帰った大金に驚愕する。少年たちと裏金強奪のプロフェッショナルたちの息詰まる攻防を描いた傑作ミステリー。

か-30-2

信長の血脈
加藤　廣

信長の傅役・平手政秀自害の真の原因は？　秀頼は淀殿の不倫で生まれた子？　島原の乱の黒幕は？　『信長の棺』のサイドストーリーともいうべき、スリリングな歴史ミステリー。

か-39-9

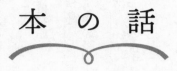